dtv

Als Kind flieht Anne Liebert kurz vor dem Mauerfall in den Westen. Später, zurück in Berlin, schlägt sie sich als Altenpflegerin durch, allein mit ihrer kleinen Tochter Marie. Das Glück, so scheint es, ist nach *unbekannt verzogen*, und dann spült ihr das Schicksal auch noch den Rentner Karl Fritzsche vor die Füße. Der Misanthrop und Diabetiker sitzt auf seinem Balkon und wartet auf das Ende – bis eines Tages Marie in seinem Wohnzimmer steht, und nichts ist mehr, wie es einmal war.

Hans, Hanna und Matthias haben sich während des Studiums kennengelernt – eine Freundschaft, eine Liebe, eine Rivalität. Die deutsche Geschichte treibt ihre Lebenswege auseinander, ein Verrat führt sie wieder zusammen.

Vom kleinen Mädchen über den Kunsthistoriker, der aus der Republik flüchtete, bis zum alten, verwitweten Mann – tief taucht der Leser in die Leben von sechs Figuren ein und begleitet sie von 1989 bis 2006 auf dem hindernisreichen und oft überraschenden Parcours durch die eigene Biographie. Ein Roman mit wunderbaren, tragikomischen Geschichten von der Verlorenheit im Leben und der Sehnsucht nach einem anderen.

Madeleine Prahs, geboren 1980 in Karl-Marx-Stadt, ist dort und am Ammersee aufgewachsen. Sie studierte Germanistik und Kunstgeschichte in München und Sankt Petersburg. Während der Arbeit an ›Nachbarn‹ erhielt sie mehrere Auszeichnungen und Förderungen, u. a. Werkstatt-Stipendien des Literarischen Colloquiums Berlin und der Jürgen-Ponto-Stiftung. Sie lebt und arbeitet in Leipzig.

MADELEINE PRAHS

NACHBARN

Roman

dtv

Ausführliche Informationen über unsere Autoren und Bücher
www.dtv.de

MIX
Papier aus verantwortungsvollen Quellen
FSC® C019821

2016 dtv Verlagsgesellschaft mbH & Co. KG, München

Umschlaggestaltung: Lisa Höfner/dtv unter Verwendung
eines Fotos von plainpicture/Frank Herfort
Satz: Fotosatz Amann, Memmingen
Druck und Bindung: Druckerei C.H. Beck, Nördlingen
Gedruckt auf säurefreiem, chlorfrei gebleichtem Papier
Printed in Germany · ISBN 978-3-423-14504-6

Für Andreas

Asche und Diamant

Geh nicht weg, sagte sie.
Der blaue Himmel im Kino und die Welt
die nicht mehr ist, wie sie nie war.

Thomas Brasch

I hate straight singing.
I have to change a tune to my own way of doing it.
That's all I know.

Billie Holiday

1989/1990

Cola · Anna selbdritt · Nachbarschaftliches Verhältnis · Räuber und Gendarm · Letzte Gelegenheit zum Glück · Schmiels Spinnerei · Weiße Wäsche Abschied · Tick, Trick und Track · Freiheit · Primavera · Sieben Meter überm Asphalt · Das Telefon

Cola

Die geschwungenen Buchstaben hoben sich deutlich von dem roten Untergrund ab. Das kalte Blech leuchtete glatt, und eine sanfte, eigenartige Feuchtigkeit benetzte ihre Finger. Anne ließ die Dose immer wieder von der einen Hand in die andere rollen, fühlte ihre Schwere und Beschaffenheit, ihre Form. Dann schloss sie die Augen und hielt sie einfach fest.

»Ich will auch mal.« Ihr Bruder zog an ihrem Arm, und beinahe wäre es heruntergefallen, das Erste, was sie hier gekauft hatten.

»Hey!« Sie streckte den Arm und hielt die Dose über ihren Kopf. »Das is nichts für Kleene.«

Die Mutter ging dazwischen: »Jeder erst mal nur einen Schluck, hört ihr.«

Sie nickten.

Kurz bevor der Zug weggefahren war, war Mutter mit ihr auf das Bahnhofsklo gegangen und hatte ihr einen Schuh ausgezogen. Zwischen das Innenfutter und die Schuhsohle legte sie ein grünlich schimmerndes, sorgsam gefaltetes Stück Papier. Dann zog sie ihr den Schuh wieder an. Während sie hastig den Schnürsenkel zuband, blickte sie immer wieder zur Tür, als ob es gefährlich wäre, sich zu lange in einer öffentlichen Bahnhofstoilette aufzuhalten.

»Weißt du, was das ist?«, fragte die Mutter sie flüsternd

und tippte die Sohle des Schuhs an. Anne schüttelte den Kopf. Sie verstand überhaupt nichts mehr. Ein Bahnhofsklo, kein Gepäck, aber ein Stück grünes Papier im Schuh. Ihre Mutter hatte doch früher nicht solchen Blödsinn gemacht.

»Anne, ich hab dich was gefragt.«

Sie sah auf ihren Schuh, versuchte das Papier durch die Sohle zu fühlen, aber es gelang ihr nicht.

»Ich weiß nicht …« Sie wich dem ernsten Blick der Mutter aus.

»Das sind zwanzig Mark. Westmark, verstehst du?«

Westmark war das Geld der BRD, das hatte sie in der Schule gelernt. Aber schön sei es dort nicht, hatte die Lehrerin erklärt. Und dort wollte die Mutter mit ihnen hin. Für immer.

Anne zog an der metallenen Schlaufe der Dose. Es zischte kurz, kalte Luft und ein süßlicher Geruch stiegen aus dem kleinen Loch. Über den Rand schwappte eine braun glänzende Flüssigkeit, in der, so schien es, winzige glitzernde Diamanten schwammen. Ein See bildete sich, und wenn man die Dose leicht nach rechts und dann wieder nach links kippte, rollten die Diamanten in dem kreisrunden Deckel hin und her. Sie führte die Dose vorsichtig an ihren Mund, die Lippen tasteten sich langsam vor, und dann kitzelte das Zeug auf ihrer Zunge, als hätte sie vier Brausebonbons auf einmal in den Mund genommen. Sie schluckte, sah noch die Gänsehaut auf ihrem Arm, und dann, für einen Moment, war es ihr, als habe die Welt kurz aufgehört zu atmen. Keiner sagte etwas. Als sie die Augen wieder geöffnet hatte, leuchtete die Dose in ihrer Hand immer noch rot. Sie blickte kurz auf ihre Schuhe, dann lächelte sie und gab ihrem Bruder die neue Limo.

Sie hatte beschlossen, nicht mehr traurig zu sein. Die BRD schmeckte gut.

Anna selbdritt

Er hatte nichtsahnend den Park betreten, war die kleine Anhöhe hinaufgelaufen und hatte sich auf die unscheinbare, von zwei großen Ulmen verdeckte Parkbank gesetzt. Und schon wie er das Jackett ausgezogen und beiseitegelegt hatte, hatte er gespürt, wie er langsam ruhiger wurde, wie sich die Anspannung zu lösen begann, wie ihn das seltene Gefühl von Gelassenheit erfasste, und ihm war wieder eingefallen, warum er so gerne hier war, in der Natur, auf dieser Bank, mit der Aussicht auf langgestreckte Wiesen und die prachtvolle Kastanienallee, die sich bis zur Nordseite des Parks zog. Nicht nur, um ein paar Minuten allein und ungestört zu sein, abseits des Unialltags, des hektischen Trubels, der Vorlesungen und Seminare, sondern weil für diese eine kostbare Viertelstunde in der Woche niemand eine Meinung über ihn hatte.

Er war nicht wachsam, vielleicht hatte er sie auch deshalb erst nicht bemerkt. Es war nur eine Bewegung, unscheinbar im Augenwinkel, und ein Wortfetzen. *Kleene*. Neugierig drehte er sich um und dachte nicht daran, dass das ein Fehler sein könnte.

Sie saßen einige Parkbänke von der seinen entfernt und tranken Cola. Das Mädchen trug ein graues, verwaschenes T-Shirt mit einem Micky-Mouse-Aufdruck, eine pinkfarbene Hose und weiße Schuhe. Der kleine Junge, der offensichtlich ihr Bruder war, hatte einen zu großen Anorak an und eine Schiebermütze auf dem Kopf, die aus vielen verschiedenen Jeansflicken zusammengenäht war. Die beiden Kinder waren ungewöhnlich still, ihre Mutter sah müde aus. Da Vinci, *Anna selbdritt*, vermutlich Fünfzehnhundertzehn, dachte Hans, und auch wenn es hier nicht drei Generationen waren, so doch eine Kleinfamilie, dazu die Landschaft im Hintergrund, der gleiche Grad an Glück und Erschöpfung. Fehlte nur noch das Lamm, dann wäre die Idylle perfekt. Er zwang sich, seinen Blick abzuwenden.

Man hatte in letzter Zeit einiges darüber lesen können. Grenzübergänge, die Botschaften. Den Terminus »Ausreisewelle« nahm keiner in den Mund, aber das war ja auch nicht zu erwarten. Noch hielt es sich wohl in Grenzen. Im wahrsten Sinne des Wortes.

Er griff in seine Manteltasche, holte das Silberetui hervor, nahm eine Zigarette und zündete sie an. Schnell löste sich der Rauch in der kalten Luft auf. Er lehnte sich zurück. Es war kühl geworden. Bald würde der erste Schnee in den Ebenen des Parks liegen, weiße, dünne Laken, die Wiesen und Pfade bedecken, doch noch schien die Sonne.

Er sah auf die Uhr. Viertel nach zwei. In fünf Minuten begann das Kandidatenkolloquium der Doktoranden. Vorsichtig drehte er sich noch einmal um, die Parkbank war jetzt leer, die Kleinfamilie verschwunden. Und doch war es ihm, als säße jemand dort und beobachte ihn. Hans stand auf, nahm seinen Hut und ging zum Ausgang des Stadtgartens. Auf den Wiesen hatten sich zahlreiche Krähen niedergelassen. Einige breiteten ihre Flügel aus und setzten immer wieder zum Flug an. Sie hoben jedoch nie wirklich ab. Er verschränkte die Arme hinter dem Rücken und beschleunigte seinen Gang. Die Tiere waren unruhig.

Nachbarschaftliches Verhältnis

Gleichmäßig und monoton ließ die Stimme des Sprechers die Nachrichten des Tages passieren. Hanna nahm das Bügeleisen und drehte die Skala auf »Seide«, legte dann, anstelle der Hose, die Bluse auf das Bügelbrett. »Der Sprecher des Außenministeriums der BRD …« Sie fasste zum Regler des Radios und erhöhte die Lautstärke. »… äußerte sich heute zu dem Verhältnis der beiden deutschen Staaten zueinander. Im Wortlaut hieß es: Es handle sich zwar noch nicht um ein gutes nachbarschaftliches Verhältnis, aber den Menschen in Ost und West liege viel daran, dass es eines werde.« Der Sprecher machte eine Pause. »Und nun das Wetter.«

Hanna lächelte. Nachbarschaftliches Verhältnis. Es konnte nicht mehr lange dauern, dann würde es die Mauer nicht mehr geben. Auf der Straße wurde doch seit Wochen von nichts anderem mehr gesprochen. Ausreiseanträge, Verwandtenbesuche, Demonstrationen. Es war alles nur noch eine Frage der Zeit. Und vielleicht waren sie wirklich bald neue Nachbarn. Ost und West. Sie führte das Bügeleisen nach links, ruhig und gleichmäßig wie der Bug eines Schiffes glitt die Bügelsohle über den Stoff. Das Radio lief weiter, aber sie hörte nicht mehr zu. Sie stellte sich vor, wie sie mit dem Zug nach drüben fahren, seine Adresse finden, ihren ganzen Mut zusammennehmen und klingeln würde. Und wenn Hans dann öffnete, würde sie kurz ihre Tasche abstellen und freundlich sagen: »Guten

Tag, ich wollte mich nur eben vorstellen: Ich bin deine neue Nachbarin.«

Hanna hielt inne, stellte das Bügeleisen hochkant auf das Bügelbrett und strich mit der flachen Hand über den zarten, warmen Stoff. Es würde nicht leicht werden, das wusste sie. Nachdenklich begann sie, die Bluse zu wenden. Die Außenseite kam wieder zum Vorschein. Ein matt schillerndes Nachtblau. Sie hob die Bluse ins Licht und prüfte das Ergebnis. Aber sie war vorbereitet, seit langer Zeit schon war sie auf diesen Moment vorbereitet. Ruhig ging sie zum Kleiderschrank und hängte die Bluse über den Bügel, auf dem schon die Hose hing. Noch einmal strich sie den Stoff glatt. Hans hatte ihr die Bluse geschenkt, damals, kurz vor ihrer Hochzeit. »Mein schöner nachtblauer Vogel«, hatte er gesagt. Langsam schloss Hanna die Türen des Schranks und senkte den Kopf. Kalte Wut stieg in ihr auf, dunkel wie die Nacht. Sie drehte sich um. Es würde nicht mehr lange dauern.

Räuber und Gendarm

»Hamse das gehört, heute früh im Radio?« Die Blumenverkäuferin ließ sich Zeit. Matthias schüttelte den Kopf und trat von einem Bein auf das andere.

»Nee, ich hab's eilig.«

»Eilig ham was doch alle, junger Mann, aber bald ham wa auch die Reisefreiheit und allet andere.«

»Ja, ja.«

Er nahm den Strauß, zahlte und ging schnell zurück. Freiheit. Was war das schon? Er klingelte. Als sie öffnete, überreichte er ihr die Blumen, und während sie sich umarmten, fuhr er mit der rechten Hand vorsichtig durch ihre Haare, mit der anderen berührte er flüchtig ihren Wangenknochen.

Als sie in die Küche ging, um den Kaffee aufzusetzen, sah er ihr nach. Sie war immer noch sehr schön, groß, ja, aber elegant groß. Mit starken Schultern an einem langen, zierlichen Oberkörper. Es erinnerte ihn immer an Ausdauer. Einmal hatte er eine Sendung gesehen über eine Frau, die den Ärmelkanal durchschwommen hatte. Sie hatte die gleichen Gliedmaßen gehabt wie Hanna.

Matthias klappte das Bügelbrett zusammen. Er wusste nicht, warum er ausgerechnet jetzt an Hans denken musste, dieses selbstgefällige Aschloch. Sie hatten nie wieder von ihm gesprochen. Aber früher oder später würde sie sich auf den Weg zu ihm machen, das wusste er.

Er setzte sich auf das Sofa, sie brachte die Tassen und ordnete sie um die Keksdose an. Es war alles so wie immer. Dieselben Rituale, nur dass er zum ersten Mal nichts dabei tat. Keine Zeitung las oder einen Radiosender suchte oder aus dem Fenster sah. Er beobachtete sie, als hätte er sie gerade erst kennengelernt, als sei sie eine Bedienung und er der Gast, der sich in sie verliebt hatte, ohne dass sie davon Kenntnis zu nehmen schien. Immer wieder fuhr sein Blick an jener dunklen Haarsträhne entlang, die exakt die Konturen ihres rechten Wangenknochens umrahmte. Irgendwann bei einem Betriebsfest, zu dem sie nur ihm zuliebe mitgegangen war, obwohl sie nichts mehr verabscheute als diese VEB-Partys, hatte Wolfgang ihn zur Seite gezogen und gesagt, er habe in seinem ganzen Leben keine Frau gesehen, die so aristokratische Gesichtszüge habe, so elegant sei wie Hanna. Er hatte damals laut gelacht, »Wolfgang, du alter Sozialist, was weißt du denn von aristokratischen Zügen?«, und seinem Brigadeleiter für diesen Unsinn noch zwei Mal vor lauter Lachen auf die Schultern geklopft. Aber vielleicht lag es an jenem weichen Licht, das nachmittags mitunter durch die Fenster fällt und die Menschen schöner macht, vielleicht lag es an dieser Haarsträhne, von der sich sein Blick immer noch nicht lösen konnte. Ihm war es, als hätte Wolfgang das eine Mal besser hingesehen als er selbst all die Jahre.

»Stell dir vor«, sie blieb kurz vor dem Tisch stehen, »heute haben sie im Radio etwas von nachbarschaftlichem Verhältnis zwischen Ost und West gefaselt. Was die sich alles einfallen lassen, um ja nicht zuzugeben, dass wir auf dem besten Weg sind, wieder ein Land zu werden. Ist das nicht seltsam?« Sie stellte die Kaffeekanne ab und setzte sich. Er sah aus dem Fenster.

»Hey«, sie stupste zärtlich mit ihrem Zeh an sein Knie. »Glaubst du nicht auch, dass die Mauer bald fällt?«

Im Hof spielten die Nachbarskinder Räuber und Gendarm, er sah sie nicht an, als er ihr antwortete: »Nein, glaub ich nicht. Bestimmt nicht.«

Letzte Gelegenheit zum Glück

In der Nacht war das Wetter umgeschlagen. Sein Kopf schmerzte leicht, dennoch ging er auf dem Weg zum Institut seinen Vortrag noch einmal durch.

Einer seiner Kollegen, wie er wissenschaftlicher Assistent am Institut, hatte sich intensiv mit der Kunstliteratur der Frühen Neuzeit beschäftigt, mit Quellenstudium und kunsthistorischer Geschichtsschreibung. Nun sollte eine Tagung die Publikationsreihe, die seit zwei Jahren zu dem Thema erschienen war, abrunden. Er hatte seine Teilnahme zugesagt und es im nächsten Moment wieder bereut. Nichts war langweiliger als der Blick auf das eigene Berufsbild vor hundert Jahren, in stickigen Hörsälen, mit knochentrockenem Mürbeteiggebäck und zahlreichen sogenannten Experten, die wie Schildkröten aussahen und genauso rochen. Neben einem Ladengeschäft blieb er stehen, die Fußgängerampel stand auf Rot. Hans drehte seinen Kopf und betrachtete sich in der Schaufensterscheibe.

Im Großen und Ganzen konnte er zufrieden sein. Er war ein gut aussehender Mittdreißiger, seine Kleidung – italienische Maßarbeit in dunklen Farben – deutete auf einen gehobenen Lebensstandard hin, wenn auch sehr dezent. Sein Gesicht zeichnete sich durch fein geschnittene Züge aus. Das Haar war dunkelbraun und voll, nur an den Schläfen lichtete es sich leicht, doch war dieser Verlust von Juvenilität nicht von Nachteil, wie er fand, denn es gab seinem Aussehen vor allem in Hinblick auf seine große, schlanke Statur – Hans hob das Kinn leicht und korrigierte im Spiegel der Scheibe den Sitz seines Jackettkragens – etwas weniger Schmächtiges.

Die Ampel schaltete auf Grün, er reihte sich in den Strom der Passanten ein. Auf dem Platz vor dem Universitätsgebäude staute sich der Verkehr. Gerade als er sich geschickt vor einem grauen Passat Kombi vorbeischlängeln wollte, der im Schritttempo fuhr, blieb das Auto stehen und ließ ihn vorbei. Er blickte in die Frontscheibe, eine junge Frau saß hinter dem Steuer und lächelte. Hans kannte sie nicht, dennoch hob er galant seine Hand zum Gruß und lächelte verhalten zurück. Langsam besserte sich seine Stimmung. Er war intelligent, belesen und gleichzeitig charmant, Menschen hielten sich gerne in seiner Nähe auf. Was wollte man mehr? Natürlich, es stimmte schon, er hatte sein Gestern nie gepflegt, wie andere Leute das taten, er hatte es sorgfältig verblassen lassen, aber na und? Was hieß das schon? Das Leben ging weiter, auch wenn die eigene Vergangenheit nicht psychologisch runderneuert worden war. Er lief am Hauptgebäude der Universität vorbei, am Biologischen Institut und der Mensa. Es ging doch darum, was für eine berufliche Leistung man erbracht hatte – jemand rief seinen Namen, aber er reagierte nicht –, und nicht, welcher Partei man vor langer Zeit mal angehört hatte. Er verlangsamte seinen Schritt. Menschen leben. Menschen machen Fehler. So einfach war das. Das Uni-Viertel war wie immer belebt. Hier und da grüßte man ihn.

Vor der Bibliothek blieb er stehen, ein imposanter Treppenaufgang führte zu dem Hauptportal des alten Gebäudes. Studenten hasteten an ihm vorbei, manche nahmen zwei Stufen auf einmal, ungestüm und kopflos rannten sie ihrem Ziel entgegen, ähnlich jungen Hunden. Er atmete die kühle Herbstluft ein und ließ seinen Blick über die klassizistische Fassade schweifen. Weder der Ort noch das Gebäude waren mit einer Erinnerung verbunden, und doch musste er jetzt daran denken, wie er sie kennengelernt hatte, an jenem Frühlingsabend, vor vielen Jahren, im Archiv der Berliner Nationalbibliothek.

Er sollte alte Handschriften sichten, gegebenenfalls eine Zweitschrift anfertigen lassen. Sedlitz, sein Doktorvater, hatte ihm den Auftrag gegeben. Also war er in das Archiv gegangen, und dort hatte sie gesessen, zwischen Büchern und Regalen, umgeben von der Einsamkeit der Dinge. Ihm hatte die Vorstellung immer gefallen, dass er es war, auf den sie dort gewartet hatte, aus einer diffusen Sehnsucht heraus und ohne ihn zu kennen. Er wusste, dass dieser Gedanke sentimental und selbstherrlich zugleich war, eine kleinliche Art, sich das Ego zu polieren, aber vielleicht hatte er auch nur deshalb Freude an dem Gedanken, weil die Wirklichkeit viel prosaischer ausgesehen hatte. Der Raum war dunkel, karg und still, und er hatte das Gefühl gehabt, er beträte eher eine Klause als einen hohen Saal. Sie saß unweit der Tür an einem großen Tisch, auf den ein Messingschild mit der Gravur »Anmeldung« hinwies.

Sie blickte auf, »Wie kann ich Ihnen helfen?«, und das Erste, was er wahrgenommen hatte, war eine sonderbare Helligkeit, und diese ging nicht von den Buchrücken in den Regalen hinter ihr aus.

»Ich würde gerne …« Er brach ab, merkte, wie er rot wurde, doch dann preschte er los, seine Kopfmaschine surrte, war nicht mehr zu stoppen, und er erklärte zu lange und zu ausführlich sein gesamtes Dissertationsvorhaben.

Sie sah ihn immer noch fragend, aber gelassen an. Hans räusperte sich und begann, die Sinnlosigkeit seiner Rede zu erahnen. »Ich, also, eigentlich bin ich hier …«, er wurde wieder Herr seiner Sinne, »im Auftrag von Professor Sedlitz. Es geht um die Abschriften …« Sie nickte, ohne zu lächeln, stand auf, um das Register zu holen, so selbstverständlich, als wäre nichts geschehen, als hätte er sich nicht gerade zum Affen vor ihr gemacht. Sie hatte langes, dunkelbraunes Haar, und noch Jahre später erinnerte er sich an die Geste, mit welcher sie an jenem Tag ihre Haare leicht hinter die Schulter streifte, während sie sich über das Werkverzeichnis beugte.

Ihr Gesicht war von unbeschreiblicher Tadellosigkeit, alles stand in einem wohlgeformten Verhältnis zueinander. »Es verband«, so berichtete er später seinem Kommilitonen Matthias, einem Architekturstudenten, »die Ideale einfacher Formgebung und logischer Linienführung mit einer, ja, fast, wie soll ich sagen, zeitlosen Eleganz.« Ihre Nase war gerade und nicht zu groß, ihre Lippen schwungvoll und sinnlich. Hohe Wangenknochen gaben ihrem Gesicht etwas Klassisches. »Ich muss sie kennenlernen, Matthias, verstehst du, ich muss.«

Matthias, der allein bei dem Gedanken an ein harmloses Gespräch mit Frauen rote Ohren bekam, hatte erst verlegen gelacht, ihm aber dann kameradschaftlich auf die Schulter geklopft. »Na ja, ich versteh schon«, er konnte sich ein ironisches Lächeln nicht verkneifen, »um es also mit Truffaut zu sagen: Diese Frau ist deine letzte Gelegenheit zum Glück.« Es war eine Macke von Matthias, immer Filmzitate parat zu haben, doch Hans hatte ihm nicht geantwortet. Er hatte an seinem Freund vorbeigesehen, in eine nur für ihn vorhandene Ferne, und Matthias hatte erkannt, dass er es völlig ernst meinte.

»Verzeihung?«

Telge, ein Mitarbeiter des Instituts, sah erst den Treppenaufgang, auf den Hans gestarrt hatte, dann ihn selbst fragend an. »Wir warten schon.« Der leichte Vorwurf in seiner Stimme war nicht zu überhören.

»Natürlich, ich war in Gedanken, lassen Sie uns gehen.« Eilig setzte Hans den ersten Schritt auf die Stufe der Treppe.

Schmiels Spinnerei

»Schöne Scheiße!« Vergeblich hatte Fritzsche versucht, die Tür zur Wohnung zu öffnen. Erst nach dem dritten Versuch rastete der Schlüssel in das Schloss ein. Wütend schmiss er seine Tasche in die Ecke des Flurs, ging in die Küche, öffnete den Kühlschrank und nahm eines der Flaschenbiere. Er zog den Zollstock aus der Tasche, setzte ihn an den Flaschenhals und hebelte den Kronkorken herunter, es zischte kurz, das Bier begann zu schäumen, lief über, doch es war ihm egal. Er nahm einen Schluck und wischte sich die nasse Hand an der Arbeitshose ab, während er zum Fenster ging. Dann schob er die Gardine zur Seite, stützte sich mit einer Hand auf dem Fensterbrett ab und betrachtete die gegenüberliegenden Häuser. Sie reihten sich immer noch sorglos aneinander, und er wollte nicht aufhören, jedes einzeln anzusehen, obwohl er wusste, dass sich keines vom anderen unterschied. Die gleiche Bauweise, vom Sockel bis zu den flachen Dächern, und immer der gleiche Abstand zwischen den Parzellen. Sachliche Wohnmaschinen, die sich in all den Jahren, in denen er und Klara schon hier lebten, nicht verändert hatten, die einfach nur da standen und ihren Zweck erfüllten. Er setzte die Flasche an und trank langsam ein paar Schlucke.

Sie sollten aufhören und nach Hause gehen, hatten sie ihm im Werk gesagt. Also hatte er das Warenlager abgeschlossen, den Schlüssel beim Pförtner abgegeben und sich auf den Weg gemacht. In seiner rechten Hand trug er die alte flache Ledertasche, und obwohl nicht viel darin war, lief er auf dem sandigen Schotter langsamer als die anderen Arbeiter. Manchmal klopfte ihm jemand im Vorübergehen auf die Schulter, sie wünschten ihm einen schönen Feierabend, er nickte und versuchte, die Schmerzen in seinem Rücken zu ignorieren. Er passierte das pompöse Eingangstor, ein Relikt aus Gründerzeittagen, das man vergessen hatte abzureißen, und wollte gerade nach rechts einbiegen, auf den Pfad zur Bushaltestelle, als er den Pfiff hörte. Er drehte sich um und sah, wie sich Schmiel von den anderen Arbeitern, die noch am Tor standen und rauchten, verabschiedete. Schmiel hob die Hand zum Gruß, während er versuchte, die Entfernung zu Fritzsche mit kleinen, hastigen Schritten zu verkürzen. Doch er war eindeutig zu schwerfällig für sein Vorhaben, atemlos kam er neben Fritzsche zum Stehen.

»Schmiel, was is, was rennste so«, fragte er, um seinem Kollegen noch etwas Zeit zur Erholung zu geben.

»Hamse dir 'n Lohn erhöht?«

Schmiel holte tief Luft und sah ihn aufgeregt an. »Ja, jetzt lachste noch übern Sozialismus, aber bald hast'n nich mehr ...« Er brach den Satz schnaufend ab.

»Haste wieder 'ne Weltverschwörungstheorie?«, fragte Fritzsche und klopfte sich den Eisenstaub von der Hose. Schmiel atmete immer noch schwer.

»Nee, aber was glaubst du denn, warum die uns heute haben eher gehen lassen, hm?« Er fuhr sich mit seinen dicken Fingern hastig durch die kinnlangen roten Haare, die ihm schräg ins Gesicht fielen, und schob sie ungelenk hinter die Ohren.

Fritzsche mochte Schmiel. Er hatte vor drei Jahren als

Lehrling in der Dreherei angefangen, doch dann hatte man ihn in die Schmiede geholt, weil Schmiels Finger nicht geeignet waren für Präzisionsarbeit. Seitdem standen sie beide abwechselnd an der Hebemaschine für die Eisenplatten.

Als er den Neuen zum ersten Mal sah, musste er unweigerlich an einen Plüschbären denken. Schmiel hatte einen kleinen Kopf, wild wachsende rötliche Haare, und seine blauen Augen waren stets in Bewegung. Der flinke Blick stand in deutlichem Kontrast zu seiner Statur, und wenn er erzählt hätte, dass er einmal in seinem Leben eines dieser kugelförmigen Aquarien verschluckt habe, Fritzsche hätte es nicht abwegig gefunden, in Anbetracht der Form von Schmiels Bauch. Er war ein bisschen verrückt, aber sie kamen gut miteinander aus, solange es nicht um das »Ganze an sich« ging, wie Schmiel es immer nannte. Er war einer von denen, die an die große Revolution glaubten, die alles ändern würde. »Der Sozialismus an sich, Karl, das is keine schlechte Sache, aber was die Knallköppe draus gemacht haben, das is Mist.« So begann Schmiel seine endlosen Erörterungen über das Wohl und Wehe des Landes, gefolgt von flammenden Monologen, die sich um den »wahren Kern« der Marx'schen Theorie drehten, und zum Schluss kam er meist zu der Überzeugung, dass sich bald was ändern müsse.

Fritzsche wusste, dass sein Kollege Teil der einen oder anderen Bürgerbewegung war und er unter seiner Arbeitsklamotte immer noch den Aufnäher »Schwerter zu Pflugscharen« trug. Und Schmiel wusste, dass Fritzsche es wusste, und beide wussten, dass es dem anderen egal war.

Schmiel sah ihn immer noch erwartungsvoll an. »Na, was denkste?«

»Vielleicht, weil wir mit der Produktion vorn liegen, was weiß ich. Du stellst Fragen.«

Fritzsche drehte sich zur Seite, um weiterzugehen, da hielt Schmiel ihn am Arm fest. Seine Pupillen hatten sich verengt, und sein Blick flackerte noch hektischer als sonst.

»Du, jetzt isses soweit. Ich sag's dir, jetzt geht's los.«

Er nickte Fritzsche zu wie einem Verbündeten, dem man nicht mehr groß etwas erzählen musste.

Fritzsche zog seinen Arm aus Schmiels Umklammerung.

»Mann, ich bin wirklich knülle, ich geh jetzt nach Hause, und du freu dich doch einfach mal, dass dir der Sozialismus heute frei gegeben hat.«

Er trat einen Schritt nach vorne, wieder hielt Schmiel ihn am Arm zurück. Diesmal war sein Griff fester und ließ keine Widerrede zu. Fritzsche drehte sich erstaunt um, das war nicht Schmiels Art. Seine Augen blitzen.

»Sag mal, nimmste mich auf die Schippe oder weißte wirklich nich, was Sache is?«

»Was soll denn los sein? Die haben uns früher rausgelassen, na und?«

»Mann, da sind welche rüber, und nich nur drei Mann. Die oben haben Schiss, verstehste. Deshalb haben se uns heute frei gegeben. Da sind 'n Haufen abgehaun, mit Frauen und Kindern, über Ungarn. Es heißt, die haben 'nen Zaun eingerissen. Hat dir das etwa noch keiner gesagt?«

Nachdenklich trank Fritzsche den letzten Schluck aus der Flasche. Er verstand die Menschen nicht, die nach Veränderung riefen. Man ruft nach Veränderung, aber wenn sie dann da ist, ist man unzufrieden, weil man sich das, was nach der Veränderung kommt, anders vorgestellt hat. Ziellos glitt sein Blick an den Fassaden der Häuser entlang. Er hatte Schmiel nicht geantwortet. Warum auch? Ein Zaun, na und? Was hieß das schon. Wahrscheinlich Idioten, haben gezeltet, zu viel gesoffen und einen Zaun eingerissen. Es klingelte an der Tür. Mehr war das nicht. Nur Blödsinn. Fritzsche stand auf, stellte die Flasche ab, zog die Gardine wieder über das Fenster und beschloss, Klara nichts von Schmiels Spinnerei zu erzählen.

Weiße Wäsche

Sie hatte sich einen Kaffee gemacht, leise, um ihn nicht zu wecken. Dann hatte sie die Vorhänge halb aufgezogen und sich in den kleinen Biedermeiersessel gesetzt, der neben der Spiegelkommode stand. Die ersten Sonnenstrahlen fielen in das Zimmer und legten sich als schwache Lichtstreifen auf die Bettdecke. Sein Atem ging ruhig und gleichmäßig, und manchmal beneidete sie ihn um seinen Schlaf – als sei es das Natürlichste von der Welt. Ihr gelang es selten, tief zu fallen, in jene traum- und fensterlosen Räume, jene Dunkelheit, aus der man gestärkt erwachte.

Und trotz der langen Zeit, die inzwischen vergangen war, ertappte sie sich manchmal dabei, wie sie immer noch verwundert war über den Anblick seines schlafenden Gesichts in ihrem Bett, seine dunkelblonden, kinnlangen Haare, seinen Dreitagebart, die Wärme seines Körpers.

Ein Windstoß drückte das Fenster jetzt nach innen, die bodenlange weiße Gardine bauschte sich. Rasch stand Hanna auf und schloss es, dann drehte sie sich um. Matthias bewegte sich kurz, drehte sich vom Rücken auf den Bauch, aber er wachte nicht auf. Sie drehte sich zum Fenster. Es war kalt geworden über Nacht, der Sommer ging langsam seinem Ende entgegen. Sie legte die Arme um ihren Oberkörper, dann lief sie ein paar Schritte am Bett vorbei und zog den dunkelgrünen Pullover zu sich herunter, der über der geöffneten Schranktür hing.

Eigentlich war er viel zu groß, Hanna lächelte, sah kurz zu dem Schlafenden und hielt sich den überstehenden Ärmelsaum an die Nase. Die Wolle roch nach Bier, nach Rauch und nach ihm. Sie wollte die Schranktür zukloppen, doch etwas klemmte zwischen Tür und Rahmen, ein rosafarbenes Stück Stoff. Es hing aus einem alten Pappkarton heraus, der auf dem Boden des Schranks stand. Neugierig zog sie daran, dann hielt sie inne. Einen Moment lang überlegte sie, ob richtig war, was sie tat, und während sie noch darüber nachdachte, zog sie den Rest des Morgenmantels hervor, schließlich hielt sie das Kleidungsstück vor sich.

Es war aus reiner italienischer Seide, tailliert, in einem eleganten Altrosa, und nur der Gürtel war mit einer alten englischen Spitze eingefasst. Hans hatte ihr den Morgenmantel einst geschenkt, und während sie den Stoff damals mit ihren Händen befühlt hatte, immer und immer wieder, hatte er ihr erzählt, wie er ihn bekommen hatte, auf welch abenteuerlichen Wegen. So etwas war nicht einmal im Intershop zu bekommen, das wusste sie, aber Hans kannte Mittel und Wege, immer, und immer hatte er das bekommen, was er wollte. Nachdenklich befühlte sie den Stoff des Mantels, sie hatte ihn immer gerne getragen. Er hatte sie an die Zwanzigerjahre erinnert, an rauschende Feste und glanzvolle Nächte, an Verschwendung und Lust. An Zeiten, in welchen man dem hellen Tag, dem Morgen nach den Ausschweifungen, nicht anders begegnen konnte als in jenem stilvollen Kleidungsstück aus Seide, das einen einhüllte wie ein Kokon, wie ein warmes Versprechen.

Langsam ließ Hanna die Hände sinken, dann lehnte sie sich an das Holz der Schranktür. Die Gardine bewegte sich durch einen Luftzug leicht und gab den Blick auf den Hof frei.

Draußen brach der Tag an. Sie hatte den Tisch gedeckt, damals, viel zu früh, obwohl sie wusste, dass es lange dauern könnte, bis sie die »Kontrolle« seiner Person und vor allem seines Gepäcks abgeschlossen hätten. Und als es endlich an der Tür klingelte, war sie aufgesprungen und zur Tür gerannt, verrückt vor Freude, wie ein dummes Kind. Hanna verschränkte die Arme vor der Brust, spürte das weiche Kratzen von Matthias' Pullover auf ihrer Haut, und obwohl sie immer noch fröstelte, blieb sie am Fenster stehen und blickte auf die Wäschestangen im Hof. Sie kamen zu dritt, einer war noch sehr jung und sah aus, als wäre er eben erst volljährig geworden. »Dürfen wir reinkommen?« Sie war überrascht, aber dann, »Natürlich, bitte«, und ihre Hand hatte in den Flur gezeigt. Sie führte sie in Hans' Arbeitszimmer. Draußen schien die Sonne, Staub tanzte durchs Zimmer. Sie war ans Fenster gegangen, hatte in den Hof geblickt. So wie jetzt. Das Licht war schön gewesen an diesem Nachmittag, kühl, aber klar. Die Nachbarin hängte gerade Wäsche auf, die Laken zitterten im Wind. Kurz hatte sie geglaubt, der Wind pfeife wieder durch die Ritzen, sie mochte das Geräusch, aber zu hören waren nur das Rascheln von Papier in ihrem Rücken und die Schritte auf dem Parkett. Jemand blieb dicht hinter ihr stehen und schaute über ihre Schulter in den Hof. Sie hörte seine Worte, seine Fragen, aber sie verstand sie nicht. Sie spürte nur seinen Atem in ihrem Nacken. Kurz wurde ihr schwindlig, sie streckte ihr Rückgrat durch und konzentrierte sich auf das flatternde Weiß der Tücher an der Wäschestange, und sie fragte sich, was das Geheimnis dieser strahlend weißen Wäsche war und warum ihr das so selten gelang, obwohl Hans, so jovial und unkonventionell er sich auch immer gab, doch viel Wert legte auf weiße Wäsche. Gelegt hatte.

Sie drehte sich nicht um, aber sie versuchte, ihrer Stimme einen festen Klang zu geben. Sie habe nichts gewusst. Gar nichts. Und ihre Finger hatten die Ellbogen umklammert, so dass die Knöchel weiß hervortraten. Sie stellten ihre Fragen nicht nur einmal, doch irgendwann gaben sie auf. Sie hatte ihnen das Wohnzimmer gezeigt, das Schlaf- und das Badezimmer, die Abstellkammer. Sie rissen Schränke und Schubladen auf, durchsuchten sein Bücherregal. Dann traten sie auf den Balkon und rauchten. Einer machte sich offensichtlich einen Spaß, vielleicht war es aber auch Bestandteil der Durchsuchung. Ruhig, fast routiniert, die Zigarette im Mundwinkel, stülpte er die Blumentöpfe um. Die Pflanzen fielen auf die Holzplanken des Balkons, es flackerte noch einmal – rot, grün, blau – ein letztes Leuchten, bis am Boden jegliche Farbe aus den Blättern und Blüten gewichen war.

Nach drei Stunden fiel die Tür leise hinter ihnen ins Schloss. Sie saß in der Küche, auf dem Tisch lag ein Schreiben, in dem ihr mitgeteilt wurde, dass ihre Arbeitsstelle in der Bibliothek bis auf weiteres unbesetzt bleibe. Es wurde langsam dunkel draußen, sie dachte, jetzt würde es regnen, aber es regnete nicht. Sie zündete sich eine Zigarette an und ließ sie zwischen ihren Lippen ausgehen, sie dachte, jetzt würde er kommen, aber er kam nicht. Sie hörte auf die Geräusche im Treppenhaus, Türen, die geöffnet wurden und wieder zufielen, Schlüssel, die sich in Schlössern drehten, Väter, die von der Arbeit nach Hause kamen, einmal erklang aus einem Fernseher die Melodie des Sandmanns.

Manchmal hörte sie, wie die Kinder um das Haus rannten, wie sie lachten, wie sie lebten, leichtherzig und selbstvergessen.

Sie stellte sich noch im Konsum an, aber sie ging nicht zum Bäcker, sie wollte die Fragen nicht hören. Sie machte die Hausordnung, wenn sie an der Reihe war, oder ging in den nahegelegenen Park und setzte sich auf eine Bank. Dort saß sie, wie sie in der Küche saß, sie sah die Tage vorbeiziehen, die Räume machten keinen Unterschied mehr. Sie schlief auf dem Sofa in seinem Arbeitszimmer, irgendwo klingelte es, einmal, zweimal, bis auch das verhallte zwischen den herausgezogenen Schubladen und den Büchern, die wie faulendes Laub auf den Teppichen lagen.

Irgendwann war sie aufgestanden und zur Tür gegangen. Das Klingeln hatte nicht mehr aufgehört. Es musste geregnet haben. Seine Klamotten waren triefnass, und sein Gesicht glänzte wie Glas. Sie sah ihn an, als könnte sie ihn nicht einordnen, als müssten sie einander erst noch vorgestellt werden.

»Ich komme seit Tagen vorbei, aber keiner macht mir auf. Was ist denn bei euch los?«

Sie hatte genickt, und dann hatte sie gelächelt, aus einer weiten Ferne.

»Ist alles in Ordnung?«, und wieder hatte sie genickt. »Ist Hans da?«, und sie begann, den Kopf zu schütteln, langsam, nach rechts und links, kleine Bewegungen, ohne Unterlass. Er sah über ihre Schulter, in den Flur, zu der herausgerissenen Garderobe und den bleichen Vierecken, in welchen die Kunstdrucke gehangen hatten. Er senkte den Kopf und registrierte die zerbrochenen Scherben des Spiegels auf den Holzdielen. Er sah an ihr herab, von ihren Haaren über das Nachthemd bis zu ihren nackten Füßen. Dann hob er die Hand und hielt ihr Kinn fest, so dass sie den Kopf nicht mehr bewegen konnte.

Sein Blick war ernst und klar. »Hast du Hunger?«, fragte er.

Sie sah ihm in die Augen, sie nickte.

»Dann mach ich uns jetzt Nudeln«, sagte Matthias und ging an ihr vorbei in die Küche.

»Bist du schon lange wach?«

Matthias sah sie an wie ein schlaftrunkenes Kind. Sie hatte nicht gemerkt, dass er aufgewacht war. Sie schüttelte den Kopf. Er gähnte und breitete die Arme aus. »Was'n das?« Dann deutete er mit dem Kopf auf ihre Hand, in der sie den Morgenmantel hielt.

Sie zuckte mit den Schultern. »Ach, nichts …«

Matthias ließ einen Arm aus dem Bett hängen und befühlte den Stoff. »Für nichts fühlt sich das aber gut an …« Seine Finger spielten mit der Spitze des Gürtels. »Zieh doch mal an …« In seinen Augen blitzte es.

»Nein«. Hastig kniete sie sich vor den Schrank und stopfte den Stoff zurück in den Pappkarton. »Passt nicht mehr …«

Matthias streckte sich auf dem Bett. »Schade.«

Sie stand auf. Seine Hand umfasste ihre Kniekehle. »Kaffee?«, fragte sie und trat einen Schritt zurück. Er nickte, sie drehte sich um, und seine Hand schwebte für einen Moment wie schwerelos in der Luft.

Er stützte seinen Kopf ab und sah ihr hinterher. »Mein Pulli steht dir sowieso besser.«

Aber sie hörte es nicht mehr.

Abschied

Es war eine dieser Nächte, in denen er den Schlaf nicht wollte und der Schlaf ihn nicht wollte, in denen die Geräusche der Stadt mit dem Lärm seiner Gedanken verschwammen. Er lag auf dem Bett und sah zur Decke. Irgendwo im Haus ließ der Luftzug eine Tür mit lautem Knall ins Schloss fallen. Draußen begann es langsam zu dämmern, zwischen den Ritzen der Holzjalousien fiel ein blasses Licht auf den Fußboden und die Kommode. Zwei Betrunkene unterhielten sich vor dem offenen Fenster. Gelegentlich konnte er ein paar Worte auffangen, die keine Sätze ergaben und nichts besagten. Ohne hinzusehen, griff er nach dem Feuerzeug, das auf dem Nachttisch neben dem Bett lag, und zündete sich eine Zigarette an. Die Betrunkenen gingen fort, ihre Stimmen wurden leiser und leiser, bis sie schließlich gar nicht mehr zu hören waren. Ruhig sah er dem Rauch hinterher, wie er im Halbdunkel des Zimmers schwebte und sich zur Deckenlampe hin auflöste.

Er musste an die letzten Tage und Wochen denken. Die Ereignisse hatten sich überschlagen, und es blieb keine Zeit, die Zusammenhänge zu erkennen, die Dinge in ihrer wirklichen Dimension zu sehen.

»Die kommen alle wieder«, hatte er in der Mittagspause zu Wolfgang gesagt, »glaub mir«. Aber der hatte seine halbe Zigarette zwischen den Ziegeln der Mauer ausgedrückt, ihn ungläubig und verärgert angesehen. »Das denkst auch nur du …« Dann war er den langen Flur zurückgegangen. Matthias hatte ihm hinterhergesehen. Er hatte an dessen geraden Gang gedacht, daran, wie alle auf dem Flur selbstverständlich Platz gemacht hatten, wenn Wolfgang kam. Er hatte an die Sicherheit gedacht, mit der Wolfgang durch den Tag und sein Leben gegangen war, um die ihn Matthias manchmal beneidet hatte, an die Kraft, die von ihm ausgegangen war, auch dann, wenn es ungemütlich wurde, wenn besondere Entwürfe vorm Ministerium verteidigt werden mussten, aber all das, hatte er gedacht, während der Rücken seines Brigadeleiters immer kleiner geworden war, war einer großen Müdigkeit gewichen, die langsam von diesem Menschen Besitz ergriffen hatte und seit Wochen nicht mehr weichen wollte.

Kurz nach der Mittagspause hatte Wolfgang dann vor seinem Schreibtisch gestanden, seltsam ruhig. »Bin gleich fertig mit den Zeichnungen«, hatte Matthias erklärt, ohne nach oben zu sehen, aber da hatte Wolfgang ihn schon nach hinten gedrückt, die Entwürfe vom Tisch gefegt, alle, mit einem Wisch, ihn am Hemdkragen gepackt und geschüttelt, wieder und immer wieder: »Krömke, Leist, die Karge und sogar Olbricht. Die kommen alle wieder, ja?« Sein Blick hatte sich in Matthias' Gesicht verkeilt, als warte er auf etwas, eine Erklärung, irgendetwas, auch als seine Kraft nachließ, die wütenden Bewegungen müder wurden. Die Wut, die Wolfgang umtrieb, galt nicht ihm, das wusste Matthias. Sie speiste sich aus einer Niedergeschlagenheit, derer er versuchte, sich zu entledigen, die ihn jedoch umso heftiger vereinnahmte, je mehr er sich dagegen wehrte. Er kannte den Grund für Wolfgangs inneren Kampf, aber zum ersten Mal seit ihrer Zusammenarbeit konnte er ihn nicht nachvollziehen.

Wolfgang stützte sich auf dem Tisch ab, sein Blick glitt

über die leere Arbeitsfläche, über die Tuscheflecken, die geometrischen Abdrücke im Holz, die Entwürfe. Kurz schüttelte er seinen Kopf, als käme er aus einem langen Kampf und könnte die Niederlage noch nicht glauben, dann richtete er sich auf, fuhr sich durch die Haare, versuchte sie zu ordnen, in langsamen, immer gleichen Bewegungen, während er ziellos zwischen den leeren Schreibtischen umherlief. Schließlich blieb er stehen: »Also ich weiß nicht, was du heute noch machst, aber ich«, er sah sich im Büro um, als sähe er alles zum ersten Mal, »ich fahr jetzt mit Marina und den Kindern los und hol mir das Begrüßungsgeld«.

Matthias antwortete nicht, er blickte auf die Zeichnungen, die am Boden lagen. In der Stille war Wolfgangs Atem hörbar, und eine schneidende Aufmerksamkeit füllte den Raum. Matthias wartete, aber dann sah er zu, wie Wolfgang tief Luft holte, wie er sich einen Ruck gab, sich bückte und die Blätter aufhob, jedes einzelne, wie er sie vor ihn auf den Schreibtisch legte, sich darüberbeugte, ihm auf die Schulter klopfte, langsam und erschöpft, und sagte: »Mach's gut.«

Er hatte gewartet, bis die Motorengeräusche von Wolfgangs Wartburg verklungen waren, bis das Auto hinter der Schranke in die Straße eingebogen war, erst dann hatte er sich wieder an den Entwurf gesetzt. Die Wohnhäuser kennzeichnete er blau, die für die Markthallen und den Konsum vorgesehenen Standorte gelb, die dazwischen liegenden Freiflächen grün, Straßenzüge blieben weiß, Brücken und Plätze markierte er rot. Zum Schluss unterzeichnete er neben der Legende rechts unten, »Planung: Matthias Lenzke«, dann rollte er den Entwurf ein. Im Vorbeigehen klopfte er aus einer alten Routine heraus kurz auf Wolfgangs Schreibtisch und ging über den Hof zur Abteilung »Wohnungsbau«. Der Lichtschalter war kaputt, er lief den langen, dunklen Gang entlang, kurz vor der Kantine blieb er stehen. Auf den Esstischen standen angebrochene Sektflaschen und schmutzige Gläser. Zerrissene Girlanden hingen von den Lampenschirmen, bunte Luftschlangen lagen kreuz und quer über die Tische verteilt, Kuchenreste auf Papptellern standen neben überquellenden Aschenbechern, und an die Tafel, wo normalerweise das Menü für den Tag stand, hatte jemand mit Kreide geschrieben »Wir sind das Volk!«. Matthias lief weiter, bog um die Ecke, »Abnahme Südwest BD3«, und wollte gerade klopfen, aber die Tür stand weit offen. Er durchschritt den leeren Raum, öffnete das Fenster an der Stirnseite und sah in den Hof. Der Parkplatz lag im fahlen Novemberlicht, der Asphalt war an einigen Stellen schon aufgerissen, und auf der wie brach liegenden Fläche waren nur noch wenige Autos zu sehen. Ganz hinten stand die kaputte Schwalbe von Marina, Wolfgangs Frau. Rauchend und lachend hatte Marina manchmal im Büro gestanden, auch an dem Tag, als der Motor des Mopeds verreckte. Sie war klein und mollig, trug mit Vorliebe bunte und enge Oberteile, ihre Haare waren meist eine Nuance zu blond, und Geburtstagskarten unterschrieb sie gerne mit »Dein Räuberliebchen«. Wolfgang hatte seiner Frau auf den Hintern geklopft und gesagt, das Ding müsse man verschrotten. Marina hatte sich mit wogendem Busen zu Wolfgang umgedreht, die Hände in die Hüften gestemmt, ihn mit einem gespielt bösen Blick angesehen und gefragt: »Meinst du jetzt meinen Hintern oder den Flitzer?« Alle hatten gelacht, und Wolfgang hatte seine Frau umarmt, aber Marina hatte sich freigeboxt: »Ja ja, jetzt lacht ihr noch, aber ich sag's euch, wenn die Mühle wieder flott ist, mach ich damit bis zum Balaton.«

Matthias schloss langsam das Fenster, er nahm die Rolle

und legte sie in das mittlere Fach des Regals, »Laufende Projekte«, es lagen schon mehrere Entwürfe dort, »Statik«, »Vermessung«, »Fernwärmeleitungen«, und über alle hatte sich eine feine Schicht Staub gelegt.

Er konnte nicht sagen, wie viele Tage und Nächte seitdem vergangen waren. Die Zeit zog sich dahin, aber die Frage war nicht, warum man Abschied nahm, sondern wie oft.

Irgendwo hupte ein Auto. Er griff zur Zigarettenschachtel, aber sie war leer. Wie spät es wohl war? Aus der Küche war nichts zu hören außer dem leisen Summen des Kühlschranks – als hätte sie nicht nur ihren Koffer mitgenommen, sondern auch die Geräusche.

Nach ihrem Gespräch hatte er ihr einen Kaffee gemacht und dann zugesehen, wie sie den kleinen Koffer aus rotem Leder packte, der an den Seiten schon abgewetzt war, wie sie die Blumen goss und schweigend den Kaffee trank. Er hatte nichts mehr gesagt, sich nicht einmal bewegt. Nur sein Blick war ihr gefolgt, als sie aufstand und auf den Stuhl zuging, auf dem schon der Mantel bereitlag. »Is ja nur für'n paar Tage«, hatte sie gesagt, ohne ihn anzusehen, und selbst da hatte er nichts mehr erwidert, hatte nur gewartet, und er wusste noch nicht einmal, auf was.

Von der Straße drangen jetzt laut Kinderstimmen herauf und die Motorgeräusche vorbeifahrender Autos. Matthias drehte den Kopf zum Fenster. Draußen war es Tag geworden. Zeit, die Jalousien hochzuziehen, dachte er und blieb liegen.

Tick, Trick und Track

Sie hatten die Cola noch nicht einmal ausgetrunken, da hatten sie schon wieder in einen Zug steigen müssen, irgendjemand hatte sogar ein Kofferradio dabei, das vor sich hindudelte, und wenig später waren sie angekommen. Sie brachten sie zu einem rechteckigen Kasten, die Mutter, den Bruder, sie und die russische Familie. Das Gelände war abgeriegelt, es gab eine Schranke, nur ihr Container grenzte direkt an die Straße zum Wohngebiet. In einem Garten auf der anderen Straßenseite stand ein Kirschbaum, der sogar noch Früchte trug. Der Container war nicht schön, aber es war alles da, von dem man sich wünschte, dass es da wäre, nach so einer Reise: Betten, Waschbecken, kleine Schränke und ein Tisch. In einer Metallkiste lagen sogar Buntstifte, Hefte zum Ausmalen und diese Comics, um die sie die anderen in ihrer alten Klasse sicherlich beneidet hätten. Sie waren nicht neu, die Seiten hatten Risse und Flecken, aber das war scheißegal, und so hastig, wie Anne nur konnte, schlug sie den ersten Comic auf und war endlich dort, wo doch in Wirklichkeit alle immer hinwollten: Entenhausen.

Und wahrscheinlich war sie gerade mit Daisy und Donald pfeifend durch die Stadt gelaufen, als der Russe abgehauen war, mitten in der Nacht. Vielleicht wollte er saufen gehen, vielleicht musste er pissen, vielleicht wollte er einfach mal was anderes sehen als den Containerhimmel, wie auch immer, aus irgendeinem Grund hatte der Alte einfach die Tür abgeschlossen, die Bude dichtgemacht, so ein- und ausbruchssicher wie Dagobert Duck seinen Geldtresor. Und vielleicht hätten sie es nie gemerkt, wenn ihr kleiner Bruder nicht wenig später aus dem Doppelstockbett gefallen wäre, dieser Tollpatsch, direkt auf den Kopf, dabei war der doch noch so klein und so zart, der Kopf, fast wie im Comic. *Tick, Trick und Track*. Und so wie die Figuren nie aus den Bilderkästchen abhauen konnten, konnten sie nicht aus dem Containerquadrat, denn die Tür war zu, und vor den Fenstern hing ein dünnes Gitternetz. Und das hatte sie einfach nicht kapiert. Als hätten die im Aufnahmelager Angst, sie könnten heimlich wieder abhauen, aus dem Westen, zurück in den Osten, dabei waren sie doch gerade erst angekommen.

Und während der Mond sein farbloses Licht auf die Zweige des Kirschbaums im Garten gegenüber warf, wurden seine blonden Haare so rot wie Daisy Ducks Schleife, und während er schrie, die Russin heulte und Mutter panisch nach Taschentüchern suchte, hatte sie auf der Kante des Bettes gesessen, ganz still, und sich geschämt, weil sie sich manchmal heimlich gewünscht hatte, er würde die Biege machen, dieser kleine Rattenzahn, wo sie doch immer alles mit ihm teilen musste, aber jetzt hier, in diesem blöden Film, war alles anders, und sie versprach dem lieben Gott, dass sie ihm alle, wirklich alle von diesen bunten, tollen Comics schenken würde, Hauptsache, der kleine Scheißer würde nicht sterben.

Freiheit

Ein Ruck durchfuhr ihren Körper, und sie wachte auf. Das metallische Pfeifen drang durch die Gänge, dann stand der Zug still. An dem Bahnhof waren nur wenige Menschen zu sehen, aber ein großes Schild, das auf dem Dach der Bahnhofshalle angebracht war, verkündete: »Herzlich willkommen«. Sie musste an die Bahnhöfe in Berlin denken, die Kontrollen und Schranken dort, und sie fragte sich, ob das von Bedeutung war, ob all das, was sie nun sehen würde, seit sie die Grenze hinter sich gelassen hatte, jedes neue Zeichen, einen tieferen, verborgenen Sinn in sich trug, dessen Entschlüsselung sie erst noch lernen musste. Hanna stand auf, ordnete ihr Haar, dann öffnete sie das Abteilfenster.

Auf dem Bahnsteig übten Kinder Rollschuh fahren. Sie versuchten unbeholfen, an Geschwindigkeit zu gewinnen, sie hielten sich aneinander fest, als könnte der jeweils eine dafür sorgen, dass der andere schneller wurde. »Zieh mich. Los! Zieh mich«, rief ein Mädchen einem kleineren, etwas schwerfälligen Jungen zu, der als Einziger keine Rollschuhe trug. Er ging hastig auf sie zu, sie beugte sich nach vorn, doch bevor er ihre Hand erreicht hatte, verlor sie das Gleichgewicht und fiel der Länge nach hin. Für einen Moment verstummten alle anderen Kinder und sahen zu der am Boden Liegenden. Das Mädchen drehte sich langsam auf den Rücken, zog ihre Füße an, stand wieder auf und boxte dem kleinen Jungen in die Schulter. Dann lachte sie, und die anderen konzentrierten sich wieder auf das Rollschuhfahren.

Der Zug setzte sich mit einem ebenso ruckartigen Stoß wieder in Bewegung, wie er angehalten hatte. Hanna sah den Kindern hinterher und spürte, wie sie mitgezogen wurde, ohne dass sie etwas dagegen tun konnte.

»Können Sie das Fenster bitte wieder schließen! Es zieht.« Der alte Mann hatte sich umgedreht, bevor sie sein Gesicht sehen konnte. Hanna schob das Fenster nach oben und setzte sich. Der Zug war bis auf den letzten Platz besetzt, hier und da standen sogar Menschen im Gang, und über allem lag diese eigenartige Ruhe, die die Kinder am Bahnsteig verströmt hatten, als das Mädchen hingefallen war. Aber sie hatte das Gefühl, dass sich dieses Schweigen hier nicht auflösen würde. Manchmal sprach man miteinander, aber nur im Flüsterton, als sei alles andere immer noch zu gefährlich. Es war, als hätte jemand die Freiheit gerufen und vergessen, die Tür aufzumachen.

Sie musste an Matthias denken. Was würde er wohl gerade machen? Vielleicht in einer Kneipe sitzen. Vielleicht mit Wolfgang. Am Ende würde Wolfgang die Zigaretten im Aschenbecher zählen, die leeren Bierflaschen auf dem Tisch, Matthias auf die Schulter klopfen und nicht mehr sagen als: »Wird schon wieder.«

Sie hätte sich in diesem Moment gerne selbst auf die Schulter geklopft, sich gratuliert zu ihrer Entscheidung: der erstbeste Zug gen Westen. Sie hatte gezögert, für einen kurzen Augenblick, als die Frau am Schalter sie fragte, ob sie auch einen Rückfahrschein wollte, und kurz hatte sie geglaubt, in der Stimme der Fahrkartenverkäuferin eine Art Bitte gehört zu haben.

Plötzlich kam Bewegung in das Abteil. Ein älterer, untersetzter Mann bahnte sich mit seinem Servicewagen mühsam einen Weg durch die Menge, laut und angestrengt »Kaffee, Kaffee, Mars, Snickers, Raider …« rufend. Wahrscheinlich hatte er in seinem Leben noch nie so viel Aufmerksamkeit genossen, alle sahen ihn bewundernd an.

»So was hat's in der MITROPA nicht gegeben. Einer, der kommt und dir 'n Kaffee bringt, was?«, sagte ein Mann, der ihr gegenüber saß, in die Runde. Die anderen nickten eifrig, und kurz versuchte jeder einen Blick auf die in dem Wagen liegenden Waren zu werfen, doch der Dicke war zu eifrig damit beschäftigt, vorwärtszukommen.

Dem Alten kaufte niemand etwas ab, aber man war beeindruckt von diesem Ereignis, und in ihrer stillen Übereinstimmung schwang eine unumstößliche Sicherheit mit, dass das erst der Anfang des Abenteuers sein würde. Sie musste wieder an Matthias denken, und plötzlich wusste sie nicht mehr, ob all das, diese Fahrt, von der die anderen wie vor einem großen Ereignis verstummten, noch Sinn hatte. Wie zum Trotz zog sie die Schultern nach hinten. Sie glättete ihren Rock mit der flachen Hand, atmete tief ein und sah aus dem Fenster, sah auf die Wiesen und Felder, die an dem Fenster vorbeizogen, die Pfade, Wege und Straßen, an deren Ende eine andere Welt wartete.

Primavera

Es war genauso gekommen. Es klingelte. Er öffnete. Und da stand sie. Mit einer Selbstverständlichkeit, als wäre seit Tagen klar, dass sie heute mal wieder etwas unternehmen. Er hatte versucht, souverän zu wirken, als sei er nicht überrascht, er hatte »Komm doch herein« gesagt und sich bemüht, dabei gleichgültig auszusehen. Er schloss die Tür hinter ihr. Vielleicht ein Spur zu laut fiel sie ins Schloss. Sie sah ihn kurz an, »Hallo Hans«, er lächelte und unterdrückte einen Hustenreiz.

In der Diele nahm er ihr den Mantel ab, doch die routinierten Bewegungen, die er dafür aufbrachte, kosteten ihn einige Mühe. Und während er den Mantel an der Garderobe über einen Holzbügel hängte, überlegte er, was er der Situation Angemessenes sagen könnte. Er sah ihr hinterher, strich den Stoff ihres Trenchcoats glatt, langsam und sorgfältig, aber es fiel ihm nichts ein. Sie war mitten im Flur stehen geblieben und betrachtete die Klimt-Zeichnung, die über der kleinen Biedermeierkommode hing. Sie trug einen dunkelroten Rollkragenpullover und helle Jeans. Ihre Haare waren etwas kürzer als früher, aber immer noch schulterlang und glatt. Durch die Glasscheibe der Flügeltür fiel das Licht genau auf ihre Hände.

Er räusperte sich, sie drehte sich zu ihm um. »Kaffee?«, fragte er so beiläufig wie möglich und schlug den Weg zur

Küche ein. Sie folgte ihm, und er konnte das Geräusch der Schritte auf dem Fußboden hören, das kurze Klackern ihrer Absätze. Er hatte gehofft, es klänge wie etwas Fremdes, Bedrohliches. Doch das Gegenteil war der Fall. Es klang, als gehörte das Parkett seiner Wohnung so selbstverständlich unter ihre Schuhe wie der Rahmen zum Bild.

Er beugte sich über die Spüle, während sie sich an den Küchentisch setzte, öffnete den Wasserhahn, doch der Strahl des Wassers lief immer wieder am Rand der Kanne vorbei. Ein dumpfes Pochen drückte an seine Schläfen, er schloss für einen Moment die Augen, atmete tief ein und versuchte, sich zu konzentrieren. Dann setzte er die Kanne mit einem Ruck in die Mitte der Spülschüssel und schob sie unter den Strahl.

»Schön hast du's hier«, hörte er ihre Stimme hinter sich.

»Danke«, sagte er hastig, ohne die Kanne aus den Augen zu lassen. »Hat mich auch Einiges gekostet.« Er biss sich auf die Zunge.

Die Kanne war voll, und er befüllte den Wasserbehälter der Kaffeemaschine. Dann drehte er sich zu ihr um. »Oder soll ich uns lieber einen Espresso machen?«

»Einen Espresso?« Ihre Stimme klang unsicher. »Weiß nicht.« Doch dann hörte er den Trotz darin durch. »Hab ich noch nie probiert. Gab's ja bei uns nicht.«

»Ja stimmt, wir hatten ja nur Filterkaffee.« Er fuhr sich verlegen durchs Haar und beeilte sich hinzuzufügen: »Aber der war ja auch nicht schlecht.«

Sie schwieg.

Er senkte den Kopf und blickte an sich hinab. Mit einem Mal fühlte er sich alt und lächerlich, als hielte ihn jemand an unsichtbaren Fäden, mache sich einen Witz aus seiner fehlenden Selbstbestimmtheit. Wie in Woody-Allen-Filmen, dachte er, aber das tröstete ihn nicht. Und nur mit einiger Willensanstrengung gelang es ihm, die Portionen löffelweise zu zählen, mit denen er das Kaffeepulver für die Maschine dosierte. Es würde bei Filterkaffee bleiben.

»Willst du nicht wissen, wie ich deine Adresse herausbekommen habe?«

Er schaltete die Kaffeemaschine an. Sie gab wie immer laut stotternde Geräusche von sich, während das Wasser röchelnd durch das Papiersieb lief. Er wollte nichts wissen, weder von ihr noch von gefundenen Adressen. Sein Kopf war leer, seit sie die Wohnung betreten hatte. Er räusperte sich und nickte: »Erzähl.«

Sie öffnete ihre Handtasche, legte eine Mappe auf den Tisch. Er öffnete sie, es waren Scheidungspapiere. »Die wussten sogar, wo im Westen du wohnst.«

Kurz blickte er aus dem Küchenfenster, während sie weiterredete, die Blätter der Kastanie schimmerten in der Herbstsonne. Er spürte eine wochenalte Müdigkeit in seinen Knochen.

»Darf ich rauchen?« Sie griff in ihre Tasche, legte eine Schachtel Karo auf den Tisch und schlug ihre Beine übereinander, im gleichen Moment steckte sie sich die Zigarette zwischen die Lippen.

»Aber natürlich … selbstverständlich … ich …« Er begann in den Taschen seines Cordjacketts zu kramen, fand jedoch kein Feuerzeug. Er hatte vor einiger Zeit aufgehört zu rauchen. Unsicher tastete er nach einem Unterteller im Wandschrank und stellte ihn als Ersatz für den Aschenbecher vor ihr auf den Tisch.

Sie sog den Rauch tief ein und beobachtete ihn. »Ich war mir nicht sicher, ob es eine gute Idee wäre, hierherzukommen.« Ihre Stimme hatte plötzlich etwas Brüchiges. »Aber, na ja, jetzt bin ich hier.« Sie hielt inne und sah sich um. »Und sehe, dir geht es gut.«

Er nickte. »Ja, kann mich nicht beklagen.« Man konnte den Wasserhahn tropfen hören. Die Tür zum Flur stand offen. Der Rauch zog nach draußen, schwebte durch einen Sonnenstrahl, im Garderobenspiegel waren ihre Haarspitzen zu sehen.

Ruhig sog sie den Rauch der Zigarette ein, als könne sie nichts mehr aus der Fassung bringen, was mit ihm zusammenhing, nicht einmal sein betretenes Schweigen, und mit einem Mal hatte er das Bedürfnis, ihr alles zu erzählen, all das, was er noch niemandem erzählt hatte. Er wollte, dass sie dablieb, dass sie ihm zuhörte, der einzige Mensch, der ihn vielleicht verstehen könnte. *Hanna, ich …* Er hätte ihr gerne erklärt, dass ihr Leben damals nicht so leicht war, wie sie glaubte, nicht für ihn, dass er gearbeitet habe an sich wie ein Berserker, um nicht verrückt zu werden, um nicht aufzufallen, um nicht herauszufallen. Sie hatten ihn eingeengt mit ihren Fragen, mit ihren Adlerblicken, ihrer grauen Unauffälligkeit. Er hatte zum Schluss Berichte erfunden, um endlich einmal das Land verlassen zu dürfen, er dichtete niemandem etwas an, aber er ließ sich irgendwelche Ereignisse einfallen, belanglos, aber so plausibel, dass sie Voigts glauben machten, er, Hans, sei eifrig. Es hatte noch eine Ewigkeit gedauert, aber irgendwann hatte Voigts den Stempel auf den Antrag seiner Romreise gesetzt. Und dann war er zu Sedlitz gegangen, seinem Doktorvater, und hatte sich bedankt dafür, dass er ihn bei der Kommission für diese Romreise vorgeschlagen hatte, dass er in die vatikanischen Museen fahren durfte. Sedlitz hatte abgewehrt, »So etwas wird selten bewilligt, Hofmann, ich freue mich sehr, und wenn Sie so weitermachen, sind Sie bald ein größerer Madonnenexperte als ich!« Er hatte gelacht, ahnungslos, und sich darüber gefreut, dass er Hans diesen großen Gefallen tun konnte, dass es ein wenig sein Verdienst war.

»Und genau das soll er auch denken«, hatte Voigts erklärt, während Hans die letzten Papiere unterschrieb, die ihm sein Führungsoffizier über den Tisch geschoben hatte.

»Hast du Zucker?«

Er sah ihr in die Augen, zum ersten Mal, seit sie vor ihm saß, ein dunkles Grün.

»Was?«

»Zucker? Ich habe dich gefragt, ob du Zucker hast?«

»Ach, ja natürlich, Zucker, ich …«

Er stand auf, öffnete alle Türen des Wandschranks, auch die, hinter denen nichts lag, und sah sogar im Besteckkasten nach. Bis er die kleine versilberte Messingdose gefunden hatte.

Er drehte sich um und wollte sie vor ihr auf den Tisch stellen, doch dann hielt er inne. Sie saß mit dem Rücken zu ihm, den Kopf in beide Hände gestützt. In einer Hand hielt sie die Zigarette, nur einen Hauch von ihrem Gesicht entfernt. Sie wartete, offenbar in dem Glauben, er suche immer noch nach der Zuckerdose, und heimlich fuhr sein Blick an der geschwungenen Linie ihres Nackens entlang, glitt über ihre Schultern in die Spitzen ihrer Haare. Sie hatte immer noch diese Leichtigkeit in ihrer Haltung, und doch hatte sich darin etwas eingeschlichen, was er sich nicht zu erklären vermochte, hatte sich etwas um ihre Schultern gelegt wie ein zu eng sitzender Mantel. Er hätte sie gerne gefragt, ob sie ab und zu an ihn gedacht hatte, im Guten an ihn gedacht hatte, und sein Blick fiel auf das kleine Bild, das über seinem Esstisch hing.

Es war sein letzter Tag in Rom gewesen, er hatte ihr einen Seidenschal gekauft und ebenjenen Kunstdruck von Botticellis *Primavera*. Anschließend war er in ein Café gegangen und hatte sich an einen der Tische gesetzt, die unter freiem Himmel auf dem Platz davor standen. Er hatte die Passanten beobachtet und kurz überlegt, wie es wäre, nicht in den Zug zu steigen, nicht zurückzukehren nach Berlin, an die Universität, in die Bibliothek, ins MfS zu Voigts, und in die großräumige Altbauwohnung am Nöldnerplatz, die Hanna und er gemeinsam mit Matthias mühevoll renoviert hatten. Ein helles Lachen hatte ihn damals aus seinen Gedanken gerissen, er hatte sich umgedreht und zu einem Paar gesehen, das am Nebentisch saß. Sie hatten sich anscheinend gerade erst kennengelernt, er erzählte ihr schüchtern Witze, und sie lachte übermütig, in der Luft lag ein Flirren, man konnte den Frühling schon ahnen, einen mit Licht und Freiheit, und da hatte er nicht mehr viel darüber nachgedacht, damals, er warf den Tauben, die sich auf dem Platz vor der Kirche sammelten, sein letztes Stück Brot zu, er trank den Rest seines Espressos, und stellte die Tasse auf dem Unterteller mit so viel Kraft ab, als könnte das knallende Geräusch seinen Entschluss bestätigen. Dann legte er ein paar abgezählte Münzen auf den Tisch, nahm seine Tasche und ging über den Kirchenplatz, während ein Windstoß hinter seinem Rücken die Papiertüte umwehte, in der der Schal für sie lag.

»Hans?« Sie drehte sich um und blickte ihn direkt an. Er fühlte sich ertappt. Sie sah kurz auf die Uhr. »Ich muss jetzt gehen«, sagte sie, »der Zug«, und stand auf.

»Ja, ja sicher«, antwortete er, begleitete sie in die Diele und beeilte sich, ihr den Mantel zu halten. Sie drehte ihm den Rücken zu, schob ihre Haare zur Seite, und während er das Kleidungsstück lautlos um ihre Schultern legte, fiel sein Blick auf ihren Nacken, die sanft aufgerichteten feinen Härchen, die wie ein weicher Flaum über ihren Halswirbeln lagen, und plötzlich hatte er eine Ahnung von dem, wie es gewesen sein könnte, früher, als er immer schon wusste, wo sie war, wo sie stand, aus welcher Richtung sie kam, noch bevor er sie sehen konnte, noch bevor ihre Bewegung im Raum zu fühlen war, ihr Körper, ihre Haut.

»Wohnst du noch am Nöldnerplatz?«, fragte er schnell und laut in die Stille und zog seine Arme aus dem Schatten ihres Rückens. Sie drehte sich zu ihm um, nickte, sah an sich hinab, während sie die Knöpfe ihres Mantels schloss, und erst jetzt fiel ihm auf, wie erschreckend dünn sie geworden war.

Er begleitete sie den Flur entlang und öffnete ihr die Tür. Sie wandte sich ab, bereit, zu gehen, da hielt er sie am Arm fest.

»Hanna, ich …«

»Ja?« Sie sah ihn fragend an.

Er blickte verlegen zu Boden und räusperte sich. »Ich wollte nur, also, verstehst du, ich …« Er brach ab und spürte, wie sie ihn immer noch ansah.

»Ist schon gut, Hans«, antwortete sie nach einer Weile. »Ist schon gut.«

Langsam löste sie ihren Arm aus seinem Griff, drehte sich um und ging die Treppen nach unten.

Die Tür fiel hinter ihr ins Schloss. Er blieb einen Moment stehen, hörte dem Hallen der Schritte im Treppenhaus nach, bis es verklungen war, dann ging er in die Küche und setzte sich an den Tisch. Der Rauch lag immer noch in der Luft. Doch das Einzige, was zum Greifen real war nach ihrem Besuch, der ihm so unwirklich vorkam wie sonst nichts, waren die drei Zigarettenstummel, an welchen ihr Lippenstift Spuren hinterlassen hatte. Es sah aus wie an einem Tatort, nur mit dem Unterschied, dass es keine Toten gab.

Sieben Meter überm Asphalt

Die marode Tür zur Einfahrt des Vorderhauses fiel krachend hinter ihm zu. Eine Katze sprang vom Deckel einer Mülltonne, ein magerer, schmutziger Streuner. Kurz blieb Matthias auf dem Gehsteig stehen und sog die kalte Luft ein. Es hatte aufgehört zu regnen, irgendwo hinter fünf Straßenzügen heulte das Martinshorn eines Krankenwagens. Er zog sich die Kapuze seines Anoraks über den Kopf, vielleicht in den Park, dachte er, spazieren, als plötzlich die Straßenbahn um die Ecke bog und langsam auf die Haltestelle zufuhr, die sich ein paar Meter neben ihm befand.

Irgendwann hatte es wieder zu regnen begonnen, das Inventar der Stadt glitt wie Treibgut an der Scheibe vorbei, und er hatte gehofft, es werde sich wieder einstellen, das Gefühl von Anonymität, das ihn früher manchmal befallen hatte, als er für sein Studium hierhergekommen war. Als er, wie jetzt, mit der Straßenbahn herumgefahren war, mal hierhin, mal dorthin, durch eine Stadt, deren Zeichen er noch nicht vollständig lesen konnte, deren Wege und Straßen noch keinen vertrauten Plan ergaben, wo sich Häuser wie Behauptungen aneinanderreihten und er ihnen nichts entgegenzusetzen hatte außer dem weißen Blatt Papier in seinem Kopf. Angst und Neugier hielten sich die Waage, Freiheit und Unbehaustsein, es hatte ein großer Reiz darin gelegen, noch ein Fremder in der Stadt zu sein, ein Fremder auf Zeit.

Er musste an den Motorradunfall denken, den er einst mit Hans gehabt hatte, an das Öl auf der Straße, den Asphalt und den Tankdeckel, der in weitem Bogen über die blühenden Felder flog. Es war eigenartig ruhig gewesen, durch die menschenleere Landschaft wehte ein leichter Luftzug. Er hatte noch das Ende des Sommers auf seiner Haut gespürt, plötzlich der Überschlag, Schwerelosigkeit, ein weißer Himmel in seinem Kopf. Dann war es still.

Als er wieder zu sich gekommen war, standen bereits Menschen um sie herum. Es war einer jener seltenen Momente, in denen die unmittelbare Umgebung aus Fragmenten besteht, und obwohl alles seine Ordnung hat, nimmt man die einzelnen Teile und Formen intensiver wahr als ihre Einheit, schärfer konturiert, als würde sich für diese wenigen Sekunden ihr wahres Wesen offenbaren.

Man hatte ihm hochgeholfen, ihn zu einem Baum geführt, er hatte sich darangelehnt, geatmet und gewartet, bis sich die Details in ihrer übermächtigen Präsenz aufgelöst, bis Gras, Feld, Straße und Baum sich wieder zu einer Landschaft gefügt hatten.

Das Erstaunliche jedoch war, dass Hans, der stark an der Schläfe blutete, den der Sturz also ebenso mitgenommen haben musste wie ihn selbst, das Geschehen koordinierte, den Ölfleck inspizierte, ihre Bremsspur analysierte, den Arzt in Kenntnis setzte und mit den Schaulustigen sogar scherzte. Er hatte es damals auf den Schock zurückgeführt, doch je länger er mit Hans befreundet war, desto klarer wurde ihm, wozu dieser fähig war, und er hatte begonnen, ihn zu bewundern für das Vermögen, sich mit höchster Präzision in einer Welt zu positionieren und mit ihr interagieren zu können, wenn sie für andere nur aus flirrenden, sinnlosen Fragmenten bestand.

Die Straßenbahn hielt an, Menschen stiegen aus, Menschen stiegen ein, sein Blick glitt über die Fassaden der Häuser. Die Stadt hatte sich nicht verändert, die Straßenzüge waren noch da, die Häuser, Gehwege und Plätze, und doch schien es ihm, als hätte sich alles in ein undurchschaubares Netz aus Steigungen und Gefällen, aus ineinanderstürzenden Wegen und Gassen verwandelt, und er fragte sich, wie lange es diesmal dauern würde, bis die bedrohlichen Details sich auflösen und endlich wieder zu einer Landschaft fügen würden. Und wieder war es Hans, der das Geschehen koordinierte, der sich positionierte und interagierte – ohne anwesend zu sein. Im Grunde war Hans nie weg gewesen, obwohl Hanna und er nie wieder über ihn gesprochen hatten. Aber manchmal, wenn sie spazieren gingen, konnte Matthias sehen, wie Hanna in die fremden Gesichter der Männer blickte, die ihnen entgegenkamen, als fragte sie sich, ob Hans vielleicht plötzlich vorbeikommen könnte, ob er unter den anderen sei.

Ein Stoß riss ihn aus seinen Gedanken, er drehte seinen Kopf zur Seite, eine alte Frau. Sie hatte ihn angerempelt, ohne es zu merken. Ihr Mann stand neben ihr und blickte erwartungsvoll aus dem Fenster, sein Finger zeigte auf ein Gebäude, das gerade an der Scheibe vorbeizog, »das wollnse jetzt auch renovieren«.

Sie wandte ihm den Kopf zu. »Jaja, wird sich einiges ändern …«

Ihre Augen glänzten, und Matthias konnte die Träume dahinter ahnen, von einem neuen Leben, einer Freiheit, die suggerierte: »Alles ist möglich.« Sie wollten in eine Zukunft sehen, von der sie glaubten, sie sei zu ertragen, und ihn überkam das unbändige Verlangen, dieses Glück zu zerschmettern.

Hastig wandte er sich ab, verkreuzte die Arme vor der Brust und blickte aus dem Fenster.

Eine Woche war Hanna in Westdeutschland unterwegs gewesen, und als sie wiederkam, hatte er gewusst, dass sie ihn getroffen hatte. Sie hatte es ihm nicht gesagt, aber das war auch nicht nötig gewesen. Matthias hatte ihr den Mantel abgenommen, sie umarmt, kurz und abrupt, und sie aus Versehen auf das Ohr geküsst anstatt auf die Wange. Sie hatte den Koffer abgestellt, sich auf das Sofa gesetzt und im Wohnzimmer umgesehen wie bei einer Wohnungsbesichtigung. Er hatte den Teller mit dem Fisch vor sie auf den Couchtisch gestellt, die Kartoffeln dampften. »Hatte heute Lust zu kochen«, hatte er gesagt, obwohl er seit einer Woche jeden Abend gekocht hatte, und immer zu viel, aber das musste sie ja nicht wissen.

»Wie war die Reise?«

»Gut«, hatte sie geantwortet, und er hatte genickt, eifrig, während er den Wein entkorkte, als ob er genau wüsste, wie sich das anfühlte, das Unterwegssein, aber vielleicht wollte er auch nur, dass sie das dachte.

Sie war bei einer entfernten Cousine in Mainz gewesen, die ihnen früher manchmal Kaffee geschickt hatte. Sie erzählte ihm von den vielen neuen Eindrücken, die sie gesammelt hatte, der Stadt, durch die sie von ihrer Cousine geführt worden war, den Menschen, die sie getroffen hatte, und während sie sprach, bemerkte er die Leichtigkeit, die plötzlich von ihr ausging, die gelösten Bewegungen, die Freiheit, die sie eingesogen hatte wie früher die Musik beim Tanzen, und plötzlich war ihm klar geworden, dass das kein Wiedersehen war, sondern ein Abschied, dass sie gehen würde, weg von Berlin – mit ihm oder ohne ihn.

Er sah aus dem Fenster, der Hochbahnhof war jetzt in

Sichtweite, sieben Meter überm Asphalt. Ihn hatte das immer fasziniert. U-Bahnhof Dimitroffstraße.

»Wird bestimmt umbenannt«, hatte Köpke, der Kioskbesitzer, letztens gemutmaßt. Und auch wenn ihn noch einige auslachten, man brauchte sich nichts vorzumachen. Vielleicht ein halbes Jahr. Und während er hier wartete, bis die alten Namen verschwunden waren, ließ Hans drüben seinen Charme spielen, bis Hannas Wut verschwunden war, und dann war es nur noch eine Frage von Tagen, bis sie ihre Cousine verlassen und zu Hans ziehen würde. Matthias stellte sich vor, wie sie über ihn lachten, den Vollidioten, der so naiv war, zu glauben, sie würde ihn lieben, die große schöne Frau, ihn, der die falschen Klamotten trug und jahrelang nicht mal die falschen Freunde gehabt hatte, sondern gar keine, der so normal war, wie man nur sein konnte.

Die Straßenbahn hielt mit einem Ruck an. Er stand auf. »Sehen Sie«, kurz bevor sich die Tür öffnete, wandte er sich den Alten zu, »das is hier immer noch Prenzlauer Berg, und das wird's auch noch 'ne Weile bleiben.« Sie sahen ihn erschrocken an, und während er ausstieg, wunderte er sich über seinen Mut, der keiner war, nur die dünne, verkleidete Angst eines Fremden.

Das Telefon

Sie fühlte seinen schneidenden Blick auf ihrem Gesicht, wie er daran herauf- und herunterfuhr, als wäre die Haut das Letzte, was ihn daran hindern könnte, in ihren Gedanken zu lesen.

Sie sah auf den Linoleumboden, der speckig glänzte. Es gab Schöneres, aber sie wollte nicht wissen, welche Augenfarbe ihr Gegenüber hatte.

»Wenn ich dir helfen soll, dann musst du schon mit mir reden. Deshalb sind wir doch beide hier, nicht wahr?«

Sein Verständnis lag in der Luft wie Benzindunst an einer Tankstelle im Sommer. Anne atmete tief ein und versuchte, an Berge, ans Meer und klare Luft zu denken. Sie hatte bereits eine Nacht in der Klinik verbracht, sie hatten was von Gehirnerschütterung gefaselt und dass man sie noch beobachten müsse, aber die Nacht war jetzt rum, und in einer halben Stunde würde sie mit Mutter Eis essen gehen, das war mal sicher, also wozu noch das Gerede hier?

»Ich kapier nich, was das hier soll.« Und leise, aber bestimmt fügte sie noch hinzu: »Es ist doch nichts passiert.«

Er lächelte. »Na ja, darüber lässt sich streiten. Aber lass uns doch mal versuchen, das Geschehen zu rekonstruieren. Wie hast du denn den Tag gestern erlebt?«

Sie hörten die Schritte schon, als es noch gar keine gab. Sie warteten am Freitag bereits auf den Montag, und kurz nachdem ihre Mutter das Haus verlassen hatte, stellte sich ihr Bruder einen Stuhl direkt hinter die Wohnungstür. Sie half ihm auf den Sitz, er zog sich an ihr hoch, und dann standen sie beide nebeneinander, gleich groß, und hielten ihr Ohr an das Sperrholz der Tür. Nichts geschah, nur Stille zwischen Tür und Treppenhaus, und mit jeder Minute, die verstrich, übertrug sie sich ein bisschen mehr auf die anderen Räume, die Küche, das kleine Bad, die Welt, die sie umgab. Sie hätte dringend auf das Klo gemusst, aber sie wusste, dass in diesem Moment für so etwas keine Zeit war. Es ging um Wichtigeres, sie mussten jetzt warten. Sie versuchte, sich vorzustellen, wie das werden würde, wenn ihre Mutter mit dem Apparat nach Hause käme und sie ihn das erste Mal ausprobieren könnten. Aber sosehr sie sich auch bemühte, sie hatte keine Bilder dazu. Irgendwann in ihrer Kindheit hatte Großvater ihr ein Fahrrad geschenkt, und noch bevor sie es zu Gesicht bekam und in den Händen hatte, wusste sie, wie es sein würde, darauf zu sitzen, wie es sich anfühlen könnte, das Fahrrad. Nichts davon war jetzt zu spüren.

»Anne?«

»Ja …«

Sie sah den Mann kurz an und fragte sich, ob er echt war, ob das alles hier echt war oder ob sie nur schlecht träumte.

Er beugte sich über den Tisch. »So kommen wir nicht weiter. Mit Schweigen ist niemandem geholfen.« Ein Tropfen seines Speichels traf das Glas ihrer Brille. »Ich würde einfach gerne wissen, was passiert ist. Man rennt doch nicht grundlos in ein Auto, oder?« Er lehnte sich zurück und verschränkte die Arme hinter dem Kopf. »Hör mal …«, er blickte nachdenklich zur Decke, »… es gibt viele Kinder, die Probleme haben, da bist du nicht die Einzige, aber es ist wichtig, darüber zu …«

Die Digitalanzeige der Uhr, die zwischen ihnen auf dem Tisch stand, wechselte von der Zeit auf das Datum. Sie senkte den Kopf und blickte auf den Stoff ihrer Jeans.

Drei Stockwerke unter ihnen lag die Eingangstür zum Haus, und es war schon eine Ewigkeit vergangen, aber dann spürte sie die Kälte, die plötzlich ihre Beine umspülte, die sich ihren Weg bahnte durch die Ritze unter der Holztür. Ein scharfer Luftzug, der oben ankündigte, was unten geschah, und der keinen Zweifel mehr zuließ. Jemand hatte die Eingangstür des Hauses geöffnet. »Es ist so weit«, flüsterte sie ihrem Bruder zu. Schnell, aber tollpatschig zog er seinen Stuhl von der Wohnungstür, beinahe wäre er über die Lehne gefallen, und wäre es ein anderer Moment gewesen, hätte sie sich vielleicht ein bisschen darüber lustig gemacht, aber jetzt war dafür keine Zeit, denn da, endlich, hörten sie die Schritte. Dumpf hallten sie zwischen den kahlen Wänden des Treppenhauses, und so hastig, wie sie nur konnten, öffneten sie die Wohnungstür, aber noch war niemand zu sehen, und das Hallen schien kein Ende nehmen zu wollen. Als wären die Treppen trügerisch gebaut, als hätte der Zeichner einen Fehler gemacht, als wäre die letzte Stufe immer wieder die erste, als wäre jemand auf dem Weg zu ihnen, ohne jemals ankommen zu können.

»Hast du verstanden, was ich gerade gesagt habe?«

Sie schreckte hoch. Grün. Seine Augen waren grün. Sie hatte ihn fast vergessen. Sie sah schräg an ihm vorbei durch das Fenster. »Wann kann ich gehen?«

Er atmete hörbar tief ein, als sei sie eine Last, die man ihm aufgebürdet hatte. »Du gehst dann, wenn ich es sage.« Er hielt inne, bückte sich und suchte etwas in den Schubladen seines Schreibtischs. Dann legte er ein Buch und eine Mappe auf den Tisch.

»Ich werde dir jetzt ein paar Bilder zeigen, und du sagst mir, was dir dazu einfällt.«

Er hielt ihr eine Bildtafel hin, auf der, schwarzweiß und schemenhaft gezeichnet, eine Brücke zu sehen war, über die ein Mensch hastete.

»Und?«

Sie zuckte mit den Schultern. »Weiß nicht…«

Als ihre Mutter drei Stockwerke später die Wohnung doch noch erreicht hatte, war sie außer Atem. Aber sie achteten nicht darauf, sie nicht, ihr Bruder nicht, und am wenigsten die Mutter selbst. Ihr Bruder zog sie an der Hand ins Wohnzimmer, sie setzten sich an den Tisch. Mutter öffnete die Plastiktüte und stellte endlich den Karton auf den Tisch.

»Und hier? Was siehst du?«

Das Erste, was sie wahrnahm, waren leuchtende Farben, die versprachen, dass das, was kommen würde, sehr schön war. Sie hätte damals gerne noch eine Weile gesessen und nur das Bild auf dem Karton angesehen, so eine Art Vorbereitung, wie man einen Fahrplan studiert, um sich besser auf eine bevorstehende Reise einzustellen. Ihre Mutter schien erschöpft, aber das hielt sie nicht davon ab, in die Küche zu rennen und ein Messer zu holen. Sie schnitten die verklebten Ränder des Kartons auf, zogen Leitungen und Stecker aus der Verpackung und bauten alles so zusammen, wie es die Anleitung vorgab. Ein verwirrendes Knäuel aus Kabeln und Drähten. Sie hatte immer gedacht, der Westen sei besser organisiert. Aufgeräumt. Sauber. Irgendwie in Ordnung.

»In Ordnung.« Er legte den Stapel mit den Bildtafeln zur Seite und hob den Telefonhörer ab.

Ein Tuten erklang, und ihre Mutter sagte, im Osten habe ihr mal jemand erzählt, es mache »tut tut tut«, in kurzen Abständen. Aber woher sollte man denn wissen, was stimmte, sie hatten noch nie ein Telefon besessen. Ihre Mutter zögerte kurz, aber dann tippte sie die Nummer ein, die auf dem kleinen, fast schon zerrissenen Zettel aus Zeitungspapier stand. »Joachim, bist du das? Ja, ja, wir haben es geschafft … ja, über Ungarn, ja, wir sind jetzt in Bonn … den Kindern geht's gut …«

Joachim war der beste Freund ihres Vaters und sein Arbeitskollege, er war groß und stark, und immer, wenn er sie besuchte, stampfte er in das Kinderzimmer und rief laut: »Achtung, hier kommt Meister Petz.« Und meistens sprang Vater hinterher und rief mindestens ebenso laut: »Und hier ist Meister Lampe«, und dann spielten sie alle zusammen Fangen, bis sich Meister Lampe neben Meister Petz auf das Bett fallen ließ und schwer atmend seufzte: »Ich kann nich mehr.«

»Hör mal, wir haben jetzt ein Telefon!«, rief die Mutter fast schon zu laut in den Hörer, »sag ihm das bitte. Er soll anrufen, wenn er will, dann können wir über alles reden, hörst du, sag ihm das«, und dann gab sie die Zahlen durch und betonte jede einzelne so sorgsam, als sei das Gegenüber schwer von Begriff oder als könnten die Zahlen verloren gehen, wenn man sie nicht genau artikulierte. Nach einer Weile legte ihre Mutter auf, und Anne hätte nicht sagen können, wie lange sie dort noch rumsaßen und das Telefon ansahen. Der Erste, der ging, war ihr Bruder. Und auch sie selbst spürte, wie sich ihre Blase immer mehr zusammenzog. »Mama, ich muss mal.«

»Ja, ja, geh schon, ist schon gut, ich pass auf«, antwortete ihre Mutter.

Es gab an diesem Abend nichts zu essen, und am nächsten Morgen sah es ganz danach aus, als hätte sich Mutter die ganze

Nacht nicht von dem Ding wegbewegt. Das Frühstück schien auszufallen, Mutter rührte nur abwesend in ihrer Kaffeetasse, und kurz bevor es Zeit war, in die Schule aufzubrechen, sagte sie, ohne ihren Blick von dem Telefon zu heben: »Ich werde morgen so einen Anrufbeantworter kaufen. Falls sich jemand meldet, und wir sind nicht da.«

Er räusperte sich. Sie sah hoch. Er hatte sich im Bürostuhl zurückgelehnt und seine Beine übereinandergeschlagen. Die Hände waren ineinandergefaltet und über das Knie gelegt. Sein Oberkörper wippte leicht hin und her. Sie wusste nicht, wie lange er schon so dasaß und sie beobachtete.

»Also, das Ganze noch einmal. Ich hab Zeit.« Er richtete sich auf. »Du bist gegen 13 Uhr aus der Schule gekommen und in die Charlottenstraße eingebogen. Das ist eine Schnellstraße. Da bleibt man bei Rot normalerweise steh …«

»Ich dachte, ich sehe jemanden.«

»Aha.« Er hielt inne. Staunen überzog sein Gesicht. »Und wen?«

Sie schluckte. Sie hatten ihm vier Briefe geschrieben, und ihr Bruder hatte jedes Mal ein Bild dazugelegt. Es war immer dasselbe Motiv mit unbeholfenen Strichen, er war nicht davon abzubringen: Ein rotes Telefon, über dessen Hörer in verschnörkelter Kinderschrift »Klingelingeling« stand.

»Na?«

Sie hätte ihm damals gerne gesagt, dass sie Heimweh hatte, nach der alten Straße, nach ihren Freunden, nach Vanillemilch. Aber vor allem nach ihm. Und warum er nicht nachgekommen war, obwohl er es doch versprochen hatte.

Aber so war es eben, und wäre sie nicht in das Auto gelaufen, dann hätte sie es vielleicht erfahren, aber so hatte sie nur diesen blöden Gips, ein zerbrochenes Brillenglas und einen

Kopf, der ihr Streiche spielte. Warum saß sie sonst vor diesem Gespenst?

Sie musste an die Ampel denken, an die Autos. Sie hatte dort gewartet, wie man an einer Ampel eben wartet. Sie war müde, sah die Passanten auf der anderen Straßenseite, und da passierte es. Es war nur ein Moment, aber manchmal reicht eine Silhouette für Gewissheit. Vater war schnell und lief schon die Treppe zur U-Bahn hinunter. Sie rief nach ihm, aber er hörte sie nicht. Die Autos waren zu laut, und da war sie einfach losgerannt.

Morgen würde sie noch einmal zu der Ampel gehen. Und übermorgen. Vielleicht kam Vater dort noch einmal vorbei. Sie hatte Übung. Im Warten. Aber welchen Sinn hatte es, das jemandem zu erzählen?

Er stand auf. Sie erschrak. Er war größer, als sie gedacht hatte. »Ich denke, eine Nacht sollten wir dich schon noch hierbehalten.«

»Aber …«

»Keine Angst«, unterbrach er sie. »Wir unterhalten uns morgen früh noch einmal. Vielleicht kommen wir da weiter.«

Jemand ergriff ihren Arm und zog sie hoch, der Linoleumboden quietschte unter dem Stuhl.

»Aber mir fehlt doch nichts«, stieß sie hervor.

»Das werden wir sehen«, antwortete er und nickte müde der Krankenschwester zu, die neben ihr stand.

1994

Die Signatur · Gleich hinterm Haus · Das sind doch alles kleine Schlampen · Istanbul · Sedlitz Come rain or come shine · Tizian

Die Signatur

Er hatte es versucht. Einmal. Sie war von einem Escort-Service der gehobenen Klasse, hatte dunkelbraunes, gelocktes Haar und war nicht das, was man eine klassische Schönheit nennen konnte, aber sie hatte etwas.

Es seien vor allem alleinstehende Akademiker, die sich an ihr Unternehmen wenden würden, hatte ihm eine Dame freundlich und unaufgeregt am Telefon erklärt. Sie hatte ihm ein Restaurant empfohlen und angeboten, ihm dort gleich einen Tisch zu reservieren. Als Hans es betrat, wusste er, warum. An der Längsseite des Raumes standen festlich gedeckte Zweier-Tische in ausreichendem Abstand zueinander, dazu indirektes Licht, Champagnerkelche, Lilien, eine Mischung aus Festlichkeit und Intimität, man wusste, worauf es in diesem Milieu ankam. Und dennoch wirkte die ganze Anordnung im Halbdunkel des Saales inklusive der Anwesenden so beängstigend steif, als wäre sie schon vor Urzeiten in die Täfelung des Raumes eingelassen worden. An den Tischen saßen Männer seines Alters mit Frauen ihres Alters, doch auch die freundliche, weil dezente Beleuchtung der Gesichter konnte über das Missverhältnis nicht hinwegtäuschen.

Das Menü sah nach mehreren Vorspeisen und einer seiner Meinung nach vorzüglichen leichten Velouté von Grünem Spargel Ochsenfilet als Hauptgang vor. Dazu reichte man einen Sauvignon de Touraine, Jahrgang 1991.

Sie sprach gelöst und viel, was er zu Beginn des Abends nicht ohne ein Gefühl der Erleichterung zur Kenntnis nahm, und gab sich kultiviert, doch nach dem dritten Glas Champagner redete sie so, wie andere denken, ohne Unterlass und falsche Scham. Sie hatte drei Semester Kunstgeschichte in München studiert, aber irgendwann seien ihr die höheren Töchter mit ihren makellosen Zahnreihen und den ebenso strahlend weißen Perlenohrringen – sie nannte sie deshalb »Pearl Harbor« – auf den Geist gegangen. Er fand sie erfrischend, außerdem gefiel ihm ihr Mund, der trotz ihres breiten, fast gewöhnlichen Gesichts durchaus etwas Sinnliches hatte. Irgendwann erschöpfte sich das Gespräch, und er spürte, wie er immer müder wurde. Sie fuhren im Taxi nach Hause, betraten sofort das Schlafzimmer, und sie gab sich Mühe, diskret und stilvoll den zweiten Teil des Abends in seine vorgesehenen Bahnen zu lenken. Aber es dauerte nicht lange, da zog er ihre Hand weg, die sich zwischen seinen Beinen mechanisch hin und her bewegte.

Sie sah ihn an mit einem bedauernden und gleichzeitig verständnisvollen Blick, und dennoch wurde er das Gefühl nicht los, dass sie das nicht überraschte, und es beruhigte ihn, zu wissen, dass möglicherweise auch andere, nun ja, er suchte für sich nach dem richtigen Wort und entschied sich für: »Schwierigkeiten« hatten.

Er drehte sich auf den Rücken und fuhr sich flüchtig mit dem Handrücken über die Stirn. »War ein anstrengender Tag heute.«

Sie zog die Seidenbettwäsche über ihre makellosen Beine bis zu ihrer Hüfte. »Verstehe.«

Dabei hatte er weder ein Seminar gegeben noch an seiner Habilitation weitergearbeitet. Er war nicht einmal im Institut gewesen, sondern hatte sich mit all den Annehmlichkeiten, die ein selbst gewählter freier Tag bieten konnte, umgeben. Er hatte ausgiebig in seinem Lieblings-Café gefrühstückt, sich im Stillen an den dortigen Flügeltüren erfreut, die erst vor kurzem restauriert worden waren und in deren Glasscheiben Art-déco-Motive geätzt waren. Den Nachmittag hatte er in einer Kunstbuchhandlung verbracht und sich die Neuerscheinungen des Frühjahrs angesehen.

Sie lagen eine Weile ruhig nebeneinander. Vielleicht dachte sie, es sei nur ein vorübergehendes Unwohlsein. Sein Blick fiel auf ihren Bauchnabel, den ein Piercing in Form eines glitzernden Schmucksteins zierte. Als die Uhr im Wohnzimmer zwölf schlug und der Hall durch die Räume des Altbaus bis in das Schlafzimmer drang, stand er auf und zog sich seinen Morgenmantel über. »Ich bestell dir ein Taxi.«

Wenn sie überrascht war, dann ließ sie es sich nicht anmerken. An der Wohnungstür gab er ihr das verabredete Honorar und einen zusätzlichen Betrag in beträchtlicher Höhe. Sie lächelte, bedankte sich aber nicht. Es war das, was man Diskretion nannte, und obwohl beide wussten, dass sie Masken trugen, respektierten sie die Rolle, die der jeweils andere spielte oder nicht spielen konnte.

Die Tür fiel hinter ihr zu, kurz konnte er das Klackern ihrer Absätze auf den Treppen hören, wie es immer leiser wurde. Dann war es still. Für einen Moment stand er regungslos im Flur, er schnürte den Taillengürtel seines Morgenmantels enger, er fühlte sich alt und müde. Sein Blick fiel auf die kleine Klimt-Zeichnung, die über der Biedermeierkommode hing. Es war ein in blauer Farbe ausgeführter Halbakt, er zeigte eine junge Frau mit langem, vollem Haar. Lockige Strähnen lagen über ihrer Brust, der Ausdruck ihres Gesichts war sinnlich und verträumt zugleich. Ihre Knie wurden von einem Tuch verdeckt, und es wirkte, als habe jemand die Decke bis auf die Oberschenkel zurückgezogen, was den Blick auf ihre Scham freigab. Sie sah den Betrachter direkt an. Er kannte das Bild gut, blieb hin und wieder gerne davor stehen, doch jetzt ließ ihn etwas stutzen. Er trat einen Schritt auf die Zeichnung zu und heftete seinen Blick auf den linken Hüftbogen. Das erste Mal war die Erinnerung daran kurz aufgeblitzt, als der Stein im Bauchnabel der Escort-Studentin glitzerte, schnell und verschwommen, ähnlich einem überbelichteten Diapositiv. Helle, fast durchscheinende Haut, ein Leberfleck. Er konnte das Bild nicht zuordnen, und kurz hatte er geglaubt, es stammte von der Zeichnung, doch – er trat näher an den Rahmen – die Stelle, an der er das Mal vermutet hatte, war strahlend weiß.

Hans richtete sich auf und sah in das Halbdunkel der Diele. In der Wohnung war es still. Er schloss die Augen. Das Bild formte sich, wurde klar und deutlich wie eine Fotografie. Er öffnete wieder die Augen. Es war ein Leberfleck, stecknadelkopfgroß, auf heller, fast durchscheinender Haut. Er lag etwas unterhalb des linken Beckenknochens – von Hannas Hüfte.

Gleich hinterm Haus

Die Luft war empfindlich abgekühlt seit dem Nachmittag, jetzt gingen der feine Sprühregen und die Nebelschwaden eine unheimliche Liaison ein. Matthias zog die Kapuze tiefer ins Gesicht, weit konnte es nicht mehr sein. Er versuchte immer, in der Nähe der Häuser zu parken, das sparte Zeit. Nur einmal hatte er auf Triebels Angebot, doch einen der firmeneigenen Wagen zu nehmen, verzichtet. Es war sein erster Auftrag gewesen, ein Mehrfamilienwohnhaus, nicht weit vom Büro entfernt, zwei, vielleicht drei Haltestellen mit der Straßenbahn. Er war mit der Kamera in der Hand über den Flur der Firma gelaufen, er hatte sich sogar gefreut, über den Auftrag, den Job, es war wieder ein Anfang, und als er an der verglasten Fensterfront von Triebels Büro vorbeiging, hatte dieser kurz den Kopf gehoben und ihn angelächelt. Matthias schätzte ihn auf sechzig, vielleicht etwas jünger, vielleicht etwas älter, er hatte ein scharf geschnittenes, hageres Gesicht und einen drahtigen Körperbau. Schon beim Vorstellungsgespräch hatte Triebel ihm seine Biographie erzählt, obwohl es doch eigentlich andersherum gedacht war. Während er sprach, hatte Matthias an Wolfgang denken müssen und dessen spröde Art, das Senken des Blicks, wenn bei irgendeiner Betriebsfeier plötzlich seine Person und nicht seine Arbeit in den Mittelpunkt gerückt wurde. Es war Wolfgang immer schwergefallen, die weitläufigen Anekdoten auszuhalten, die Marina bei Gelegenheiten wie diesen über ihn zum Besten gab. Sorglos und unbewusst sorgte sie dafür, dass sein Panzer in den Blicken der anderen durchlässiger wurde. Doch es gehörte nun mal dazu, Wolfgang hatte es akzeptiert, dieses freundliche Preisgeben des Eigenen, obwohl es ihm fremd war.

Triebel aber hatte vor ihm gesessen, mit geraden Schultern und zielgerichtetem Blick, und erzählt. Zwanzig Jahre lang war er im VEB Elektronische Bauelemente in Brandenburg zuständig gewesen für die Wartung von Maschinen, die aus dem Ausland in die DDR importiert worden waren. Es hätten technische Beschreibungen und Betriebsanleitungen gefehlt, erklärte er, um sie in die volkseigene Produktion zu integrieren. Was kaputtging, musste mit vorhandenem Material repariert oder ohne Anleitung neu hergestellt werden. »Improvisation war meine Stärke, und das ist sie heute noch.«

Matthias hatte genickt, irgendetwas in Triebels Ton und Gestus sagte ihm, dass dieser das erwartete. »Für mich ist die DDR ein abgeschlossenes Kapitel«, beendete er seine Ausführungen, und dann fügte er noch hinzu, dass er seinen Lebensabend in einem Pflegeheim in Bayern oder Westberlin verbringen wolle, auf keinen Fall im Osten der Stadt. »Im Osten bist du bis zum Ende deiner Tage ein Ossi.« Schließlich war er aufgestanden und hatte ihm die Hand gereicht. »Gut, Lenzke, Sie arbeiten jetzt in meinem Zuständigkeitsbereich, und ich denke, wir kommen miteinander klar.«

Während Triebel ihn zum Ausgang führte, während er mit eiligen Schritten auf dem weichen Teppich den Flur entlang vor ihm ging, sah Matthias auf den Saum von Triebels Stoffhose, die ein paar Zentimeter zu kurz war. Den »Zuständigkeitsbereich«, von dem Triebel sprach, gab es nicht, die Firma bestand aus nicht mehr als vier Mitarbeitern inklusive Sekretärin, und Triebel war einer von ihnen, nur mit dem Unterschied, dass er den Geschäftsführer vertreten sollte, wenn dieser nicht da war. Und wahrscheinlich hatte sich Triebel schon seit geraumer Zeit unentbehrlich gemacht, wenn es um Gespräche mit Bewerbern ging.

An der Eingangstür zu den Büroräumen blieb Triebel stehen und reichte ihm noch einmal die Hand. »Jeder hat seine ganz eigene Wahrheit«, hörte Matthias Wolfgang sagen, »und die ist mit der Wirklichkeit eben nur begrenzt zu vereinbaren.« Es war eines der letzten Dinge, die Wolfgang damals zu ihm gesagt hatte, bevor er losgefahren war, um sich das Begrüßungsgeld zu holen, und er selbst sich wieder an die Entwürfe gesetzt hatte, als würden die gesellschaftlichen Umwälzungen draußen vor der Tür nur für die anderen stattfinden.

Vielleicht war es die Erinnerung an die eigene Unzulänglichkeit oder die Tatsache, dass Triebels kleine, eitle Lüge von »seinem Zuständigkeitsbereich« so durchschaubar war, Triebel war ihm nicht unsympathisch, und so hatte er dessen Lächeln, als er zu seinem ersten Auftrag unterwegs war, einfach für Freundlichkeit gehalten.

Als er eine Stunde später wieder die Firma betrat, hatte Triebel ihn sofort in sein Büro zitiert, »Lenzke, kommen Sie mal eben?«, und dann hatte er ihm vorgerechnet, dass er für Hin- und Rückfahrt mit den Öffentlichen zu viel Zeit benötigt hatte. »So was können wir nicht brauchen.«

Matthias war überrascht gewesen, wollte mit der Länge der Stauphasen im Berufsverkehr argumentieren, aber die Schärfe in Triebels Ton verriet ihm, dass hier kein Redebedarf bestand. »Wir haben nicht umsonst ein Fahrtenbuch.« Dann hatte er sich über einen Aktenordner gebeugt und Notizen gemacht, und während Matthias noch einen verdutzten Augenblick lang auf Triebels schütteres Haupthaar blickte, wurde ihm klar, dass dessen Vorschlag, doch den Firmenwagen zu nehmen, kein Angebot gewesen war, sondern eine als Angebot verkleidete Anweisung.

Er blieb jetzt vor dem Gründerhaus mit der restaurierten Sandsteinfassade stehen und fuhr langsam mit dem Finger am Rand der Namensschilder entlang. Noch bevor er den Namen gefunden hatte, öffnete sich die Haustür. Ein älterer Mann im Kamelhaarmantel schob sich an ihm vorbei, Matthias trat durch die Tür, lief an den Briefkästen vorbei, dann nahm er zwei Stufen auf einmal. Triebels Blockwartmentalität hatte vor der Wende funktioniert, und sie funktionierte auch nach der Wende. Sie gewandete sich nur etwas subtiler. So einfach war das. Er umfasste den Griff des kleinen Plastikkoffers fester, spürte das Stechen in der Lunge, aber er blieb nicht stehen. Im Grunde konnten ihm Triebel und sein Scheißladen egal sein. Sie würden ihn nicht übernehmen.

»Die Lage am Arbeitsmarkt ist nicht gerade entspannt«, hatte ihm die Sachbearbeiterin beim Arbeitsamt erklärt, während sie ihm das Angebot für die befristete Stelle über den Schreibtisch schob. Sie war noch sehr jung, aber aus irgendeinem Grund mochte er sie, vielleicht weil man spüren konnte, dass ihr die Behördensprache noch fremd war. Und noch bevor er das Angebot in die Hand genommen hatte, konnte er an ihren verlegenen Gesten ablesen, dass er für den Job überqualifiziert war.

»Mit etwas Glück«, sie hielt inne und schob hastig hinterher, »und natürlich wenn sie ihre Arbeit gut machen, dann besteht hier vielleicht auch die Möglichkeit für eine Vertragsverlängerung.«

Er hatte den ersten Stock hinter sich gelassen, *mit etwas*

Glück, er verlangsamte seinen Schritt, ja, vielleicht, Glück hatte ja viele Gesichter. Vielleicht erhöhte sich die Chance auf eine Verlängerung aber vor allem dann, wenn er Triebel das Gefühl gäbe, er sauge seine Prinzipien wie Muttermilch auf, Matthias nahm die letzten Stufen, aber das war das Letzte, was er tun würde, und selbst wenn, würde die Arschkriecherei nur ein halbes, vielleicht ein Jahr bringen, und spätestens dann, wenn die Zeit für einen unbefristeten Vertrag gekommen wäre, würden sie ihn entlassen. Er könnte dagegen klagen, würde vielleicht eine Abfindung kassieren, die ihn noch ein, zwei Monate über Wasser halten würde, dann finge das Spiel wieder von vorne an.

Aber über was machte er sich eigentlich Gedanken? Es hatte keinen Sinn, Prognosen über die Zukunft abzugeben, man bekam nur Kopfschmerzen davon – so wie jetzt. Er fuhr sich mit dem Handrücken über die Stirn. Er hatte am Morgen eine Aspirin genommen, aber es hatte nicht viel gebracht. Und vielleicht lag es auch weniger an den Zukunftsprognosen als am Alkohol vom Vorabend. Ella. Er schüttelte lächelnd den Kopf. Sie kam jetzt immer öfter bei ihm vorbei, als sei es ganz selbstverständlich, und er musste zugeben, dass ihm das gefiel. Sie kam aus Hamburg und war vor ein paar Monaten in die Wohnung neben ihm gezogen. Sie arbeitete als Grafikerin und war wegen eines Jobs in die Stadt gekommen. Sie mochte das Viertel und die Leute, aber ab und zu fehle ihr das Meer, hatte sie ihm erklärt, »dieser Kutter- und Fischgeruch, dieser Meermoder, verstehste?« Ella war hübsch, hatte blonde Locken und ein rundes, aber nicht breites Gesicht. Oft lief sie barfuß, damit man ihre blau lackierten Fußnägel bewundern konnte. Offensichtlich mochte sie ihn, aber sie machte keine Anstalten, mehr zu wollen, und er war ganz froh darüber. Gestern Abend hatte sie mit zwei Flaschen Wein vor der Tür gestanden, einen Zeitungsausschnitt hochgehalten und lachend gefragt: »Herr Matthias, sag mal, kennst du den Osten?« Es war ein Quiz, das aus der Rubrik *Modernes Leben* stammte und mit vielen bunten Bildern bestückt war. Nach langem Hin und Her hatte er sich breitschlagen lassen, den Ostalgikermist mitzumachen, aber er bestand darauf, sie zu befragen und nicht umgekehrt. Eine Stunde später kippte er vor Lachen sein Rotweinglas um. Es gab drei Antworten zur Auswahl. Auf die Frage »Wie hieß die Losung des Bitterfelder Weges?« entschied sie sich nicht für Antwort A, »Greif zur Feder, Kumpel!«, sondern für Antwort C, »Iss ein Ei mehr!«. Bei der Frage »Was war die Specki-Tonne?« schwankte sie zwischen Antwort A, »Eine Abfalltonne für Biomüll«, und Antwort C, »Die Wohntonne von Specki, dem Fernsehschwein«, wählte dann aber doch Antwort B, nach der Specki-Tonne ein Schimpfwort für übergewichtige SED-Funktionäre war. Er erklärte ihr, dass das Kürzel HWG nicht für »Hinter der Westgrenze« stand, sondern für »Häufig wechselnde Geschlechtspartner«, und dass es Jürgen Sparwasser war, der bei der WM '74 das Tor für die DDR zum 1:0 gegen die BRD schoss, und nicht Walter Fennichfuchser. Und trotz seiner Kopfschmerzen war er heute morgen so gut gelaunt gewesen, dass er kurz überlegt hatte, ob er Triebel das Quiz schon mal vorsorglich mitgeben sollte für die »bunten Plauderstunden« am Sonntagnachmittag im Pflegeheim am Tegernsee.

Matthias stellte den kleinen Plastikkoffer auf dem Fußabtreter ab, der vor der Tür lag, die Klingel schimmerte in einem geschmackvollen Mattgold. »Wellinghoff«. Er drückte den Klingelknopf, ein heller Glockenton. In der Wohnung wurde eine Tür geöffnet, klassische Musik hallte durch die Räume, jemand rief »Komme gleich.«

Im Haus war es jetzt still, bis auf die gedämpfte Musik, er

senkte seinen Kopf, langsam begann sich sein Atem wieder zu normalisieren.

Es waren meist Ein- oder Zweifamilienhäuser und manchmal Altbauhäuser wie dieser, luxussaniert bis in die letzte Biegung des Siphons, aber nicht energiegerecht gedämmt. Es kostete ein Schweinegeld, vor allem dann, wenn die Häuser denkmalgeschützt waren. Da konnte man die Dämmung über die Außenwände vergessen, aber Geld spielte hier sowieso keine Rolle mehr. Das Treppenhaus war breit und großzügig geschnitten, die Wände waren mit farbig abgesetzten Stuckornamenten versehen und die Eingangstüren doppelflügelig. Mit Sicherheit waren die Fenster in den Wohnungen mindestens zweifach verglast, und wahrscheinlich waren auch das Dach und die oberste Geschossdecke gedämmt, nur an die Wände hatte man eben nicht gedacht.

Die Tür öffnete sich.

»Frau Wellinghoff?« Sie war jünger, als er erwartet hatte.

»Sie kommen wegen der Energiemessung, stimmt's?«

Ihre Stimme hatte am Telefon rau geklungen oder zumindest belegt.

»Ich mache Aufnahmen mit der Infrarotkamera, ja.« Er zeigte auf den Plastikkoffer neben seinen Füßen.

»Auch gut«, sie lächelte gewinnend. »Kommen Sie rein.« Sie trat einen Schritt zurück und gab den Weg in den Flur frei.

»Soll ich meine Schuhe ausziehen?«

»Nein, nein.«

Sie winkte ab und legte kurz ihre Hand in den Nacken, es wirkte beinahe verlegen. »Bitte hier entlang.«

Ihre Haut war leicht gebräunt, auch jetzt im November. Es sah ganz selbstverständlich aus, und dass so etwas nicht vom

Solarium kam, hatte er mittlerweile verstanden. Urlaub im Süden oder ein Ferienhaus, dachte er, während er ihr folgte, und beinahe spürte man die Wärme noch, die diesen Körper in regelmäßigen Abständen umgeben hatte. Vor der Fensterfront im Wohnzimmer blieb sie stehen.

Er setzte den Plastikkoffer auf dem Boden ab, beugte sich darüber und öffnete ihn.

»Wollen Sie etwas trinken? Kaffee, Tee?«

Er sah zu ihr herauf. »Einen Kaffee würde ich nehmen, danke.«

Ihre Schritte verloren sich irgendwo im Flur, nur die Musik war noch leise zu hören, ein Streichquartett, und er begann die Ruhe zu spüren, die große Räume wie diese ausstrahlten. Langsam nahm er die Kamera in die Hand, richtete sich auf und stellte sie ein. Dann blickte er sich um. Es war eine dieser Wohnungen, die Immobilienmakler in ihren Exposés wahrscheinlich als »schöne Altbauwohnung mit herrschaftlichem Flair« bezeichnet hätten, die »großzügiges privates Wohnen« ermöglichte. Die Deckenhöhe betrug 3,80 Meter, der Parkettboden war aus Eichenholz. Die Einrichtung bestand aus dem üblichen modernen Stilmix, der auch in den Doppelhaushälften der Vororte zu finden war, nur war sie hier geschmackvoller und teurer. In der Ecke stand ein Biedermeiersofa, weiß gepolstert, Kirschbaumfurnier, daneben zwei Schränke aus Metall im Fabrikstil und mehrere Werkstatthocker. Die Platte des Wohnzimmertischs bestand aus geöltem Massivholz, das Gestell war aus Stahl, dem man hier und da eine Patina aus Edelrost verpasst hatte. Ein großer Strauß weißer Callas stand darauf, und er musste daran denken, wie seine Mutter sich einmal aufgeregt hatte über die Unart, Trauerblumen als Wohnschmuck zu verwenden.

Er begann die Wände zu fotografieren, schob hier und da vorsichtig einen der Freischwinger zur Seite, vor einem Sideboard blieb er stehen. Die Fotos hatten unterschiedliche Größen und waren in zwei Reihen hintereinander aufgestellt, aber auch von weitem konnte man sehen, dass es Familienfotos waren.

Kurz hielt er inne, dann warf er einen Blick in die Richtung, in der die Küche liegen musste. Er zögerte, doch während sich die gedämpften Geräusche klappernden Geschirrs mit dem weichen Legato des Streichquartetts vermischten, begann er, die Bilder zu betrachten.

Er fragte sich, welche Fotos sein Vater wohl von seiner Mutter gemacht hätte, wenn sie in jungen Jahren beide jemals an Orte wie diese gekommen wären: sie, vielleicht in ihrem alten, aber gepflegten Trenchcoat, unsicher noch, aber bereits bemüht, in der Art der Französinnen zu lächeln, während sich im Hintergrund der Eiffelturm aufbaute, oder lachend, aber immer noch etwas verwundert darüber, dass sie nun tatsächlich zum ersten Mal in ihrem Leben neben einer roten englischen Telefonzelle stand, oder stolz vor einer Schüssel Austern neben einem bretonischen Fischer, dem man ansah, dass er nicht zum ersten Mal mit Touristen posieren musste. Fotos dieser Art hätte sein Vater von seiner Mutter gemacht, die fremde Welt wäre keine Selbstverständlichkeit gewesen, und auch nach der Reise hätten sie wahrscheinlich immer noch ein bisschen Angst davor gehabt, ohne es zuzugeben.

Der Mann und die Frau auf den Fotos vor ihm aber fühlten sich überall zuhause, man sah es ihnen an, es lag Leichtigkeit in ihren Bewegungen, Großzügigkeit in den Blicken, kein Anflug von Stolz in ihren Gesichtern oder von der Überzeugung, sich mal etwas geleistet zu haben. Das Mädchen war auffällig blass, und kurz hatte er gedacht, dass ihm dieses kleine Manko vielleicht ein Stück gemeine Befriedigung verschaffen würde angesichts des Friedens und Glücks, angesichts der natürlichen Perfektion, die diese drei ausstrahlten, aber die beinahe durchscheinende Haut und die wie mit Wasser gemalten Augen riefen bei ihm keine Genugtuung hervor, sondern eher das beschämende Gefühl von Zärtlichkeit für ein offenbar krankes Kind.

Hinter ihm knarrte eine Diele des Parkettbodens. Er erschrak. Sie stand im Rahmen der Tür und hatte ein Tablett in der Hand, auf dem Tassen standen und eine Espressokanne.

»Verzeihen Sie bitte …«, seine Hand zeigte hastig auf die Anrichte, »ich wollte nicht …« Er spürte, wie er rot wurde.

Sie lächelte. Es lag kein Argwohn darin. »Reisen Sie gerne?«

Sie ging zu dem Wohnzimmertisch und stellte das Tablett darauf ab.

»Ja …«, er stockte, steckte eine Hand in die Hosentasche und nahm sie wieder heraus. »… schon, ab und zu.«

Sie füllte Kaffee in eine der Tassen, es waren schmale, weiße, lichtdurchlässige Porzellanbecher ohne Henkel.

»Bitte nehmen Sie sich, wenn Sie mögen.«

Er nickte und spürte immer noch die Verlegenheit des Ertappten im Nacken.

Aus einem kleinen Silberkännchen goss sie Milch nach, dann nahm sie den Becher, stellte sich an eines der Fenster und blickte hinaus.

Für einen Moment wusste er nicht, was er tun sollte. Er hatte bereits alle notwendigen Aufnahmen im Wohnzimmer gemacht. Er drehte sich zu ihr um und räusperte sich. »Schön haben Sie's hier.«

Sie warf ihm einen kurzen Blick zu, dann zuckte sie mit den Schultern. »Wir haben eine Putzfrau.«

Er musste lachen. »Ach so.«

Kurz sah sie ihn irritiert an, als habe sie die Komik, die in ihrer Antwort lag, gar nicht bemerkt, aber dann lächelte sie.

Er nahm den Kaffee und stellte sich neben sie an das Fenster. Eine Weile standen sie schweigend nebeneinander und sahen auf die Lichter der Stadt, die schwach und frostig unter einer Nebeldecke glimmten.

»Machen Sie das schon immer?« Sie deutete mit dem Kopf zu der Hand, in der er die Wärmebildkamera hielt.

»Nein, ich«, er sah auf die Kamera, »ich bin eigentlich Architekt.«

Sie nickte, und er hatte gedacht, sie würde weiterfragen, so wie alle immer weiterfragten, aber sie tat es nicht.

»Und Sie?«

»Ich arbeite halbtags in einer Galerie, ansonsten kümmere ich mich um unsere Tochter.« Sie machte eine Pause. »Und gelegentlich muss ich viel Energie darauf verwenden, dass man mir die Langeweile bei den Cocktailempfängen in der Kanzlei meines Mannes nicht anmerkt.« Sie lachte fröhlich, »so einfach und so wahr«, warf den Kopf leicht in den Nacken, und es wirkte, als habe sie gerade eine diebische Freude daran, die Wahrheit zu sagen.

Es war ein schöner Anblick. Lächelnd verschränkte sie die Unterarme, ohne ihren Blick von der Nebelwand vor dem Fenster zu heben. Unter dem Stoff des geschmackvollen roten Kleides ragte ihr Schlüsselbein hervor.

»Sie verreisen gerne, haben Sie gesagt.«

»Na ja, im Grunde …«

»Verreisen Sie mit Ihrer Familie?«

Er spürte, wie sie ihm von der Seite einen prüfenden Blick zuwarf.

»Ja, schon.« Er hatte viel zu zögerlich geantwortet, aber sie sah wieder aus dem Fenster.

»Mein Mann sagt manchmal: *Bei Föhn kann man die Berge sehen.*« Sie lachte. »Er kommt aus Bayern, wissen Sie.«

»Verstehe ...« Von weitem war das Vibrieren seines Firmenhandys zu hören.

»Ist das Ihres?«

»Ja ...«, er räusperte sich, und beide blickten in die Richtung, in der der kleine Koffer stand. Das war wahrscheinlich Triebel, nein, nicht wahrscheinlich, er war es mit Sicherheit, und dass er sich gezwungen fühlte, zum Hörer zu greifen, war kein gutes Zeichen.

Er drehte sich zu ihr um, betrachtete ihr Halbprofil. Sie hatte ihre Hand seitlich an den Nacken gelegt, das Handy klingelte immer noch, sie wandte ihm den Kopf zu, sie lächelte.

Er zuckte mit den Schultern. »Ist nicht so wichtig.«

»Machen Sie sich was aus Bergen?« Ihr Kopf deutete in Richtung Horizont, als würden sie dort stehen, sich dort auftürmen, gewaltig, furchteinflößend. Er folgte ihrem Blick.

»Berge, nein, nicht so ...«

»Haben Sie Kinder?«

»Nein, warum ...«

»Meine Tochter hat mich letztens gefragt, wo die Ostsee liegt, wir standen hier am Fenster, ich habe in die Richtung gezeigt, und sie hat gesagt, dass das nicht sein kann. Das Meer sei so groß, dass man es von jedem höher gelegenen Punkt aus sehen kann. Weil man hier aber nichts sehen kann, muss das Meer in der anderen Richtung liegen. Ich solle nicht traurig sein, es läge wahrscheinlich gleich hinterm Haus.«

Er lächelte und wollte etwas sagen, aber das Handy begann erneut zu klingeln. Er sah auf die Uhr, stellte die Porzellantasse auf dem Fensterbrett ab und nahm die Kamera in beide Hände. »Ich muss dann mal weitermachen …«

Sie nickte ihm nur zu, dann liefen sie gemeinsam durch das Wohnzimmer.

Am Ende des Flurs lag das Kinderzimmer. Vier Buchstaben, bunt bemalt und schief ausgeschnitten, klebten an der Tür. Lisa.

In dem Zimmer war es kalt, aber es war noch etwas anderes, was Matthias irritierte, und obwohl es bereits Abend war, hatte er plötzlich das beklemmende Gefühl, draußen sei gerade die Sonne untergegangen. Dabei sah das Zimmer genauso fröhlich aus wie wahrscheinlich hunderte andere Kinderzimmer. Die Einrichtung war verspielt, die Wände in einem warmen Gelbton gestrichen. Man konnte noch die Farbe riechen, und an der Stirnseite des Zimmers, in der Ecke, stand eine Metallleiter, auf deren hochgeklappten Sprossen Farbflecke leuchteten. Er machte ein paar Aufnahmen, drehte sich um, doch gerade als er durch die Tür gehen wollte, traf ihn das schiefe Lächeln. Es war eine große Stoffpuppe im Prinzessinnenkleid, sie saß auf dem Kopfkissen des Kinderbettes. Aber vielleicht wirkte ihr Lächeln auch nur schief, weil es in zwei Hälften geteilt wurde von einer dünnen Metallstange, die weit in die Höhe ragte. Sie gehörte zu einem Infusionsständer, wie er ihn nur aus Krankenhäusern kannte. Er stand direkt neben dem Bett, und über dem verchromten Haken hing noch ein dünner Schlauch aus Plastik.

Langsam ließ er die Hand sinken, in der er die Kamera hielt, und ging hinaus auf den Flur.

Vor dem Wohnzimmer blieb er stehen. Sie stand mit dem

Rücken zu ihm. Offensichtlich schnitt sie die Callas frisch an.

»Stimmt etwas nicht …« Sie hatte sich zu ihm umgedreht.

»Nein«, er räusperte sich, »ich ….«

An der Wohnungstür waren Geräusche zu hören, ein Schlüssel drehte sich im Schloss. Sie legte die Schere zur Seite. »Das muss mein Mann sein.«

Sie ging an ihm vorbei, Matthias trat einen Schritt ins Wohnzimmer, um nicht ebenfalls im Flur stehen zu müssen. Während die Tür geöffnet wurde, betrachtete er die Aufnahmen, die er mit der Kamera gemacht hatte, und mit jedem neuen Bild wurde er ratloser.

»Wie war's in der Kanzlei?«

Die Wände waren alle nahezu rot, es gab keine Wärmelecks, und nicht mal die Fensterrahmen wiesen energetische Schwachstellen auf.

»Anstrengend.«

Die Bilder zeigten überall eine ausgeglichene Temperaturverteilung.

»Oh, haben wir Gäste.«

Matthias hob den Kopf. Der Mann schritt auf ihn zu. Er sah bedeutend älter aus als auf den Fotos, nur sein Händedruck verriet einen vitalen Charakter.

»Wellinghof.«

»Lenzke vom Energiekontor wegen der Wärmedämmung.«

Der Mann drehte ihr den Kopf zu, warf ihr einen prüfenden Blick zu, aber sie ging ohne zu reagieren hinter Matthias vorbei in das Wohnzimmer.

Rasch wandte sich ihm der Mann wieder zu. »Ja, vielen Dank für Ihr Kommen. Wenn ich Sie noch kurz zur Tür bringen darf.«

Matthias packte die Kamera ein, schloss den Plastikkoffer und zog ihn an seinem Griff nach oben, dann drehte er sich noch einmal um. Sie stand mit dem Rücken zu ihm, blickte aus dem Fenster, als ginge sie das alles nichts an. »Auf Wiedersehen.« Aber sie reagierte nicht.

Vor der Wohnungstür blieb ihr Mann stehen. »Hören Sie, ich … unser Haus ist bereits seit fünf Jahren wärmegedämmt. Auch die Außenwände.«

»Aber warum …«

»Meine Frau …« Er drehte sich vorsichtig um, als könnte sie ihn hören, dann lockerte er seine Krawatte und atmete tief ein. »Letzte Woche waren Maler hier, nächste Woche sind es wahrscheinlich Innenarchitekten, ich …« Er brach ab, fuhr sich durchs Haar, dann griff er in die Innentasche seines Jacketts, öffnete die Geldbörse und hielt Matthias zwei Fünfziger hin. »Entschuldigen Sie bitte die Unannehmlichkeiten, nehmen Sie das.«

Matthias stellte den Koffer auf den Beifahrersitz, legte das Handy daneben, dann kurbelte er das Fenster runter. Kalte Luft strömte in das Wageninnere, er atmete ruhig, sog die Luft ein. Der Regen wurde stärker, trommelte auf das Autodach.

Nach einer Weile beugte er sich vor und blickte zu dem Fenster hinauf. Er hatte gedacht, sie würde dort stehen, die Hand in den Nacken gelegt, weit über die Dächer der Stadt blickend, aber da war niemand. Matthias ließ sich in den Sitz des Autos zurücksinken. In den Rissen des Asphalts hatte sich Wasser gesammelt, Pfützen, die immer größer wurden, schwankend blaues Licht über dem Boden. Die schweren Türen zum Hinterhof des Hauses standen offen, eine dunkle Höhle, in der der schräg einfallende Regen unbemerkt verschwand, ein schwarzes Loch, das das Wasser lautlos verschluckte. Matthias steckte den Zündschlüssel ins Schloss und startete den Wagen. Wenn der Hinterhof abschüssig war und es die Nacht durchregnete, dann würde vielleicht morgen früh eine große Menge Wasser dort liegen. Gleich hinterm Haus.

Das sind doch alles kleine Schlampen

Hanna kippte die Zigarettenstummel in die kleine Tonne, dann fuhr sie mit dem Pinsel, der an dem Strick seitlich an der Tonne hing, über den Boden des Aschenbechers.

»Hör mal«, Susi streckte ihren Kopf um die Ecke. »Ich hab ’n paar neue Espressotassen gekauft. Die müssen noch ausgespült werden.«

Hanna nickte und nahm den nassen Lappen, um die Aschenbecher auszuwischen. Wenig später war aus der Küche erneut Susis Stimme zu hören, gedämpft, aber doch laut genug. Wahrscheinlich stand sie gerade vor dem Kühlschrank und prüfte die Einkäufe. »Das darf doch nicht wahr sein, dieser Idiot …«

Der Idiot war Olaf, aber zuallererst war er Susis Bruder, und der Einzige, der mitten in der Nacht aufstand und für sie zum Großmarkt fuhr. Manchmal fragte sie sich, wie Olaf das aushielt. Als ihr Bruder war er vielleicht daran gewöhnt, vielleicht war es ihm auch egal, vielleicht würde er Susi aber auch eines Tages den Cappuccino in der falschen Tasse mit alter Kaffeesahne anstatt frisch geschäumter Milch vor die Nase setzen und laut sagen: »Mach doch deinen Scheiß allein.«

Susi war klein, etwas mollig, aber trotz der Weichheit ihres Gesichts und ihres Körpers haftete ihrer Erscheinung nichts Zartes, Weibliches mehr an, nur manchmal blitzte es auf, kurz, dieses Lächeln, wenn ihr ein Gast ein Kompliment gemacht hatte, über den Kuchen oder das Eis, das Lächeln eines alten Mädchens.

Hanna stellte die Aschenbecher aufeinander. Eigentlich müsste sie jetzt in die Küche, aber dann lehnte sie sich ruhig an den Rahmen der Tür, die an der Rückseite des Flachbaus lag und zum Hinterhof führte. Der Tag war anstrengend gewesen, sie hatten viele Gäste gehabt. Jetzt saßen noch ein paar wenige auf dem Freisitz vor dem Café und warteten auf die Rechnung. Sie strich sich über den Rock und sah auf die Uhr. Kurz vor sieben, in einer Viertelstunde würden sie schließen. Hanna drehte sich lautlos um und sah auf den Personalplan, der neben der Tür über dem Schlüsselbrett angebracht war. Susi hatte sie bereits für den nächsten Tag eingetragen. Die zweite Bedienung würde halb elf kommen, und je nach Andrang noch eine dritte, der Springer. *Alexandra* stand in Susis Schrift auf dem Plan und *Julia*. Sie kannte beide nicht. Die meisten Bedienungen kamen zwei-, dreimal, dann gingen sie nicht mehr ans Telefon, wenn Susi versuchte, sie zu erreichen. Aus gutem Grund.

Es waren Kleinigkeiten, bei welchen Susi durchdrehte. Eine Sahnetorte, die beim Raustragen auf dem Dessertteller umgekippt war, die Zierwaffel, die bei einem Eisbecher fehlte. Manchmal lehnte Susi an dem Pfeiler der großen Glasfront, die sie im Sommer immer öffneten, und blickte auf den Freisitz vor dem Café. Es sah aus, als betrachtete sie die Gäste oder das Treiben rund um den Springbrunnen auf dem kleinen Platz neben dem Café, aber immer wieder suchte ihr Blick die eine oder andere neue Bedienung, glitt an ihren Haaren entlang, wenn sie lang und blond waren, blieb an den Spitzen hängen oder heftete sich an ihre Gesichter, wenn sie lächelten oder mit Gästen scherzten. Je schöner und schlanker, je freundlicher die Mädchen waren, desto schlimmer wurden Susis Maßregelungen nach Feierabend. Anfangs hatte Hanna geglaubt, Neid stecke dahinter. Etwas haben wollen, was der andere hat, und auch wenn es nicht gerade eine Tugend war, so war es doch nur menschlich. Aber irgendwann wurde ihr bewusst, dass sie sich geirrt hatte. Nicht Neid steckte hinter Susis Bösartigkeiten, es war Missgunst. Sie gönnte den Mädchen nicht, was sie selbst vielleicht gar nicht unbedingt haben wollte.

Einmal hatte Hanna neben ihr gestanden, als eine Bedienung kurzfristig abgesagt hatte. Susi hatte ihr am Abend zuvor das Trinkgeld verweigert, weil dem Mädchen ein Glas zerbrochen war. Das Gespräch war beendet, aber Susi hielt den Hörer noch in der Hand. Ihre Wangen hatten roséfarbene Flecken bekommen, und ihre Augen waren seltsam klar, fast strahlend, ein helles durchsichtiges Blau um die nervösen Pupillen: »Das sind doch alles kleine Schlampen.« Und während sie langsam die Hand, in der sie den Hörer hielt, auf die Gabel sinken ließ, formten sich ihre Lippen zu einem schmalen Strich, und es sah aus, als hätte der Arzt ihr gerade eine unschöne Diagnose gestellt.

Hanna verschränkte die Arme vor der Brust und sah in den Hinterhof, in dem allerlei Müll stand, eine ausrangierte Kühltruhe, eine zerrissene Markise, kaputte Plastikstühle, zerschlissene und mittlerweile durch den Regen verwitterte Sitzauflagen.

Eigentlich sollte der Job nur vorübergehend sein, bis sie etwas Besseres gefunden hatte. Ihre Cousine hatte sie damals gebeten, ab und zu bei Susi auszuhelfen. Seitdem waren drei Jahre vergangen, drei Jahre, in denen sie, wie alle anderen, Susis schlechte Laune über sich hatte ergehen lassen müssen. Aber im Gegensatz zu den anderen hatte Susi sich nie hinreißen lassen, ihr gegenüber ausfällig oder gemein zu werden. Es schien, als gäbe es für sie im Umgang mit Hanna eine Grenze, die sie nicht überschritt. Dafür konnte es mehrere Gründe geben. Es konnte daran liegen, dass sie beide das gleiche Alter hatten und Susi sich im Innersten zu einer heimlichen Solidarität gegenüber Hanna verpflichtet fühlte. Aber es war noch etwas anderes. Einmal, Hanna polierte gerade das Besteck, kam die Runde der Gäste, die sich jeden Sonntagnachmittag im Café traf, auf den Osten zu sprechen. Es wurde über den Solidaritätszuschlag diskutiert, über die Angleichung der Ost-West-Renten. Man war sich darüber einig, dass es mit der DDR wirtschaftlich hatte bergab gehen *müssen*, und dass es, nach alldem, was man so hörte, furchtbar grau und dunkel gewesen sei. Hanna hatte ruhig zugehört, langsam das Besteck sinken lassen, sie hatte sich gewundert und still in sich hineingelächelt, aber da traf sie Susis Blick, bedauernd, *dort musstest du also leben* stand darin. Und vielleicht war es weniger das kleinbürgerliche Besserwissen der Stammgäste als Susis gönnerhaftes Mitleid, was in Hanna den Impuls auslöste, sich zu wehren.

Ruhig ging sie auf den Tisch zu und wich Susis Blick nicht aus, in dem sich Erstaunen mit Missmut mischte. Und dann erklärte sie, dass auch die Bäume im Osten Blätter hatten, sogar die gleichen wie im Westen, und zum Schluss fragte sie in die Runde, ob denn schon mal jemand im anderen Teil der Republik gewesen sei und sich die Ruinen, von denen sie sprachen, angesehen habe.

Sie war froh gewesen, dieser Enge, dieser geistigen Provinzialität der Deutschen Demokratischen Republik entflohen zu sein, aber jetzt hatte sie das Bedürfnis, es zu verteidigen, das Land, nicht den Staat, sich nicht die wenigen Erinnerungen, die weiß waren und farbig, schwarzmalen zu lassen von denen, die ihre Geschichte begutachteten wie Restauratoren ein altes, hässliches Möbelstück, bei dem sie von Anfang an der Meinung waren, es sei nicht mehr zu retten.

Es war Susi, die das betretene Schweigen auflöste, indem sie ihr eine Kaffeetasse in die Hand drückte, ihre Stimme hatte einen scharfen Ton, und sie sagte nichts weiter als: »Tisch 7.«

Hanna fuhr sich durchs Haar. Auf der Kühltruhe lagen die ersten Blätter der Buche, die herabgefallen waren. Der Herbst begann. Manchmal wünschte sie sich, Matthias wäre damals mitgegangen, und sie könnten jetzt wie früher gemeinsam reden, über die Vergangenheit, die Gegenwart, die Zukunft, Gespräche, bei welchen sie sich nicht verstellen müsste, weil sie beide die gleichen Räume bewohnt hatten, nebeneinander durch eine Welt gegangen waren, die die Menschen hier nur vom Hörensagen kannten. Sie hätte ihm hier gerne alles gezeigt, die Straßen und kleinen Plätze, das Café, wäre mit ihm ins Kino gegangen, in eine kleine Bar. Sie hätte ihm erklärt, warum sie ausgerechnet in dieser Kleinstadt zum ersten Mal in ihrem Leben das Gefühl hatte, durchatmen zu können, warum sie keine Angst mehr hatte vor ihren Erinnerungen, warum sie zum ersten Mal zufrieden war, auch und gerade als einfache Kellnerin, warum sie sich treiben ließ, ohne nachzudenken. Ihr Leben in Berlin war bestimmt gewesen von Bildern, deren dunkle Kraft sie nicht mehr aushalten konnte, bestimmt von einer Vergangenheit, die jeder Gegenwart die Unschuld nahm.

Der Wind schob sich jetzt mit Kraft durch die Blätter des Baumes. Nach dem Vorfall im Café hatte sie geglaubt, jetzt werde Susi sie genauso behandeln wie die anderen Bedienungen, aber es blieb alles so, wie es schon vorher gewesen war. Vielleicht hatte ihre Cousine ein gutes Wort für sie eingelegt, vielleicht hatte sich Susi über die arme Zonengabi gewundert, wollte sie aber nicht bestrafen.

Lange hatte sie nicht verstanden, was ihre Cousine an Susi fand. »Ich glaube, ich habe einfach Mitleid mit ihr«, hatte sie einmal gesagt, ohne zu erklären, was der Grund für dieses Mitleid war, aber das musste sie auch nicht mehr, denn Hanna wusste es.

Es war noch nicht lange her. Sie hatte das Wochenende freinehmen können, Susi war seltsam gut gelaunt gewesen.

Den Samstagvormittag hatte Hanna die Wohnung aufgeräumt, den zerrissenen Ärmel eines Shirts genäht, dann hatte sie an Matthias geschrieben. Es waren nur ein paar Zeilen, nicht viel, aber sie hatte gezögert, den Brief einzuwerfen, als sie vor dem Briefkasten stand. Seit sie weggegangen war, hatten sie keinen Kontakt mehr gehabt, sie wusste nicht einmal, ob er sich schon ein Telefon besorgt hatte oder nicht.

Auf dem Rückweg vom Supermarkt dann hatte sie Olaf gesehen. Er parkte auf der gegenüberliegenden Straße im Halteverbot, das Auto stand vor einem Blumenladen, der Kofferraum war offen, sie winkte ihm zu, aber er bemerkte sie nicht. Er hatte einen riesigen Strauß roter Rosen in der Hand und legte sie vorsichtig in den Kofferraum. Und kurz hatte sie sich sogar gefreut. Offensichtlich hatte Olaf eine Freundin. Sie stellte sich vor, dass er sie schon lange hatte und dass dieser schüchterne, leicht übergewichtige Mann sie vor seiner Schwester verheimlichte. Er hatte auch allen Grund dazu.

Vor anderthalb Jahren hatte es einmal eine junge Bedienung gegeben, die Olaf sehr mochte. Sie war unscheinbar gewesen, aber auf eine ganz eigene Art sehr hübsch. Sie hatte pechschwarze Haare gehabt, dunkelbraune Augen, war quirlig und redete viel. Obwohl Olaf in seiner Freizeit Besuche im

Café mied, kam er oft, wenn das Mädchen dort arbeitete. Mit der Zeit wurde der Umgang der beiden miteinander vertrauter, man sah ihnen an, dass sie sich über die Anwesenheit des jeweils anderen freuten. Selbst Susis argwöhnische Blicke konnten ihren Gesprächen nichts anhaben, und eines Tages verabredeten sie sich zum Kino. Aber das Mädchen kam nicht zu dem Treffen, und es hatte nie jemand erfahren, was der Grund dafür gewesen war. Nur einmal noch hatten sie sie gesehen, als sie ins Café kam, um ihren restlichen Lohn abzuholen, und erstaunlicherweise vermied es Susi, ihr zu begegnen. Als das Mädchen vom Café weg über den Platz lief, stand Susi neben dem Hund eines Stammgastes, sie wähnte sich unbeobachtet und sah dem Mädchen hinterher. Dann bückte sie sich und streichelte dem Hund über den Kopf. »Hat wirklich geglaubt, Olaf fällt auf ihre Rehaugen rein.« Der Hund leckte ihre Hand, Susi lächelte ihn an und sagte: »Aber mal ehrlich, wer fickt denn schon gerne Bambi?«

Daran musste Hanna denken, als sie Olaf gesehen hatte, wie er die Rosen verstaut hatte und losgefahren war, aber erst sehr viel später an diesem Tag sollte sie die ganze Wahrheit erfahren. Vielleicht war es Olafs kleines Glück, vielleicht war es das Rot der Rosen – als sie wenig später an einer Drogerie vorbeikam, ging sie hinein und kaufte sich einfach ein Rouge. Zuhause trug sie es sofort auf, und als sie sich schließlich im Spiegel betrachtete, musste sie lachen. Es war wohl ein bisschen zu viel des Guten, sie sah aus wie eine Matrjoschka. Sie wischte gerade mit dem Handrücken über die Wange, als das Telefon klingelte. Sie hatte sich immer noch nicht daran gewöhnt, an das Klingeln, auch wenn es nicht oft vorkam, denn außer ihrer Cousine und ihrer Mutter rief niemand an. Sie hob den Hörer ab.

Die Stimme am anderen Ende der Leitung war ungewöhnlich weich, fast schmeichelnd, im ersten Moment hatte Hanna sie nicht einmal erkannt.

»Hanna, Liebes, ich habe ganz vergessen, dir etwas zu sagen.« Sie machte eine Pause. »Ich habe heute Geburtstag.« Susi hielt inne, als müsse sie die Information erst einmal auf ihr Gegenüber wirken lassen.

»Oh, das, das wusste ich nicht.« Hanna versuchte, sich nicht anmerken zu lassen, dass sie überrascht war, weniger über die Information als über Susis Anruf. Ihre Telefonnummer stand neben ihrem Namen auf dem Personalplan, natürlich, aber Susi legte die Arbeitszeiten am Ende des Monats immer im Gespräch mit allen Bedienungen fest und ließ keinen Zweifel daran, dass diese verbindlich waren. Und auch wenn Hanna oft das Bedürfnis gehabt hatte, einfach abzusagen, so war sie doch wieder in den Bus gestiegen und in das Café gefahren. Und so wurde aus einem Job, der nur als Übergangslösung gedacht war, eine regelmäßige Arbeit, und aus einem halben Jahr waren drei geworden. An Möglichkeiten, sich etwas anderes zu suchen, hatte es nicht gefehlt, aber sie hatte sie einfach nicht genutzt, und wenn sie in den Frauenzeitschriften, die im Wartezimmer der Arztpraxen lagen, »von der Kraft, sich neu zu erfinden« las, dann fragte sie sich, wann ihr diese abhandengekommen war oder ob sie sie jemals besessen hatte. Und an jenen leeren Tagen, an welchen kein einziges Geräusch die Stille in ihrer Wohnung vertrieb, musste sie sich eingestehen, dass es nicht um fehlende Kraft ging, sondern um Angst.

Hanna drückte den Hörer näher ans Ohr. »Ich wünsche dir alles …«

»Jajaja«, unterbrach Susi sie, »hör zu, ich feiere heute Nachmittag in kleiner Runde, ab 14 Uhr, und ich dachte mir, das könnte dir vielleicht gefallen, und hör zu, keine Geschenke, ja, ich freue mich, wenn du kommst, und bitte sei ...«, sie unterbrach sich und verschluckte das *pünktlich*, dann gab sie ihre Adresse durch und legte auf.

Irritiert sah Hanna auf den Hörer. *Hanna, Liebes.* Dann ließ sie die Hand sinken und legte den Hörer auf die Gabel. Ihr Blick glitt zum Spiegel, das Rouge sah jetzt schön aus, sie stützte ihren Kopf auf die Hand, von weit her hörte sie Menschen lachen, plaudern, man stieß mit Sektgläsern an, fragend betrachtete Hanna die Frau, die ihr im Spiegel gegenübersaß. Sie fuhr sich mit dem Handrücken leicht über die Wange, und nach einer Weile lächelte die Frau ihr aufmunternd zu.

Das Einfamilienhaus hatte eine große Einfahrt und eine Terrasse, die gleichen Plastikstühle standen darauf wie im Café. Der Rollsplitt glänzte in der Sonne, in der Luft lag der Geruch von frisch gemähtem Gras.

Hanna stellte sich vor die Haustür, strich ihr Kleid glatt. Es war nicht neu, aber es passte immer noch gut, und sie mochte die Farbe, ein helles, lichtes Grün. Sie hatte Schokolade gekauft, eine große Packung, es stand etwas Französisches darauf, das sie nicht verstehen konnte.

Susis Schritte hallten hinter der Tür, kurze, spitze Laute, als hämmere der Absatz ihrer Schuhe mit jedem Schritt Nägel ins Parkett.

Die Tür wurde geöffnet, »Schön, komm rein«, sagte Susi, aber Hanna hatte es die Sprache verschlagen. Und wie ein Kind, das für einen Moment über den Anblick einer Sache alles um sich herum vergisst, ließ sie sich von Susi am Arm in den Flur ziehen.

Susi hatte sich ihre dunkelbraunen Haare wasserstoffblond

gefärbt, in einem Ton, wie ihn einst große Schauspielerinnen getragen hatten, Grace Kelly vielleicht, aber ihre Haare waren dünn und fein wie Schnittlauch, kinnlang, es fehlte die Fülle, und man konnte ihre rosa Kopfhaut unter dem Blond durchscheinen sehen.

In der Mitte des Wohnzimmers blieb Susi stehen und ließ Hannas Arm los. Hanna starrte sie immer noch an, da hob Susi ihre Hände, ließ die Handteller unter den Ohren schweben, als befände sich dort die glamouröse Welle, von der sie glaubte, der Frisör habe sie zustande gebracht: »Blondinen bevorzugt«, sagte sie, lachte, und etwas darin klang verzweifelt.

Auf dem kleinen Couchtisch aus Glas standen zwei Flaschen Sekt, eine davon war leer. Während Susi darauf zulief, blickte Hanna sich um. Ein Sonnenstrahl fiel auf einen hohen ovalen Holztisch, der die Form einer Bar hatte und die offene Küche vom Wohnzimmer trennte. Susi hatte einen Karton darauf abgestellt, er trug das Logo der einzigen Konditorei im Ort. Man konnte weiter in den Garten sehen, der hinter dem Haus lag, auch dort standen Gläser und volle Sektflaschen auf einem Tisch, die Fenstertüren, die zu dem Garten führten, waren weit geöffnet, irgendwo mähte jemand seinen Rasen.

»Die anderen haben sich verspätet«, hörte sie Susi sagen, Hanna drehte sich um, »aber wir zwei Hübschen können ja schon mal anfangen.« Susi stand hinter dem Couchtisch, ihre Hüfte war leicht eingeknickt, der Absatz ihres linken Schuhs stand gefährlich weit nach außen ab, aber sie schien es nicht zu merken. Sie hatte das Glas in der Hand und sah für einen Moment ruhig hinein, auf das Glitzern und Aufplatzen der Bläschen, als denke sie über etwas nach. Sie seufzte kurz, dann drehte sie sich um und drückte Hanna das Sektglas in die Hand, und erst jetzt fiel Hanna der leicht silbern schimmernde Lidschatten auf, den Susi aufgetragen hatte, und ihr dezenter Nagellack, ein mattes Perlmutt, aber das natürliche Make-up stand im krassen Gegensatz zu der grellen Haarfarbe. »Die Sofagarnitur habe ich ausgesucht, italienischer Stil, sehr bequem.« Susi strich mit den Fingerkuppen über das weiße Leder des Sessels, an den sich Hanna gelehnt hatte, und nickte ihrem Satz abwesend hinterher. Dann ließ sie ihren Blick prüfend über das Wohnzimmer schweifen, als habe sie Zweifel, dass etwas nicht stimmte, von dem sie noch nicht wusste, was es war. »Die Anbauwand ist aus Esche«, sie nahm hastig zwei kleine Schlucke aus dem Sektglas. Hinter einem Glaseinsatz standen vier Porzellanfiguren. Schäferinnen mit blonden Haaren, die schüchtern die Blumen präsentierten, die in ihren Schürzen lagen und deren Münder so zerbrechlich und rosa schimmerten wie bei Neugeborenen.

Plötzlich hakte sich Susi bei ihr unter. »So, und jetzt machen wir eine Hausbesichtigung, was?«

Das Haus hatte zwei Stockwerke, und sogar die Treppenstufen waren mit Teppich verkleidet. Sie betraten das Schlafzimmer, in der Mitte blieb Susi stehen und drehte sich mit einer ausladenden Handbewegung einmal um die eigene Achse. Der Sekt aus ihrem Glas schwappte auf den Teppich. »Und?«

Das ganze Schlafzimmer war in einem Crémeweiß gehalten. Der Kleiderschrank hatte Schwebetüren, über einem Sessel hing ein Männerjackett, vor dem Standspiegel lagen kleine Hanteln. Hanna erinnerte sich, dass ihre Cousine erzählt hatte, Susi sei verheiratet, aber sie selbst hatte Susis Mann nur einmal gesehen. Da hatte er auf dem Beifahrersitz von Olafs Auto gesessen, das mit laufendem Motor auf der Straße neben dem Freisitz stand, während Olaf eine Palette Orangensaft ins Café brachte.

Susi zeigte ihr das Bad, ein weiteres Ankleidezimmer, einen Raum, in dem nur ein Lauftrainer und ein Sportfahrrad standen, und den Balkon. Zurück im Wohnzimmer, führte Susi sie in die Essecke, und jetzt erst fiel Hanna der riesige Strauß roter Rosen auf, der dort auf dem Holztisch stand.

»Zeit für die Torte«, sagte Susi. Sie setzten sich an den Tisch, und während sie sich unterhielten, blickte Hanna immer wieder zu den Rosen. Susi musste ihren Blick bemerkt haben. »Schön, nicht?« Sie führte ihre Hand zu den Knospen der Blumen, berührte sie aber nicht. »Mein Mann hat sie mir geschenkt.« Sie lächelte Hanna an, einen Moment zu lange.

»Er ist viel unterwegs«, verlegen strich sie sich die Haare hinters Ohr, das alte Mädchen kam zum Vorschein.

Hannas Blick glitt abwesend von den Rosen zu Susi, die ruhig ihre Torte weiteraß. Obwohl sie und die anderen Bedienungen Susis Mann nie wirklich zu Gesicht bekommen hatten, hatte Susi manchmal von ihm erzählt, von den Ausflügen, die sie am Wochenende gemacht hatten, den Urlauben. In den wenigen Momenten, in denen Olaf danebensaß, hatte sie beobachtet, wie er den Kopf gesenkt hatte, während Susi erzählte. Ihr war es deshalb in Erinnerung geblieben, weil sie gedacht hatte, dass es jenes stille Bedauern oder die Scham darüber war, nicht selbst Derartiges erzählen zu können. Susi führte die Kuchengabel zum Mund, Hanna blickte auf ihren blonden Pony, und plötzlich verstand sie. Nicht die eigene Unzulänglichkeit war es, für die Olaf sich geschämt hatte, sondern das stille Ertragen einer Lüge, deren unfreiwilliger Mitwisser er sein musste. Dass die Rosen auf dem Tisch vor ihr ein Geschenk von Susis Mann waren, war so wenig wahr wie das penibel aufgehängte Jackett, die Hanteln, die geputzten Männerschuhe auf dem Schuhregal neben der Tür oder der trockene Rasierapparat im Bad. Es war perfekt inszeniert, alle sollten es glauben, und alle glaubten es, und keiner ahnte, dass Susis Mann wahrscheinlich schon vor langer Zeit abgehauen war. Hanna erhob sich langsam, ohne ihren Blick von den Rosen zu nehmen. »Ich muss jetzt gehen, vielen Dank für die Einladung.«

»Aber nein, bleib doch noch, wir könnten noch ein bisschen zusammensitzen und reden.« Susi nahm ihren Arm, Hanna blickte ihr ins Gesicht, und für einen Moment glaubte sie, dort so etwas wie Angst zu sehen. Vorsichtig zog sie ihren Arm aus Susis Umklammerung und lächelte. »Es tut mir leid, ich muss jetzt wirklich ...« Sie drehte ihr den Rücken zu und durchquerte das Wohnzimmer. Sie musste an Hans denken, und vielleicht war er der Grund dafür, dass sie die Einzige war, die nicht mehr in der Lage war, das zu glauben, was sie glauben sollte. Nach seinem Verschwinden hatte sie lange gebraucht, aber erst als keine Erklärung ihren Zweifeln und Fragen standgehalten hatte, hatte sie begriffen, dass eine Lüge nicht perfekt sein darf. Die größte Gefahr bei dem Versuch, die Wahrheit zu verkleiden, war das Bedürfnis, keine Fehler zu machen. Hans hatte das nur zu gut verstanden.

Sie hatte ihre Hand bereits auf die Klinke der Tür gelegt, als sie die Nähe des fremden Körpers hinter sich ahnte.

»Hat dir schon mal jemand gesagt, wie schön du bist?« Susis Stimme war jetzt brüchig.

Langsam drehte sich Hanna um und sah ihr ins Gesicht. Die Wimperntusche war verwischt, das Parfum hatte sich mit dem Geruch des Sekts vermischt, Tränen liefen ihr über die Wange.

Langsam hob Susi die Hand. Hanna wusste, was jetzt kam, und sie ließ es geschehen. Fingerspitzen glitten ihre Wange entlang, strichen sanft und vorsichtig darüber. Sie sah an Susi vorbei in den Garten, auf dessen Blumenbeete und Sträucher sich das letzte Licht der Abendsonne gelegt hatte, goldener Staub in der Luft. Kurz schloss sie die Augen, dann atmete sie tief ein, nahm Susis Finger von ihrem Gesicht, langsam, ohne Hast, und führte die Hand wie bei einem Kind, das vor Staunen reglos in sich gefangen ist, zurück an deren Körper. Susi starrte sie ängstlich an, aufmunternd drückte Hanna ihre Hand, »Ist schon gut«, dann ließ sie sie los, drehte sich langsam um und ging.

Hanna sah auf die Uhr. Gleich würden sie schließen. »Sag mal, träumst du? Draußen sitzt noch einer. Vielleicht will der gerne zahlen?!« Susis Ton war gereizt. Hanna atmete tief ein, dann nahm sie den Bleistift und den kleinen Papierblock, die sie neben den Aschenbechern abgelegt hatte, und lief auf den Tisch zu. Am Horizont ging die Sonne unter, und ein paar wenige schmale, hellrote Lichtstreifen hoben sich scharfkantig vom Himmel ab.

Istanbul

»Wie war's in der Schule?«

»Schön«, log Anne.

Obwohl Mutter wie immer müde aussah, lächelte sie zufrieden, nahm den tropfenden Teller aus dem Spülbecken und legte ihn zum Trocknen auf das Geschirrtuch, das über der Waschmaschine ausgebreitet war.

»Wie viel Patienten hast du heute verpflegt?«, fragte ihr kleiner Bruder, nahm seinen Löffel und stopfte den letzten Rest des Puddings in sich hinein. »Gepflegt«, verbesserte Anne ihn. »Mutter kocht nicht, sie ist Krankenschwester.«

»Weiß ich doch, du Besserwissertrulla.« Er verdrehte die Augen, und Mutter warf ihr einen strengen Blick zu, während sie ihm antwortete: »Sehr, sehr viele.«

Nachdem sie sich wieder dem schmutzigen Geschirr zugewendet hatte, streckte Anne ihm die Zunge raus.

»Ich habe heute Mehdis Mutter in der Stadt getroffen, sie hat schon zwei große Reisetaschen gekauft.«

»Hm.« Anne fragte sich, wie lange sie jetzt wohl noch hier sitzen und reden müsste, und betrachtete ihre Fingernägel. Sie waren wie bei einem Kind fast bis auf das Nagelbett zurückgeschnitten, dafür blätterte der rote Nagellack auch ohne Kratzen an den meisten Stellen schon ab. Sie hielt inne, verschränkte ihre Unterarme über dem Tisch, legte ihren Kopf seitlich darauf und sah zu, wie ihre Mutter mit dem Geschirr hantierte. Wenn Mutter von »Stadt« sprach, hörte es sich an, als spräche sie von etwas weit Entferntem, etwas, das zu sehen Kraft und Anstrengung bedeutete. »Total bescheuert«, dachte Anne, als ob ihr Zuhause an einem kleinen, ruhigen See läge, weitab der Geschäftigkeit. In Wirklichkeit war ihre Wohnung doch nur eine von vielen in einem Käfig von vielen. Und obwohl die Hochhaussiedlung am Stadtrand lag, waren es mit der S-Bahn nur zehn Minuten dreiundvierzig Sekunden bis ins Zentrum. Mehdi und sie hatten das mal gestoppt.

»Frau Maral war ganz aufgeregt.« Ihre Mutter nahm den Teller aus dem Spülwasser und legte ihn auf das Küchenhandtuch. »Sie haben das Auto verkauft, ein paar Möbel, und die Wohnung abgemeldet. Na ja, diese ganzen Dinge eben.« Anne spielte mit dem Aschenbecher aus Glas, der auf dem Tisch stand. »Aber es wird nicht so lange dauern wie bei unserem Umzug damals von Berlin nach Bonn. Stell dir vor, die steigen in ein Flugzeug und sind drei Stunden später da.« Ihre Mutter schüttelte leicht den Kopf, aber Anne merkte es nicht: »So einfach. So einfach.«

»Machen sie Urlaub?«, fragte Anne und hob den Aschenbecher nach oben, betrachtete die Unterseite und fuhr mit den Fingerkuppen vorsichtig über die eingeprägten Buchstaben am Boden. Lohmann & Söhne. Darunter der Löwenkopf. Schön war das.

Mutter hielt inne und drehte sich zu ihr um. »Urlaub? Nein. Sie ziehen zurück. Nach Istanbul. Die ganze Familie. Ich glaube, übermorgen geht's los.« Anne nahm den Aschenbecher aus der Luft, ein bisschen zu schnell, denn es gab einen dumpfen Laut, als sie ihn auf den Tisch stellte. »Hat dir Mehdi etwa nichts davon erzählt?« Anne stand auf, aber irgendwas war mit dem Boden nicht in Ordnung, sie musste sich am Stuhl festhalten. Auf der weißen Tischdecke lagen einige Splitter des roten Nagellacks. Angeschossen, dachte Anne und sagte: »Klar, hat er. Ich hab's nur vergessen.«

Mehdi schnippte seine Zigarette in hohem Bogen in die Luft, doch die Glut verlosch, noch bevor sie den unendlichen Strom an Autos, der unter ihren Füßen vorbeischnellte, erreicht hatte. Kaputt, schon vor dem Ziel, dachte Anne. Mehdi und sie saßen schon eine ganze Weile nebeneinander auf dem Geländer und blickten auf die dunkelgrau wogende Masse der Fahrzeuge hinab. Es war seltsam still auf der Brücke trotz des lauten Verkehrs. Aber das war nicht schlimm. Anne hatte noch nie Angst vor dem Schweigen gehabt, auch heute nicht, gerade heute nicht, und so saß sie ruhig neben Mehdi, sah den Rücklichtern der Autos nach, wie sie immer kleiner wurden, sich schließlich in der Ferne auflösten, und wartete, wartete, dass jemand den Horizont wie eine Leinwand zur Seite schieben, laut »Danke« sagen und die Maskenbildnerin rufen würde. Aber nichts dergleichen geschah. Stattdessen knallte der Wind wie blind gegen das Verbotsschild, das an dem Brückengeländer befestigt war, als hätte er es übersehen. Die Eisenhalterung ächzte unter dem Druck, und es hörte sich an wie ein Stummer, der versuchte zu schreien. Regen und Schnee hatten das Schild im Laufe der Jahre verblassen lassen. Es war nicht mehr viel übrig, außer ein paar beschädigten schwarzen Buchstaben, die sich an dem letzten Rest des Hintergrunds festhielten, einem müden Gelb, das von zahlreichen rostigen Stellen durchsetzt war. Dabei war es einmal so schön, so hell, so warnend und vor allem so wichtig gewesen für die paar, die gelegentlich hier oben auf der Autobahnbrücke stehen blieben und kein Deutsch sprachen.

»Hör mal, Mehdi«, hatte sie gesagt, ihren Jeansrock geradegezogen und ihre Arme durchgedrückt, als sie das erste Mal gemeinsam auf dem Geländer der Brücke saßen. Sie hatte sich sogar ein bisschen nach vorne gebeugt und so getan, als wäre das hier alles schon ganz normal und die paar Meter Abgrund unter ihren Füßen kein Anlass für Angst. »So schwer kann's doch nich sein. Streng dich 'n bisschen an. Bist doch sonst nicht auf die Klappe gefallen.« Mehdi nahm sein Basecap ab, wischte sich mit dem Arm missmutig über die Stirn, und Anne musste lächeln, denn diese Bewegung machten normalerweise nur Bauarbeiter bei brennender Hitze. Dann setzte er es wieder auf, zog es noch tiefer ins Gesicht, beugte sich nach vorne, stützte seine Ellenbogen auf den Knien ab und ließ seinen Speichel auf das überstehende Stück Betonpfeiler tropfen, so als ginge ihn das alles nichts an.

»Also noch mal.« Sie krallte ihre rechte Hand in das Metall. Es war kalt und rutschig, aber fürs Gleichgewichthalten war jetzt keine Zeit. Ihre linke Hand ließ das Geländer los, tippte ihm an die Schulter, aber vielleicht war es auch mehr der Versuch, sich festzuhalten. »Nicht ch, sondern ahr. Wie, wie, na wie in …«, sie überlegte einen Augenblick und lehnte sich zur Sicherheit doch etwas mehr nach hinten, »wie in: fahren.«

Es verging eine Weile, aber dann hob er zögernd seinen Kopf, drehte ihn in die Richtung des Schildes, begann die einzelnen Buchstaben zu betonen, vorsichtig und so langsam, als wären es zerbrechliche Gebilde, als müsste er sie im Mund erst aufwärmen, bevor er sie loslassen könnte. Es hörte sich trotzdem holprig an und rau. »L-e-b-e-n-s-g-e-f-a-h«, las Mehdi mit harten, kratzigen Lauten, »Sitz wie Ste-h-en auf Geländer ist strehstens verbot.«

»en«, ergänzte sie: »Verboten.« Und nach einer kurzen Pause fügte sie hinzu: »Geht doch.«

Mehdi lächelte, es sollte cool aussehen, doch es misslang, und schnell drehte er sich wieder in Richtung des Schildes.

»Lebensgefahr. Das Sitzen sowie Stehen auf dem Geländer ist strengstens verboten.« Sie wiederholte den Satz und gab sich Mühe, wie eine professionelle Nachrichtensprecherin zu wirken, aber es klang trotzdem blöd. Anne lächelte unsicher und verkeilte ihre Beine noch fester in die Gitterstäbe des Geländers.

Mehdi zuckte mit den Schultern. »Autos zahlen is mir lieber.«

Sie sah ihn schräg von der Seite an, »Autos *zählen*, nich *zahlen*«, flüsterte sie, als sei das ein Geheimnis, und blickte an ihren Knien vorbei auf das graue Strombett unter ihren Füßen.

Lkws, Motorräder, Busse, Pkws mit Anhänger oder ohne, die Brücke spuckte sie aus wie Kirschkerne, und kurz war im Dunkeln ihre Farbe zu erkennen.

»Blau. Blau. Schwarz. Dunkelgrau. Schwarz. Rot. Dunkelgrau.« Das Einzige, was Mehdi damals fehlerfrei aussprechen konnte, waren die Namen von Farben. Schon nach fünf Minuten hatte sie es aufgegeben, mitzuzählen, hatte lieber zugesehen, wie die Autos unter den Lichtkegeln der großen Laternen aufblitzten, schnell, aber im Takt, als hätte Mehdi sie mit seinem rhythmischen Farbstakkato im Griff, als sei nicht ihr Material oder das Licht, das auf sie fiel, sondern das Nennen der Farbe der einzige Beweis, dass es sie gab – und der Moment, der die Karren kurz aufleuchten ließ, bevor sie unweigerlich verschwanden, von der Nacht, vom Nichts verschluckt, im Niemandsland der A3. Es war nicht das coolste Spiel, aber Mehdi wollte, dass sie mitzählte, und das tat sie und verlor dennoch jedes Mal, wenn sie sich hier oben trafen und die Brücke die Autos zuverlässig anlieferte. Für weiße gab es fünf Punkte, für rote drei, für bunte zehn. Für einen Krankenwagen zwanzig Punkte, mit angeschaltetem Martinshorn sogar dreißig.

Nur heute würde wohl nichts daraus werden. Anne sah auf ihre Uhr, atmete tief ein, drehte sich zu ihm und sah ihn kurz von der Seite an, als müsse sie sich vergewissern, dass er noch da war, wenigstens jetzt, die paar Stunden noch.

»Das ist Mehdi. Er kommt aus der Türkei und wird einige Zeit bei uns bleiben. Es ist wichtig, dass ihr nett seid zu ihm, damit er sich hier schnell wohlfühlt.« Das Erste, was Anne damals dachte, als sie Mehdi vorne an der Tafel neben der dicken Lehrerin blöd und unbeholfen grinsend stehen sah, war: Scheiße! Und sie fragte sich, ob das ernst gemeint sein konnte. Ob der liebe Gott, das Schicksal, der Zufall oder wer sonst auch immer für ihr Leben und den ganzen Schlamassel zuständig war, ernsthaft der Meinung sei, dass dieser komische Typ mit seiner viel zu großen Sportjacke, einer Nase, die aussah, als hätte schon mal einer draufgehauen, und einem Basecap, auf dem auch noch zu allem Übel »Say *Hi* while you fly!« stand, eine Verbesserung ihrer Lebenssituation mit sich bringen könnte. Dabei hatte sie doch nur diesen einen kleinen, beschissenen Wunsch nach einem Kumpel gehabt. Einer, den die anderen in ihrer Klasse akzeptierten, der cool war und dennoch auf ihrer Seite stand. Keine von diesen sinnlos glücklich dahinvegetierenden Pickelfressen mit ihren ordentlichen Leben, den schönen Geburtstagsfesten und geräumigen Doppelhaushälften, dem Geigenunterricht und den gesunden Mahlzeiten würde sich mehr trauen, sie blöd anzumachen, »Schöne Hose, Anne!

Aus Plaste oder Elaste?«, und endlich würde auch ihre Mutter aufhören, sie zu fragen, ob sie denn schon Anschluss gefunden hätte in der neuen Klasse, weil Anschluss doch wichtig sei und man sich auch anpassen müsse und das doch gar nicht so schwer sein könne, man müsse sich nur Mühe geben und Geduld haben, dann würden einen die anderen schon irgendwann mögen.

»Is runtergefallen«, hatte sie ihrer Mutter am Abend nach der Sache im Sportunterricht erklärt und sich nicht getraut, ihr ins Gesicht zu sehen. »Mensch, Scheiße, Anne«, hatte ihre Mutter geantwortet und die Brille mit den zerbrochenen Gläsern immer wieder hin- und hergedreht, als könne sie es noch nicht glauben. »Kannst du denn nicht besser aufpassen?« Und wie zu sich selbst sprechend, fügte sie noch leise hinzu: »Woher sollen wir denn jetzt das Geld für 'ne neue Brille nehmen? Hm, kannst du mir das sagen?« Anne zuckte mit den Schultern, blickte auf das grelle Grün des Teppichs und zog den Ärmel ihres Pullovers so lang, dass Mutter den riesigen blauen Fleck am Handgelenk nicht sehen konnte. Sie hatte noch versucht, das Brillengestell aufzuheben, bevor die anderen ihre Warnung wahrmachen und darauf treten konnten. Es gelang ihr sogar, sich von denen, die sie festhielten, loszumachen. Sie bückte sich schnell, aber bevor ihre Hand überhaupt in die Nähe der Brille kommen konnte, war ihr eines der Mädchen auf den Unterarm gestiegen. Kaputt. Schon vor dem Ziel.

Aber hätte sie jemanden an ihrer Seite gehabt, wäre ihr das nicht passiert. Auf keinen Fall. Zu zweit sein bedeutete: nicht allein sein. Und nicht allein sein bedeutete: keine Angst mehr. Und keine Angst bedeutete: keinen Ärger mehr. Denn Angst konnte jeder riechen, nicht nur Hunde.

Einen Kumpel also. Nicht mehr und nicht weniger. Aber der da vorne, dieser hochgewachsene Kerl mit der schlaksigen

Statur, dem sogar schon Barthaare aus dem Kinn schossen und der sich so ungelenk bewegte, als hätte er seinen Körper mal eben ausgeliehen, das war kein Kumpel. Das war ein Witz. Und als wäre das alles nicht schon genug: »Sieh mal, Mehdi«, die Lehrerin schob den Neuzugang sanft nach vorne, »da, neben Anne, ist noch ein Platz frei. Sie wird sich ein bisschen um dich kümmern und dir die ersten paar Tage helfen, dich zurechtzufinden, nicht wahr, Anne?«

Anne spürte, wie sie rot wurde, sie senkte den Kopf, zog widerwillig ihre Schultasche von dem Stuhl, der neben ihr stand, und hörte schon das Zischen der anderen beim Mittagessen im Speiseraum der Schule: »Schaut mal, wer da sitzt! Der Knoblauchfresser und das Hortkind.«

Sie griff in seine Jackentasche, holte die Zigaretten raus und zündete sich eine an. Vier Jahre lang hatten sie in der Schule dann nebeneinandergesessen und fast jeden Abend und manchmal auch nachts hier oben auf der Autobahnbrücke. Mehdi hatte ihr von Istanbul erzählt, dem Licht dort, dem Hafen, den Gerüchen auf den Märkten und seinen Freunden. Sie hatte von ihrem Unfall erzählt, von dem Arzt und ihrem Vater, der irgendwo da draußen war, vielleicht gerade mit dem Auto unter der Brücke durchfuhr. »Der kommt bestimmt bald«, hatte Mehdi geantwortet. Väter seien manchmal eigen, er kenne das. Sie hatten geraucht und getrunken, dabei die Zeit vergessen und gehofft, der Zeit ginge es ähnlich. Manchmal lachten sie, balancierten auf dem Geländer, freihändig zwischen zwei Atemzügen, mit ausgestreckten Armen, Lebensgefahr, *alles was dir zustößt ist meins bis zum Ende*. »Eines Tages, Anne, heben wir die Welt aus den Angeln«, hatte Mehdi ganz ruhig gesagt, und es hatte so ausgesehen, als glaubte er das tatsächlich.

Anne inhalierte, so lange und tief, bis es zwischen ihren Nasenflügeln brannte. Erst dann öffnete sie den Mund und sah zu, wie sich der Rauch in der kalten Luft auflöste. Aber nun war keine Rede mehr von *Welt* und *Angeln* und *heben*, denn morgen haute Mehdi ab. Nach Italien, hatte er den anderen in der Klasse erzählt und dabei ganz besonders wichtig geguckt: »Wir ziehen nach Italien«, aber Anne wusste es besser, weil Istanbul nicht in Italien lag. Und irgendwie war sie sauer, weil Mehdi auch sie belog und so tat, als sei er jetzt was Besseres.

»Und was macht ihr dann so in Italien?«, fragte sie scheinheilig, während sie die Asche von der Zigarette schnippte.

Mehdi räusperte sich. »Na ja, wir werden da erstmal in 'n Haus ziehen, 'n schönes großes, ganz klar, meine Schwestern lernen dann Italienisch. So eben. Das Übliche.« Und so beiläufig wie möglich fügte er noch hinzu: »Und meine Mutter macht wahrscheinlich 'ne Pizzeria auf.«

»In Italien? 'ne Pizzeria! Du willst mich verarschen, oder?« Anne tippte sich mit dem Zeigefinger an die Stirn und schob ihre Brille ein Stück die Nase hoch. »Italien ist das Land, in dem die Pizza geboren wurde, verstehste!«

»Oh oh oh, hat Schlaubi-Schlumpf heut' wieder Sprechstunde?«, antwortete Mehdi. »Vielleicht gibt's bei uns ja auch nich italienische Pizza, sondern türkische, und auf *Lahmacun* fährt jeder ab, der bis drei zählen kann. Das spricht sich ganz schnell rum.« Und in einem ironischen Tonfall fügte er noch hinzu: »Vielleicht kommt sogar das Fernsehen, und denn wink ich dir.« Mehdi grinste angriffslustig.

»Du bist doch bescheuert.«

»Nee, du bist bloß neidisch, weil du hier bleiben musst in dieser Scheißstadt, in dieser Scheißschule, mit diesen Scheißleuten.«

»Im Gegensatz zu dir mach ich wenigstens 'nen Abschluss.«

»'nen Abschluss, huii, hört alle her: Sie macht 'nen Abschluss. Einmal 'ne mittlere Reife für unser Hortkind, bitte! Mensch, als wär's die Eintrittskarte für's große Leben, toll, du glaubst noch dran, schön, dann träum weiter und lass dich von deinem Drecksland verarschen. Aber ich sag dir mal was: Der einzige Weg hier raus geht über ein Flugzeug.«

Das mit Italien is doch gelogen. Ihr geht zurück nach Istanbul, gib's doch zu. Du bist so feige. Du blöder Türke. Anne spürte, wie die Wut ihr die Tränen ins Gesicht trieb, sie wollte ihn anschreien, laut, sehr laut, aber stattdessen schluckte sie, zweimal, und biss sich dann auf die Lippen. Heute war ihr letzter Abend auf der Brücke, und sie hatte sich bis eben vorgenommen, alles richtig zu machen. Ihm vielleicht sagen: »Schön, dass du da warst. Die vier Jahre. Deine Kippen werden mir fehlen.« Oder ihm zum Abschied auf die Schulter klopfen und sagen: »Danke für alles« und »Hey, ruf mal an, wenn ihr in Istanbul Strom habt.« Irgendwas in der Art, und bloß nicht sentimental werden. Aber daran war jetzt nicht mehr zu denken.

Mehdi war beleidigt, und auch sie sagte nichts mehr, aber mit einem Mal hatte sie das Gefühl, dass der Raum zwischen ihr und ihm mit jeder Minute, die ohne ein Wort verstrich, größer wurde und unfassbar weit.

»Mehdi?«

»Du bist ja immer noch da.«

»Weißte noch, wie wir mal die Schnellstraße runter sind? Auf der Gegenfahrbahn?«

»Nee, keine Ahnung.«

»Na, letztes Jahr, im Sommer.«

»Kann schon sein.«

»Das war das Verrückteste, was ich je gemacht habe.«

»Hm.«

»Das werde ich nie vergessen.«

Mehdi atmete hörbar tief ein. »Hör mal, ich sag dir jetzt was, und das merkste dir gut: Die Erinnerung bescheißt jeden.«

Anne schluckte, starrte geradeaus und presste ihre Lippen aufeinander, doch dann antwortete sie: »Kann sein. Aber nich im Sommer.«

Mehdi musste grinsen und drehte ihr endlich den Kopf zu. »Du bist ja noch bescheuerter als ich.« Anne zuckte mit den Schultern, schloss die Packung Zigaretten und steckte sie zurück in seine Jackentasche. »Schon möglich.«

Es war einer dieser verschissen leichten Spätsommertage, an denen man das Gefühl hatte, man sei nicht allein, und an dem man sich fragte, warum oder worüber man jemals geheult hatte. Sie hatten die Schule geschwänzt, hatten dem Dicken von der Tankstelle, während er auf Annes kleine Brüste starrte, ein Bier geklaut und diesmal sogar eine Schachtel Zigaretten, sie waren mit den Rädern rumgefahren, mal hierhin, mal dorthin, bis es dunkel wurde, und plötzlich lag sie vor ihnen, die Schnellstraße, die vom Gewerbegebiet in die Stadt führte. Blass und naiv, als wisse sie nichts von ihrer Kraft, als sei sie die Letzte, die verantwortlich wäre. Die Strecke war nachts kaum befahren, aber manchmal nutzten sie Lkw-Fahrer als Abkürzung, um schneller auf die Autobahn zu gelangen. Sie hatten zehn Minuten an dem Abhang gewartet und gezählt, drei Lkws und ein Pkw, und kurz wurden sie von den Scheinwerfern der entgegenkommenden Autos geblendet. Dann war es ruhig.

Anne spürte den Wind, während Mehdis Fuß so nervös auf dem Pedal zuckte, als hätte man ihm die tickende Bombe direkt ins Herz transplantiert. Er fuhr sich über sein Basecap: »Mit Sonnenbrille!«

»Klar«, antwortete sie, versuchte dabei cool zu wirken, und blickte dem Verlauf der Straße folgend nach unten in die dunkle Flucht hinab. Irgendwo querte die Rüssigstraße, aber von hier oben war nichts zu sehen, außer dem grau schimmernden Asphalt, der nur darauf zu warten schien, sie zu verschlucken. Sie atmete ein, hörte ihr Herz klopfen und legte nach: »Und ohne zu bremsen!«

»Ja was denn?« Er grinste sie selbstbewusst an, aber es dauerte eine Sekunde zu lang, und sie konnte ahnen, wie sein Lächeln verrutschte, während er sein Gesicht wegdrehte. Er ließ seinen Kaugummi knallen und nickte mit Blick auf die abschüssige Straße: »Haste Angst?«

»Hä? Was Angst? Willste jetzt einknicken?«

»Nee«, Mehdi kaute cool, »ich mein nur.«

Ihre Hände umfassten die Lenkstange noch fester, sie spürte, wie sich ihre Fingernägel in die Handinnenfläche krallten, es tat weh, aber Anne achtete nicht auf die weiße Haut, die jetzt über den Knöcheln spannte. »Ach was!«, sie versuchte zu lächeln, »wird doch 'ne Spazierfahrt!« Und noch bevor sie den Satz zu Ende gesprochen hatte, staunte sie über ihren Mut, der keiner war, weil sie schon jetzt ihre Knie nicht mehr spürte, nur ihren Magen, wie er langsam das Herz auffraß.

»Okay.« Mehdi schluckte den Kaugummi herunter. »Dann freihändig.«

Anne nahm ihre Hände von der Lenkstange, ganz langsam, verkreuzte die Arme vor der Brust und versuchte, dabei gelangweilt auszusehen, unbeeindruckt, als sei das bisschen freihändig ein Witz. Aber eins war klar. Für ein Unternehmen wie dieses bräuchte man Mut, viel Mut. Und vor allem: keinen Gegenverkehr. Sie sah dem Verlauf der Straße nach, sah Mehdi an und versuchte das laute Klopfen in ihrer Brust zu ignorieren. Dann legte sie ihren Fuß auf das Pedal, atmete tief ein, Mehdi rief »Go!«, und die Felder, die Laternen, der Asphalt, die Nacht, alles wurde eins, die Lichter zerfielen, wurden zu langen Strahlen, zogen sie nach unten, als hätten sie hier schon sehr lange auf sie beide gewartet.

Irgendwo hinter ihr hupte es laut, war das Kreischen bremsender Reifen zu hören, Mehdi jauchzte, und sie musste lachen, *alles was dir zustößt ist meins bis zum Ende*, und sie bekam keine Luft mehr, und ihr Herz wurde zu leicht, und sie fuhr zu schnell auf der staubtrockenen Straße und merkte es nicht mehr und spürte den Fahrtwind nicht, aber den Gewehrlauf im rechten Ohr und im linken, die Munition zwei Silben, Frei – heit, und mit jedem Schuss ein Treffer, stieg sie stärker in die Pedale. Kurz vor der Querstraße die Ampel auf Rot, sie bremste, doch Mehdi schoss an ihr vorbei ohne Halt und Angst und rief laut: »Say *Hi* while you fly!«

»Hier, schenk ich dir.« Mehdi zog den Rotz die Nase hoch und spuckte aus. Anne sah auf das Basecap zwischen ihren Händen, den leuchtenden Schriftzug.

»Danke, aber, also, ich weiß nich … hör mal, ich …, wegen vorhin …«

»Ach, is schon gut, hau ab jetzt. Is schon spät.« Er drehte seinen Kopf weg und sah über die Autobahn. »Ich bleib noch'n bisschen.« Anne sah auf die Uhr. Kurz vor zwei. In einer Viertelstunde würde ihre Mutter von der Nachtschicht aus dem Krankenhaus kommen. Sie setzte sich das Basecap auf, hielt sich wie immer an seinem Arm fest, während sie ihre Beine über das Geländer schwang, dann stand sie schräg hinter ihm und fühlte sich für einen Moment hilflos. »Kommste morgen noch mal vorbei und klingelst, bevor ihr losfliegt?«

Mehdi räusperte sich und antwortete, ohne sich umzudrehen: »Klar, mach ich.«

Anne nickte, fuhr sich über das Basecap wie ein Bauarbeiter bei brennender Hitze, dann senkte sie ihren Kopf und wischte sich ungelenk und ohne Grund die Hände an ihrer Hose ab, als könnte das helfen. Mehdi würde nicht mehr kommen. Morgen nicht und übermorgen nicht und später nicht. Die Brandung unter der Brücke rauschte weiter, beständig und zuverlässig wie am Meer. Neben seinem Rücken verloschen die Lichter der Autos im Dunkel der Nacht. Sie lächelte seinen rasierten Hinterkopf an. Kurz nur. Dann steckte sie ihre Hände in die Taschen der Jeans, folgte seinem Blick über die Autobahn, zu den Lichtkegeln der großen Laternen, und zählte für einen Moment lautlos mit. Blau, dunkelgrau, rot, blau, dunkelgrau, schwarz.

Sedlitz

Er trug eine graue Jacke aus Filz und einen schwarzen, abgewetzten breitkrempigen Hut. Matthias hatte ihn nicht anders in Erinnerung, nur der Gehstock war neu. Er war im Park spazieren gewesen, als er den Mann, der ihm mit gesenktem Kopf und gemäßigtem Schritt entgegenging, erkannt hatte. Nur ein paar Meter vor ihm hob er den Kopf, und für einen Moment hatte Matthias den Eindruck, als habe Sedlitz bereits gewusst, wer da auf ihn zukam. Sedlitz blieb stehen.

»Matthias, nicht wahr?«

Matthias nickte und reichte ihm die Hand.

»Das ist aber eine schöne Überraschung.«

Dann lächelte Sedlitz, es war nur eine kurze Bewegung der Mundwinkel, nicht mehr, ein Hauch, eine Regung, und wieder konnte Matthias sich nicht des Eindrucks erwehren, als sei es kein Zufall, dass sie sich im Park getroffen hatten, als sei es vielmehr aus einer inneren Logik heraus, die sich niemand anderem außer Sedlitz erschloss, genau so vorgesehen gewesen.

»Gehen wir ein Stück zusammen?«

Matthias nickte. Sedlitz war in Dresden geboren worden, er hatte an der Humboldt-Universität Kunstgeschichte, Archäologie und Germanistik studiert, und schon in jungen Jahren musste er ein streitbarer Charakter gewesen sein. Er selbst hatte nie dazu Stellung genommen, aber jahrelang hielt sich eisern das Gerücht, er habe beinahe seine Promotion geschmissen, weil er seinen Doktorvater mitverantwortlich gemacht haben sollte für den Abriss des Berliner Schlosses. Bereits während des Studiums hatte er für Herwagen gearbeitet, den ebenso genialischen wie autokratischen Direktor der Nationalgalerie, und noch als junger Mann hatte er begonnen, expressionistische Kunst zu sammeln, und er war es nie müde geworden, in seinen Vorlesungen oder Seminaren darauf hinzuweisen, dass es Max Liebermann gewesen war, der Präsident der Berliner Akademie, der Kirchner und Nolde, Heckel und Feininger noch vor den Nazis als Existenzen jenseits der Zivilisation abqualifiziert hatte. Nicht selten war Sedlitz in Konflikte mit SED-Funktionären geraten, man warf ihm vor, begabte Künstler, die im offiziellen Kunstbetrieb der DDR in Ungnade gefallen waren, unterstützt, zwischen Sammlern und Galeristen vermittelt und Ausstellungen ermöglicht zu haben. Aber Sedlitz, der ein begnadeter Redner war, ließ sich nicht einschüchtern. Er wusste um sein Renommee und wagte es einzusetzen. Er galt als Experte für die *Sixtinische Madonna* und war 1955 maßgeblich an der Rückführung des Gemäldes nach Dresden beteiligt gewesen.

Einmal hatte er eine Gruppe von Studenten zu sich nach Hause eingeladen, unter anderem Hans, Hanna und ihn. Sie hatten sich gewundert, und als sie in seinem Wohnzimmer standen, waren sie aus dem Staunen nicht mehr herausgekommen – Sedlitz hatte »inoffiziellen« Künstlern einfach die Räume seiner Altbauwohnung zur Verfügung gestellt für die Präsentation ihrer Werke.

Vor ein paar Jahren war er emeritiert worden, gelegentlich veröffentlichte er noch in Fachzeitschriften, über den geplanten Anbau an das kunsthistorische Institut hatte er sogar ein

Interview gegeben, den umstrittenen Entwurf eloquent veredelt und geadelt, ansonsten war es ruhig geworden um ihn.

Schweigend liefen Sedlitz und er jetzt nebeneinander her.

»Ungetüme, Platzverschwendung, nicht funktional« – so hatten Matthias' Kommilitonen damals gespottet, als es in einem Seminar am Rande um Kathedralen ging. Er hatte mit der Schönheit der Gotteshäuser argumentiert, und dass nicht alles immer nur funktional sein müsse, sonst gäbe es bald nur noch Plattenbausiedlungen, aber das war den anderen herzlich egal. Die meisten seiner Studenten sahen sich in der Tradition von Werkbund und Bauhaus, und vielleicht hätte auch er der verschwenderischen Schönheit bald keine Bedeutung mehr zugemessen, wäre er nicht eines Tages auf die Vorlesung gestoßen, die er im Vorlesungsverzeichnis der Kunsthistoriker gefunden hatte: *Die Kathedralen von Reims und Chartres*.

Ein gewisser Professor Sedlitz sollte die Vorlesung halten, und Matthias hatte sich damals vorgenommen, wenigstens den ersten Vortrag der Reihe anzuhören. Der Lehrplan seines Studienfachs verpflichtete ihn nicht dazu, aber das war ihm egal, er wollte etwas erfahren. Und schon nach den ersten Minuten war er gebannt von der Eloquenz und dem Auftreten des charismatischen Dozenten, und er ließ keinen Vortrag ausfallen. Am Ende des Semesters hatte er aus dem Seminar alles mitgenommen, was man über Kathedralen wissen musste, und er hatte einen Kommilitonen namens Hans kennengelernt.

Matthias beschleunigte seinen Schritt, denn trotz des Gehstocks hatte Sedlitz einen zügigen Gang.

»Wie geht es Ihnen, Matthias?«

»Gut«, Matthias räusperte sich.

»Wo sind Sie jetzt angestellt?«

Für einen Moment war Matthias überrascht von dieser direkten Frage.

»Ich arbeite frei.«

»Aha, und wo, wenn ich fragen darf?«

»Bei Behring und Partner.«

Matthias hatte am Morgen in der Zeitung zum ersten Mal von dem Architekturbüro gehört. Es hatte eine Ausschreibung gewonnen zu einem Prestigebau im Westen der Stadt.

»Und womit befassen Sie sich dort?«

»Wir sind momentan noch in der Planungsphase, ich arbeite mit einem neuen Visualisierungsprogramm an den Entwürfen.«

»Ein Visualisierungsprogramm, interessant.« Sedlitz nickte nachdenklich, ohne aufzuschauen. »Da hat sich ja einiges geändert.«

Matthias versuchte, gelassen mit den Schultern zu zucken, »Na ja, heutzutage muss man flexibel sein.«

»Da haben Sie recht«, sagte Sedlitz lächelnd.

Kurz warf ihm Matthias einen Blick zu, aber es schien nicht so, als sei er misstrauisch.

Er hatte den Alten immer gemocht, obwohl er sich in dessen Gegenwart nicht immer wohlgefühlt hatte, so wie jetzt. Man konnte nie wissen, was sich in Sedlitz' imposantem Denkerschädel abspielte, es schien immer so, als sei der Alte einen Schritt schneller als man selbst, als habe er die Lage bereits folgerichtig analysiert, und zwar lange bevor Situationen eingetreten waren, die es erlaubten, die logischen Schlüsse zu ziehen. Wie bei einem Schachspiel sah Sedlitz die Züge mit Scharfsicht und Ruhe bereits weit vorher voraus.

Sie waren am Ende des Parks angelangt, hatten sich über den einen oder anderen Künstler und ehemalige Dozenten unterhalten, als Sedlitz plötzlich stehen blieb.

»Wie geht es eigentlich Hans? Hans Hofmann? Haben Sie noch Kontakt?«

Matthias schüttelte den Kopf.

»Nein, seit er damals …« Matthias brach ab.

Sedlitz senkte den Blick und nickte. Sein Atem schien jetzt schneller zu gehen. Es fiel auf, weil es nicht zu ihm passte.

Selten hatte Sedlitz einen Studenten bevorzugt – außer Hans, und er war es auch, der Hans davon überzeugte, die kleinere Schwester der *Sixtinischen Madonna*, die *Madonna di Foligno*, zum Thema seiner Promotion zu machen. Hans war sofort einverstanden und versuchte, die Erwartungen, die Sedlitz in ihn setzte, sogar noch zu übertreffen. 1987 schließlich stimmte die wichtigste Kommission Sedlitz' Forschungsvorhaben »Sixtina« zu. Die Kommission, der auch Vertreter des Politbüros angehörten, war maßgeblich an der »Anleitung« von Forschung, Lehre und wissenschaftlicher Kommunikation beteiligt und hatte gegenüber den Hochschulen Weisungsrecht in allen grundsätzlichen Fragen der Forschungsplanung, der Vorbereitung größerer Publikationen, der Organisation von Tagungen und Kongressen, der Ausarbeitung von Studienplänen und der Bewilligung von Auslandsreisen von Wissenschaftlern.

Nach Bekanntgabe der Kommission fiel Sedlitz' Wahl sofort auf seinen Schützling. Hans sollte nach Rom reisen, zu den vatikanischen Museen, um endlich einmal das Gemälde im Original sehen zu können, über das er jahrelang promoviert hatte. Es war ein Geschenk gewesen, das Geschenk eines Vaters an seinen Sohn.

Sedlitz sah ihn aufmerksam an.

»Haben Sie etwas Zeit, Matthias?«

Matthias blickte auf seine Uhr, als habe er die Mittagspause schon überzogen, aber Sedlitz fuhr ungerührt fort.

»Kommen Sie, wir sprechen noch ein wenig, meine Frau hat gerade frischen Apfelkuchen gebacken. Ich würde ihnen gerne noch etwas zeigen … und dann …«, er machte eine Pause, »und dann werden wir uns um Ihr berufliches Fortkommen kümmern.«

Entschlossen schritt er los.

Matthias blieb für einen Moment wie angewurzelt stehen.

Sedlitz hielt inne und drehte sich um, ein beinahe unsichtbares Lächeln auf den Lippen. »Na los, kommen Sie schon, oder wollen Sie da festwachsen?«

Matthias setzte sich in Bewegung. Als er auf Sedlitz' Höhe war und ihre Schritte den gemeinsamen Rhythmus wieder aufnahmen, sagte Sedlitz: »Sie sind einfach kein guter Schauspieler, Matthias.«

Come rain or come shine

Die Ampel stand auf Rot, der Motor stotterte leise vor sich hin. Fritzsche schaltete den Taxifunk ab, und dann war im Inneren des Wagens nur noch das leichte Rauschen dicht fallender Regentropfen zu hören. Er ließ das Lenkrad los und lehnte sich im Fahrersitz zurück, während die Realität in Schlieren an der Frontscheibe herunterlief. Bis eben hatte der Himmel grau und verwaschen zwischen den Dachkanten und Stromleitungen der Stadt geklemmt, doch nun ließ er sich bereitwillig in den Spalt zwischen Motorhaube und Windschutzscheibe spülen wie alte Farbe in den Abfluss eines Waschbeckens. Die Umrisse der Häuser, die Silhouetten der Laternen, die Konturen der Fahrzeuge – all das löste sich immer wieder auf, als hätte sich der Maler kurzfristig entschieden, aus der Graphitzeichnung ein Aquarell zu machen. Schön war das, und gerne hätte er jetzt die Scheibenwischer ausgeschaltet und weiter zugesehen, wie Farben und Formen ihre Definitionen verloren und sich die Gewissheiten eines anbrechenden Tages unaufhaltsam verflüssigten.

Von weitem drang das leise Ticken des Blinkers zu ihm. Er neigte den Kopf und betrachtete seine Hände. Es würde nicht mehr lange so weitergehen können. Ruhig fuhr sein Blick an den Sehnen entlang, den Knöcheln, den blau hervordrängenden Adern an seinem Handgelenk, der blassen Haut, fast weiß. Er könnte versuchen, es zu erklären. Vielleicht würden sie dann auf eine Strafanzeige verzichten. Die meisten Menschen brauchten Erklärungen, aber was sollte er ihnen sagen?

Straßen, Fassaden, Autobahnzubringer, Glas, Kreuzungen, Beton, Litfaßsäulen, Dönerbuden, Handyläden, Verkehrsinseln, Fakultäten, Museen, Kirchen, Discos, 3-Sterne-Restaurants, Sex-Shops, die Oper. In drei Jahren jede Straße dieser Stadt einmal entlang, Stille, die von der guten Sorte, keiner auf der Rückbank, aber immer das Taxameter an, zweineunzig, dreizehn, zehnzwanzig, und manchmal, wenn er es am wenigsten erwartet hatte, hatte ihm diese versiffte Drecksstadt ein kaputtes Lächeln geschenkt. Sollte er davon erzählen? Von der Schönheit, die einem für einen Moment den Arsch aufriss? Von den Skeletten der Baukräne, die nachts, angestrahlt vom weißen, harten Schein der Flutlichter, scharfkantig in einen blauvioletten Himmel ragten? Von dem weichen Licht am Morgen dann, das einen sekundenlang glauben ließ, man könnte noch einmal von vorne anfangen? Ziellos und süchtig wie ein Junkie war er ein halbes Jahr lang durch diese Stadt gefahren, im Winter, im Sommer, am Tag, in der Nacht – er hatte nie nachgelassen.

Kurz blieb sein Blick auf dem dunkelroten Lämpchen des Taxifunks liegen.

Vielleicht würden sie ihn noch ein wenig erzählen lassen und rätseln, über das *Wie* und *Warum*. Und vielleicht würden sie sich auch später noch ein wenig wundern über ihn – »Gerade der«, »War doch eigentlich so harmlos«, »Einer der wenigen mit Festanstellung«, »Und immer stete Einnahmen« – aber irgendwann würden sie zur Sache kommen. Das Staunen wiche der Erkenntnis, der Erkenntnis folgte die Einsicht, und es war nicht schwer zu erraten, was sie als adäquate Reaktion erwarten würden. Es gab nicht viele Möglichkeiten. Ein beschämter Blick zu Boden, die Versicherung, den zuletzt entstandenen Schaden zu bezahlen. So was in der Art. Reue mildert Urteile. So könnte es enden, aber warum – er beugte sich zur Windschutzscheibe und wischte mit dem Ärmel des Pullovers über die beschlagene Scheibe – sollte er noch diese letzte Bahn schwimmen, wenn das Wasser aus dem Becken bereits abgelassen wurde?

Der Regen hatte nachgelassen, die Ampel stand immer noch auf Rot, vielleicht hatte er auch einfach eine Schaltphase verpasst, aber was machte das schon. Die Straßen waren menschenleer um diese Uhrzeit, an den meisten Fenstern waren die Vorhänge noch zugezogen, und nur in einigen war Licht zu sehen. Ein Müllauto bog in die Allee hinter dem Amtsgericht ab, und kurz lag eine Ahnung des orangefarbenen Lichts, das eben noch auf dem Dach des Fahrzeugs geblinkt hatte, wie zerstäubt in der regennassen Luft. Es fröstelte ihn, aber das machte nichts. Er mochte die Kälte, die es nur morgens gab, die die wenigen Geräusche auf den Straßen noch dämpfte, die noch nichts wusste vom Lärm des kommenden Tages und die langsam mit dem Dämmerlicht verschwand.

Durch das Fenster der Fahrerseite betrachtete er die Leuchtreklame über einem Friseurgeschäft. Sie hatte einen Wackelkontakt.

Natürlich würde es auch keinen Umtrunk geben mit den paar Kollegen. Zum Abschied. Wie sie das bei den anderen Taxifahrern manchmal gemacht hatten, die altersbedingt oder aus anderen Gründen den Dienst quittiert hatten. Schulterklopfen. Schnaps. Anekdoten. Schnaps. Ein Lied. Schnaps. Mach's gut.

Er wusste nicht warum, aber ihn reizte die Vorstellung, an seinem letzten Arbeitstag just in die Kneipe zu gehen, in der sich die anderen Taxifahrer abends immer trafen. »Lothar's Eck«. Ein Raunen würde durch den mit dunklem Holz vertäfelten Raum gehen, wenn er dort plötzlich auftauchen würde. Bierdunst. Rauch. Zischeln hier und da. Blicke. Er würde sich an die Theke stellen, allein, einen Korn trinken, oder auch zwei, drei, vier. Und wenn er dann betrunken genug wäre, könnte er sich an den Stammtisch setzen. Vielleicht würde einer anfangen, was von »Berufsehre« zu faseln, aber die hatten sie nicht, das wussten sie, das wusste er. Wie er es fertiggebracht hatte, ein halbes Jahr beinahe ohne Fahrgäste, und doch eine ordentliche Bilanz am Ende des Tages, darüber konnten sie nur rätseln. Aber dass er sich bereichert hatte, nicht mit den legalen Tricks, die jeder kannte, sondern anders, cleverer, als Kurier vielleicht, Drogen vielleicht, ja warum nicht, gerade bei einem Alten fiele das doch am wenigsten auf, so was in der Art, dass er dann das Geld gehortet hatte, möglicherweise viel Geld, das glaubten sie zu wissen. Das Schlimmste aber war, dass es direkt vor ihren Augen passiert war, zur gleichen Zeit, am gleichen Tag, vielleicht sogar auf der gleichen Strecke. Sie hatte zum Greifen nahe gelegen, die Möglichkeit zum Betrug, zur schnellen Mark, aber sie, sie hatten sie nicht gesehen.

Und jetzt saß er an ihrem Tisch, schämte sich nicht einmal, mit einem leisen, ironischen Lächeln auf den Lippen, und wenn der Alkohol noch eine ordentliche Portion Mut in seine Venen gepumpt hätte, dann könnte er aufstehen, sich hörbar räuspern, feierlich sein Glas erheben und sie fragen, wann es so weit sei – und sie ihm endlich die Medaille »Held der Arbeit« überreichen würden. Vielleicht gäbe es dann noch 'ne schöne Klopperei, und dann wäre die Sache rund. Fristlos entlassen und die Fresse poliert, das wäre wenigstens ein ehrlicher Abgang. Er sah jetzt schon Gerdas Gesicht vor sich, wenn er anschließend in seiner Ecke vom »Speisecafé Süd« sitzen würde, mit formschön geschwollenen blau-grünen Wülsten über und unter den Augen.

»Was hamse denn mit dir gemacht?«

»Mir sind 'n paar Fäuste zärtlich ins Gesicht gefallen.«

»Ja, das sieht man«, hätte Gerda geantwortet, »da war viel Liebe im Spiel.«

Er lächelte bei dem Gedanken, doch dann fuhr er sich durch die Haare in ruhigen, immergleichen Bewegungen bis zum Hinterkopf, als müsse er sich vergewissern, dass sie noch da waren.

Die Ampel schaltete auf Grün, langsam fuhr er an, die Leuchtreklame zog am Fenster vorbei, kurz erhellte ihr Flackern das Wageninnere. Im Rückspiegel verloren sich die Silhouetten der Verkehrsschilder.

Langsam füllten sich die Straßen, Gassen und Wege mit Leben. Zögerlich hob er seine Hand, und für einen Moment schwebte sie regungslos über dem Schalter des Taxifunks, doch dann griff er zum Radio und schob die Kassette ein.

Bereits mit ihrem ersten Einsatz quäkte die Trompete ihre Melodie ins rhythmische Abseits, und schon war sie da, diese Mischung aus Struktur und Verschiebung, dieser ruhige, federnde Takt, der sein Dasein erträglich machte. *Baby, won't you please* sang die Lady, mit leicht schleppender Phrasierung und immer etwas dem Rhythmus hinterher, so trat sie heute in sein Leben, zartes Seidenpapier, das sich um ein Reibeisen wickelte, Holzsplitter und Federn. Die Ampeln standen auf Grün, er trat etwas kräftiger auf das Gaspedal, während die Finger seiner linken Hand den Takt ans Lenkrad klopften. Der Regen wurde stärker, die Scheibenwischer hasteten hin und her, er beugte sich nach vorne, um eine bessere Sicht zu haben, sein Kopf wippte leicht, *when you left you broke my heart*, der Verkehr geriet ins Stocken, ein kurzer Einwurf vom Klavier, er musste bremsen, der Kontrabass ließ sich hören, doch dann, er drehte den Regler des Radios nach oben, setzten die Blechbläser wieder ein, *ev'ry hour in the day*, und sie schoben alles, alles sanft, aber bestimmend nach vorne, *you will hear me say*, Fritzsche lächelte, *oh Baby*, das Licht der Straßenlampen spiegelte sich im Asphalt, *won't you please come home.*

Dabei hatte er sich geschämt, als er diese Musik zum ersten Mal gehört hatte. Die schwarze Scheibe passte zwar auf seinen Plattenspieler, aber nicht in sein Leben. Klara hatte die Platte einst vor Jahren geschenkt bekommen von einer jungen Bibliothekarin. Sie hatte ein paar Stockwerke über ihnen gewohnt, gemeinsam mit ihrem Mann, dem »feinen Herrn Professor«, wie Klara ihn manchmal spöttisch nannte. Fritzsche hatte ihn ein-, zweimal im Treppenhaus gesehen, es gab einen kurzen Gruß, das war's. Irgendwann sah man ihn nicht mehr, sei abgehauen, hieß es, hinter vorgehaltener Hand. Die Bibliothekarin war geblieben und bald dünner als ein Heft.

Auf der Hülle der Platte war das Gesicht einer schönen schwarzen Frau zu sehen mit einer Gardenie im Haar. »Aber sieh doch mal«, hatte Klara gesagt und auf den blauen Schriftzug gezeigt. »Die heißt wie ein Mann: Billie«, und es klang, als sei das schon ein hinreichendes Argument für gute Musik. Er hatte mit den Schultern gezuckt, Na und?, aber als sie sonntags die Wäsche im Hof aufhängte, die Platte im Wohnzimmer unter der Tonnadel schwebte und die Fenster noch dazu weit auf in den Himmel standen und *Baby won't you please* über den Hof und die Wäschestangen und das ganze Haus schallte, und sich Krause, der Hausmeister, beim Laubkehren irritiert umsah, da, da hatte er sich geschämt, kurz nur, aber doch, weil sie keine zwanzig mehr war und auch längst keine dreißig mehr und die Wäsche vierzig Jahre lang auch ohne diese Musik getrocknet war.

Er hatte versucht, ihr Einhalt zu gebieten, und erklärt: »Das sollteste nich zu oft hören, sonst nutzt es sich ab, verstehste?«

»Aber hör mal, mein Großer …«, hatte sie geantwortet mit amüsierter Miene und einer zweiten Ladung nasser Wäsche unter dem Arm. Sie hatte die Tonnadel seelenruhig wieder in die Rille gelegt, ihre Augen blitzten frech, und er wusste, dass Diskutieren jetzt zwecklos war. »… Nur weil du dich heut mal ’n bisschen abgenutzt fühlst, kann doch das Lied nichts dafür.« Und dann hatte sie sich umgedreht, trotz ihres Alters und der Kittelschürze, keck und mit Schwung, und war zur Küchentür gegangen.

»Du hast keine Ahnung«, hatte er ihr zerknirscht hinterhergerufen. »Das is keine Kunst, das is Geplärre.«

Und sie hatte sich in der Tür noch einmal umgedreht und ihn angezwinkert. »Ja, aber schönes Geplärre.«

»War schon ’ne Nummer, die Klara«, sagte Gerda manchmal, wenn er mal wieder im Speisecafé saß. Und dann nickte er, denn Gerda musste es ja wissen, weil Gerda sie kannte, weil sie immer zu viert in den Sommerurlaub gefahren waren, nach Prerow, Klara, Gerda, Gerdas Mann Albert und er selbst. Aber in letzter Zeit kam es ihm vor, als spräche sie von einem anderen Menschen, einem entfernten Bekannten, jemandem, mit dem man früher vielleicht zur Schule gegangen war, den man auf der Straße oder im Konsum beiläufig gegrüßt hatte. »Der oder die, weißte noch, damals?«, und schemenhaft sieht man ein paar Gesichtszüge vor sich und erinnert sich an ein paar Momente, nur schwach allerdings, weil die Farbe für die Nachkoloratur schon längst ausgegangen ist, aber dann schiebt noch einer ein paar Dias nach, und dann sagt man es eben: »Ach ja, die, damals, Mensch, wie geht's der denn?«

Manchmal wünschte er sich etwas von Gerdas Leichtigkeit, den Witz, mit dem sie über den Graben sprang. »Was soll ich dir sagen, Fritzsche? Er telefoniert mit der Fernbedienung und nennt mich Schwester Gisela.« Ihr Mann Albert saß seit Jahren im Pflegeheim, Fritzsche hatte ihn dort einmal besucht, und während er ihm Geschichten von früher erzählte, »Der oder die, weißte noch, damals?«, hatte Albert an ihm vorbeigeblickt, als warte er auf etwas.

Gerda hatte sich mit der Diagnose abgefunden, aber Abfinden war das eine, und vielleicht war Alberts Anblick im Pflegeheim leichter zu ertragen mit einem guten Alzheimer-Witz in der Tasche.

»Kennt ihr den?«, hatte sie zwei Tage zuvor der Skatrunde zugerufen, während sie hinter dem Tresen stand und ein Bierglas schräg unter den Zapfhahn hielt. »Ein alter Mann sitzt auf einer Parkbank und weint. Kommt ein Jogger vorbei und fragt: *Warum weinst du?* Da antwortet der alte Mann: *Ich bin Multimillionär. Ich habe eine riesige Villa, fahre das schnellste Auto der Welt und habe eine Sexbombe geheiratet.* Antwortet der Jogger: *Hey Mann, warum weinst du dann? Du hast alles, was ich mir jemals gewünscht habe. Ja*, sagt der alte Mann, *aber ich habe vergessen, wo ich wohne.*«

Und dann lachte sie, und es sollte unbeschwert klingen, aber es war immer das gleiche Lachen, wie einstudiert, die Skatrunde fiel darin ein und auch der Rest der Kneipe, jedenfalls die, die es gehört hatten, und manchmal lachte er dann mit, als Verbündeter, das Lachen der Lebenden über die Toten.

Fritzsche bremste ab und bog auf den Parkplatz ein. Vor dem Seiteneingang des Hauptbahnhofs hielt er an. Leise rauschte der Motor. Auf dem Vorplatz schoben sich die Straßenbahnen träge aneinander vorbei, manchmal schlugen die Oberleitungen müde Funken, die meisten Autos hatten noch die Scheinwerfer an. Über das Trottoir liefen zahlreiche Passanten, gebückt und mit hochgezogenen Schultern, als könnte das vor dem feinen Nieselregen schützen. Er verschränkte die Arme vor der Brust und lehnte sich im Fahrersitz zurück.

Menschen werden geboren, Menschen leben, Menschen sterben, so einfach war das, und eigentlich hatte er nie zu denen gehört, die dramatisieren, sie beide hatten nie zu den Menschen gehört, die dramatisieren. Aber vielleicht wäre es besser zu ertragen gewesen, wenn das Wetter damals so gewesen wäre. Aber es war nicht so.

Es war einer der ersten milden Tage des Jahres, an welchem eine Ahnung von der Leichtigkeit des Frühlings schon in der Luft lag. Sie war beim Arzt gewesen, und schon an der Art, wie sie in der Küche den Teig auf dem Backblech ausrollte, wütend und verzweifelt zugleich, konnte er sehen, dass etwas nicht stimmte. Er hatte sich neben sie gesetzt und ihr zugesehen, und nach einer Weile hatte sie es gesagt: »Ein … vielleicht zwei Jahre.« Es hatte keinen Sinn, zu fragen: »Für alles?« Er hatte verstanden. Nicht etwa zwei Jahre, bis sie bettlägerig wäre oder ins Krankenhaus gebracht werden müsste, zwei Jahre insgesamt, bis zum Ende. Sie hatten nicht wieder darüber gesprochen und auch sonst kein Aufhebens darum gemacht. Sie hatten sich nicht einmal um die Formalien der Beerdigung gekümmert oder ein Testament. Und nur einmal, als sie beide schon längst wussten, dass es mit ihrer Niere nicht mehr lange gehen würde, mit der rechten nicht und mit der linken nicht, und sie trotzdem auf die Datsche gefahren sind, am Wochenende, und er wie immer zum Skatspielen gegangen ist, freitags, »Speisecafé Süd«, und sie jeden Abend ihre zwei Kirsch getrunken hat, »Goldene Aue: Das nimmt mir keiner«, und die Sonne, Dialyse hin, Dialyse her, aufging und wieder unter, jeden Tag, da ist er einmal zu ihr gegangen, als sie gerade in der Küche stand und Bohnen schnitt und schon nicht mehr viel da war von ihr, außer ein bisschen halbe Haut, da ist er in die Küche gegangen und hat ihr Handgelenk umfasst, so, dass ihr das Messer aus der Hand glitt, er hat ihr nicht viel Zeit gelassen zum Nachdenken, hat ihren Kopf vorsichtig an seinen Brustkorb gedrückt, und auch als sie versuchte, ihn wegzuschieben, mürrisch Widerstand geleistet hat, müde, aber doch bestimmt, wie ein verletztes Tier, das sich nicht helfen lassen will, weil es nicht einsehen kann, dass langsam seine Kräfte schwinden, auch da hat er nicht losgelassen, hat ihr über die Schulter gestreichelt, über den Rücken, unbeholfen und ein bisschen grob, weil er vergessen hatte, wie das ging, und da hielt sie still, für einen Augenblick hielt sie still, er hat ihren Kopf gehalten und an ihren Haaren vorbei auf das alte Küchenbuffet gesehen, und weiter zum Fenster, durch die Spitze der weißen Gardine hindurch auf das Stück Wäschestange im Hof und den Asphalt, auf den die Nachbarskinder mit Kreide Zahlen geschrieben hatten, Himmel und Hölle, man konnte die Küchenuhr ticken hören, ein-, zweimal, bis sie ihre Hände gegen seine Brust drückte, sich wegstieß und mit gesenktem Kopf sagte: »Ist gut jetzt. Ich muss die Bohnen weiterschneiden.«

Er beugte sich nach vorne und wischte mit der flachen Hand unsichtbaren Staub von der Ablage. Nach der Beerdigung, die er stoisch hatte über sich ergehen lassen, hatte er ausgeräumt. Ihre Blusen und Röcke, auch die grüne Strickjacke, die ihr immer viel zu groß gewesen war, die Pflegecrème für die Haut ab 60, den wenigen Schmuck, ihre Brille, die angefangenen Kreuzworträtsel, alles, sogar das Paar Hausschuhe, Filz, Größe 38, hatte er weggeschmissen. Fritzsche strich seine Hände an der Hose ab. Dann hatte er das Grabpflegeset gekauft, für 3,99, und gehofft, die Sache wäre damit erledigt.

Vom Hauptportal des Bahnhofs strömte jetzt ein großer Schwung Menschen in die Stadt. Er sah dem Schwarm nach. Aber man brauchte sich nichts vorzumachen. Jeder lebte seine Geschichte in der Überzeugung, dass sie die wichtigere sei, und vergaß dabei, dass er doch nur einer unter Millionen war, die wie er aßen, atmeten und arbeiteten. Und vielleicht war das der Grund, warum er so gerne mit dem Taxi mutterseelenallein durch diese Stadt fuhr, weil er in gewisser Weise genau das sehen wollte: das Leben der anderen. Seit ihrem Tod wollte er mehr als jemals zuvor unter Menschen sein – aber nicht mehr mit ihnen. Es gab nur wenige, die das nicht als Beleidigung auffassten.

»Tja, Herr Fritzsche, was soll man dazu sagen? Sie sind ja wochenlang leer in der Gegend herumgefahren.«

Er strich sich durch die Haare. Wenn sie ihn feuern würden, hieße die nächste Station wahrscheinlich Vorruhestand. Aber was sollte er zuhause? Wie Gerdas Mann auf etwas warten, von dem keiner wusste, was es war, nicht einmal er selbst?

Er könnte ihnen erklären, dass es das wenige Ersparte war und ein Teil seines Verdienstes, das er in ihre Kasse legte. Und dass es beinahe nicht mehr für die Miete gereicht hätte. Dass er dann aufgehört hätte, das Geld in die Kasse zu legen – aber nicht mit den Fahrten.

Kurz beugte er sich nach vorn zur Windschutzscheibe und legte seinen Kopf in den Nacken. *Come rain or come shine*, sang die Lady jetzt, irgendwo lichtete sich die Wolkendecke und gab den Blick frei auf ein Stück zartblauen Himmel. Es würde nicht mehr lange so gehen können, aber »nicht mehr lange« hieß nicht morgen oder übermorgen. Er ließ sich in den Fahrersitz zurückfallen. Die hintere Wagentür wurde geöffnet. »Sind Sie frei?« Er sah auf den Bahnhofsvorplatz und bewegte sich nicht. Die Frage wurde wiederholt, nach einer Weile wurde die Tür wieder zugeschlagen. Er legte die Hände in den Schoß und schloss die Augen. Irgendwo weit entfernt waren die Sirenen eines Polizeiautos zu hören, sie wurden lauter und verloren sich dann wieder – im nie verstummenden Rauschen der Stadt.

Tizian

Matthias hatte sich innerhalb von zehn Minuten die vierte Zigarette angezündet, hatte neben den Aschenbecher geascht und immer wieder ungläubig auf die aufgeschlagene Mappe gestarrt, die vor ihm auf dem Tisch lag. Seit Tagen ließen sich die Gedanken in seinem Kopf nicht ordnen, er hatte kaum noch geschlafen und sogar vergessen, die Bewerbung für das Architekturbüro abzuschicken, bei dem Sedlitz eine Empfehlung für ihn abgegeben hatte.

Er hatte nichts anderes getan als versucht, die verwirrenden Informationen, die er erhalten hatte, rational aufzuarbeiten, ähnlich einem Ermittler, der unter Druck steht und der sich in den Täter hineindenken muss, wenn er dessen Motive nachvollziehen will. Aber der Täter wusste noch nicht einmal, dass ihm jemand auf die Spur gekommen war, und der Einzige, der sich wie ein gehetztes Tier fühlte, war er selbst.

Er zog an der Zigarette und musste an Hanna denken. Jahrelang hatte sie sich immer wieder gefragt, still, was sie falsch gemacht, was sie übersehen hatte, warum sie nicht geahnt hatte, dass Hans nicht wiederkommen würde, was das für ein Mensch war, von dem sie geglaubt hatte, ihn gut zu kennen. Immer wieder hatte sie die gemeinsame Zeit mit Hans gedanklich durchgespielt, als könnte das endlich das Puzzleteil zum Vorschein bringen, das sie damals übersehen hatte, das ihr half, die Zeichen zumindest im Nachhinein richtig zu deuten und das Geschehen erklärbar zu machen. Er hatte das Ganze für ein sinnloses Unterfangen gehalten, diese Mühen des Verstehenwollens, wo es nichts zu verstehen gab. Matthias fuhr sich durchs Haar.

Und jetzt saß er hier und musste sich wehren gegen die vielen Antworten, die plötzlich vor ihm auf dem Tisch lagen und die keine Lösungen waren, sondern die Frage »Was war das für ein Mensch?« noch gewaltiger erschienen ließen.

»Du musst die Vergangenheit ruhen lassen«, hatte er einmal zu Hanna gesagt, und auch wenn der Spruch altväterlich klang, so hatte er ihn immer für wahr gehalten.

Aber jetzt hatte die Vergangenheit sich selbst ins Spiel gebracht, ungefragt, mit aller Härte war sie in seine Gegenwart eingebrochen, Rauchfäden stiegen nach oben, er sah ihnen hinterher, und, ob er wollte oder nicht, die Erinnerung kam um die Ecke wie eine räudige Katze, die einem zwischen die Beine läuft.

Hans und er hatten sich in Sedlitz' Seminar an der Universität kennengelernt und waren sich sofort sympathisch gewesen. Aber es war auch schwer gewesen, Hans nicht sympathisch zu finden. Schnell war es ihm gelungen, das Interesse anderer Menschen für seine Person zu wecken. Er war intelligent, gut aussehend, sein Auftreten jungenhaft, aber dennoch selbstsicher, und er war bald bekannt für seinen Charme und seinen Witz.

Matthias senkte den Kopf, aschte ab und blickte wieder auf die Berichte, die Sedlitz ihm gegeben hatte. Sogar Sedlitz, dieser Menschenkenner mit seinen feinen analytischen Fähigkeiten, der schnell hinter die Fassade eines jeden blicken konnte, hatte sich blenden lassen – so, wie alle sich hatten blenden lassen.

Auch Sedlitz hatte zu jenen Professoren gehört, die sich zu einem schwärmerischen Tonfall hinreißen ließen, wenn das Thema auf diesen begabten Promotionsstudenten kam. Niemand konnte etwas Schlechtes über ihn sagen, und nach einiger Zeit verwandelte sich der Neid anderer Kommilitonen sogar in Respekt gegenüber Hans.

Aus ihrem losen Kontakt war im Laufe der Zeit eine feste Bekanntschaft geworden. Aber so aufmerksam und loyal sich Hans auch gab, etwas in seinem Verhalten irritierte Matthias, und je öfter sie sich trafen, umso deutlicher erkannte Matthias, dass Hans auch eine dunkle Seite hatte. Es hatte ihn im Laufe der Zeit ernüchtert, zu sehen, welche Mühen Hans in Kauf nahm, nur um seine Mitmenschen besser einschätzen zu können. Ähnlich einem Seelenarzt sog er die Geschichten über Dozenten oder begabte Kommilitonen in sich hinein, analysierte deren Persönlichkeiten, deren Stärken, deren Schwächen, und versuchte, ihre Leidenschaften zu enträtseln.

Matthias sah dem Ganzen mit gemischten Gefühlen zu, und vielleicht hatte er damals schon eine Ahnung gehabt, aber er hatte sie nicht an die Oberfläche kommen lassen, und er wusste auch, was der Grund dafür gewesen war.

Er nahm den Bleistift, den er neben das Papier gelegt hatte, und begann langsam mit der Spitze die Buchstaben des Decknamens nachzuziehen.

Sie waren noch nicht lange befreundet gewesen, als Hans mit einer schweren Grippe zuhause lag. Er hatte ihm Mitschriften gebracht, Bücher, Medizin und etwas zu essen. Blass und schmal hatte Hans in seinem Bett gelegen, in einem kleinen und unbeheizten Zimmer, das er zur Untermiete bewohnte. Er hatte hohes Fieber, und während vor dem Fenster in dicken Flocken der Schnee fiel, begann Hans plötzlich, wie im Rausch zu erzählen, von früher, seinem Vater, seiner Kindheit, und während Matthias ihm zuhörte und ihn dabei betrachtete, wurde ihm klar, dass es nicht nur das Fieber war, das Hans' Redefluss antrieb, sondern auch Angst. Und vielleicht war es jener Moment, in welchem sich alle Zweifel, die Matthias bis dahin gehabt hatte, auflösten, der Augenblick, in dem er ganz und gar von seinem Freund eingenommen war, weil alles Schillernde plötzlich von Hans abgefallen, alles Leuchten nur noch ein Glimmen war und Hans zu einem wurde, der vielleicht noch mehr als andere mit sich rang. Hans' Vater war früh gestorben, Hans fast noch ein Kind, und Matthias erkannte, dass der übermäßige, wahnhafte Drang nach Kontrolle vielleicht nur so etwas darstellte, wie den Versuch, Ordnung in eine Welt zu bringen, die schon früh von Verlust gekennzeichnet war. An diesem Nachmittag, an dem Hans ihm sein ganzes Vertrauen geschenkt hatte und sich der Dämon, den er mit sich trug, zum ersten Mal gezeigt hatte, an diesem Nachmittag zerstreuten sich Matthias' restliche Bedenken.

Er lehnte sich zurück und sah den Rauchfäden hinterher, die unter der Decke schwebten.

Und war es denn nicht so, dass Hans den anderen mit seinem Verhalten sogar eine Freude machte? Sah man ihnen denn nicht sogar an, wie leicht sie sich nach einem Gespräch mit ihm fühlten? Hatten sie denn nicht plötzlich den Eindruck, da verstehe sie jemand, und zwar nicht nur die Worte, die sie gesagt hatten, sondern auch ihr Wesen? Matthias atmete tief ein. Und welcher schönen Illusion hätten sie sich alle beraubt, wenn sie gewusst hätten, welche Anstrengung hinter diesem Effekt steckte und welches Wissen über die Details ihrer Leben.

Er hatte damals geglaubt, Hans zu Unrecht verdächtigt zu haben. Hinter dessen Sucht stand etwas, was nur allzu menschlich war, nämlich der unbedingte Wille, geliebt zu werden, um jeden Preis, von allen.

Ein halbes Jahr später im Sommer besiegelten sie ihre Freundschaft, mit einer Flasche Wodka und einem Sprung in den See, nachts und nackt. Sie wurden zu einem unzertrennlichen Gespann, wurden zu Don Quichotte & Sancho Pansa, zu Robinson & Freitag, zu Old Shatterhand & Winnetou, und es begann eine Zeit, von der er lange gedacht hatte, es sei die schönste in seinem Leben gewesen. Sie verbrachten Tage, Wochen, Monate miteinander. Sie fuhren zusammen mit Hans' MZ an den Balaton, zelteten schwarz, tauschten Bob-Dylan-Platten und Bücher aus, quälten sich durch marxistisch-leninistische Lehrsätze an der Universität und schnitten sich gegenseitig die Haare. Einmal brachen sie sogar in den Kostümfundus eines kleinen Theaterklubs ein. Sie waren in einer Gruppe unterwegs, die sich heimlich vom Pfingsttreffen der FDJ abgesetzt hatte. Es war spät, und sie waren bereits herrlich betrunken. Das Klubhaus lag an einer belebten Straßenkreuzung, und dies, so entschied Hans, sei ein würdiger Ort, um eine neue Version von Romeo und Julia aufzuführen. Sie hatten sich blonde Lockenperücken aufgesetzt, beide, ihre Lippen grellrot geschminkt, und während sie die Verse mit ernster Miene vortrugen, hoben sie dann und wann mit gespreizten Fingern den glänzenden Seidentaft ihrer Röcke, unter welchen die dunkel behaarten Waden zum Vorschein kamen. »Aber ich sage Euch, Mylord Narr, aus der Nessel Gefahr pflücken wir die Blume Sicherheit.« Hans hauchte es mehr, als dass er es sagte, aber es war das Stichwort für die darauf folgende heftige Umarmung, bei welcher sie sich gegenseitig hemmungslos an die mit Tüchern ausgestopften Brüste griffen. Das alles geschah sehr zur Freude ihrer Mitstudenten und wenig später zum Ärger eines Abschnittsbevollmächtigten, der irgendwie Wind von ihrem Einbruch bekommen hatte und dafür sorgte, dass zwei unrasierte, stark alkoholisierte »Damen« unvermittelt drauflosrennen mussten. Und während auf der Flucht die neu gewonnene Zärtlichkeit ihren Körpern gegenüber gnadenlos von ihnen abfiel, während der *Schnittlauch* hinter ihnen herrannte und brüllte, während sie jauchzten und das Adrenalin ihnen in die Adern schoss, während sie sich immer wieder zu ihrem Verfolger umdrehten, bis dieser weit abfiel und sie irgendwann völlig atemlos an einer Häuserwand lehnten, nach Luft gierten und in den glanzlosen Nachthimmel über der Stadt blickten, während die blonden Lockenperücken irgendwo im Straßenstaub lagen, glaubten sie für einen kurzen Moment, sie seien unverwundbar.

Seit diesem Sommer begegnete Matthias dem Leben plötzlich mit einer Leichtigkeit, obwohl er nie geglaubt hatte, dass er dazu fähig wäre, und das Erstaunliche war, dass dieses Loslassen ihm keine Angst machte. Auch wenn Hans' Versuche, ihm beizubringen, wie man Mädchen gegenüber lockerer, mutiger werden konnte, nicht unbedingt erfolgreich waren, so war Matthias doch überzeugend im Gespräch mit ihnen, vor allem, wenn es darum ging, seinem Freund verlässliche Alibis zu verschaffen. Nicht selten wurde die eine oder andere von Hans' Freundinnen zu anhänglich, und er bat Matthias, stellvertretend seine alte Freiheit wiederherzustellen – natürlich so harmonisch wie möglich und mit dem nötigen Respekt den Frauen gegenüber. Sie unterstützten einander, und was dem einen aufgrund seiner charakterlichen Eigenschaften schwerfiel, ersetzte der andere. Sie waren Verbündete, Gefährten, die sich bei ihrer Reise gegenseitig die Kontinuität sicherten.

Matthias starrte auf die Buchstaben vor ihm, ohne etwas zu sehen. Dann war Hanna gekommen, und alles änderte sich. Schon bevor er Hanna zum ersten Mal traf, war es ihm, als kennte er sie bereits. Hans hatte manchmal stundenlang von ihr erzählt. Er hatte sie im Archiv der Bibliothek zum ersten Mal gesehen und schien so fasziniert zu sein, wie er es nie zuvor von einem Mädchen gewesen war. Er ließ wichtige Vorlesungen ausfallen, versäumte Seminare, nur um in der Nähe der Bibliothek zu sein, wenn sie nach Dienstschluss aus dem Gebäude kam.

Irgendwann hatte Matthias verstanden, dass Hanna ihren Verehrer offensichtlich links liegenließ, aber Hans hörte nicht auf, ihr heimlich aufzulauern, und allmählich begann Matthias, sich zu wundern. Hans war kein Draufgänger, aber er war auch kein Kostverächter und mutig und selbstbewusst genug, um den Anblick ihrer Schönheit auszuhalten. Begann ihn diese oder jene Affäre zu langweilen, beendete er sie höflich, mit Haltung und einer Lüge, oder er schickte Matthias vor.

Doch jetzt, da seine Gedanken nur noch um Hanna kreisten, wirkte er wie ein pubertierender Schuljunge. Matthias freute sich dennoch für Hans, wenn er auch Angst davor hatte, ihre Freundschaft könne sich ändern, wenn plötzlich eine Frau zwischen ihnen stünde. Hans hätte dann womöglich weniger Zeit, bekäme andere Interessen oder würde beginnen, sich für seinen schüchternen Freund zu schämen.

Aber Matthias wischte die Bedenken so gut es ging beiseite, wenn Hans wieder einmal von Hannas »Erscheinung« und ihrem »Eintritt in sein Leben« schwärmte, und insgeheim wünschte er sich, auch ihm könnte nur annähernd etwas Ähnliches widerfahren. Manchmal ertappte er sich dabei, wie er fast schon wie Hans darauf zitterte, Hanna endlich näher kennenzulernen.

»… in die Wenckestraße, ins *Eden*, los, mach hinne, die warten nich …«, hatte Hans eines Abends vom Erdgeschoss aus nach oben durch das halbe Treppenhaus gerufen, weil er nicht mal mehr die Zeit hatte, zu der Wohnung im dritten Stock hinaufzusteigen, in der Matthias wohnte.

Sie hatten ihre letzten Prüfungen für das Semester geschrieben, es war der erste Tag in den Semesterferien. Als sie ankamen, war die Disko voll, *Jumpin' Jack Flash* von den Stones lief gerade, und es wurde bereits getanzt, wild und schnell. »Wenn 'ne 60er Mucke kommt, gehn' wir erstmal 'ne Limo trinken«, hatte Hans ihm noch gesagt, bevor sie die Disko betraten, aber es sah ganz danach aus, als habe der Typ, der an den Plattentellern stand, schon eine ganze Weile nicht mehr an die 60/40-Regel gedacht, 60 Prozent Ostmucke, die kein Schwein hören wollte, gegen 40 Prozent Westmucke, auf die jeder wartete. Hans legte seinen Arm auf Matthias' Schulter und überblickte das Geschehen, als sei er kein Student mehr, sondern bereits ein junger, wenn auch noch unerfahrener Dozent, der die Teilnehmerinnen seines ersten Seminars in Augenschein nimmt, aufgeregt, aber in dem unumstößlichen Wissen, dass sie bald an seinen Lippen hängen werden. Sie sahen noch eine Weile zu, wie sich Hände und Arme in den Raum stapelten, Beine ungebändigt zappelten und Hüften aneinanderstießen, als zögen sie sich gegenseitig an, als würde die Schwerkraft in der Horizontalen arbeiten, »Rockmucke und Miniröcke, Matthias – hier sind wir zuhause«, rief Hans ihm noch zu, dann begab er sich ohne zu zögern in die Menge.

Er selbst war zum Tresen gegangen, zu einer Gruppe Kommilitonen, und hatte sich ein Bier bestellt. Gesprächsfetzen streiften ihn, belanglose Sätze, manchmal nickte er, das reichte, mehr erwartete keiner von ihm. Zwei, vielleicht auch drei Stunden hatte er dort gestanden, zwischen Händen und Zigaretten, zwischen Gelächter und Lidschatten, zwischen Biergläsern und eng anliegenden Hemden, flackernden Sätzen und stiller Aufregung, der Hast nach Aufmerksamkeit und dem Versprechen einer Nacht, zwischen lang gehegten Erwartungen und glitzernden Lügen, zwischen all den Illusionen hatte er gestanden, still und unbeteiligt, und es hatte ihm nichts ausgemacht. Hans schien von der Masse der Tanzenden verschluckt worden zu sein, hin und wieder blickte Matthias ohne großes Interesse zur Tanzfläche, zu den jungen Männern und Frauen, betrachtete nüchtern, wie sie ihre Körper zur Schau stellten, ihr Rhythmusgefühl, registrierte, wie sie für einen Moment in sich zusammenfielen, ungelenk und hölzern, wie ihre Hände stillhielten und ihre Blicke fieberhaft nach Halt suchten, sobald das Musikprogramm zu einem Engtanz wechselte. Und dann sah er sie. Sie hatte ein Sommerkleid an, dunkelblau mit kleinen roten Blumen, die weiche Seide glitt an ihrer Taille herab. Ihre dunkelbraunen vollen, langen Haare flogen im Takt um ihre Schultern und klopften den Beat an ihren Rücken, sie hatte die Augen geschlossen, selbstvergessen und gelassen, als ginge sie das alles nichts an. Traumwandlerisch und unantastbar ließ sie sich in den Rhythmus der Musik fallen, als habe man ihr die Noten in die Haut tätowiert, und vielleicht war das die Zündung, oder eher die Sicherung, ja, vielleicht hatte es ihm da die Sicherung rausgehauen, als er sie dort zum ersten Mal tanzen sah.

Er wusste nicht, wie lange er da gestanden und sie beobachtet hatte, aber er sah auch noch hin, als sich die Tanzfläche schon geleert hatte, als sie sich müde an die Bar lehnte, sich nur noch in der Hüfte wiegte, den Kopf senkte und die Haare beinahe ihr Gesicht verhüllten, als der Überschuss an Wärme längst aufgebraucht war, mit der sie sich in den Abend gestürzt hatte, und ihr Mund noch einige Textzeilen mitflüsterte, während die Musik schon längst verstummt war. Aber vielleicht hörte nur er die Musik nicht mehr, so wie er das Gerede von den Nachbartischen nicht mehr hörte, den Leuten an der Bar, das Gläserklirren, denn es war niemand mehr da außer ihm und ihr. Es war ein schönes und Angst einflößendes Gefühl zugleich, und während er sie immer noch unentwegt anstarrte, umfasste seine Hand das Bierglas so fest, dass die Adern hervortraten. Matthias griff sich in den Nacken. Und dann hatte ihn der Schlag zurück ins Jetzt geholt. »Vergiss es, Lenzke, die is 'ne Nummer zu groß für dich.« Es war Max, der Maschinenbaustudent, »Uffz-Maxe«, wie sie ihn nannten. Er hatte freiwillig drei Jahre gedient, und alle wussten, dass er ein Hundertprozentiger war. Dieser Max also hatte ihm auf den Rücken geschlagen und sich neben ihn gestellt, dann hatte er lässig den Arm um Matthias gelegt und ihn angegrinst. »Da is wohl einer dabei, sich zu verknallen, was?«

Scham war in ihm hochgestiegen, er hatte versucht, den Arm des anderen wegzustoßen, »verpiss dich«, aber Max hatte sich nicht abhalten lassen, hatte wieder seinen Arm um ihn gelegt, seine Zunge ging schwer: »Außerdem hat sich die Perle schon ein anderer geschnappt«, und seine Hand hatte zu der Stelle gezeigt, an welcher der Tresen eine Biegung machte.

Matthias hatte damals die Augen zusammengekniffen, aber er konnte das Gesicht desjenigen, der neben ihr stand, nicht erkennen, zu viele Leute standen davor. Er konnte nur sehen, wie jemand seinen Arm um ihre Taille legte, in einer zärtlichen Geste ihr Handgelenk umfasste, wie sie etwas flüsterte, und als der andere sich vorbeugte, nickte, seinen Kopf an ihre Schläfe legte und mit der Hand durch ihr Haar strich, trafen sich ihre Blicke.

Er war erschrocken, hatte sich damals hastig zum Tresen umgedreht, als habe man ihn noch einmal ertappt, und sein Bier in schnellen Schlucken ausgetrunken. Dann hatte er aus dem Fenster geblickt. Der Diskjockey rief, das sei das letzte Lied, aber Matthias drehte sich nicht mehr um. Draußen regnete es. Der Wind warf Silberpfeile an die Glasscheibe. Der träge Rhythmus der Musik blieb zwischen den Stühlen hängen, schleppte sich langsam immer weiter, und plötzlich hatte er verstanden, warum Hans so darauf gebrannt hatte, hierherzukommen, nicht wegen der Rockmusik und der Röcke, sondern nur wegen *ihr*. Dass sie es war, daran hatte er keinen Zweifel, und sie war genauso schön, wie Hans sie beschrieben hatte. Er hatte sich noch einen Wodka bestellt. Über dem Fenster vor der Disko hing eine Leuchtreklame, sie war seit Jahren defekt. Er hob seinen Blick vom Grunde des Glases, sah zu, wie Lichtblitze die Realität vor dem Fenster in stehende Bilder hackten, wie das Stück Straße im Sekundentakt in ein tiefes Blau getaucht wurde, er spürte, wie er ruhiger wurde, und er sagte sich, dass es keinen Sinn hatte, eifersüchtig zu sein – nicht weil es sein bester Freund war, sondern weil es im Grunde nicht zählte, weil die beiden nichts unterschied von den anderen Paaren in seinem Rücken, die sich zärtlich aneinanderlehnten und redeten, weil es nicht darauf ankam, was sie sich sagten oder wer sie hörte, weil in jenen flüchtigen Momenten unter den gedimmten Lichtern, im Versprechen der Dunkelheit, Lügen oder Wahrheit beliebig waren und man sein konnte, was man wollte.

Matthias zündete sich eine neue Zigarette an. Das Telefon klingelte, aber er ging nicht ran. Kurz ertönte von der Straße eine Kaskade schiefer und schöner Töne, offensichtlich machte der Eiswagen im Viertel halt. Er verkreuzte die Hände vor dem Kopf und lehnte sich zurück. Jahre später hatte er Hans für einen egozentrischen Feigling gehalten, der sich sang- und klanglos in den Westen abgesetzt hatte, ohne sich mit den Konsequenzen auseinanderzusetzen, die diese Entscheidung für sein Umfeld haben könnte. Nachdem man Hannas Antrag auf Scheidung damals bewilligt hatte, »in Abwesenheit des Ehemanns«, wie es der Richter lakonisch kommentiert hatte, hatte er gehofft, Hans sei für immer aus ihrem Leben verschwunden. Und aus seinem. Matthias beugte sich über den Tisch, Hans Hofmann, ein egozentrischer Feigling, mehr nicht. Er musste lachen, aber es schmeckte bitter.

Einmal noch war er mit ihr ins *Eden* gegangen, sie wohnten schon lange zusammen. Er hatte sich an die Stelle an der Bar gestellt, an der sie damals mit Hans gestanden hatte, hatte seinen Arm um ihre Taille gelegt, ihr Handgelenk umfasst und seinen Kopf an ihre Schläfe gelegt, als könnte er die Zeit zurückdrehen, als hätte nicht Hans damals bei ihr gestanden, sondern er. Aber vielleicht war es sogar noch mehr als das. Vielleicht wollte er für einen Moment ein anderer sein, und zwar genau der, dessen Blick er damals getroffen hatte, der, den er immer bewundert hatte.

Matthias setzte den Stift auf das Papier und umkreiste Hans' Unterschrift mit so viel Kraft, dass die Spitze des Bleistifts abbrach. Aber diesen anderen gab es nicht, es hatte ihn nie gegeben. Es gab nur *IM Tizian*. Matthias hatte Hans' Decknamen in den letzten Tagen so oft gelesen, dass sich das Wort bereits vertraut anfühlte. Er nahm die dünnen, beinahe durchsichtigen DIN-A4-Seiten in die Hand, die in der Mappe gelegen hatten. Sedlitz hatte seine Stasi-Akte angefordert, hatte anschließend einen Antrag auf die Offenlegung der Klarnamen gestellt, und er war auch irgendwie an Hans' Verpflichtungserklärung gekommen, aber das Erstaunlichste war, dass das alles bereits einmal durch einen Schredder gewandert war. Das, was er in der Hand hielt, war mühevoll wiederhergestellt worden. Er hatte davon gelesen. Im Herbst '89 hatte die Stasi in fieberhafter Eile Akten durch den Reißwolf gejagt. Zahlreiche Dokumente – IM-Akten, Akten zu den Betroffenen – landeten zerschnipselt in Müllsäcken. Er wusste auch, dass Bürgerrechtler die Aktion damals gestoppt hatten, aber er wusste nicht, dass man angefangen hatte, diese Unterlagen wiederherzustellen.

Matthias lächelte kalt und sah auf Hans' Unterschrift, die geschwungenen Buchstaben, groß, mit Stil und ohne Bescheidenheit. Die Berichte waren präzise und elegant in der Wortwahl, an einigen Stellen wirkte es fast, als beschreibe Hans die Aktivitäten eines ihm nahestehenden väterlichen Freundes. Vielleicht war es das, was Sedlitz gemeint hatte, als er Matthias die Akte in die Hand gedrückt hatte mit den Worten: »Sie werden sehen, ein geradezu liebevoller Verräter.«

Matthias lehnte sich zurück. Im Zimmer war es warm, aber er hatte dennoch das beklemmende Gefühl, draußen sei die Sonne untergegangen. Matthias atmete tief ein, dann schloss er die Augen und stellte sich vor, dass das alles nicht echt war, dass er einen sehr langen und verblüffend real wirkenden Traum träumte, und er wünschte sich nur, endlich aufzuwachen.

2001

Das Buch · Offene Rechnung · Gin Tonic · Paradies

Das Buch

Sie ließ den Schlüssel neben die Kasse fallen. Die Tür fiel langsam hinter ihr zu, kurz schellte die Klingel, wie immer, wenn jemand den Laden betrat oder verließ. Hanna blieb stehen und lächelte. Vielleicht fiel es nur ihr auf, bis jetzt hatte es kein Kunde der Buchhandlung erwähnt, geschweige denn sich beschwert. Sie versuchte, den Geruch tief einzuatmen, es war nur ein Hauch, der in der Luft lag, fein und würzig, *Romeo y Julieta*, Walters Hausmarke.

Würde Walter eines Tages einfach verschwinden, was durchaus vorstellbar war, dann würde sie das sofort riechen, beziehungsweise nicht mehr riechen.

Sie legte ihre Tasche auf den einzigen Stuhl, den es im Geschäft gab, und lief auf die Auslage zu. Wahrscheinlich hatte Walter im ersten Stock das Fenster offen stehen lassen, ausgerechnet bei Ledermanns neuem Sachbuch, das eher eine Polemik versprach, war das kleine Preisschild, das davorstand, durch den Luftzug umgefallen. »Denk ich an Deutschland in der Nacht …«, lautete der Titel, im Untertitel »präzisierte« Ledermann: »*Kannibale und Triebe* statt *Kabale und Liebe* – Geht es mit dem deutschen Bildungssystem bergab?« Sie würde es später Walter erzählen, ihm würde das gefallen, und er würde sie darauf hinweisen, dass das Preisschild nicht einfach vor Schreck der Länge nach hingefallen war, sondern streikte, was er gut verstehen konnte. Walter hielt von Ledermann überhaupt nichts. »Empörungsliteratur, die Zeitgeist sein will«, konstatierte er kurz, als sie das Buch in die Auslage gestellt hatte, aber er wusste, dass es sich gut verkaufte und sich jede Diskussion, es aus dem Angebot zu nehmen, erübrigte. Hanna nahm das Staubtuch, das unter der Kasse lag, und die kleine Leiter, die immer griffbereit stand, und ging zu den raumhohen Regalen an der linken Wandseite. Die Buchhandlung war nicht besonders groß, aber gut sortiert. In einer Ecke standen ein kleiner Tisch und zwei Sessel, falls jemand in Ruhe in einem Buch schmökern wollte, aber es hatte sie noch nie jemand in Anspruch genommen – außer Walter oder sie selbst. Aber sie konnten sich nicht beschweren, das Geschäft lief seit einiger Zeit gut, sehr gut sogar. Letztes Jahr, im Sommer, hatte sie aus ihrem Urlaub an der Nordsee einen riesigen Müllbeutel Sand mitgenommen, sie hatte den Boden der Schaufensterauslage mit Plastik verkleidet und den Sand hineingekippt, ein Strandtuch quergelegt und die Bücher darauf drapiert. Als Walter es gesehen hatte, hatte er sie gefragt, ob sie die einzelnen Seiten nicht auch noch mit Sonnenöl einreiben wolle. Sie musste lachen, und es war klar, dass Werbemaßnahmen wie diese gegen Walters Überzeugung gingen, aber es war auch genau das, was den Absatz schnell erhöht hatte. Langsam wischte sie mit dem Staubtuch über die freien Flächen vor den Buchrücken. Sie hatten jetzt zahlreiche Stammkunden, manche von ihnen kamen mitunter sogar morgens, bevor sie ins Büro mussten, und gaben hastig ihre Bestellung durch. Aber der Laden würde erst in einer halben Stunde öffnen. Es bliebe sogar noch Zeit für einen Espresso aus Walters sündhaft teurer italienischer Kaffeemaschine, den sie im Leben nicht mehr missen wollte.

»Hanna, bist du das?« Walters Stimme klang aus dem ersten Stock durch die Geschossdecke bis runter zur Leiter, auf der sie stand.

»Ja, ich räum dir grad den Laden aus, aber nur die Kasse, mach dir keine Sorgen.«

Walter hustete. »Aber dann nimm bitte auch den Dreck mit.«

Hanna lächelte. Manchmal fragte sie sich, wie anders es jetzt wohl wäre, wenn sie damals nicht jenen Zettel abgerissen hätte, der an der Ampel gehangen hatte und der kurz davor gewesen war, den Kampf gegen den Regen zu verlieren. Anderthalb Jahre lang hatte sie die Pressearbeit für eine Lyrikgesellschaft gemacht, dessen Leiter, ein Siebzigjähriger namens Ralf Schwarzeberger, sich selbst für einen Dichter hielt. Er verglich sich gerne mit Brecht, entpuppte sich irgendwann als Arschkriecher und Sadist, und zum Schluss ertrug sie seinen Mundgeruch nicht mal mehr vier Tage die Woche. Nachdem er dann zum dritten Mal ihre Gehaltszahlung hatte ausfallen lassen, nahm sie ihre Tasche und ging. Drei Wochen später entdeckte sie den Zettel.

Wie also sollte man es nennen? Glück? Zufall? Schicksal? Dass sie genau an dieser Fußgängerampel hatte stehen bleiben müssen, dass sie den grau verschossenen Zettel überhaupt entdeckt hatte, dass die Telefonnummer noch lesbar gewesen war?

Eigentlich hatte Walter nur vorübergehend eine Aushilfe gesucht, aber nach ein paar Tagen in der Buchhandlung hatte sie sich gefragt, wie er überhaupt jemals ohne eine Hilfe ausgekommen war, und sie glaubte, ihm ansehen zu können, dass er sich exakt dasselbe fragte. Gleich an ihrem ersten Arbeitstag löste sie einen Teil des Lagers auf, das Walter aus Platzgründen unter anderem in die Schaufensterauslage verlegt hatte, Mängelexemplare, Remittendenware, ganze Büchertürme wichen jetzt einzelnen Neuerscheinungen, sie entstaubte die Regale, der Laden wirkte plötzlich hell und einladend, sie hatte sogar die Glasfront geputzt, aber als sie mit Walter auf der Straße vor dem Geschäft stand und ihn fragte, wie ihm das alles gefalle, antwortete er, dass die saubere Scheibe eine Wirkung auf ihn habe, die seiner Meinung nach so nicht zu erwarten gewesen sei.

Auch wenn er es nie zugeben würde, so glaubte sie doch, dass er sich heimlich freute über die Entwicklung, die sein Laden genommen hatte, aber – man musste sich nichts vormachen – Walter wäre auch nicht vor Gram gestorben, wenn alles so geblieben wäre.

Im Grunde hatte er die Buchhandlung nicht als Geschäft gekauft, sondern als Lesesalon für sich selbst. Ein Luxus, der langsam teuer wurde und ihn zum Umdenken zwang. Das, was sie über Walter wusste, wusste sie aus einem alten Ordner, den sie beim Aufräumen im Lager gefunden hatte, und von Susi, die sie mit ihren wilden, aber offensichtlich wahren Geschichten vor Walter und der Arbeit bei ihm hatte warnen wollen, aber genau das Gegenteil bewirkt hatte. Walter war einst ein erfolgreicher Reisejournalist gewesen, die Artikel, die Hanna in dem Ordner gefunden hatte, hatte offensichtlich seine Frau gesammelt. Sie hatten jahrelang in einem großen Einfamilienhaus neben einer Streuobstwiese gewohnt, Walter, seine Frau und ihre zwei Kinder, es war die Idylle pur. Die Probleme begannen an dem Tag, an dem Walter eine beträchtliche Menge Geld erbte und sich entschied, vorzeitig in Rente zu gehen. Walters Frau hatte gehofft, er würde von dem Geld das Landhaus in der Nähe von Siena kaufen, in dem sie ihre Flitterwochen als junges Paar verbracht hatten. Sie war Biologin und vor der Geburt ihres ersten Kindes genauso gerne verreist wie ihr Mann.

»Aber was macht Walter, dieser Idiot?«, hatte Susi sie vorwurfsvoll gefragt, als hätte Hanna irgendetwas mit Walters Entscheidung zu tun, dabei kannte sie ihn zu diesem Zeitpunkt noch nicht einmal, und wäre es nach Susi gegangen, hätte das auch so bleiben können.

Vielleicht hatte Walter den Wunsch seiner Frau nach Zweisamkeit nicht registriert, wie auch immer, statt des Landhauses in Italien kaufte er die heruntergekommene Buchhandlung am Ende der Dorfstraße. Ein Jahr später ließ sich Walters Frau scheiden, aber da hatte er schon längst den Schritt in die reale und die geistige Höhle gemacht, in der er jetzt lebte.

Hanna hatte immer geglaubt, dass Figuren wie Walter nicht echt sein konnten, dass sie einem Roman entsprangen, aber nicht dem wirklichen Leben. Doch Walters Anwesenheit im Haus war, so selten man ihn auch zu Gesicht bekam, so echt und so spürbar wie die Geschichten, die sich zwischen den Buchdeckeln verbargen. Er wohnte ein Stockwerk über dem Laden und konnte jedes Wort verstehen, das unten gesprochen wurde – wenn er gewollt hätte, aber so, wie sie Walter kannte, nahm er den Geräuschpegel der Verkaufsgespräche einfach als angenehmes Hintergrundgeräusch wahr und stellte sich vor, er säße in einem Wiener Kaffeehaus.

Walters Wohnung und der Laden waren nur durch eine kleine Hintertreppe verbunden. Wollte Walter das Haus verlassen, was er selten wollte, dann musste er durch die Buchhandlung. Die meiste Zeit aber saß er in einem rückengerechten, modernen Sessel zwischen Bücherstapeln, auf denen wahlweise Espressotassen oder Rotweingläser standen, und las – unterbrochen nur von seinem täglichen Gang zur Dönerbude am Bahnhof. Walter hatte ein Faible für Kinderbücher, eines mochte sie besonders. In wunderbaren, wie flüchtig hingetuschten Zeichnungen waren Tiere abgebildet, man hatte ihnen bestimmte Charaktereigenschaften zugeschrieben und sie vermenschlicht. Und immer, wenn sie das Buch in der Hand hielt, musste sie lächeln, denn Walter mit seiner großen, hageren Figur, seinem Dreitagebart und der halben Lesebrille sah tatsächlich ein wenig so aus wie der moderne, etwas distinguiert wirkende Graureiher auf dem Cover des Buches.

Manchmal, wenn sie vor ihm stand, wenn sie die Spinnweben in der Ecke hinter ihm bewundern musste, »ein Gesamtkunstwerk der Natur«, dann sah es aus, als wäre Walter bereits so fest mit dem Raum verwachsen wie der Türstock von 1880 mit der Wand. Als sie ihn kennengelernt hatte, hatte sie sich gefragt, was Walter bewogen haben könnte, sich derart einzukapseln, auf Familie und Freunde zu verzichten, aber je länger sie bei ihm arbeitete, desto mehr schien es ihr, als habe Walter auf all das bereits früh hingearbeitet, als habe sich alles folgerichtig so entwickelt, wie es sich seiner Meinung nach entwickeln sollte. Und vielleicht ging der Versuch, mit anderen Menschen, mit einer Familie zusammenzuleben, nur so lange gut, wie Walter nicht zuhause war. Sie konnte sich nicht vorstellen, wie er mit seinen Kindern Ausflüge gemacht, wie er deren Fahrräder repariert und mit ihnen Drachen hatte steigen lassen. Während seine Tochter eingeschult wurde, hatte Walter gerade eine Expedition auf den Mont Blanc begleitet, während sein Sohn seine erste Freundin küsste, hatte er Fotos von den Straßenbordellen in Bangladesh gemacht, und zeigten sie ihm ein aufgeschlagenes Knie, zeigte Walter ihnen die Narben an seinem Fuß, die von Erfrierungen zweiten Grades übrig geblieben waren. So hatte es ihr Susi erzählt, und wäre es nach Susi gegangen, dann hätte Walters Frau Emilie schon viel früher anfangen sollen, ihn zu betrügen, »denn nicht mal das hat er mitbekommen, kannst du dir das vorstellen?«.

Obwohl all diese Gerüchte und Geschichten dazu angetan gewesen wären, sie dazuzubringen, Walter skeptisch, vielleicht sogar feindselig gegenüberzutreten, hatte sie sich vom ersten Tag an, an dem sie bei ihm arbeitete, wohlgefühlt. Walter hatte zu den Menschen gehört, die es nie länger an einem Ort hielt, und vielleicht war es das, was Susi nicht verstehen konnte, dass jemand nicht nur ruhelos gewesen war, sondern es auch hatte sein wollen. Und dass er, nach jahrelangem Unterwegssein, seinen Platz nicht in der Toskana, sondern in einer heruntergekommenen Buchhandlung gefunden hatte, war nur logisch. Jetzt wechselte Walter nicht mehr nur die Orte, sondern auch die Zeiten, begleitete Bulgakow ins Russland des 19. Jahrhunderts, fuhr mit Yates in die Vorstädte, Bars und Krankenhäuser amerikanischer Metropolen, spazierte mit Simenon durch Paris – und mehr brauchte Walter nicht.

Nur einmal glaubte sie, so etwas wie Bedauern in seinen Augen zu sehen, einen kurzen Augenblick lang. Sie hatte gerade ein paar Bücher, die noch aus Walters privater Bibliothek stammten, aussortiert und neue eingeräumt, als aus einem der Bücher ein Foto fiel. Es war das Porträt einer schönen jungen Frau. Die erste Seite des Buches – Goethes *Wahlverwandtschaften* – war mit einer Widmung versehen. »Für Emilie«, stand dort, »von Georg«.

Walter war gerade von seiner Mittagspause in der Dönerbude zurückgekommen, aber sie hatte nicht gemerkt, dass er auf der Treppe stehen geblieben war und beobachtet hatte, wie sie die Fotografie aufhob und betrachtete. Er räusperte sich, Hanna hob den Kopf, »Wir haben nie wirklich zusammengepasst«, sagte er mit Blick auf die Fotografie, dann lief er weiter die Hintertreppe nach oben, und ließ sich den Rest des Tages nicht mehr blicken.

Ein kurzes Rauschen zeigte an, dass der Kaffee durchgelaufen war, Hanna nahm die Espressotasse, setzte sich in den Sessel und blickte aus dem Schaufenster auf die Straße.

»Hast du Kinder?«, hatte Leonhard sie am Abend zuvor gefragt. »Nein«, hatte sie geantwortet, »ich hab zwei Katzen.« Sie war zum Essen bei Freunden eingeladen gewesen, er saß neben ihr, und sie hatten sich den ganzen Abend über gut unterhalten. Er kam aus Bayern, arbeitete im Management eines großen Unternehmens und war auf eine sehr angenehme Art zurückhaltend und interessiert zugleich. Sie hatte sich wohlgefühlt in seiner Gegenwart und er sich, so schien es, auch in ihrer.

»Nein, ich hab zwei Katzen.« Er hatte über ihre Antwort gelacht, und sie war froh, dass er nicht weitergefragt hatte, dass sie nicht erklären musste, dass es sich nie ergeben hatte, dass sie es sich vorgestellt und gewünscht hatte, ja, früher einmal, ja, dass es jetzt zu spät war und dass sie es nicht bedauerte, nur manchmal vielleicht, wenn sie die Kinder ihrer Freunde spielen sah oder sich tapsige Hände an ihrem Bein festhielten, da spürte sie es, im Rücken, ein kurzer ziehender Schmerz, als habe sie sich etwas gezerrt.

Hanna setzte die Tasse an und trank. Die ersten Passanten liefen an der Fensterscheibe vorbei, die Sonne schien, noch schwach, aber man konnte bereits die Kraft des Lichts ahnen, die sich später am Tag entfalten würde.

Und selbst in Leonhards Gesicht konnte sie einen kurzen Moment des Staunens sehen, als sie erwähnte, dass sie alleine lebe. Es war nicht das erste Mal. Schon oft hatte sie Überraschung in den Gesichtern von Menschen gesehen, wenn sie diesen Umstand erwähnte, und im Stillen hatte sie sich immer ein wenig darüber amüsiert.

Sie war immer noch schön, schlank und groß. Die grauen Haare am Ansatz färbte sie selbst nach, nur die Spitzen der schulterlangen, vollen Haare ließ sie sich regelmäßig von einem Frisör in der Stadt kürzen. Sie trug immer noch gerne klassisch geschnittene, knielange Röcke in dezenten Farben, aber auch verspielte Kleider standen ihr gut, das wusste sie. Im entfernten Bekanntenkreis hatte man ihr wahrscheinlich schon die eine oder andere Affäre angedichtet, vielleicht sogar mit einer Frau. Sie selbst amüsierte sich darüber, welchen Anlass für Spekulationen ihre Person gab, gerade weil die Wirklichkeit so viel prosaischer war. Sie wohnte allein in einer Zwei-Zimmer-Wohnung, sie las gerne und viel, und ab und zu ging sie spazieren. Im Grunde war ihr Leben so langweilig wie das Millionen anderer. Aber Gerede war so alt wie die Menschheit selbst, man sah Frauen wie sie fasziniert an, und vielleicht erhofften sich manche, dass sich hinter der Tatsache, dass sie allein lebte, etwas Dunkles verbergen müsse, ein Drama vielleicht.

Auch Leonhard und sie hatten sich am Abend zuvor ein wenig über ihre Vergangenheit unterhalten, vor allem über seine. Sie spürte, dass er auch gerne mehr über sie erfahren hätte, aber sie beließ es bei kargen Fakten, einmal verheiratet, einmal geschieden, aus Ostberlin ursprünglich.

»Gestern war der Bote noch mal da, Hanna.« Walters Stimme riss sie aus den Gedanken. Er rief es über die kleine Hintertreppe vom ersten Stock herunter. »Es steht neben der Kasse.«

»Ich sehe es«, rief sie nach oben.

Hanna setzte die Tasse an und trank den Rest des Espressos. Die einzige Person, die ihre Vergangenheit gut kannte, war ihre Cousine. Sie stellte die Tasse auf den kleinen, ovalen

Holztisch. Dann lächelte sie. Und Walter. Hanna lehnte sich noch einmal im Sessel zurück. Walter war ein überzeugter 68er, und eines Nachmittages, sie räumten gerade Neuware in die Regale, kamen sie auf soziale Gleichheit, auf Gerechtigkeit und Freiheit zu sprechen. Sie diskutierten lange, irgendwann begann Walter, von der DDR zu schwärmen, »das war doch immerhin die Idee einer besseren Gesellschaft, Hanna«, und da erzählte sie es ihm, alles, er hörte still zu, und zum Schluss sagte sie: »Mag sein, Walter, die Theorie war Marx, aber die Praxis war eben oft Murx.«

Walters schlurfende Schritte wurden unruhiger, bald würde er runterkommen und seinen ersten Kaffee trinken.

Die Erinnerung an das Land, in dem sie einst gelebt hatte, war immer blasser geworden. Und vielleicht fühlte sie sich Walter deshalb so nah – weil sie beide lange auf der Suche gewesen waren nach einer Welt, von der sie glaubten, dass sie die ihre werden könnte.

Hanna stand auf. Und vielleicht hatten sie sie endlich gefunden, jeder für sich, und keine Dämonen, keine Geister konnten mehr darin ihr Unwesen treiben. Sie bückte sich über das Paket, das der Bote gebracht hatte. Es war die Lieferung eines angesehenen Kunstverlags. Walter hatte die Bestellung aufgegeben und sich, das wusste sie, weder um Moden noch um Kundeninteresse geschert, sondern wahrscheinlich einfach das bestellt, auf was er selbst am meisten Lust hatte. Zwei Kunstbände, einer über Lucian Freud, einer über Anish Kapoor, sie nahm die Bücher aus dem Karton, das letzte war eine Monographie. *Tizian. Leben und Werk* stand auf dem Cover.

Sie hatte keine Ahnung, wie lange Walter schon auf der Treppe gestanden und sie beobachtet hatte. Er lachte.

»Du siehst aus, als hättest du gerade ’n Gespenst gesehen.«

Hannas Mund fühlte sich trocken an. »Kann man so sagen.«

»Kennst du den?« Walter zeigte auf das Autorenfoto, das auf der Rückseite der Monographie abgebildet war. Hanna starrte immer noch darauf.

Langsam richtete sie sich auf.

»Ja«, sagte sie, während sie langsam das Buch zurück in den Karton gleiten ließ und durch Walter hindurchblickte, »aber wir haben nie wirklich zusammengepasst.«

Offene Rechnung

Ein Streifen Licht fiel durch die hohen Fenster der alten Villa auf die Skulptur, die auf seinem Schreibtisch stand, eine Bronze-Miniatur von Berninis Mamorstatue *Apoll und Daphne*.

Draußen war es windig, dennoch hatte er das Fenster geöffnet und die Skulptur auf seine Unterlagen gestellt, ganz oben auf den Stapel hatte Telge ihm kurz zuvor gut sichtbar die stilvolle Einladung gelegt. Nun war unter Apolls frei schwebendem linken Fuß nur noch sein Nachname in goldgeprägten Buchstaben zu lesen, etwas weiter rechts stand *Festakt*, und am Rande des Sockels kam noch *um Antwort wird gebeten* zum Vorschein.

Um eine Antwort wird gebeten. Hans lächelte. Er sah jetzt schon Thülen in seinem dunkelblauen Smoking und dem rosafarbenen Hemd vor sich, mit einem Gesichtsausdruck, der wahrscheinlich nur notdürftig seinen Ärger kaschieren konnte. Aber er würde sich den Feierlichkeiten nicht entziehen können, und sicherlich würde der ein oder andere ihm aufmunternd auf die Schulter klopfen. Thülen hatte jetzt zwei Jahre Zeit, einen neuen Versuch zu starten, aber wer einmal auf der Warteliste gestanden hatte, der kam da auch nie wieder runter. Und das wusste Thülen, und das wussten die, die ihm auf die Schulter klopften. Hans zog die interne Hausmitteilung aus dem Stapel.

Wir freuen uns, mitteilen zu können, dass der Emilie-Janssen-

Preis in diesem Jahr an Prof. Hans Hofmann verliehen wird für seine Arbeit ›Künstlerische Mimesis in Historiengemälden Tizians. Studien zu Theorie und Praxis der venezianischen Renaissancemalerei‹. Die Preisverleihung findet im Rahmen der öffentlichen Sommersitzung der Akademie statt.

Seit 1991 verleiht die Akademie der Wissenschaften den Preis für Forschungen auf dem Gebiet der europäischen Kunstgeschichte der Neuzeit, unter besonderer Berücksichtigung Italiens.

Hans lehnte sich zurück. Sein Assistent Telge, dieser Mechaniker der Macht, hatte ganze Arbeit geleistet, und auch wenn es nicht viel Kraft gekostet hatte, die Jury zu überzeugen, so war es doch sein Verdienst, den stärksten Kritiker, einen engen Vertrauten von Thülen, zum Schweigen gebracht zu haben. Telge hatte Hans auf seine ganz eigene, unnachahmliche Art erklärt, dass dieser ihm noch einen Gefallen schulde, was immer das auch bedeutet haben mochte.

Sein Blick fiel auf die Flasche Prosecco, die neben Beltings *Bild und Kunst* stand.

Er wollte sich gerade erheben, als es an der Tür klopfte. Er antwortete nicht, doch nur Sekunden später flog die Tür auf, und er hätte sich selbst ohrfeigen können, dass er nicht einfach abgeschlossen hatte.

»Professor Hofmann?«

Eine Studentin, er kannte sie nicht, aber viel wichtiger war, dass seine Sprechstunde erst wieder nächste Woche stattfand.

Sie ging auf den Schreibtisch zu, kurz sah es tatsächlich so aus, als überlege sie, ob sie sich in Mies van der Rohes Barcelona-Sessel setzen solle, der neben seinem Schreibtisch stand, doch dann blieb sie vor dem Tisch stehen, genau in seiner Blickachse. Hans atmete tief ein. Sie hatte eine Hose an in einem Achtzigerjahre-Würfelmuster, eine weiße Bluse, die in der Hüfte geknotet war und die aus ihren Brüsten zwei Teigtaschen machte, bei denen man die Hefe vergessen hatte. Das Schlimmste allerdings war, dass sie sich in ihrem Outfit bewegte, als sei es eine dieser mondänen Roben, wie sie Elizabeth Taylor oder die Monroe getragen hatten. Hans verkreuzte die Arme vor der Brust und ließ seinen linken Fuß wippen. Sie stellte sich vor, als müsste er sie kennen, aber er hatte noch nie etwas von einer Stefanie Velt gehört, »Velt mit V«, wie sie noch hinzufügte. Sie erinnerte ihn an die neue Gender-Beauftragte, und wäre diese Stefanie Velt beim Raub der Sabinerinnen dabei gewesen, sie wäre in die Geschichte eingegangen als die einzige Sabinerin, die nicht von den Römern mitgenommen wurde. Es wäre ein interessantes Sujet gewesen, und er stellte sich vor, wie Poussin diese hässliche Würfelmusterhose in Szene gesetzt und Rubens hoffentlich darauf verzichtet hätte, die Übriggebliebene nackt darzustellen.

Sie wirkte verärgert, als hätte sie seine Gedanken gelesen, aber eigentlich wäre Verärgerung angesichts ihres Auftretens seine Aufgabe gewesen, und je länger er das lebende Pendant zu Quentin Massys hässlicher Herzogin musterte, um so deutlicher begann er, sich zu erinnern.

Natürlich: die Überblicksvorlesung am Morgen. Er hatte über den Beamer ein Macke-Bild an die Wand geworfen und in den Saal gefragt, wer ihm etwas dazu sagen könnte, dann hatte er zu der schönen jungen Frau in der ersten Reihe geblickt, die den Eindruck machte, als könne sie einiges über das Bild sagen, mache sich aber nicht die Mühe, sich zu melden. Er kannte diese somnambule Lässigkeit nur zu gut, sie hatte ihn einst in gleichem Maße angezogen und gereizt, aber die Erinnerung an Hanna wurde schnell weggewischt. »Kandinsky?«, fragte jemand laut. Kichern in den Holzbänken.

Kandinsky! Er ließ theatralisch den Kopf sinken, als habe man ihm soeben eine große Bürde aufgelastet, nach einer Kunstpause hob er den Kopf und fragte mit einem leidenden Gesichtsausdruck, ob sich auch jemand zu Wort melden könnte, dessen geistiger Horizont weiter als bis zur Mensa reiche. Gelächter.

Hans blickte sie noch einmal an. Ja, sie war das gewesen.

»Ich würde gerne eine Seminararbeit über Kandinsky schreiben.« Sie verschränkte die Arme vor der Brust.

Er konnte sich ein schadenfrohes Lächeln nicht verkneifen. »Das wäre auch meine Empfehlung gewesen.«

»Deshalb möchte ich mich für Ihr Proseminar im nächsten Wintersemester anmelden.«

»Dafür gibt es Anmeldeformulare, oder Sie nehmen das Internet zu Hilfe.«

Sie war stehen geblieben und fokussierte einen Stapel Papier, das in ein Klemmbrett eingespannt war. Er folgte ihrem Blick, dann beugte er sich vor und zog das Klemmbrett heran. Telge hatte die Liste der Anmeldungen sorgfältig geführt: Name, Studiengang, Anzahl der Studiensemester. Es waren noch zwei Plätze frei, und für einen Moment war er verärgert darüber, denn es war bekannt, dass seine Seminare schneller voll waren, als Apoll den Sonnenwagen lenken konnte. Er blickte auf und schob die Liste von sich weg, ohne sich die Mühe zu machen, sie zu verstecken.

»Ich sehe gerade, der Kurs ist voll. Vielleicht kann ihnen mein Kollege Thülen weiterhelfen.«

»Aber …«

»Guten Tag.« Er ließ die Züge um seinen Mund hart werden und blickte zur Tür. Sie schnaubte wütend, ging aber Gott sei Dank zügig hinaus. Er schloss die Tür hinter ihr ab, lief zu seinem Bücherregal, nahm die Flasche Prosecco in die Hand und setzte den Korkenzieher an. Sollte sie zu Thülen gehen, da war sie bestens aufgehoben.

Er hatte Thülen erst ein paar Tage zuvor getroffen, am Eingang des Instituts.

»Herr Hofmann, schön, dass ich Sie treffe.«

»Ganz meinerseits, aber ich bin gerade in Eile.«

»Haben Sie schon einen Blick auf die Oberseminare für das nächste Semester geworfen?«

»Bedaure.« Das Verzeichnis lag im Sekretariat aus und beinhaltete bereits Titel und Beschreibung der kommenden Seminare. Er wusste genau, was Thülen meinte. Telge hatte ihm erst vor ein paar Tagen eine Kopie des Verzeichnisses ausgehändigt mit dem Hauch eines spöttischen Blicks, von dem Hans wusste, dass dieser nicht ohne Grund sein konnte. Und tatsächlich: »Oberseminar, Prof. Justus Thülen, Louise Bourgeois – Leben und Werk, nur für Examenskandidaten und auf persönliche Einladung. Das Oberseminar wird gekrönt« – dieser Geck wollte tatsächlich *gekrönt* ins Vorlesungsverzeichnis setzen lassen – »von einem Besuch im Atelier der Künstlerin.« Thülen hatte während seiner Promotion bei einer bekannten Galerie in New York gearbeitet, zumindest erzählte er das. Er war noch in den Genuss einer C4-Professur gekommen, sein Kerngebiet umfasste die »Kunstgeschichte von 1900 bis zur Gegenwart«, besonderen Wert legte er auf den Zusatz »Mode- und Mediengeschichte«. Ihm eilte der Ruf voraus, einer von den »jungen Wilden« zu sein, die die Kunstwissenschaft gehörig aufmischten, mit anderen Worten: Er scherte sich mitunter einen Dreck um wichtige wissenschaftliche Standards. Dafür waren seine Seminare stets mit kostspieligen Reisen verbunden, welche sich nur die Schnöselkinder aus dem Süden der Republik leisten konnten. Er sah Thülen schon bei seinem Antrittsbesuch im Atelier der Bildhauerin, wie er sich eitel durchs Haar fuhr und in seinem Vortrag vor versammelter Stundentenschar wie beiläufig die Worte »meine Freundin Louise« fallen ließ. Wahrscheinlich war er sich sicher, dass bereits jetzt schon alle vom Thema seines zukünftigen Oberseminars schwärmten.

Thülen betrachtete ihn immer noch aufmerksam. »Louise Bourgeois«, sagte er genüsslich, als würde das reichen.

Hans stellte sich vor, wie die Melancholischste unter den Bildhauerinnen der Moderne zwei Stunden Thülen und seine Vasallen ertragen musste. Mit ernster Miene legte er seine Stirn in Falten. »Bourgeois, Bourgeois … Helfen Sie mir auf die Sprünge.« Hans griff sich nachdenklich an die Schläfe. »Ist das nicht diese Modedesignerin?«

Thülen lächelte süffisant.

»Wie gut Sie informiert sind, und ich dachte immer, Sie seien in der Hochrenaissance stecken geblieben.«

Hans lächelte: »Grüßen Sie sie von mir.«

Der Korken rutschte mit einem lauten Plopp aus der Flasche. Hans griff zu dem hochstieligen, klaren Sektglas. Es hatte einen dünnwandigen Kelch mit zartem Schliff und wies hier und da sogar Luftblaseneinschlüsse auf. Er stellte sich hinter seinen Schreibtisch, und während er sich langsam einschenkte, fiel sein Blick wieder auf die Einladung unter der Bernini-Skulptur. Er bereute es, sie noch nicht bei sich getragen zu haben, als er auf Thülen getroffen war. Nonchalant hätte er sie ihm hingehalten, obwohl Thülen die Einladung wahrscheinlich gleichzeitig mit ihm erhalten hatte.

»Ich freue mich auf Sie, Thülen«, hätte er hinzugefügt, »und bringen Sie doch Ihre Freundin mit.« Hans stellte die Flasche auf dem Tisch ab und verzog seinen Mund zu einem Lächeln. Es war ein offenes Geheimnis, dass Thülen mit Inkelever liiert war, dem Institutsleiter der Theaterwissenschaft. In Thülens Büro hing über dem Schreibtisch das Bild zweier New Yorker Drag Queens. Es war die Reproduktion einer Fotografie von Nan Goldin. Die Männer standen mit nacktem Oberkörper nebeneinander, einer blickte den Betrachter direkt an. Angeblich hatte Inkelever es Thülen geschenkt.

Hans trank einen Schluck. Er wusste nicht, wann er sich das letzte Mal so gut gefühlt hatte wie heute, so frei. Als er das letzte Mal im Kino gewesen war – es war eine herrlich banale, sinnentleerte Actionkomödie –, hatte er einen Satz aufgeschnappt, der eigentlich aus der Sportsprache stammte. Zwei Gangster hatten sich über den Erfolg eines anderen Bandenmitglieds unterhalten, und Gangster Nr. 1 sagte wortwörtlich zu Gangster Nr. 2: »Der hat momentan einfach einen Run.«

Würde ein Fremder also sein Leben betrachten und in einem Satz zusammenfassen müssen, dann würde er vielleicht sagen: Der hat einfach einen Run. Aber nur er allein wusste, dass es noch mehr war als das. Es war nicht nur ein Run, es war ein neues Leben.

Und vielleicht wüsste er nicht einmal etwas davon, wenn er nicht ein paar Tage zuvor zu früh am Bahnhof gewesen wäre.

Er wollte zu einer Tagung fahren, aber als er auf die elektronische Anzeige blickte, musste er feststellen, dass er noch über eine halbe Stunde Zeit hatte.

Unschlüssig blickte er sich um, dann lief er zu der kleinen Imbissbude, die seit Jahren am Rande des Bahnhofs, an einem stillgelegten Gleis, stand. Er hatte sich eine Bratwurst bestellt und war bei den letzten Bissen, als sich ein älterer, aber muskulöser Mann in einer schwarzen Outdoorjacke an den kleinen Plastiktisch stellte, an dem Hans stand.

Hans wusste sofort, wen er vor sich hatte, aber noch bevor überhaupt an Flucht zu denken war, hatte ihn der andere ebenfalls erkannt.

»Na, Hofmann, das is ja ’n Zufall.«

Voigts grinste ihn an, dann wischte er sich mit dem Handrücken einen Senffleck von der Oberlippe. »Hab mich immer wieder mal gefragt, was unser kunstsinniger Genosse wohl so treibt.«

Unmerklich zuckte Hans bei dem Wort *Genosse* zusammen. Dann blickte er sich um, aber außer ihm und Voigts stand niemand an der Imbissbude. Aber das musste nichts zu bedeuten haben, Voigts’ Gehilfen konnten auch irgendwo warten.

Plötzlich spürte Hans den Schlag. Voigts hatte ihm kräftig auf die Schulter geklopft. Erschrocken starrte Hans ihn an. Voigts warf ihm einen amüsierten und zugleich spöttischen Blick zu. »Was denn, Junge, immer noch Angst?«

Hans lächelte gequält.

Voigts drehte sich zu dem Besitzer der Imbissbude um. »Mach uns mal zwei Bier, ja?«

Er grinste Hans an, immer noch amüsiert über dessen Schockstarre, »Zur Feier des Tages, was?«, dann biss er in die Bratwurst und sprach kauend weiter. Hans spürte, wie er ruhiger wurde, offensichtlich war das Ganze hier tatsächlich ein Zufall, der Voigts nicht das Geringste auszumachen schien. Er erklärte Hans, dass er 1996 in den Westen gegangen und als leitender Angestellter in einer Sicherheitsfirma untergekommen war. »Weniger Geld als früher, aber auch weniger Stress. Es hält sich die Waage, und man wird ja nicht jünger.« Das

Bier kam, Voigts hob sein Glas. »Sechzig Jahre werden's nächstes Jahr.«

»Herzlichen Glückwunsch«, antwortete Hans. Es waren die ersten Worte, die er seit dem Beginn ihres Treffens über die Lippen brachte. Sie stießen miteinander an.

Voigts war die einzige Person, die sein Leben hätte zerstören können, Grund genug hatte er. Jahrelang vermied es Hans, sich vorzustellen, welchen Ärger Voigts bekommen haben musste, als *IM Tizian* nicht mehr von der Reise zurückgekommen war. Aber Voigts schien das offensichtlich herzlich egal zu sein. Langsam gewann Hans sogar den Eindruck, als freue sich sein ehemaliger Führungsoffizier darüber, mal wieder ein bekanntes Gesicht zu sehen.

Voigts hatte den letzten Bissen seiner Bratwurst runtergeschluckt, »Also, die Bratwürste waren im Osten besser, das is mal Fakt«, er zerknüllte die Serviette und ließ sie über dem Plastikteller fallen, dann schob er das Ganze ein paar Zentimeter von sich weg. »Weniger Fett und besser abgeschmeckt.« Hans erinnerte sich daran, wie Voigts einmal von einem Verhör erzählt hatte, in dem er einen jungen Dissidenten in nur ein paar Stunden an den Rande des Nervenzusammenbruchs gebracht hatte, und er schien dabei genau so freundlich gewesen zu sein wie jetzt, da es um Bratwürste ging.

Voigts öffnete seine Sportjacke und griff in die Innenseite. Kurz spannten sich die Muskeln unter seinem karierten Hemd an. Er war gut trainiert trotz seines Alters, und Hans hätte ihn auf sehr viel jünger geschätzt als neunundfünfzig.

»Falls du mal was hörst, Gemäldetransport, Gebäudesicherung, wir machen alles.«

Hans nahm die Visitenkarte, die Voigts ihm reichte, und nickte.

Voigts sah ihm fest ins Gesicht. »Wie heißt es so schön: Eine Hand wäscht die andere.«

Hans hob den Kopf und blickte Voigts fragend an.

»Habe ja damals ziemlichen Ärger bekommen wegen dir.«

Hans schluckte. Jetzt fing es also an.

»Aber was soll's, ich war nie nachtragend.« Er zog einen Kaugummi aus der Jackentasche, löste das Stanniolpapier und schob sich den Streifen in den Mund. »... und noch was, Hofmann«, Voigts lächelte ihn freundlich an, hörte aber nicht auf zu kauen, »kannst von Glück reden, dass wir die letzten Jahrgänge in den Schredder geschmissen haben.« Er machte eine Pause, Hans starrte ihn an wie zu Beginn des Gesprächs, ruhig legte Voigts jetzt seine Hand auf Hans' Schulter. »Bitte nicht schon wieder dieser gequälte Blick, Junge.«

»Aber ich ...« Hans' Stimmbänder waren wie ausgetrocknet.

Voigts fasste in einer beinahe väterlichen Geste in Hans' Nacken und flüsterte dicht an seinem Ohr: »... musst dir keine Sorgen machen, deine Akte war auch drunter. – Also ...«, Voigts tippte auf die Visitenkarte, die Hans immer noch in der Hand hielt, »meld dich, wenn mal ein lukrativer Auftrag reinkommt.«

Er wartete Hans' Reaktion nicht ab, sondern drehte sich einfach um. Während er an der Imbissbude vorbeiging, zeigte er mit der Hand hinter sich und rief dem Besitzer fröhlich zu: »Meine Rechnung geht auf den Genossen.«

Er hatte Voigts damals hinterhergesehen und war zum ersten Mal seit langer Zeit sprachlos gewesen. Er hatte sich von Voigts degradieren lassen wie ein kleiner Junge. Aber es war ihm völlig egal gewesen, und er war noch nie so glücklich gewesen über den Inhalt und den Ausgang eines Gesprächs wie an jenem Mittag vor ein paar Tagen.

Mit dem Sektglas in der Hand ließ Hans sich jetzt in den Barcelona-Sessel fallen. Dann griff er zu der Fernbedienung, die auf dem Beistelltisch lag, hielt sie in die Richtung des kleinen CD-Players und drückte *Play*. Die ersten Töne aus dem Schlusschor der *Matthäuspassion* erklangen, er lächelte, legte den Kopf in den Nacken und schloss die Augen.

Gin Tonic

Aus den Musikboxen schallte Reggae, daneben standen ein paar Typen mit Dreads, und Marilyn verteilte gerade die letzten Aschenbecher auf den bunt bemalten Sperrmülltischen. Anne zog ihre Lederjacke aus und lehnte sich an die Bar.

»Na, alles klar?« Marilyn lief hinter den Tresen.

Nee, dachte Anne und nickte.

»Was willst 'n trinken?«

»'nen Gin Tonic.«

Marilyn drehte ihr den Rücken zu und füllte Eiswürfel in ein Glas.

An der Tür bauschte sich der Windfänger, Anne hob den Kopf, aber es war nur ein Pärchen, das sie nicht kannte.

»Biste wegen 'nem Konzert da?«, Marilyn stellte das Glas auf den Tresen und nahm zwei Becksflaschen in die Hand, »Kannste knicken, Engelchen, geht erst im Herbst wieder los.« Sie drehte sich auf dem goldenen Absatz ihrer Pumps um und schwebte an einen der Tische. »Ich weiß«, dachte Anne und sah ihr hinterher.

Marilyn war so alt wie der Klub selbst, aber sie wirkte immer noch, als hätte man sie direkt von der Raucherecke der Berufsschule weg gecastet und erst gestern eingestellt. Ihre Haare waren nie anders als wasserstoffblond, manchmal wuchs der Ansatz dunkel nach, und auf ihren Fingernägeln klebten winzige Glitzersteine. Irgendjemand hatte erzählt, dass sie zu DDR-

Zeiten eine ziemlich erfolgreiche Sportlerin gewesen sei. Es hieß auch, sie sei die Chefin des Ladens, aber genau wusste das keiner, genauso, wie niemand ihren richtigen Namen kannte. Gerade beugte sie sich weit über einen der Ecktische, stellte das Bier ab und sagte etwas. Die Jungs an den Tischen lachten.

Anne sah an ihr vorbei in den Klub. Es hatte sich nichts geändert, aber was sollte sich auch geändert haben. Ihr letzter Besuch hier war gerade mal ein halbes Jahr her. Es kam ihr dennoch vor wie eine Ewigkeit, eine dunkle, graue Ewigkeit.

Auf der Sesselgruppe nahmen zwei junge Mädchen Platz. Jede hatte mindestens drei Plastiktüten neben sich liegen, auf denen »Pimkie« stand. Anne zog das Glas heran.

Sie wusste nicht, warum sie hierhergekommen war. Vielleicht hatte sie gehofft, etwas zu finden, etwas, was alles erklären könnte. Vielleicht hatte sie gehofft, dass sich im Nachhinein alles besser rekonstruieren ließe, wie in einem Krimi, in dem der Ermittler immer wieder zurückkehrt an den Ort des Verbrechens. Sie nahm den Strohhalm aus dem Glas. Oder der Täter. Und vielleicht hatte sie gehofft, dass ein Verrat genauso etwas Handfestes wäre wie ein Mord.

Die »Pimkie«-Mädchen holten jetzt die Klamotten aus den Tüten und bewunderten sie. Das Sofa stand immer noch sperrig und vollkommen nutzlos mitten im Raum, direkt neben dem Kicker. Und dort standen wie immer die Jungs aus dem Viertel, mit ihren kurz rasierten Haaren und den *Kik*-Jeans mit Fake-Nieten, verballerten ihr Zuviel an Kraft, als hätten sie sich niemals wegbewegt, und für einen Moment lag auch Schulle wieder auf dem Sofa und erzählte Anekdoten von den *Stones*, spielte Martin zwei, drei Akkorde auf der Gitarre, drehte Benni Tüten wie ein Schichtarbeiter, tranken, kifften und träumten sie alle, bis sie auf dem Sofa und den Sesseln einschliefen.

Die »Pimkie«-Mädchen kicherten, zündeten sich ihre Zigaretten an wie kleine Diven, und kurz glaubte Anne sogar, Madonna zu sehen.

Schulle hatte dem Mädchen einst diesen Namen gegeben und stets hinzugefügt: *Die schönste Frau seit Jerry Hall.* Und tatsächlich hatten sie damals alle gestaunt, als sie Schulles neue Freundin das erste Mal gesehen hatten. Ihr Mund war korallenrot, die Brustknospen zeichneten sich zart unter dem Stoff ihres weißen Oberteils ab, und selbst das T-Shirt hatte ausgesehen, als habe H&M es extra für sie gemacht.

Nur Madonna selbst schien von alledem nichts zu wissen, und sogar die Plastikhalskette, der noch ungelenk aufgetragene Mascara oder die Sportschuhe, die einst ihrem Bruder gehört hatten, konnten der Helligkeit, die von ihr ausging, nichts anhaben.

Madonna also, die bei jedem Konzert der Jungs in der ersten Reihe gestanden hatte, die nur Augen für Schulle hatte, die eigentlich Kerstin hieß und Verkäuferin war, in einem Supermarkt, diese Madonna kam eines Tages nicht mehr.

»Ist nach Hamburg gezogen«, hatte Schulle knapp geantwortet, wenn ihn Fans oder Bekannte auf das minderjährige Wunder ansprachen. Nur in der Band wussten alle, dass das nicht stimmte, weil sie immer noch dort wohnte, wo sie schon vorher gewohnt hatte, aber eines Nachmittags, im Sommer, hatte der Filialleiter des Supermarktes Madonna an die Hand genommen, er hatte ihr den Himmel gezeigt, als wäre er ein Rummelplatz, und war mit ihr durchs Blaue spaziert, und als Madonna schwanger wurde, wussten alle, dass der Vater des Kindes nicht Schulle war. Als Schulle im Probenraum schließlich davon erfuhr, wurde es für einen Moment still. Jeder glaubte, er würde ausrasten, rasen, toben vor Wut, das Schlagzeug zertrümmern oder zumindest einen der Instrumentenkoffer zertreten, aber Schulle nickte nur, griff zur Gitarre und sagte »Alles klar«, als habe man ihm gerade den Termin für den nächsten Gig durchgesagt oder als sei das Datum seiner Soziologieklausur verschoben worden. Dann hängte er sich die Gitarre um, spielte mit dem Plektrum ein paar Akkorde an und sagte: »An *Dear Darkness* müssen wir noch mal ran. Der Rhythmus stimmt nicht.«

Eine Woche später brach er sich Wangenknochen, Schlüsselbein und Oberarm. Er hatte versucht, mit dem Fahrrad auf der schmalen Geländerstange der Thönissen-Brücke zu fahren. Am Ende der baufälligen Brücke lag das Viertel, in dem Madonna wohnte, und es war vielleicht nur Glück oder Zufall, dass Schulle bei seinem Versuch, dem Himmel über der Hochhaussiedlung ein wenig näher zu kommen, auf die Seite der Brücke krachte, auf der sich der Asphalt befand, und nicht auf die Bahngleise, acht Meter darunter.

Als ihn die Sanitäter auf die Krankentrage legten, lächelte er, und als der diensthabende Arzt ihn nach seinem Namen fragte, zeigte Schulle in Richtung der Satellitenschüsseln auf der anderen Seite der Brücke, »siebter Stock.«

Im Krankenhaus verabreichte man ihm eine Beruhigungsspritze und schaltete das Licht aus. Die Neonröhren flackerten in der Dunkelheit kalt nach, es roch nach Desinfektionsmittel. Die Sterne waren jetzt hell und klar und hatten einen scharf umrissenen Rand. Auf Schulles zerrissener Oberlippe vermischte sich Salz mit Blut.

Anne begann das Glas im Kreis zu drehen, an der Oberfläche zerplatzten die Bläschen der Kohlensäure. Sie hatten Schulle damals im Krankenhaus besucht, seine Lippen waren immer noch blutverkrustet gewesen und seine Wut heller denn je, »diese kleine Nutte, ich mach sie fertig. Ich mach sie fertig ...« Martin hatte damals nur genickt und ihm auf die Schulter geklopft, und später hatten sie beide nicht weiter über die Sache mit Schulle nachgedacht, so wie man über Geschehnisse nicht nachdenkt, von denen man sicher ist, dass sie einem nie passieren werden.

Aber dann kam Elke. Anne setzte das Glas an die Lippen, schloss die Augen, diese kleine Nutte Elke, und in ihrem Mund vermischte sich der Geschmack der Bitterlimonade mit dem Rauch des Wacholders zu einem wunderbaren Etwas. Als sie den Drink abgesetzt hatte, öffnete sie die Augen, und dann lächelte sie. Genau so harmlos hatte es angefangen, wie all die Dinge, die einem den Boden unter den Füßen wegziehen: still, heimlich, unter Wasser.

Niemand hatte Elke damals wahrgenommen, obwohl sie wahrscheinlich jeden Abend hier im Jugendklub gestanden hatte, Tage, Wochen, Monate. Vielleicht hatte sie versteckt hinter den Musikboxen gewartet, wo jetzt die Reggaetypen standen, oder hinter der halb geöffneten Tür zum Tischtenniszimmer. Vielleicht hatte sie eine Colaflasche vor sich gehalten, vor einem Oberteil, das zu geschmacklos, und einer Jeans, die zu billig war, als dass jemand von ihr Notiz genommen hätte. Und wahrscheinlich hatte sie ohne Unterbrechung zu ihnen herübergesehen, zumindest hatte Anne lange geglaubt, dass es so gewesen war. Aber in Wirklichkeit hatte Elke sie wohl nie nur angesehen, nein, sie hatte sie beobachtet, sie alle, sie studiert, ihre Gesten gelesen, still und im Verborgenen, geduldig, als seien sie alle eine große Aufgabe, für deren Bewältigung eine wie sie eine gute Vorbereitung brauchte.

Es muss an einem dieser Abende gewesen sein, als Anne das Rotweinglas ansetzte und ihr Blick den von Elke streifte. Und vielleicht wären ihrer beider Leben nie enger verbunden gewesen als durch diesen flüchtigen Kontakt, aber dann hatte dieses dicke Mädchen, das im Gesicht immer noch wie ein Kind aussah, plötzlich vor der Sesselgruppe gestanden.

»Hallo.« Sie räusperte sich. »War ein tolles Konzert.« Ein paar blickten sie an, blickten an ihr herab, ihrer Masse, ihrer Blässe, ihrer traurigen Naivität. Schulle schenkte ihr ein geschmeicheltes Lächeln, dann redete er weiter mit dem Groupie, das neben ihm saß. Elke senkte den Kopf, und es wirkte so, als habe sie sich das, was sie sagen wollte, lange überlegt.

»Ihr seid echt 'ne lustige Runde.«

Kurz verstummten die Gespräche, da beugte Martin sich in die Stille nach vorn, aschte ab, lächelte und sagte: »Na, du aber auch!«

Vielleicht sind es jene Momente, in welchen das Schicksal oder der Zufall entscheidet, auf welcher Seite des Netzes der rotierende Matchball landet. Elke entschied den Punkt für sich, obwohl alles, die ganze Situation damals, die Scham und die Peinlichkeit dagegen sprachen. Anne hatte es erst sehr viel später verstanden, so wie sich die meisten Dinge erst mit einem gewissen zeitlichen Abstand erklären – als wäre die Entwicklung schon vorbestimmt in dem Moment, in dem das Geschehen in Gang gesetzt wird, und keiner hatte es wahrnehmen, geschweige denn vorhersehen können.

»Ihr seid echt 'ne lustige Runde.«

»Na, du aber auch!«

Das Gelächter hatte sich wie ein Flächenbrand ausgebreitet – von der Clique, den Fans, den Groupies bis zu den Jungs am Kickertisch. Elke war rot angelaufen, aber sie war nicht weggegangen. Sie war einfach stehen geblieben, hatte Martin angesehen, nicht böse oder wütend, sondern beinahe dankbar, als habe er ihr soeben ein schönes Kompliment gemacht, erst dann hatte sie sich umgedreht und war gegangen.

Nach dem Vorfall hatte sich Martin zu ihr gebeugt, sie auf die Wange geküsst und ihr grinsend ins Ohr geflüstert: »Was für 'ne Trulla.« Und es dauerte nicht lange, dann drehte sich das Gespräch zwischen Zigarettenrauch und schlecht gemixtem Cuba Libre wieder um Mick Jaggers Drogenkonsum.

Anne drückte ihre Zigarette im Aschenbecher aus und sah zu, wie sich die letzten Rauchfäden nach oben webten. Sie hatte Elke an jenem Abend hinterhergeblickt, und vielleicht hatte sie ihr sogar ein bisschen leidgetan. Sie kannte Mädchen wie dieses. In der Klasse ihrer Berufsschule gab es genug davon. Billig gekleidete, ungesund aussehende Mädchen mit trostloser Zukunft, die umso härter und verzweifelter kämpften um etwas, von dem sie dachten, es müsse ihnen zustehen.

»Na, wir haben heute aber 'nen Zug?« Marilyn nahm ihr das leere Glas aus der Hand.

»Hatte 'nen harten Tag.«

»Kenn ich. Nimmste noch einen?«

»Mhm.«

Marilyn stieß mit ihr an, sie fuhr sich durch die Haare, ihr Lidstrich verrutschte etwas, dann zwinkerte sie ihr zu, als wäre sie eine gute Freundin, und plötzlich hätte Anne ihr gerne alles erzählt, die ganze Geschichte, von Anfang an, genau hier zwischen diesen ganzen verfickten Rumhäng-Provisorien, den Flohmarktsesseln und den bunten Seidentüchern aus Indien, die über die Lampen gehängt waren, bis Marilyn ein Pflaster geholt, »Is nur 'n Kratzer« gesagt hätte, oder »Heul dich mal richtig aus, Schätzchen, dann musst du weniger pinkeln«.

Aber Marilyn stand bereits wieder an einem der Tische.

Anne verkreuzte ihre Arme über dem Tresen, legte ihren Kopf darauf und folgte den Lichtflecken, die die Discokugel, die über der Bar hing, an die Wand warf.

»Alles hat einen Anfang und ein Ende«, hatte ihr Vater einst zu ihrer Mutter gesagt, bevor sie in den Zug gestiegen waren, nach Bonn, bevor die Zugtüren zufielen, bevor ihr Bruder und sie sich die Kindernasen an der Scheibe plattgedrückt hatten und ihr Vater auf dem Bahnsteig dennoch immer kleiner wurde. Es war der beknackteste Satz, den sie kannte, sie hatte sich beeilt, ihn zu vergessen – und den, der ihn gesagt hatte. Und als sie Martin kennenlernte, war es endlich so weit.

Sie war damals in der Disco gewesen, die man in einer alten Industriehalle aufgezogen hatte und von der man wusste, dass der Alkohol billig und die Musik gut war. Eine Kollegin aus der Berufsschule hatte sie versetzt, also war sie allein gegangen mit dem Vorsatz, sich zu betrinken. Und das hatte sie getan, genauso konsequent wie immer. »Fokus«, hatte sie zu Martin gesagt, als er sie an ihrem ersten gemeinsamen Morgen gefragt hatte, warum sie sich so abgeschossen hatte. »Fokus. Nich Krokus. Das Ziel direkt ansteuern, anstatt planlos herumzuschwirren.«

Sie hatte sich an einen der angerosteten Stahlträger gelehnt, die Disco war voll mit jungen Leuten. Sie hatte ihnen zugesehen, wie sie lachten, redeten und tanzten. Es waren so viele da, dass es nicht auffiel, dass sie alleine war. Sie hörte ihre Stimmen, ihre Geschichten.

»Hast du's schon gehört: Lizzy is jetzt wieder Single.«

»Was? Ehrlich?«

»Ja, Eric hat sie betrogen …«

»Und da hat sie gleich Schluss gemacht?«

»Wieso?«

»Ach komm, jeder parkt doch mal in der falschen Garage.«

»Alter, war das ne geile Woche in Spanien.«

»War Tim auch dabei?«

»Nee, seine Mutter hat's verboten.«

»Was, warum das denn?«

»Er hat doch vor 'ner Woche ihr Auto zu Schrott gefahren.«

»Das is ja mal Scheiße.«

»Das mit dem Auto?«

»Nee, das mit Spanien.«

Sie hatte an diesem Abend alles durcheinandergetrunken: Bier, Wein, Rum Cola und eben Gin Tonic, aber irgendwann hatte sie ihr Glas abgestellt und war mitten hineingegangen, mitten hinein in die anderen. Das Stroboskoplicht schoss seine Blitze in das Dunkel der Halle. Sie überließ sich den wummernden Bässen des Technos, und es war nicht mehr sie selbst, die entschied, wie sich ihr Körper bewegen sollte, es war die Menge der Tanzenden. Sie tauchte darin ein, und manchmal, kurz, wenn die Laser hektisch auf Körper trafen, dann blitzten im Dunkel des Nebels Bilder auf: der glitzernde Träger eines Tops, silberne Riesenohrringe, das Stück Polokragen unter einem rasierten Nacken, Arme, die in der Luft schwebten, dunkle Flecken in der Achselhöhle eines T-Shirts. Sie schloss ihre Augen, sie spürte, wie Hände sie streiften, kurz nur, aber in diesen flüchtigen Momenten nahm sie alles mit – den Geruch der anderen, deren Haut, deren Leben. Der Rhythmus der Musik hämmerte alles aus ihrem Kopf, sie spürte die Hitze und

Wärme der Körper um sich herum, ihr war schwindlig und schlecht, und sie war glücklich.

Irgendwann wurden die Tanzenden weniger, es war schon spät, aber sie wollte nicht gehen, jetzt noch nicht, aber dann hatte sie sich doch auf die alte Holzbank gesetzt, neben das Fass, das aussah wie eine ausrangierte Mülltonne von 1920. Man hatte es mit Sand aufgefüllt und zum Aschenbecher umfunktioniert. Sie zündete sich eine Zigarette an, und noch eine, blickte in den Raum, ohne etwas wahrzunehmen, und als die Tanzfläche irgendwann fast leer war, spürte sie die ganze Macht des Alkohols. Sie wusste oder hoffte, sie müsste nur etwas warten, dann wäre es wieder vorbei, dann könnte sie aufstehen, woanders hingehen, weitertrinken, aber plötzlich tippte sie jemand an den Arm.

»Na, Süße, soll ich dich nach Hause bringen?« Er war klein, untersetzt und hatte nur wenig Barthaare, obwohl er älter aussah als achtzehn. Er fuhr sich genüsslich übers Kinn, und jetzt erst verstand sie, dass er nicht vergessen hatte, die paar spärlichen Stoppeln zu rasieren, sondern sie stolz zur Schau trug. Sie schüttelte den Kopf, nein danke, sah auf seine Barthaare, stellte sich seinen Pimmel vor und dachte an die ausgedörrte Vegetation in der Wüste. Er lächelte noch einmal, als habe er ihre Reaktion erwartet, und dann setzte er sich wie selbstverständlich neben sie und musterte sie von oben bis unten. Sie wollte protestieren, aber es kam ihr kein Wort in den Sinn, sie atmete auch nicht ein, um zum Sprechen anzuheben. Es war, als wäre mit einem Mal alle Kraft aus ihr verschwunden, und so blieb sie sitzen und blickte einfach weg. Er begann zu reden und Fragen zu stellen, sie hörte nicht zu, aber je mehr der murmelnde Gleichklang seiner Stimme neben ihr waberte, umso schlechter wurde ihr. Und als er dann seinen Arm um sie legte und sie seine Schalterbeamten-Hand plötzlich an ihrer Brust spürte, konnte sie es nicht mehr halten. Sie beugte sich nach vorne und kotzte. Ein erster Schwall, auf ihre Schuhe. So hatte sie im ersten Moment gedacht, aber es waren nicht ihre, es waren seine, sie konnte noch die drei Streifen sehen, *Adidas* wahrscheinlich, neu wahrscheinlich, teuer wahrscheinlich, sie wollte lachen, aber ihr Magen war nur ein einziges Würgen. Mit beiden Armen umklammerte sie ihren Oberkörper und starrte mit gesenktem Kopf nach unten, sie hörte sein Zischen, seine Sneaker verschwanden hastig von der Bildfläche am Boden vor ihr, sie konnte gerade noch sehen, wie ein bleiches Stück Pommes, das vorher in ihrem Magen gelegen hatte, langsam am Schnürsenkel seines Schuhs hinabrutschte. Es sah unsagbar traurig aus, und irgendetwas daran erinnerte sie an ihr Leben, aber bevor sie in Selbstmitleid verfallen konnten, spürte sie, wie er seinen Körper spannte, wie er ausholte, »Du Schlampe, hast du sie noch alle?«, und es war ihr egal, ein bisschen wartete sie sogar auf die Wucht des ersten Schlags, das Platzen der Adern, die flache Hand auf ihrer Haut, sie starrte in die Leere der Halle, es würde sein wie beim Tanzen zwischen all den anderen, nur eben schneller und härter. Aber sein Körper kippte plötzlich nach hinten, offensichtlich zog ihn gerade jemand weg, sie hörte eine andere Stimme, »Ey, verzieh dich, du Honk«, und das hatte ihr gefallen, weil sie genau das Gleiche früher immer zu ihrem kleinen Bruder gesagt hatte, aber bevor sie weiterdenken konnte, kündigte ihr Magen die nächste Ladung Pommes mit Mayo und Ketchup retour an. Eine Hand hielt ihr eine leere Sektflöte hin, sie kotzte hinein, und als das nicht reichte, nahm jemand ein leeres Cocktail-Glas und hielt ihr das hin, und dann ging es, und eine Sektflöte und drei Cocktail-Gläser später war es vorbei. Sie hatte sich mit dem

Handrücken über ihren Mund gewischt und mit der anderen versucht, ihre Haare von der Stirn zu streichen, an der sie klebten. Sie war rot geworden und hatte sich geschämt, sie traute sich nicht, dem, der jetzt neben ihr saß, in die Augen zu blicken, sie konnte nicht einmal *danke* sagen, weil sich ihre Speiseröhre noch anfühlte wie eine einzige brennende Pipeline. Der Versicherungsvertreter hatte schon längst das Weite gesucht, und jetzt saß jemand neben ihr, der nicht quatschte, sie nicht betatschte, der so ruhig und zufrieden auf die Tanzfläche blickte, als wäre nichts passiert, als kennten sie sich schon seit Jahren, als säßen sie unter dem Dach eines Zirkuszeltes und sähen sich gerade den Auftritt der Seiltänzer an. So hatten sie sich kennengelernt. Anne und Martin.

Irgendwann, als die Discokugel aufgehört hatte, sich zu drehen, als der künstliche Nebel in die Nacht verschwunden war und die Trapezschaukel leer hin- und herschwang, als beinahe niemand mehr in der Halle war außer ihnen beiden, war er aufgestanden.

»Was machst du jetzt?«, hatte sie hastig gefragt.

»Ich geh nach Hause.«

»Okay.« Sie hatte genickt, und dann war sie neben ihm, zum Bus, drei Haltestellen, durch die Nacht, während Neonstreifen an den Fenstern zerrten, war sie neben ihm, ein Stück zu Fuß, unter den bleichen Lichtkegeln der Laternen, ohne ein Wort, war sie hinter ihm die Laminat-Treppen des Wohnheims hoch, bis in sein Zimmer, »Hier wohnst du also«, »Ja«, war sie einfach mitgegangen – als gehörten sie jetzt zusammen.

Anne richtete sich auf und drückte ihr Rückgrat durch. Vor der Dartscheibe wurde gejubelt, sie drehte sich um, Synthesizersound erklang, Zahlen blinkten. Sie stützte ihren Kopf auf der Hand ab und blickte zu der Gruppe, ohne etwas zu sehen.

»Mein Mitbewohner«, hatte Martin am nächsten Morgen auf ihren fragenden Blick hin erklärt und grinsend auf die Wand gezeigt. »Ein Top-Typ!«

Das *Knight-Rider*-Plakat hing direkt neben dem Bett aus Kiefernholz, ein wenig zu nahe an der Dartscheibe, deshalb hatte David Hasselhoff schon ein Loch in der Stirn gehabt, und die Reifen des Superautos hatten ausgesehen, als sei eine Gang aus Gropiusstadt daran vorbeigelaufen. Er hatte sich immer geweigert, es abzuhängen oder wegzuwerfen, auch als sie beide schon längst mit ihrer Ausbildung fertig waren.

»Ey Mann, du bist doch nicht mehr siebzehn«, hatte sie eines Tages gesagt, und er hatte genickt.

»Heb's ja auch nur auf…«

»An der Wand?«

»Na, für später mal…«

»Ach so…« Sie hatte ironisch gelächelt.

Plötzlich war er ganz nahe gekommen, hatte seinen Arm um sie gelegt.

»Für unsre Kids, verstehste.«

Es war nicht klar, ob er es ernst meinte oder nicht, es war auch nicht wichtig. Er hatte gegrinst, ein klein wenig spöttisch, aber vor allem mit diesem Leuchten in den Augen, von dem sie immer geglaubt hatte, es gelte nur ihr, und von dem er wusste, dass es ihr den letzten Stecker zog. Anne spürte, wie sich ihr Bauch zu einem warmen Klumpen zusammenballte. Zwei, drei Sommer hatte sie unter dem Plakat verbracht, im Bett liegend, rauchend und trinkend, die Fenster offen, im sechsten Stock des Lehrlingswohnheims.

Anne begann jetzt zu trinken, hastige Schlucke, aber es

dauerte nicht lange, dann breitete sich Kälte und Ruhe aus. Kälte und Ruhe.

Sie wusste nicht mehr, wann es angefangen oder wann es aufgehört hatte. Sie hatten sich wieder einmal gestritten, wie so häufig in letzter Zeit. Es ging um das Geld, das sie nicht hatten, und um die Verantwortung für Marie, von der er glaubte, dass sie nicht zu ihm passe. Martin hatte von der Tischlerei gesprochen, die er bald übernehmen würde, und da hatte sie es ihm gesagt, kalt ins Gesicht, dass sie seine lächerlichen Träume nicht mehr hören könne. Sie hatte seine Sachen zusammengepackt, hatte ihm die Tasche auf den Tisch gestellt, er hatte dagesessen wie gelähmt, und auf den Reißverschluss der Tasche, zwischen die Henkel, hatte sie das Schmuckkästchen aus Samt gestellt. Die Kette darin war aus Silber und hatte einen kleinen herzförmigen Anhänger, der mit winzigen Strasssteinen besetzt war. Er hatte sie bei Tchibo gekauft oder geklaut, es war nicht wichtig, sie war nicht besonders wertvoll, aber sie hatte die Kette geliebt und sich immer wieder die Beschreibung in dem kleinen Beiheft durchgelesen, dessen Papierränder vergoldet waren: »Pavé-gefasste Zirkonia«, stand dort, »schmücken die Vorderseite des Herzanhängers und präsentieren sich in den schönsten Farben.«

Er hatte sie ihr zu Maries Geburt geschenkt, vor einem Jahr. Sie war erschöpft gewesen damals und müde, er hatte ihr die Kette um den Hals gelegt und den Schweiß von der Stirn gewischt, dann hatte er Marie auf den Arm genommen, und sie hatte sehen können, dass er verrückt gewesen war vor Freude.

Nach dem Streit hatte sie vier Wochen gewartet. Dann hielt sie es nicht mehr aus. Sie hätte ihn anrufen, sich mit ihm verabreden können, aber sie tat es nicht, sie war geradewegs hierher gekommen, weil sie wusste, dass die Band ein Konzert gespielt hatte. Und tatsächlich stand er an der Bar. Sein Blick war seltsam leer, aber als er sie bemerkte, flackerte kurz etwas darin auf.

»Hallo.«

Er antwortete nicht, setzte nur das Bierglas ab, dann steckte er die Hände in die Hosentaschen und sah sie ausdruckslos an.

Sie hatte in ihre Tasche gegriffen, das Foto gefühlt, das letzte Ass. Sie hatte es vor einer Woche geschossen, extra für ihn. Sie hatte dem Kind den letzten grauen Kapuzenpullover angezogen, den sie von ihm noch gefunden hatte, und es auf das Sofa gesetzt. Sie hatte der Kleinen die Matchboxvariante von David Hasselhoffs Superauto K. I. T. T. in die Hand gedrückt, gewartet, bis das Kind lächelte, und auf den Auslöser gedrückt. Sie hatte gehofft, es würde ähnlich süß und zerbrechlich aussehen wie auf den Babybildern dieser berühmten Fotografin, die winzige Neugeborene in lustigen Kostümen auf großen Händen liegend ablichtete. Aber Maries Kopf sah einfach nur aus wie ein kleiner, rosafarbener, zerknautschter Stoffball mit zu großen Ohren und zu wenig Haaren, der in einer weichen Masse aus grauer Baumwolle versank.

Er hatte an ihr vorbeigestarrt, und sie hatte gewusst, dass es diesmal schwer werden würde, aber sie hatte das Foto fest in der Hand, als plötzlich jemand Fremdes an sie herantrat. Anne hatte gelächelt, irritiert vielleicht, oder ängstlich, sie hatte in ein Gesicht gesehen, ohne zu verstehen. Es sah aus wie aus Porzellan gemacht, mit einem Rahmen aus schwarz glänzenden Haaren und einem Kindermund. Es lächelte sie an, seltsam fremd, beinahe feindlich, und da erst erkannte sie, wen sie vor sich hatte.

»Hallo, wie geht's?«

Elke musste mindestens zwanzig Kilo abgenommen haben, sie trug eine gut sitzende Jeans, ihre Haut war leicht gebräunt, das Shirt hatte verspielte Volants an den Armen und ein romantisches Lochmuster.

»Gut«, hatte Anne geantwortet, vielleicht, sie wusste es nicht mehr, vielleicht hatte sie auch nichts gesagt, sondern nur auf die kleine Mulde zwischen Elkes Schlüsselbeinen gesehen, den glitzernden Stein, der sich unter ihrem ruhigen Atem hob und senkte. »Pavé-gefasste Zirkonia«, hatte sie gedacht, während die Geräusche um sie herum plötzlich verstummten und ihre Finger das Foto von Marie losließen, »Pavé-gefasste Zirkonia schmücken die Vorderseite des Herzanhängers und präsentieren sich in den schönsten Farben«.

»Ich nehm noch einen?« Sie hielt Marilyn, die gerade hinter den Tresen gelaufen war, am Arm fest.

»Bist du sicher?« Ein leichter Schatten huschte über Marilyns altes Puppengesicht.

»Ja.« Anne spürte, wie ihre Stimme schwerer wurde, aber sie sah nicht auf die Uhr, weil sie wusste, dass es selbst jetzt für ein schlechtes Gewissen zu spät war, dass es immer zu spät war.

»Wartet zu Hause wohl keiner auf dich, was?«

Sie dachte an Marie und die Nachbarin, die sich hatte überreden lassen, auf sie aufzupassen, dann schüttelte sie den Kopf: »Nee.«

Und nachdem Marilyn ihr ein volles Glas hingestellt hatte und wieder im Halbdunkel des Klubs verschwunden war, legte Anne den Kopf zwischen die Arme auf den Tresen, sie schloss die Augen, die Fenster waren weit geöffnet, im sechsten Stock des Hochhauses, die nächtlichen Geräusche der Stadt flirrten durch das Zimmer, sie lag auf dem Bett aus Kiefernholz, der

Herzanhänger hatte sich in ihren Haaren verfangen, aber sie merkte es nicht, über ihr bewegte sich eine Ecke des Plakats durch den Luftzug leicht, David Hasselhoff lächelte jetzt, und Martin summte leise einen *Tote-Hosen*-Song, während er die leeren Bierflaschen vorsichtig unter die kleine Spüle im Zimmer stellte, um sie nicht zu wecken.

Paradies

Herbert war betrunken. Es war nicht zu überhören. Die Worte glitten ihm unter der Zunge weg wie Teichkarpfen unter der Hand. Je mehr man sich bemühte, umso verkrampfter wurde man und umso schwieriger wurde es, die glitschigen Dinger festzuhalten.

»s'horst.«

»Wie bitte?«

»Krlshorst.«

»Karlshorst?«

»Hmpf.«

Fritzsche blickte zum Roten Rathaus. Es hing über der Wohnzimmertür, auf einem Wandteller aus Keramik, darunter stand »Berlin – Hauptstadt der DDR«. Er hatte das Stück bei einem Altwarenhändler gekauft, kurz nach der Wende, irgendjemand hatte aus dem Wandteller eine Uhr gemacht. Es war halb eins.

»Was sollen wir da?«

»Tzn.« Herbert atmete tief ein, das Sprechen schien ihm schwerzufallen.

»Du möchtest mitten in der Nacht zum Tanzen nach Karlshorst.«

»Rstr Mai.«

»Heute is der erste Juni, Herbert.«

»Nein!« Das kam klar, deutlich und verzweifelt. Irgendwo im Hintergrund klirrte eine Flasche. »Du redsssss Blech.«

Fritzsche zog den Hörer des Telefons näher ans Ohr. Herberts Atem ging jetzt schwer. »Diskutiere niemals mit jemandem, der drei Liter Vorsprung hat«, hatte Klara einmal gesagt, als er, so besoffen wie Herbert jetzt, darauf bestanden hatte, dass im Tierpark Paviane geklaut worden wären. Es hatte eine helle Aufregung gegeben damals, es hatte in allen Zeitungen gestanden, und natürlich waren es Papageien gewesen, keine Paviane. Wie auch immer, irgendwelche Knalltüten, denen der Fall der Mauer zu Kopf gestiegen war, hatten beschlossen, die bunten Dschungeltauben zu klauen, und vielleicht hatten sie sie wenig später umgetauscht, auf dem Schwarzmarkt, 2:1, zwei Papageien gegen 'ne schöne blaue Fliese, und wahrscheinlich hatten sie sie auch losbekommen, weil die Leute damals kauften wie blöde, ob sie es brauchten oder nicht, Kassettenrekorder, Barbies, Hauptsache schön bunt oder laut, und der Papagei war sogar beides. Das war Sommer 1990 gewesen, aber jetzt war jetzt. Und das hatte auch Herbert nicht vergessen, nur weggesoffen mit aller Beharrlichkeit. Und deshalb wollte er jetzt auch tanzen gehen, Karlshorst, erster Mai, obwohl es eine Ewigkeit her war, dass sie das letzte Mal dort waren.

Damals hatte die Kapelle Verspätung gehabt, war liegengeblieben, mit dem Wartburg auf der Straße oder mit ein paar Tanzmäusen im Bett, so genau wusste es keiner, aber die Zeit musste überbrückt werden, irgendjemand hatte einen Plattenspieler besorgt, es traute sich nur keiner, die schwarzen Scheiben aufzulegen, außer Herbert, und dann hatten sie doch gestaunt, damals, wie Herbert die Leute zum Tanzen brachte, wie der kleine, dicke Mann mit den vernarbten Händen, die schon ein halbes Leben Eisenteile zusammenschweißten, plötzlich seine Hüfte schwang, leicht und elegant, und als ihn später eine kuschelige Blondine gefragt hatte, wie er heiße, hatte er wie selbstverständlich geantwortet, sein Künstlername sei »flotte Rille«.

»Ws mchst du heut Abend?« Herbert bekam Schluckauf.

Wenn man das abzog, den Schluckauf, Herberts Alter und seine Nierensteine, dann klang es, als habe sich »flotte Rille« gerade Pomade ins Haar geklatscht, als überlege er sich, was man heute noch anstellen könnte, mit der Nacht, den Mädchen, den Lichtern und der Hitze, die sich zwischen den Häuserwänden und zwischen seinen Herzklappen staute.

»Ich seh mir Nachrichten an«, antwortete Fritzsche.

»Im Frnsher?«

»Nee, im dritten Stock vom KaDeWe.«

»Dein Frnsher is im Arsch.«

»Du bist im Arsch, Herbert, nich mein Fernseher.«

Herbert schnaufte verärgert.

»Schwarz-weiß!«

Es klang wie ein Vorwurf.

»Na und?«

»Ohne Ton!«

»Is nich das Schlechteste.«

Herbert machte eine Pause. Auf dem Bildschirm vor Fritzsche tauchte jetzt ein Reporter auf, im Hintergrund war der leere Sitzungssaal des Bundestags zu sehen, der Name des Reporters wurde eingeblendet, sein Mund öffnete und schloss sich, stumm und langsam, wie das Maul eines Teichkarpfens.

»Weißt du was«, Herberts Stimme hörte sich weinerlich an, »Karl …«, dann brach er ab.

Fritzsche hätte jetzt gerne aufgelegt, gesagt: »Ich lege jetzt auf, Herbert«, aber er hielt den Hörer weiter an sein Ohr und tat nichts.

Sie hatten beinahe gleichzeitig ihre Lehre angetreten, Herbert und er, hatten Ferien gemacht im Lehrlingsheim an der Ostsee, jahrelang unzählige Triebwagen repariert, Räder und Antriebssysteme überholt, sogar im Werk übernachtet, '65, als endlich die Kolbenverdichter kamen und die Schmiedehämmer wieder in Betrieb gehen konnten, sie hatten ganze Baureihen gewartet und sich ab und zu lustig gemacht über die unbeholfenen Rhythmus-Versuche der Maschinisten in der *Volkstanzgruppe*, die Karger, der Gewerkschaftsfunktionär, mit sozialistischem Eifer ins Leben gerufen hatte.

Fritzsche richtete sich auf dem Sofa auf. Am anderen Ende der Leitung immer noch Schweigen. Er legte den Telefonhörer mit der Muschel nach oben auf den Tisch und zog mit der freien Hand die Fernsehzeitung heran. Bei einem Interview hielt er mit Blättern inne. Ein bekannter Ost-Schauspieler, der früher in Komödien gespielt hatte. Er musste so alt sein wie sie beide jetzt, Herbert und er. Blendend weiße Zahnreihen. Ein Zitat war als Zwischenüberschrift in den Text geschoben: »'89/90 – das waren die Jahre, in welchen sich für uns alle und für immer das Leben änderte – in einer Weise, die wir uns selbst in den wildesten Träumen nicht hätten vorstellen können.« Über die Seite waren Fotos verteilt, man sah ihn bei der Jugendweihe, im Theater, zuletzt mit seiner Frau und einem Hund, lächelnd, vor einer Finca auf Mallorca. Darunter stand: »Unser größter Traum ist wahr geworden.«

Aus dem Telefon war das Klirren von Eiswürfeln zu hören. Fritzsche klappte die Zeitung zu.

1990 war das Jahr, in dem sogar noch die neuen Maschinenteile angeliefert wurden, aber schon damals hatten Herbert und er geahnt, dass es nicht mehr lange gut gehen konnte, dass sie ihre Arbeit verlieren würden, obwohl niemand genau gewusst hatte, wann oder wer zuerst, oder was die Zukunft bringen würde.

Vier Jahre später wurde die Reichsbahn in die Deutsche Bahn eingegliedert, und sie hatten auf billigen Pressspanmöbeln gesessen, zwischen grauem Linoleumfußboden und Katzenkalendern, und mussten einer Frau, die ihre Tochter hätte sein können, idiotische Fragen beantworten, und jedes Wort, das aus seinem Mund kam, war ihr eine Notiz wert.

»Wo haben Sie gearbeitet, Herr Fritzsche?«

»Im RAW Schöneweide.«

»Ah ja, Schöneweide.« Notiz.

»Was können Sie denn besonders gut?«

»Schweißen.«

»Hm, Schweißen.« Notiz.

»Gibt es ein Arbeitsumfeld, wo Sie sagen würden: Da fühle ich mich aller Voraussicht nach und in Anbetracht meiner Fähigkeiten gut aufgehoben.«

»In der Zentralschmiede.« Er machte eine Pause. »Im RAW.«

»Hm, im RAW.« Notiz. Sie hielt inne, irritierter Blick zu ihm, künstliches Lachen, dann strich sie ihre Notiz wieder durch. »Das gibt's ja jetzt nicht mehr.«

»Ah ja«, er imitierte ihren Tonfall, dann tat er so, als mache er sich eine Notiz.

Das Ganze hatte sich »Stärken-Schwächen-Analyse im Rahmen der Wiedereingliederung« genannt und war ungefähr so sinnvoll gewesen wie ein Tripper.

»Karl?«

»Herbert.«

»Bist du noch wach?«

»Nein.«

Herberts Stimme war immer noch belegt. »Du könnst ruhig 'n bisschen netter sein.«

»Kann ich mir nich mehr leisten, Herbert.«

»Hm, versteh ich doch, Karl, verseh ich … doch …« Der Schluckauf kam zurück.

»Wie gehs eigtlich der Tucke?«

»Du meinst Thorsten?«

»Hm.«

»Haben jemand anderen geschickt.«

»'ne Frau?«

»Hm …«

»Doppel-D?«

»Vergiss es, nich mal ein A.«

»Seisse.«

Er würde Herbert nicht sagen, dass es eine Türkin war. Herbert hasste Türken, er war der Meinung, dass sie an der Wiedervereinigung schuld waren und daran, dass er nach der Wende keinen Job mehr bekommen hatte, dass er jetzt Rentner war, und insgeheim gab er ihnen wahrscheinlich auch die Schuld an seinen Nierensteinen. Dabei hatte er ihm schon tausendmal erklärt, dass die Türken die letzten waren, die was dafür konnten, aber Herbert ließ sich nicht abbringen.

Die junge Pflegerin hieß mit Nachnamen Izmik oder so ähnlich, sprach sehr gut Deutsch, und genau das war das Problem – sie redete ununterbrochen.

Manchmal ertappte er sich, wie er sich Thorsten zurückwünschte. Der Popiekser hatte die Maße zwei mal zwei Meter, aber er war rumgelaufen, als habe er rohe Eier unter den Fußsohlen. Auch er redete nicht wenig, vor allem humorloses Betroffenheitsgesülze. Und er machte einen Englischkurs. »Less for more, Herr Fritzsche, nur 15 Minuten Ausdauersport am Tag können dazu beitragen, die Lebenserwartung von Diabetikern um bis zu drei Jahre zu verlängern.« Einmal hatte Fritzsche es nicht mehr rechtzeitig zum Klo geschafft, die Pisse war ins Sofa gesickert, es war ihm peinlich gewesen, und die Tucke hatte tatsächlich eine Augenbraue gehoben und gerufen: »Shame on you! Go and try again!«

Er hatte den Kopf gesenkt und sich vorgestellt, wie zwei Mann eine *Dicke Bertha* in Thorstens Arsch rammten, und ihm, Fritzsche, dann freundlich zunickten, damit er sie abfeuerte.

Sie waren jetzt abhängig, Herbert und er, von anderen, sie führten ein Leben, von dem sie sich nie hatten vorstellen können, dass sie es führen würden. Aber so lief es nun mal.

»Herbert?«

»Hm …«

»Ich lege jetzt auf.«

»Karl?«

»Was ist denn noch?«

»Manchmal, da, da denke ich, wir sin' immer ganz dicht dran am Paradies … aber wir schaffen's nie, oder? Karl? … Karl?«

2006

Wale · Teneriffa · Porzellan · Plastiktulpen · Der Geist Hindenburgs Fischfilet · Ali vs. Frazier · Blitzkrieg Arktis · Die Tiere Afrikas · Speisecafé Süd · Des Lebens Faden · Tom und Jerry · Ödeme · Zuhause Mütze · K. o. · Das letzte Geheimnis · Nebelkrähen Winterschlussverkauf I · Winterschlussverkauf II Der letzte Mieter

Wale

Er stand wie immer am äußersten Rand des kleinen Felsens. Die Luft war klar und kalt, er atmete tief ein, es roch nach feuchter Erde, nach Kiefern und Harz. Er sah auf die Schienen hinunter, die an diesem Punkt eine scharfe Kurve machten. Der Felsen fiel hier jäh ab, die Stelle war ideal, und er musste nicht lange warten. Das feine Surren in der Luft wurde lauter, die Wipfel der gegenüberliegenden Bäume bewegten sich leicht. Fritzsche drehte seinen Kopf nach links, die weiße Farbe des ICEs schimmerte jetzt durch die Baumstämme. Von irgendwoher drang John Lee Hookers *No Shoes* durch die dicht stehenden Tannen bis zu ihm. Es war so weit. Er schloss die Augen, das Surren wurde zu einem dunklen Raunen, lautlos begann er zu zählen, eins, zwei, er spürte die Kraft, die auf ihn zuraste, bei »drei« trat er den letzten Schritt nach vorn.

Die Fernseher waren groß, das war mal sicher. So große Bildschirme hatte sie noch nie gesehen. Und jetzt waren sie blau, ganz und gar blau. Die ganze Reihe bis vor zum Lift, alles voller Wasser. Als sie die ersten Schnalzlaute und das darauffolgende Quieken hörte, zuckte Marie zusammen, dann sah sie sich um, aber niemand hier schien es gehört zu haben. Bis auf den Verkäufer im blauen Hemd und die alte Oma, die bei den Waschmaschinen stand, war aber auch keiner da.

Sie drehte sich wieder zu den Fernsehern.

Es dauerte nicht lang, dann kamen sie von rechts in das erste Bildschirmfenster geschwommen. Ein wenig später dann auch im zweiten. Sie sahen schön aus und waren groß. Man konnte jetzt in jedem Fenster die gleichen Schwanzflossen sehen. Die ganze Reihe entlang. Bis vor zum Lift. Sie schwammen sogar über die Werbebanner. TV + Heimkino + SAT. Gespannt folgte sie den eleganten Bewegungen der riesigen Lebewesen, ihr Schulranzen kippte von der Lederbank, aber sie achtete nicht darauf.

Er spürte seinen Atem nicht mehr, nur den Puls in seinen Ohren. Um ihn herum war nichts. Nur Dunkelheit. Tiefe, schöne, satte Dunkelheit. Die letzten Töne von Hookers rauchiger Stimme verhallten – irgendwo in einem weiten, fensterlosen Raum –, aber es dauerte nicht lange, dann spürte er die Wolldecke in seiner Hand, dann konnte er die Deckenlampe einordnen, die über seinem Sofa hing: robustes Glas, leicht bräunlich getönt, VEB Rosa Luxemburg.

Er stand nicht sofort auf, sondern lag noch eine Weile ruhig da. Das Licht des anbrechenden Tages sickerte langsam durch die geschlossenen Gardinen in das Wohnzimmer. Fritzsche hörte sein Herz schlagen, und die Schatten des Waldes verblassten hinter seinen Lidern.

»Wale sind Säugetiere und atmen durch Lungen. Sie kommen in allen Weltmeeren vor und sind die größten und schwersten Tiere der Welt. Ein Wal kann beim Schwimmen eine Geschwindigkeit von bis zu fünfzig Kilometer pro Stunde erreichen und über hundert Jahre alt werden.« Die Stimme des Sprechers war ruhig. Er sprach langsam, Marie mochte das, und sie versuchte, sich so viel wie möglich davon zu merken.

Er hatte die Vorhänge nicht aufgezogen und auch kein Licht angedreht. In der Küche war es beinahe dunkler als draußen. Und stickig. Irgendwo über seinem Kopf flog ein Nachtvogel vorüber. In der Wohnung über ihm rauschte eine Klospülung. Fritzsche schaltete das Radio an. Das Schlimmste, was ihm noch passieren konnte, dachte er, war nicht der Tod. Sondern eine Weihnachtsfeier im Pflegeheim.

»Der größte Wal ist der Blauwal. Er wird bis zu 35 Meter lang, und sein Herz ist so groß wie ein Auto. Die Zunge ist so schwer wie ein Elefant, seine Schwanzflosse hat die Spannweite eines Sportflugzeugs, und seine Blutgefäße sind an manchen Stellen so weit, dass ein Mensch hindurchschwimmen könnte. Er wiegt bis zu 150 Tonnen.«

Der größte Wal ist der Blauwal, dachte Marie. Der Blauwal.

Mit dem ersten Kaffee verschwand der fahle Geschmack im Mund. Die Dunkelheit hatte ihre Umarmung gelöst, er hätte sich freuen können. Im Radio sang Udo Jürgens, dass er noch niemals in New York war. Auch er dachte also über einen Aufbruch nach. *Einmal verrückt sein und aus allen Zwängen fliehen*. Er setzte die Kaffeetasse auf dem geblümten Wachstuch ab und blickte durch einen Spalt in der Gardine auf den Balkon. Die schmutziggelbe Geländerverkleidung aus Plastik war immer noch da, ein alter Freund, zuverlässig, dreckig. Ein paar Stockwerke darunter standen die Mülltonnen, und quer über die Blechverkleidung hatte jemand den Satz gesprüht, der ihm seit einiger Zeit nicht mehr aus dem Kopf ging. *Manchmal ist nach unten der einzige Weg vorwärts*.

Ganz ruhig schwebte der gewaltige Körper nach unten. Um ihn herum war Wasser, aber es hatte nicht die gleiche Farbe wie auf den Postkarten. Im Meer war jetzt Nacht, aber die Bilder machten ihr keine Angst, denn es war eine tiefe, schöne, satte Dunkelheit.

»Wenn Wale sterben, dann sinken sie langsam in die Tiefsee ab. Es soll sogar ›Walfriedhöfe‹ geben, an welchen sich die Überreste dutzender verendeter Wale angesammelt haben sollen. Wissenschaftlich ist das jedoch nicht erwiesen. Dennoch stellen die einzelnen Walkadaver, die in die Tiefsee abgesunken sind, wichtige abgeschlossene Ökosysteme auf dem Meeresgrund dar.«

Jemand tippte sie an. »Wir schließen gleich. Musst du nicht nach Hause?« Wortlos nahm Marie ihren Schulranzen, schleifte ihn am Henkel hinter sich her, auf dem weichen Teppich, den Gang entlang, während die Bildschirme über ihr plötzlich schwarz wurden, aber das machte nichts, es war alles in ihrem Kopf – die Beleuchtung auf der Verkaufsetage ging langsam aus, sie wartete auf den Lift – sogar der Meeresgrund.

Teneriffa

»Und hier einer der Klassiker des Jazz, passend zur Jahreszeit.« Anne drehte den Lautstärkeregler des Radios bis zum Anschlag und lehnte sich zurück. »In der Version von Billie Holiday.« Sie trat das Gaspedal durch, ihr Kopf wippte im Takt der Musik. *One of these mornings*, neben ihr hupte ein Lkw-Fahrer, *you're gonna rise up singing*. Anne lächelte, und während sie vor dem Monstrum einscherte, hielt sie ihren Mittelfinger in den Rückspiegel.

Heute, sie setzte den Blinker und wechselte die Spur, bliebe sogar noch Zeit für eine oder sogar zwei Zigaretten zu Hause, bevor sie das Kind vom Hort abholen musste. *Then you'll spread your wings* – sie kurbelte das Fenster hinunter, ließ ihren Arm aus dem Fenster hängen und öffnete ihre Hand, der Fahrtwind glitt ihr durch die Finger, nicht zu fassen, genau so handfest wie Glück – *and you'll take to the sky*.

Sie fuhr an der Industriebrache vorbei, die Ziegel waren von einem schönen alten Rostbraun, die Abendsonne fiel darauf und gab den Trümmern ein letztes warmes Leuchten. Hinter der Brache bog sie in die Seitenstraße, es dauerte nicht lange, und die ersten Wohnblöcke der Plattenbausiedlung zogen langsam an der Seitenscheibe vorbei.

»Das war die großartige Lady Day …« Anne schaltete das Radio aus und fuhr im Schritttempo auf den Spielplatz zu. Türkische Mütter standen in Gruppen zusammen und unterhielten sich, während sie ihre Kinderwagen immer wieder leicht vor und zurück wiegten.

Vor dem Spielplatz parkte sie ein, zog die Handbremse und drehte den Zündschlüssel um. Ein breiter Lichtstreifen fiel jetzt in das Innere des Wagens, er traf ihre Wange, Anne lächelte und lehnte sich im Sitz zurück.

»Gönnen Sie sich und Ihrer Kleinen doch mal was«, hatte die Frau im Reisebüro gesagt, »Teneriffa. Zwei Wochen. All inclusive. Kinderbetreuung ist auch dabei. Ein Doppelzimmer mit Blick aufs Meer. Die Anlage hat einen Swimmingpool, und es gibt ein tolles Sport- und Animationsprogramm.«

Annes Blick glitt an dem Sandkasten vorbei, vorbei an den Holzpferden, der Wippe, der Rutsche, zuletzt der Wiese. Dahinter und daneben reihten sich die weißen Klötze aneinander. Hundert Fenster, übereinander, nebeneinander, Satellitenschüsseln, Wäscheständer, Geranien.

»Diese Reise wird gerne von jungen Familien gebucht, es gibt genügend Kinderplanschbecken und Spielplätze.« Auf dem Gesicht der Verkäuferin hatte ein warmes Lächeln gelegen.

Im Inneren des Autos war es still, nur die Lüftung des Motors rauschte leicht. Über den Dächern und den silbrig glänzenden Antennen verblasste ein Kondensstreifen am Himmel.

Ein halbes Jahr lang hatte sie zwischen ihren Pflegejobs bei den Alten noch extra geputzt, Einfamilienhäuser in den Vororten, schwarz, weil sich eine zweite Lohnsteuerkarte nicht rechnete. Aber dann hatten sie endlich dort gesessen, Marie und sie, auf den gepolsterten Ledersesseln, zwischen den Hochglanzfotografien von fernen Inseln, der Espressomaschine und den Schokobonbons »für unsere kleinen Kunden«.

Anne kreuzte ihre Arme über dem Lenkrad, legte ihren Kopf darauf und sah durch die Frontscheibe. Zwei Jungen rannten jetzt laut rufend an der Tischtennisplatte aus Beton vorbei, Jugendliche hatten begonnen, auf dem kaputten Rasen Fußball zu spielen.

Manchmal, wenn sie erschöpft war, von der Altenpflege, dem Putzjob und der Leere in ihrem Bauch, dann schickte sie Marie hierher. Für zwei, drei Stunden. Dann wartete sie, bis das Kind auf der Parkbank saß, die sie vom Fenster des Schlafzimmers aus sehen konnte, und schloss die Wohnungstür ab. Sie mixte sich eine Piña Colada, so wie es Martin ihr einmal gezeigt hatte, und legte eine Schallplatte auf, immer die gleiche, Manfred Krug, *Greens*. Sie tanzte durch die Wohnung, bis sie nicht mehr konnte, bis sie auf dem Bett lag, atemlos, mit geschlossenen Augen, und dann ließ sie es zu, für einen Moment, nur kurz, stellte sie sich vor, es gäbe das Kind nicht. Sie spürte die Wärme des Alkohols, in der Wohnung war es still, nur das feine Kratzen der Nadel auf der Auslaufrille der Schallplatte war noch zu hören. Sie wartete auf das Klingeln an der Tür. Es würde nicht mehr lange dauern. Martin würde sie abholen und in die Disco mitnehmen. So wie früher. Er würde ein bisschen schimpfen, weil sie noch nicht fertig war, weil sie sich noch schminken musste, und sie wusste, er meinte es nicht ernst, aber sie spielte das Spiel mit, so lange, bis sie beide lachten.

Durch die Kastanienbäume fuhr eine Böe, zwei türkische Mütter riefen etwas über den Platz. Die Kinder rannten zu ihnen, lachend und schreiend. Ihre Klamotten waren voller Dreck, und sie zogen die Freiheit hinter sich her wie einen Drachen, leichtfüßig und windwild.

Anne blickte ihnen nach und richtete sich im Sitz auf. Sie würde sich in Zukunft mehr Zeit nehmen für Marie. Mit ihr reden. Sie würde ihr sagen, dass man nicht vergessen darf, das war das Wichtigste, zwischen all den Kriegsschauplätzen des Lebens das Schöne nicht vergessen. Und später, wenn Marie alt genug wäre, würde sie ihr zeigen, wie man damit umgeht, wenn man seine Tage bekommt. Sie würde ihr Schminktipps geben und zum Geburtstag vielleicht einen teuren Nagellack schenken.

Anne stieg aus dem Auto, schmiss die Wagentür hinter sich zu und lief an den Mülltonnen und Briefkästen vorbei. 150 Euro. Mehr fehlte nicht. Es wäre ihr erster gemeinsamer Urlaub.

Auf der Treppe nahm sie zwei Stufen auf einmal, die Zeit war jetzt knapp, aber heute war ihr das egal. *Summertime* …, sie ließ den Schlüssel auf den kleinen Küchentisch fallen, *and the livin' is easy* …, sie fischte sich eine Zigarette aus der Packung, steckte sie zwischen die Lippen, die Version von Billie Holiday, das war die schönste, »schöner noch als die von Ella Fitzgerald«, hatte Martin damals gesagt – lange bevor er Elke getroffen hatte –, und das war die einzige seiner Wahrheiten, die wahr gewesen und es auch geblieben war. Sie zündete sich die Zigarette an, *fish are jumping*, sie lachte, öffnete das Küchenfenster, *and the cotton is high*. Die Sonne schien ihr ins Gesicht, und als ihr Blick auf das rote Blinken an der Programmanzeige der Waschmaschine fiel, dachte sie sich nichts.

Im Auto, auf der Fahrt vom Hort nach Hause, schwieg Anne und versuchte, auf den Verkehr zu achten. Einmal hupte es hinter ihr, aber sie reagierte nicht. Sie dachte an Oehmke, den Hausmeister, wie er den Werkzeugkasten von der Waschmaschine genommen und sich an ihr vorbeigeschoben hatte.

»Kaufen Sie sich gleich 'ne neue, die gibt's schon ab 600, reparieren wäre zu teuer.«

»Aber … was ist denn das Problem?« Sie war ihm hinterhergerannt, er war auf dem Treppenabsatz stehen geblieben, und dann hatte er sie angesehen, wie alte Männer das tun, wenn sie das Gefühl haben, vor Frauen zu stehen, die jung sind und keine Ahnung haben. »Überladung, tippe ich, das hat die Lager ausgeschlagen. Kommt davon, wenn man zu viel reinpresst in so 'ne Maschine. Hat ja auch 'ne Seele, glaubt bloß immer keiner. Und irgendwann is dann eben Schluss.« Es klang, als ginge es um ihn persönlich.

Das Licht der Scheinwerfer streifte Verkehrsschilder, über ihr zerschnitten die schwarzen Oberleitungen der Straßenbahnen den Himmel in Rauten und Quadrate. Marie saß neben ihr und war still, vielleicht ahnte sie was, aber das war Anne egal. Sie hatte es ihr immer wieder eingebläut: Nur bei sechzig Grad waschen, das reicht, alles andere kostet zu viel Strom, und ja nicht zu schwer beladen. Sie hatte ihr sogar beigebracht, die Wäsche anständig zu sortieren, Buntwäsche, Kochwäsche, pflegeleicht, Wolle.

Sie ging die Treppen zu ihrer Wohnung hoch, so schnell, dass Marie kaum hinterherkam, und sie wartete nicht, bis sich das Kind im Flur die Schuhe ausgezogen hatte. Sie riss ihr den Arm nach oben, schnell und grob, die Kleine stolperte, und wäre sie zierlicher gewesen, vielleicht hätte sie sich dabei die Schulter ausgerenkt, aber das hier war Marie. Anne schleifte sie ein Stück mit, zog sie hoch und schubste sie in die Küche vor die Waschmaschine. »Wie oft habe ich dir gesagt, du sollst sie nicht vollstopfen! Hm? Wie oft?« Marie sah sie an mit weit aufgerissenen Augen, Unglauben lag in ihrem Blick und ja, Angst, vielleicht auch Angst. Wieder nahm Anne ihr Handgelenk, die Kleine wollte sich aus der Umklammerung winden, aber Anne drückte fester zu. »Na, ich hör nichts? Was hast du dir dabei gedacht, hm?« Marie sah auf die Waschmaschine, sah ihre Mutter an, die Augen in ihrem dicken, kleinen, rosa Gesicht wurden hell und klar, als wüsste sie, was jetzt kommen würde. Sie senkte ihren Kopf, und vielleicht war es diese erwachsene Haltung, dieses »sich Abfinden mit den Umständen«, was Anne so schwindlig machte vor Ärger und Wut.

Die schnellen Handbewegungen zerschnitten die Luft, es knallte kurz, zweimal, dreimal ... der kleine Kopf, dachte Anne, als sie mit ihrer ganzen Kraft zuschlug, der kleine Kopf.

Irgendwann war es vorbei. Anne richtete sich auf und sah aus dem Fenster, während Maries Handgelenk aus ihren Fingern glitt, flüchtig, wie ein Gegenstand, für den man nicht mehr genügend Kraft hatte zum Halten.

In den Häusern gegenüber brannten vereinzelt Lichter, von der Straße drang das Rattern eines Motorrads herauf. In einem der Fenster im untersten Stockwerk stand ein Mann vor dem Herd, er schwenkte eine Pfanne hin und her. Marie bewegte sich nicht, sie starrte an der Hüfte ihrer Mutter vorbei durch die offene Küchentür ins Wohnzimmer, als gäbe es dort etwas Unbegreifliches, was sie immer noch rätseln ließ. Anne hatte ihre Arme vor der Brust verschränkt und blickte über den Kopf des Kindes in das Leben gegenüber. Die Bewegungen des Mannes waren ruhig, gelassen, und es sah aus, als erzähle er etwas. Eine Frau trat hinzu, sie stellte eine Flasche Rotwein neben die Herdplatte, sie lachte, ihre Hand streifte den Rücken des Mannes. Das Licht in der Küche war gedimmt, Jazz, dachte Anne, die hören wahrscheinlich Jazz.

Und sie wusste es, ohne hinzusehen. Dass das Kind jetzt weinte. Stumm und ohne Hast. »Sieh mal«, sagte Anne, ohne ihren Blick von dem gegenüberliegenden Fenster zu nehmen, »da hören welche Jazz«. Marie antwortete nicht, sie hob nur ihren Arm, ganz langsam, wischte sich mit dem Ärmel des Pullovers erst über das eine, dann das andere Auge. Der Mann wiegte sich leicht in der Hüfte, während er etwas Rotwein in die Pfanne kippte, die Frau blieb für einen Moment hinter ihm stehen, legte ihre Wange an sein Schulterblatt, »Schöner als in der Version von Ella Fitzgerald«, dachte Anne, und sie spürte die Ruhe, ja, obwohl der Körper des Kindes sie nicht streifte, als es an ihr vorbeiging, spürte sie die Ruhe, die in der Vorwärtsbewegung von ihm ausging, als wüsste es, dass jetzt alles vorbei war.

Anne griff zu der Schachtel, sie zündete sich eine Zigarette an, dann nahm sie den Reiseprospekt, der neben dem Toaster lag, und ließ ihn in den Mülleimer gleiten.

Porzellan

»Setzen Sie sich doch«, sagte Hans ausdruckslos und zeigte auf den Barcelona-Sessel. Dann lehnte er sich zurück und legte die Hände in den Schoß, nicht jedoch, ohne die Finger zu verkreuzen. Er hatte sich die Geste einst bei Sedlitz abgeschaut, und immer wenn er Kollegen sah, deren Hände nervös die Luft neu vermaßen, dann bemitleidete er sie, vor allem dann, wenn es intelligente, ernstzunehmende Gesprächspartner waren, denn kein noch so scharfer Intellekt konnte über mangelnde Selbstbeherrschung und fehlende Eleganz in der Körpersprache hinwegtrösten.

Es war Freitagnachmittag, und wie immer begann Telge, die Agenda für die kommende Woche abzuarbeiten. Er trug einen grauen Pullunder, ein bereits leicht vergilbtes weißes Hemd sowie eine dunkle Kordhose. Wer Telge nicht kannte, hätte ihn womöglich für einen dieser kauzigen, zu früh gealterten Vatersöhne gehalten, der Keramikfrösche sammelte oder im Besitz zahlreicher Krawatten mit lustigen Motiven war, die, gleich den Jahreszeiten, das Leben auf Erden rhythmisierten und den unterschiedlichen Fest- und Feiertagen angemessen begegneten, direkt unter dem Doppelkinn. Je älter und selbstbewusster sie wurden, desto mehr Witze machten sie, die niemand witzig fand, aber auch nach Jahren merkten sie nicht, dass ihnen das Talent fehlte, selbst wenn ihr eigenes Lachen im Anzug stecken blieb. Sie konnten einem auf die Nerven gehen, sie waren im Hinblick auf ihre Karriere weniger intelligent als vielmehr fleißig, und sie waren vor allem eins: völlig harmlos. Hans lächelte, ohne seinen Blick von Telge zu heben, der immer noch mit gesenktem Kopf die Termine vorlas – aber Telge war alles andere als das. Das auffälligste Charakteristikum an ihm war tatsächlich seine völlige Ausdruckslosigkeit. Sie hatten beinahe zeitgleich ihre Habilitation beendet, Telge hielt Seminare und Vorlesungen, aber er schien überhaupt keine Ambitionen auf einen Lehrstuhl zu haben. Obwohl sie beide gleich alt waren und Telge für die Stelle eigentlich überqualifiziert war, hatte er sich bereits vor Jahren um die Stelle des wissenschaftlichen Assistenten an Hans' Lehrstuhl beworben. Und Hans hatte alles getan, damit Telges Stelle bewilligt und verlängert wurde.

Er hatte Telge kennengelernt, als er selbst noch Privatdozent war, und etwas hatte ihn in besonderem Maße für ihn eingenommen. Er hatte geglaubt, der kleine, untersetzte Kollege meide sichtbare Gefühlsregungen wie der Teufel das Weihwasser, aber mittlerweile wusste er: Telge hatte einfach keine.

Nur einmal hatte er ihn gerührt gesehen. Er war damals gerade mal ein halbes Jahr am Institut, als Hans ihn zufällig auf einer Auktion getroffen hatte. Telge hatte gerade eine seltene Schale aus Seladon-Porzellan ersteigert, die ein Lotusblattrelief zierte. Sie stammte aus einer schwedischen Privatsammlung, und Hans schätzte ihren Wert auf mindestens dreitausend Euro. Vorsichtig, beinahe zärtlich hatte Telge die halbkugelförmige, schlichte Schale nach oben gehalten, das Licht brach sich in der meergrünen Glasur, und es war einer der wenigen Augenblicke, in denen eine von Menschenhand gemachte, perfekte Schönheit zutage trat. Er war überrascht damals, »ich wusste gar nicht, dass Sie sich für die Keramik des chinesischen Mittelalters interessieren, Telge«, so viel Geschmack hatte er ihm nicht zugetraut.

Und hätte man Studenten oder Kollegen gefragt, ob sie wüssten, wer Telge sei, die meisten hätten mit einem gleichgültigen Schulterzucken oder der Frage »Wer?« geantwortet, obwohl Telge fester Angestellter des Instituts war und Seminare hielt. Wenn Telge eine Tür öffnete oder schloss, hörte und sah man diesen Vorgang nicht, man spürte höchstens einen Luftzug. Dabei löste er sich keinesfalls in Nichts auf, nein, es war schlimmer: Es war das Fehlen jeglichen Interesses an seiner Person und seinem Charakter, das ihm ermöglichte, Räume zu betreten, sich gar in Gesprächsrunden zu setzen, ohne dass man ihn wahrnahm. Hätte er nicht gewusst, dass Telge in Heidenheim geboren worden war und seine Internats- und Studienzeit in Wien verbracht hatte, er hätte angenommen, Telge sei im Führungskader für die Belange der Staatssicherheit ausgebildet worden. Schnell hatte er über Studenten oder Dozenten persönliche und mitunter diskreditierende Informationen gesammelt, die er ihm wiederum mit möglichen Ratschlägen, wie mit diesem oder jenem Kollegen künftig umzugehen sei, bei sich bietender Gelegenheit und im Flüsterton unterbreitete. Er hatte ein ganzes Verzeichnis an Geheimnissen, wusste von Beziehungen und Verhältnissen und konnte ihm eloquent darüber Auskunft geben, welche Konflikte unter der glatten Oberfläche des universitären Betriebs schwelten. Selbst vor seinesgleichen – Assistenten, die am Anfang einer wissenschaftlichen Laufbahn standen – machte er nicht halt, im Gegenteil, es schien, als seien gerade diese ihm die liebsten Feinde. Telge war das auf Erden lebende Pendant zu der griechischen Göttin Eris, an Hinterlist nicht zu übertreffen, Hans lächelte, ein Mensch, den man niemals zum Freund haben wollte – und niemals zum Feind.

Er hatte schnell erkannt, wie hilfreich Telge für ihn sein könnte, denn er hatte kein Interesse daran, wahrgenommen zu werden – im Gegenteil, seine Unsichtbarkeit war die Voraussetzung, um die Fäden im Hintergrund spinnen zu können mit eleganten, präzisen Bewegungen, er war ein geschickter Handwerker, ein Mechaniker der Macht im Mantel des Langweilers.

Sie waren ein gutes Team, und es verwunderte Hans nicht mehr, dass es Telge war, der seine gereizte Stimmung besänftigen konnte, wenn ihn Kopfschmerzen plagten oder ihm das Lesen anspruchsloser Magisterarbeiten den Rest gab. Telge wusste nur zu gut, wie er Eitelkeiten bedienen konnte, und nicht selten fand Hans dann einen wissenschaftlichen Aufsatz, der ihn anerkennend zitierte, wie beiläufig neben dem Feuilleton der Tageszeitungen liegen. Hans fuhr sich über das Kinn. Telge sah ihn fragend an.

»Die Beiratssitzung am Dienstag?«

»Ah ja …« Hans verzog den Mund.

»Ich denke, man könnte sie vernachlässigen, zumal Sie hier noch keine Sitzung ausgelassen haben.« Hans nickte.

»Für Mittwoch ist dann das Vorstandstreffen anberaumt, hier denke ich allerdings …«

»Natürlich«, unterbrach ihn Hans. Telge notierte etwas und fuhr fort.

Seit Telge für ihn arbeitete, hatte sich Hans' Karriere beschleunigt. Er musste an die letzten Jahre im Institut denken, die Anstrengungen, die ihn der Aufstieg gekostet hatte. Vorlesungen, Seminare, Aufsätze, Gutachten, Tagungen und Vorträge. Er hatte gearbeitet wie kaum ein anderer seiner Kollegen. Als Privatdozent hielt er tagsüber Seminare, sprang ein, wenn Kollegen verhindert oder Professoren unleidlich waren. Nachts schrieb er an der Habilitation. Er nahm an wichtigen Symposien teil und überarbeitete Vorträge acht- oder zehnmal, bevor er sie hielt. Manchmal ging er mit jungen begabten Kollegen ein Bier trinken, hörte gut zu, wenn es um Institutsinterna ging, und während er aufmunternd auf ihre Schultern klopfte, weil ihre Verträge als Privatdozenten nicht verlängert worden waren, fragte er sich still, ob sie wirklich so naiv gewesen waren, ihren Ehrgeiz so deutlich zur Schau zu stellen. Bereits nach kurzer Zeit traute man ihm einiges zu, sowohl an fachlicher als auch an persönlicher Kompetenz, doch weder ergriff er bei internen Konflikten Partei, noch ließ er sich auf politische Diskussionen ein, so harmlos sie auch waren. Seit seinem ersten Tag am Institut hatte er die Rituale seiner Kollegen studiert, ihre Codes analysiert, ihre Verhaltensweisen, sogar versucht, ihren Tonfall zu imitieren, und als man ihm nach der Habilitation endlich den Lehrstuhl am Institut angeboten hatte, wusste Hans, dass er alles richtig gemacht hatte. Ihn befielen nur noch selten starke Kopfschmerzen, und von ihren Geselligkeiten hielt er sich immer noch fern. Niemand hatte die Mimikry weiter getrieben, hatte es besser verstanden, sich in dieser Gesellschaft zu assimilieren, als er. Hans blickte auf. Aber erst mit Telge hatte er verstanden, das Spiel der Intrige zu durchschauen, ohne die sich kein Aufstieg bewältigen ließ. Schon früher hatte er die Überzeugung, man müsse eine Sache erst klar und entschieden abwägen, bevor man das Notwendige und Richtige tun konnte, abgelegt, doch erst durch Telge hatte er gelernt, dass es nicht um die Aufrichtigkeit einer Sache oder sich selbst gegenüber ging, sondern um geschicktes Taktieren und Finassieren, bis es so wirkte, als habe man die Entscheidung anderen überlassen. Und Hans hatte verstanden, dass auch Telge kein Interesse daran hatte, im akademischen Mittelbau steckenzubleiben. Er ging nur einen anderen Weg.

Manchmal glaubte er zu erkennen, dass er Telge bereits ähnlicher war, als ihm lieb sein konnte. Telge hatte ihn zu einem gewissen Teil durchschaut, aber Hans wusste auch, dass das der Faszination, die er selbst auf ihn ausübte, keinen Abbruch tat. Und er war nicht der Erste. Hans drehte den Kopf und blickte aus dem Fenster in den Garten der Gründerzeitvilla gegenüber. Er hatte sich immer gefragt, was Voigts damals bewogen haben könnte, ausgerechnet seine Akte mit zu vernichten. Vielleicht hatte Voigts große Erwartungen in ihn gesetzt, wie Sedlitz vor ihm, wie Telge jetzt. Vielleicht hatte er sich ein intelligentes, raffiniertes Fortkommen versprochen in der Zusammenarbeit mit diesem jungen, intelligenten Mann, dessen gewinnendes Lächeln so überzeugend war.

Er fuhr sich durchs Haar. Es hatte lange gedauert, bis er erkannt hatte, dass von seiner Person eine gewisse Faszination ausging. Matthias war der Erste, der ihm vor Augen geführt hatte, wie wohl sich Menschen in seiner Umgebung fühlen konnten, wie sehr seine Gegenwart und ihr Wissen um die Freundschaft mit ihm sie in ihrem Sein bestärkte. Als hätten sie in ihm plötzlich jemanden gefunden, oder etwas, das sie unbewusst immer gesucht hatten.

Und je mehr Zeit vergangen war, umso mehr war er zu der Überzeugung gekommen, dass Voigts ihm damals einfach einen Gefallen tun wollte. Vielleicht stand dahinter auch etwas anderes, aber er hatte beschlossen, die Dinge ruhen zu lassen, denn was wusste diese Zeit von einer anderen. »Das Glück ist mit den Ahnungslosen«, hatte er früher manchmal gespottet, wenn ein Student – ohne es zu wissen – in seiner Seminararbeit aus dem besten Fachartikel zitierte, den es zu dem Thema gab. Seit der Sache mit Voigts tat er es nicht mehr.

Ruhig und gut getarnt hatte er jahrelang an einer Stelle verharrt, hatte versucht, Gefahren zu wittern, jedes Geräusch, jede falsche Bewegung hatte ihn in Alarmbereitschaft versetzt, es hatte an seinen Kräften gezehrt, aber das war der Preis, den er zu zahlen hatte. Die dumpfe Wachsamkeit, die seit Jahren sein ständiger Begleiter war, das instinktive Lauern war dem Gefühl innerer Freiheit gewichen, nun erst war seine Flucht vollzogen und der Moment erreicht, an dem er nichts mehr zu befürchten hatte. Es war an der Zeit, die Angst loszulassen, sich endgültig reinzuwaschen von Schuld.

Hans beugte sich nach vorne. »Haben Sie die Daten meiner Reise notiert?«

Telge sah ihn irritiert an: »Welche Reise?«

»Nächste Woche. Ich muss nach Berlin, von Montag auf Dienstag.«

»Aber das Treffen des Vorstandes. Ich …«, hastig blickte Telge auf den Kalender. »Ab dem 18. könnten Sie doch …« Das war der Beginn der Semesterferien. Hans unterbrach ihn: »Nein, es tut mir leid«, seine Lippen umspielte ein feines Lächeln, »der Termin lässt sich leider nicht aufschieben.«

Auf Telges Oberlippe hatte sich ein hauchfeiner Schweißfilm gebildet. Er sah Hans immer noch irritiert an, und Hans wusste, dass er auf eine Erklärung wartete. Telge hatte immer bestens Bescheid gewusst über seine beruflichen wie auch privaten Termine – bis jetzt.

Hans griff zu dem kleinen Silbertablett, auf dem seine Teeschale stand.

»Sie kennen sich doch aus, Telge, Porzellan …«, Hans hob

die Schale ein Stück über seinen Kopf und drehte sie leicht hin und her, »… trinkt das Licht in sich hinein und strahlt es tausendfach gebrochen als weißes Licht zurück. Es ist die Schönheit einer Sache, gepaart mit Seltenheit. Das macht ihren Wert aus.«

Hans stellte die Schale zurück. Er sah, wie Telges Gedanken vom Hellen ins Dunkle flohen, vor und zurück, schnell und hastig, fliehende Tiere, die nicht zu fassen waren, und am Ende würde vielleicht neben den paar wenigen erlegten Gedanken die Frage stehen, ob es irgendwo eine Auktion wertvoller *Asiatica* gab, von der er nichts wusste und erstaunlicherweise nichts wissen sollte. Langsam wurde er nervös. Die Sache begann Hans zu amüsieren.

»Ich möchte Sie noch einmal darauf hinweisen, dass das Vorstandstreffen …«

Hans lehnte sich zurück. »Wenn ich mich recht erinnere, dann waren Sie es doch, Telge, der einmal gesagt hat, ich zitiere: Man sollte dafür sorgen, dass die Dinge so kommen, wie man sie nehmen möchte?« Er ließ es sich nicht nehmen, Telge ein beinahe unschuldiges Lächeln zu schenken, und kurz fragte er sich, wo seine eigene Nonchalance plötzlich herkam, aber es fühlte sich erstaunlich gut an, er lehnte sich zurück. »Ich denke, für heute wären wir dann fertig.«

Plastiktulpen

Sechs Stockwerke lagen vor ihr. Aber das war egal, und wenn es sich nicht so wahnsinnig beknackt angehört hätte, dann hätte sie gesagt: Der Aufzug ist mein Freund. Sie stand erst ein paar Sekunden hier, aber sie mochte ihn schon jetzt, obwohl er defekt war, denn über den vollgesprayten Türen prangte unübersehbar fröhlich das Graffiti »Fuck you all«.

Sechs Stockwerke später setzte Anne die Einkäufe ab, richtete sich auf und pustete sich eine Strähne aus dem Gesicht. Es war die einzige Tür, vor der es keinen Fußabtreter gab. Dafür stand das Mittagessen des Lieferservice noch davor. Sie sah auf die Uhr, ging in die Knie und hob den Deckel. Reis mit Geschnetzeltem. Alles hatte die gleiche Farbe.

Langsam begann sie, ihren Kaugummi zu einem Ballon aufzublasen, während das Schrillen der Klingel bis ins Treppenhaus drang, der Ballon wurde immer größer, sie nahm ihren Finger von der Klingel, die Kaugummiblase platzte, es hallte, aber – sie hörte auf zu kauen und legte ihren Kopf an das Sperrholz der Tür – nichts.

»Herr Fritzsche, Herr Fritzsche.«

Sie klopfte noch ein-, zweimal, irgendwo im Haus bellte ein Hund. Dann war es still.

Sie hätte den Mann nicht bemerkt, wenn er sich nicht geräuspert hätte. Sie war viel zu sehr damit beschäftigt, auf allen

Vieren zu knien und panisch in den Alditüten zu kramen. Sie hob den Kopf. Gerade begutachtete er die Einkäufe, die den Rest des Gangs dekorierten. Sein Blick glitt über Butter, Eier, Erbsen in der Dose, Mirácoli, Fertigklöße, eine Packung »Zwei Rouladen servierfertig« und blockierte schließlich – in ihrem Ausschnitt.

»Suchen Sie was?« Er starrte auf ihre Brüste.

»Ja, 'nen Schlüssel.«

»Ihren Schlüssel?«

»Nee, nich meinen, den vom Fritzsche.« Ihr Kopf wies in Richtung der Wohnungstür.

»Verstehe.« Er nickte ihren Brüsten zu.

Anne stand auf. »Haben Sie den Fritzsche heute schon gesehen?«

Er biss sich auf die Unterlippe.

»Haben Sie den Fritzsche heute schon gesehen?«, wiederholte sie.

Er fasste sich, dann machte er vor seinem Mund eine zackige Bewegung mit der Hand, als ob er sich einen hinter die Binde kippen würde. »Nee, aber keine Sorge, der holt sich wahrscheinlich grad was vom Kiosk.«

Er reichte ihr die Hand.

»Ich bin übrigens Kurt Holliczek.« Kurz stellte er sich auf die Fußballen. »Vom Hausmeisterservice Holliczek.«

»Ah ja«, sie senkte den Kopf und sah auf die Einkäufe, »na, ich mach dann mal hier weiter, was?«

Er reichte ihr eine Visitenkarte. »Falls Sie mal Hilfe brauchen!«

Sie blickte auf die Karte.

Alles picobello! – Hausmeisterservice Holliczek – Schnell, Pünktlich, Sauber – Auch Tiefgaragenreinigung.

Anne steckte die Karte ein, dann nickte sie höflich und drehte ihm entschlossen den Rücken zu.

Der Kondensstreifen von Holliczeks süßlichem Aftershave lag noch lange in der Luft, aber Anne merkte es nicht. Sie saß im Schneidersitz an die Stäbe des Treppengeländers gelehnt, zwischen verknisterten und gerissenen Einkaufstüten, genau vor Fritzsches Wohnungstür, mit Blick auf das Vorkriegs-Klingelschild und den kalten Fisch.

Ihr war wieder eingefallen, wo der Schlüssel für Fritzsches Bude hing. Am Schlüsselbrett. Im Flur. Ihrer eigenen Wohnung. Sie hatte ihn letzte Woche bei der Übergabe der Patientenakte von Bernd erhalten. Anne streckte ihre Beine von sich und starrte auf das Sperrholz der Tür. Es war das Gefühl, als sei man gerade in Hundescheiße getreten.

Langsam blies sie ihren Kaugummi auf. Eigentlich war es nicht einmal erlaubt, die Hausschlüssel der Patienten mit nach Hause zu nehmen, versicherungstechnisch konnte das einen Riesenärger geben, und eigentlich mussten sie nach einem Teildienst wieder fein säuberlich im Büro an einer großen silbernen Hakenplatte platziert werden. Aber im Moment achtete da sowieso keiner drauf, sie hatten Personalmangel, und in nächster Zeit war sowieso nur sie für Fritzsche zuständig.

Aber der Hausmeisterverschnitt von eben hatte wahrscheinlich recht. Weit konnte Fritzsche nicht gekommen sein – der Ballon platzte, ihre Zunge sammelte den klebrigen Minz-Teppich von der Oberlippe – Anne spürte, wie sie ruhiger wurde. Im Haus rauschte eine Klospülung.

Sie fragte sich, was sie von Fritzsche eigentlich wusste. Seine Patientenakte hatte nicht viel hergegeben außer dem unterschriebenen Pflegevertrag und ein paar Daten. Demnach war

Fritzsche einundsiebzig Jahre alt, Rentner, deutsch und verwitwet. Das Feld »Krankheitsbild« versammelte mal wieder die drei Grazien, wie sie sie im Stillen für sich nannte, und das waren Herzkrankheit, Bluthochdruck und Diabetes.

Ihm war bereits eine Pflegerin zugeteilt worden, aber die hatte den Fall nach einem halben Jahr abgegeben. Man habe ihr zu viele Pflegefälle aufgebürdet, hieß es, aber hinter vorgehaltener Hand erzählte man sich, sie sei schlichtweg überfordert gewesen. Als Bernd ihr die Patientenakte übergeben hatte, hatte er nur gelächelt und gesagt »Viel Spaß mit Pflegestufe 0«. Etwas Besseres konnte ihr eigentlich nicht passieren, denn das bedeutete im Klartext, dass Fritzsche noch ganz fit war und sich der Aufwand für seine Pflege in Grenzen hielt.

Sie atmete tief ein, dann stand sie auf, kickte mit dem Fuß eine der Einkaufstüten zur Seite und ging zum Fenster des Zwischengeschosses. Die Fassaden der Plattenbauten gegenüber waren frisch saniert, das typische DDR-Grau war durch frische Nachwendepastelltöne ersetzt worden. Aber es sah beinahe noch trostloser aus, weil es so verzweifelt bemüht war. Sie legte ihre Stirn an die Scheibe des Fensters. Im Schatten des Wohnblocks unterhielten sich zwei ältere Frauen in Kittelschürzen. Anne fischte die Schachtel Zigaretten aus der Hosentasche. Einmal hatten Mehdi und sie Satellitenschüsseln gezählt, sie hatten auf dem Flachdach von Haus B gesessen, weil man von dort aus den besten Überblick hatte, und waren jeder mit einem geklauten Fernrohr bewaffnet. Wie lange war das wohl her? Anne blies den Rauch in die Luft. Es kam ihr vor wie eine Ewigkeit. Natürlich hatte Mehdi gewonnen, und sie hatte sich gefragt, wie er das gemacht hatte. Sie war noch nicht einmal bei der Hälfte angekommen, da war Mehdi schon fertig.

»129.«

»Was?« Anne ließ die Hand, in der sie das Fernrohr hielt, sinken. »Ey, ich mein, das kannst du doch gar nich wissen …«

Kurz war sie sprachlos gewesen, aber Mehdi hatte nur gefeixt, das dritte und letzte Bier genommen und es wie einen Siegerpokal in die Luft gehalten. »Die Türkei is deutscher Meister, die Türkei is deutscher Meister.« Später hatte ihr dann Schröder, der Sohn des Hausmeisters, erzählt, dass Mehdi Ärger bekommen hatte wegen der Zeitungen. Das war nichts Neues, weil jeder im Viertel irgendwann Zeitungen ausgetragen hatte, ein- oder zweimal, und spätestens nach dem dritten Mal landeten die noch originalverschnürten Pakete auf der illegalen Altpapierhalde hinter den S-Bahngleisen. Nur Mehdi war den Hausbewohnern besonders aufgefallen, »dieser nette junge Mann«, weil er beim ersten Mal Austragen die Zeitung persönlich vorbeigebracht und dabei gefragt hatte, ob sie im Besitz einer Satellitenschüssel seien, und wenn sie verneinten, sagte er, es gäbe im aktuellen Kreuzworträtsel eine zu gewinnen – nur stimmte das leider nicht, aber das konnten ja die Alten nicht wissen, und ein paar von ihnen riefen dann bei der Zeitung an und beschwerten sich. Vom Horizont drang das gleichbleibende Rauschen der Autobahn heran. Sie hatte nie wieder etwas von Mehdi gehört, aber sie dachte oft an ihn und daran, wie unglaublich naiv sie gewesen waren, damals, sie beide, wie sie mit den Träumen in ihren Taschen rumgelaufen waren, als wären es Zigaretten, die man jederzeit zum Leuchten bringen konnte. *Aber mit der Kindheit ist es so eine Sache, und keiner hat jemals herausgefunden, wann genau sie endet.* Das Zitat hatte hinten auf einer Geburtstagskarte gestanden, ihr Bruder hatte sie ihr geschrieben, vielleicht hatte er sich den Spruch auch nur zusammengereimt, wer wusste das schon, auf jeden Fall war der Stempel echt, der auf dem Briefumschlag unter seiner Adresse gestanden hatte: *Greetings from New Zealand*. Anne schnippte die Asche von der Zigarette.

»Alten Leuten den Arsch abwischen, ey, ich könnte das nicht«, hatte ihr Bruder damals gespottet und dann mit dem Arbeitsvertrag des Callcenters vor ihrer Nase rumgewedelt, den er einen Tag zuvor unterschrieben hatte.

»Haste's schon mal gemacht?«, hatte sie gefragt und sich eine von Mutters Zigaretten genommen.

»Nee danke«, er hatte gegrinst, ihr die Zigarette weggeschnappt und weitergeraucht, »mir reicht mein eigener.«

Vielleicht hatte der Fehler darin bestanden, dass sie damals im Zentrum für Berufsberatung bei der Frage »Arbeiten Sie gerne mit anderen zusammen?« das Kästchen mit der Antwort »Ja« angekreuzt hatte und dabei heillos naiv an die Redakteure gedacht hatte, die mit einer Nachrichtensprecherin zusammenarbeiteten. Anne verschränkte ihre Arme und sah zu, wie der Wind an den Wolken zerrte. Aber der einzige Redakteur, mit dem sie und die Schnabeltasse jetzt zusammenarbeiteten, hatte die Pflegestufe III und war inkontinent.

Im Grunde war dieser Teil ihres Lebens ein einziges großes Versehen. Das Feuerzeug klickte. Mutter hätte sie nie nach Berlin gehen lassen, wenn sie ihr nicht versprochen hätte, die Ausbildung zu beenden. Anne sog den Rauch ein. Dabei war das das Letzte, an das sie damals gedacht hatte, als sie ihre Tasche in den Kofferraum des verbeulten VW-Polos geschmissen hatte und Frau Mehlich, die Nachbarin, mit dem leeren Mülleimer in der Hand vorwurfsvoll gefragt hatte, was sie denn nun vorhabe. Für einen Moment war es, als hebe endlich das Flugzeug ab, von dem Mehdi und sie immer geträumt hatten,

»Fuck you all«, hatte sie gedacht und fröhlich gerufen: »Mich in den Glanz stürzen.«

Sie hatte damals auf ihren Bruder gewartet bei laufendem Motor, vor Block B, hatte die Autobahnschilder schon vor sich gesehen, Berlin 570 km, aber er war nicht runtergekommen, um sich von ihr zu verabschieden. Rauchfäden schwebten nach oben.

Im dritten Stock beugte sich eine Frau über Blumenkästen, sie hatte eine Heckenschere in der Hand, und ihre Handschuhe leuchteten bedrohlich gelb. Zwei Stockwerke darüber drehte ein junger Mann am Kabel einer Satellitenschüssel.

Manchmal schickte ihr Bruder jetzt Postkarten. Aus Irland, Neuseeland oder Australien. Dann schrieb er, wie viele Schafe er geschoren hatte, wie viele Schokoriegel er verpackt, in wie vielen Fabriken und auf wie vielen Farmen er schon gearbeitet hatte, wie viel Schönes er gesehen hatte, wie sich der Sonnenuntergang am Grand Canyon anfühlte und wie kalt es morgens am Meer sein konnte, und es sollte so klingen, als habe auch er alles hinter sich gelassen.

Und manchmal, jetzt, wenn sie abends auf dem Klo saß und nachdachte und die Postkarten ansah, die sie an die Tür gepinnt hatte, dann wünschte sie sich, er wäre plötzlich einfach da, würde die Klotür aufreißen, über ihren Anblick laut lachen und sagen: »Die Eierkuchen sind fertig.«

Irgendwo ging die Alarmanlage eines Autos an. Auf den Steinboden vor dem Fenster fiel die Asche ihrer Zigarette.

Sie hatte ihm manchmal zum Frühstück Eierkuchen gemacht, im Herbst oder Winter oder kurz vor den Sommerferien, wenn Mutter noch schlief, weil sie Nachtschicht hatte oder tanzen gewesen war, wenn es noch ganz still war, draußen vor dem Fenster, und kalt, wie am Meer. Oder wenn sie ihn mal wieder gesehen hatte, wie er »seiner Clique«, die nicht seine war, nach dem Unterricht hinterhergelaufen war, in einigem Abstand, in der Hoffnung, er müsse nur so lange hinterherlaufen, bis sie ihn eines Tages integrieren würden, bei Kilometerstand 82. Sie wusste, dass er für diese Arschgeigen Geld aus Mutters Handtasche klaute, aber sie machte trotzdem Eierkuchen, obwohl sie ihm lieber eine verpasst hätte, weil er so etwas nicht nötig hatte, dieses demütige Hinterherlaufen, weil sie so etwas nicht nötig hatten, weil sie nie dazugehören würden und weil alles leichter wurde, wenn man das verstanden hatte, und gefährdet blieb, wenn nicht. Also zählte sie die Zutaten auf, während er barfuß im Halbdunkel der Küche stand, mit vom Schlaf verwirbelten Haaren, »jetzt die Milch«, sagte sie, während er sich die Fingernägel abbiss, »nich vergessen: die Eier, heißt ja nich umsonst Eierkuchen, was?«, und manchmal lachte sie dann, das Leben ist schön, während sie die Mehlpampe in die Pfanne kippte, obwohl sie wusste, dass sein ungewohntes Schweigen in ihrem Rücken nicht von der Müdigkeit kam, sondern von der Angst vor einem neuen langen Tag und jener müde machenden Hoffnung, von der er noch nicht ahnte, dass sie vergeblich war.

Irgendwann waren die Teigfladen goldgelb, und dann drehte sie sich um, hob die Pfanne an, und während sie die Teigfladen mit einem Ruck in die Höhe warf, vergaß er alles, für ein paar Sekunden wartete er mit gespanntem Blick nur darauf, dass sie an der Decke kleben blieben, und sie wartete nur auf sein Glucksen und das tollpatschige Händeklatschen, wenn es passierte, und wenn es passiert war und die Eierkuchen wieder in der Pfanne landeten und er flüsterte: »nochmal«, dann lächelte sie so, dass er es nicht sehen konnte.

Die Zigarette war beinahe bis auf den Filter heruntergebrannt, sie inhalierte den letzten Zug. Aber das mit den Pfannkuchen hatte nichts gebracht. Eines Tages, im Sommer, war er später als sonst von der Schule nach Hause gekommen. Ihre Mutter war bei einer Fortbildung, und das war auch gut so. Seine Unterarme waren übersät mit blauen Flecken, und sein linkes Auge war so geschwollen, dass Quasimodo und er ein schönes Team abgegeben hätten. Seine Brust hob und senkte sich in heftigen, unregelmäßigen Atemzügen, es sah aus, als steigerte es sich zu einer ausgewachsenen Heulattacke. Aber dann verzog sich sein Gesicht schmerzerfüllt zu einem Grinsen, er sprang in der Küche auf und ab, als hätten sie im Lotto gewonnen, und kurz umarmte er sie sogar. Für einen Moment dachte sie, dass er vielleicht verrückt geworden sein könnte, wegen der Umarmung, verrückt mit zwölf, so was kam vor, aber dann erklärte er ihr, dass sie ihn aufgenommen hätten, dass er jetzt einer von ihnen sei. Und als sie fragend und wütend zugleich auf seine Verletzungen zeigte, verdrehte er die Augen, zumindest das, was noch ganz war, und sagte, das gehöre dazu, es sei Teil des Aufnahmerituals, und dann hob er an zu erzählen, aber sie wollte nicht wissen, wie der andere Teil ausgesehen hatte. Stattdessen hatte sie ihm Mutters Salben auf die Wunden geschmiert, Pflaster geholt, den Fernseher angemacht, und dann hatten sie schweigend gewartet, bis endlich *Star Trek* anfing und die Enterprise durch das Wohnzimmer und ihre Gedanken flog.

Anne ließ die Zigarette fallen und trat sie mit der Spitze ihrer Chucks aus. Irgendwann waren die blauen Flecken verschwunden. Genau wie er selbst. *Greetings from New Zealand.*

Sie atmete tief ein und sah auf die Uhr. Fritzsche war ihr letzter Einsatz für heute, eigentlich wollte sie mit Marie mal Eis essen gehen, aber daraus würde wohl nichts mehr werden.

»Ist er immer noch nicht da?« Sie drehte sich um. Der Hausmeister. Resigniert zuckte sie mit den Schultern. Holliczek ging einen Schritt auf sie zu, und sein Blick zoomte wieder auf ihre Oberweite. Er sah jetzt ein bisschen aus wie Mister Spock. »Mein Monitor zeigt Sonne und vierzig Grad Celcius«, sagte er mit monotoner Stimme, ohne seinen Blick von ihren Brüsten zu heben: »Ich habe einen Ersatzschlüssel.«

Anne blickte auf Holliczeks Hand, in der der Ersatzschlüssel lag.

»Gut gemacht, Spock, Sie sind mein bester Mann«, wollte Captain Kirk antworten, aber stattdessen lächelte Anne nur, nahm den Ersatzschlüssel und straffte als Dankeschön ihren Oberkörper.

Die Schritte des Hausmeisters hallten im Treppenhaus noch nach, als Anne bereits in Fritzsches Flur stand. Sein Wohnungsschlüssel lag auf der Ablage der Garderobe, hier war nie jemand weggegangen, um sich einen hinter die Binde zu kippen. Langsam drehte sie den Kopf. Die Tür zum Wohnzimmer stand offen. »Herr Fritzsche?« Neben der Hutablage löste sich ein Stück Tapete von der Wand. Es hallte.

Sie ging ein paar Schritte die Diele entlang. Im Rahmen der Tür blieb sie stehen. Die Henkel der Plastiktüten schnitten in ihre Haut.

Er lag auf dem Sofa, in einem grau karierten Frotteemantel, man konnte das weiße Feinrippunterhemd darunter sehen, ein Arm hing schlaff nach unten, aber sein Brustkorb hob und senkte sich regelmäßig. Anne ließ ihre Schultern sinken.

Vor einem schmalen, dunkelbraunen Holzschränkchen setzte sie die Einkaufstüten ab und richtete sich auf. Die Wolldecke war von seinen Beinen herabgerutscht, der Fußknöchel war verdickt, ein Stück Haut schimmerte fliederfarben, wahrscheinlich hatte er sich irgendwo gestoßen. »Sie haben mir ’nen ganz schönen Schrecken eingejagt.« Sie hörte sich lachen, eine Spur zu laut. In der Ritze des Sofas, neben seiner Schläfe, steckte ein zerknülltes Taschentuch.

Sie zog ihre Jacke aus, ging ein paar Schritte und legte sie über die Lehne des Sofas. Durch die geschlossenen Vorhänge fiel ein Streifen Licht auf den Bildschirm des Fernsehers, davor tanzten kleine Staubkörner. »Rufen Sie jetzt an!« stand in schwarzen Buchstaben am unteren Bildrand, und über der eingeblendeten Telefonnummer schwebte ein Heimwerker-Set auf einer Drehscheibe.

Anne atmete tief ein, ging auf die Fenster zu und zog die Vorhänge auf. Vor dem Couchtisch blieb sie stehen. Auf der Platte aus gelbstichigem Glas lagen die aufgeschlagene Fernsehzeitung, zwei leere Joghurtbecher und eine angebrochene Packung Heringssalat. Sie griff in ihre Handtasche, holte die ärztliche Verordnung heraus, »Wundversorgung 2. Zeh rechts, 1 x täglich, 7 x wöchentlich bei ca. 1 cm breitem Geschwür«, und legte sie direkt neben den Heringssalat. Dann drehte sie ihm den Kopf zu. Den Bartstoppeln und dem Wundschorf nach zu urteilen, hatte er sich das letzte Mal vor sieben Tagen rasiert und dabei offensichtlich geschnitten. Sein Schädel war groß und starkknochig, die Haare, dicht und kräftig, lagen wirr über der Stirn.

Sie ließ sich auf den Hocker neben dem Couchtisch nieder, ihr Fuß stieß gegen eine leere Flasche Korn. Die Flasche rollte und stieß dann gegen den Fuß des Couchtischs. Na prima. Das hatte ihr gerade noch gefehlt. Sie sah auf die Uhr. Eigentlich müsste sie ihn jetzt wecken und das übliche Programm durchziehen. Aber Fritzsche war der letzte Einsatz für heute, und sie könnte Marie frühestens in einer Stunde vom Hort abholen.

Anne blickte sich um. Zu viele Möbel auf zu kleinem Raum, die Alten machten beinahe alle den gleichen Fehler, als garantiere der Besitz von drei Tischen ein längeres Leben. Langsam erhob sie sich, vor der Schrankwand blieb sie stehen. Kiefernholz, verglaste Einsätze, das Übliche. Und dahinter die Vergangenheit, luftdicht verpackt. Hier waren es zwei Flaschen Sowjetskoje Schampanskoje, ein paar Zinnbecher, eine Thälmannbüste und eine in Mattsilber gerahmte Urkunde. »Karl Fritzsche ist seit 1955 Gewerkschaftsmitglied. Für 50 Jahre treue Mitgliedschaft und Unterstützung bei der Verwirklichung unserer gemeinsamen Ziele sprechen wir Dank und Anerkennung aus.«

Anne ging einen Schritt weiter, dann griff sie in das offene Regalfach, in dem Schallplatten standen. John Lee Hooker, Veronika Fischer, Billie Holiday, Roger Whittaker, Count Basie, Weihnachten mit Gunther Emmerlich. Nach und nach klappte sie jede einzelne mit der Hand um. Die letzte Platte im Regal hieß »Jazz Lyrik Prosa«. Anne zog sie hervor. Jemand hatte etwas mit einem schwarzen Stift auf die obere rechte Ecke des Covers geschrieben: »Wenn man das Richtige tut, ist es richtig. Wenn man das Richtige tutet, ist es Jazz.« Darunter stand »Herbert«, in Klammern dahinter »Dein Staatsratsvorsitzender a. D.« und »Berlin 1988«.

Die anderen Fächer waren leer, nur ein altes Holzpferd lag noch auf einer kleinen Zwischenablage. Anne nahm es in die Hand und strich etwas Staub von dem Mittelstück. Es hatte die Größe und Form einer Coladose. Ein Bein fehlte, jemand hatte es durch einen dünnen verrosteten Nagel ersetzt. Sie versuchte das Holzpferd hinzustellen, aber der Nagel war zu kurz, das

Cola-Pferd kippte um. Anne legte es zurück und lächelte. Sie musste an die chinesische Grinsekatze auf Maries Nachttisch denken. Sie hatte eines Tages vor der Wohnungstür gelegen, es lag kein Zettel dabei, nichts, nur die Grinsekatze auf dem verfilzten grauen Fußabtreter, das Gold blätterte an einigen Stellen schon ab, und der Winkearm war abgebrochen. Es war Maries Geburtstag. Anne dachte an Martin, aber sie sagte nichts. Und auch Marie sagte nichts, aber sie stellte die Katze sofort auf den Nachttisch neben ihr Bett. Ein paar Tage später hatte sie den kaputten Winkearm durch eine pinkfarbene Zuckerstange ersetzt, deren Ende gebogen war und an der Katze aussah wie eine Prothese aus dem Zweiten Weltkrieg. Anne nahm das Cola-Pferd noch einmal in die Hand und lehnte es so an die Rückwand des Regalfachs, dass es nicht mehr umfallen konnte. Aber das sah jetzt noch schlimmer aus als vorher. Wie ein dreibeiniger Kloppi, den der Pfleger kurz an die Wand gestellt hatte, um seine Ruhe zu haben. Anne legte das Kloppi-Pferd genau so wieder hin, wie es vorher da gelegen hatte. Irgendwie tat es ihr jetzt leid. Vielleicht erzählte sie Marie mal bei Gelegenheit, dass die Grinsekatze einen Großvater hatte.

Im Schlafzimmer stand ein Bauernschrank. Ein Geruch von morschem Holz und Mottenkugeln strömte aus dem Inneren. Die Regalfächer waren so gut wie leer, dafür lagen die Sachen achtlos übereinandergeschmissen auf dem untersten Einlegeboden – ein paar Wollpullover, ein, zwei Hosen mit Zollstocktaschen, ein Flanellhemd, grob kariert, und ein noch verpacktes Paar beigefarbener Nylonstrümpfe, der Grafik auf dem Umschlag nach zu urteilen von 1960. Im Hinausgehen strich ihre Hand über die Bettwäsche. Eine Hälfte des Bettes war unberührt, die Bettwäsche frisch überzogen, in die schlichten Zierkissen hatte man sogar Kniffe geschlagen. Zuletzt warf sie einen Blick in die schmale Küche. Schmutzige Töpfe und Tassen stapelten sich übereinander, auf der Ablage stand ein Gurkenglas, daneben ein paar geöffnete Konservenbüchsen. Auf dem Boden unter einem Stuhl lag ein angebissenes Würstchen.

Sie drehte sich um, ging an der Schrankwand vorbei, vor der Sofalehne blieb sie stehen. Er hatte sich im Schlaf umgedreht, die Decke lag jetzt auf dem Teppich. Der Bademantel war zur Seite gerutscht, sie konnte ein Stück seines Bauches sehen. Blaue Flecken, nur ein paar. Es kam von den Insulinspritzen, und wahrscheinlich hatte das ihre Vorgängerin zu verantworten, aber eigentlich konnte man ihr keinen Vorwurf machen, denn es passierte schnell einmal, dass man eine Kapillare traf.

Anne atmete tief ein. An der Wand, die dem Sofa gegenüber lag, hing ein Abreißkalender. Er zeigte das falsche Datum, daneben hing ein gerahmtes Bild. Langsam ging sie auf die Wand zu.

Wie oft hatte sie sich die entsetzlichsten Grinsegesichter von Enkeln, Söhnen, Töchtern, Freunden und sogar von verstorbenen Haustieren ansehen müssen, die mitsamt ihren schlecht sitzenden Frisuren von irgendeinem drittklassigen Fotostudio in ausgewaschene Achtzigerjahre-Farben getaucht wurden. Wie oft hatte sie »Schön, nein wirklich, ein schönes Pony« gesagt zu einem dunkelgrünen Scheißhaufen formal nicht identifizierbarer, zerknitterter Striche, die irgendwelche farbenblinden Kleinkinder ihren ebenfalls farbenblinden Großeltern geschenkt hatten. Aber hier gab es nichts, keine Maßnahme, mit deren Hilfe sich Menschen unentwegt ihres eigenen Lebens versicherten, nichts, das sich angesammelt hatte über Jahre, das aufbewahrt wurde, in Alben, Schuhkartons und

Erinnerungsboxen, Postkarten, Fotos von Freunden, Briefe von Angehörigen, Liebesbriefe, nichts – Anne fuhr mit dem Finger über den Bilderrahmen – außer einer einzigen Schwarzweißfotografie, und die war grobkörnig und sah aus, als stamme sie aus dem vorigen Jahrhundert. Zwei Menschen, die steif vor einem Fotografen Aufstellung genommen hatten. Der Mann – offensichtlich Fritzsche in jungen Jahren – war groß und kräftig, strahlte aber gleichzeitig jene Schüchternheit aus, wie sie bei großgewachsenen Menschen häufig zu finden war. Die Frau war klein und zierlich und doch von einer eigenwilligen Kraft. Er hatte seinen Arm um ihren Oberkörper gelegt, noch ungelenk, sie lächelte zögerlich, aber in ihrem Blick lag bereits das Vertrauen in den Menschen neben sich und das altmodische, nüchterne Bewusstsein um den Beginn der Unendlichkeit, die man von nun an mit dem anderen verbringen würde.

Im Hintergrund war ein Bauernhof zu sehen, eine Schnur mit Papierlampions hing schräg über den Köpfen des Paares, aber sie reichte an den Himmel nicht heran, der sich an seinen Rändern scharf konturiert absetzte von dem Dargestellten, als gehe ihn dieser Moment nichts an, als sei die Unendlichkeit allein sein Revier – blendend weiß, weit, erhaben.

Anne senkte den Kopf. Irgendetwas an diesem Bild rührte sie. Vielleicht war es das Vertrauen in den Lauf der Dinge, der Glaube, dass es das Leben schon gut meinen würde – ihr Blick fiel auf die verstaubten Plastiktulpen, die unter der Fotografie in einem Terrakottatopf standen, und die antiseptische Salbe daneben –, und die Tatsache, dass es nicht so gekommen war.

Langsam drehte sie ihren Kopf zum Sofa, und für einen Moment konnte sie das, was sie da sah, nicht einordnen, vielleicht weil das Grellweiß des Himmels auf der Fotografie sie noch blendete wie das Licht von reflektierendem Schnee, vielleicht weil es ihr so vorkam, als habe sie direkt in Fritzsches große Einsamkeit geblickt. Aber dann realisierte sie es.

Er sah sie direkt an, aufrecht sitzend, aus grauen Augen, sein Blick durchdringend. Wie lange hatte er sie schon beobachtet?

»Hallo, Herr Fritzsche, ich …« Sie räusperte sich, drehte sich zu ihm, ging ein paar Schritte auf ihn zu, streckte ihm ihre Hand entgegen, »… ich … ich bin Anne Liebert.«

Im Fernseher lief jetzt ein Western. Ein Cowboy hatte ein Gewehr angelegt und zielte auf einen Indianer.

Er verkreuzte die Arme vor der Brust, ganz langsam, ohne sie aus den Augen zu lassen. Ihre Hand schwebte verloren vor seinem Oberkörper. Sie versuchte ein Lächeln und gab ihrer Stimme Schwung. »… Ihre neue Pflegerin.«

Seine Stimme war rau und belegt, in seinem Gesicht Wut. »Na, herzlichen Glückwunsch.«

Und während irgendwo im Treppenhaus eine Tür laut ins Schloss fiel, landete der Indianer – von der Kugel getroffen – auf dem staubigen Prärieboden.

Der Geist

Erst hatte er gedacht: ein Geist. Eine etwas schlampig angezogene Abgesandte aus dem Jenseits. Aber sie betrachtete so selbstverständlich und distanzlos sein Hochzeitsbild, als stünde ihr Koffer bereits vor der Tür, mit dem sie gleich einziehen würde.

Spätestens als sie ihren Namen nannte, den er kurz darauf schon wieder vergessen hatte, war ihm klar geworden, dass sie leider nicht aus dem Jenseits kam, sondern wie ihre Vorgängerinnen direkt aus der Hölle. Sie war sofort zur Routine übergegangen, wobei sie jede ihrer Handlungen kommentieren musste: »So, jetzt messe ich ihren Blutzucker«, »Achtung, jetzt piekst es ein bisschen«, »Gleich gibt's noch die Spritze«. Fritzsche hatte sich heimlich gefragt, was dieses Blondchen denn für eine Reaktion erwartet hatte, vielleicht so etwas wie »Huch!«, als bekomme er zum ersten Mal in seinem Leben eine Insulinspritze. Oder einen dieser ängstlichen Hundeblicke, mit dem sich Dreijährige über die Welt wundern. Nein, er hatte alles stoisch über sich ergehen lassen, während sie ihre Handlungen weiterhin sinnlos in Worte gewandete. »Ich stelle Ihnen noch den Sessel zurück. Hier liegt die Fernbedienung.« Und dann, kurz bevor sie ging: »Ich komme heute Abend noch einmal kurz wegen ihrer Insulinspritze, ja?« Das war rührend, nein wirklich, als wäre hier noch irgendjemand außer ihr an lebensverlängernden Maßnahmen interessiert.

Als die Tür dann endlich hinter ihr ins Schloss fiel, sich die Gardine durch den Zug leicht bauschte und kurz einen Blick auf den Himmel freigab, da hatte er tief eingeatmet, an den felsigen Abgrund im Wald gedacht, und wieder einmal war ihm bewusst geworden, welches Potenzial Stille doch hatte.

Hindenburgs Fischfilet

»Haben Sie Hunger?« Sie hob den Deckel. Er blickte auf das Tablett, das der hagere, stets freundliche Typ vom Lieferservice vor einigen Stunden vor seiner Tür abgestellt hatte. Auch der hatte anfangs nicht lockergelassen, um seine köstliche Lieferung und ein liebes Lächeln loszuwerden. Da hatte ihm Fritzsche eines Tages angeboten, doch auf einen Blasentee reinzukommen, und noch im Flur hatte er ihn mit betont weicher Stimme gefragt, ob er auch zu denen gehöre, die beim Pinkeln die Vorhaut zurückziehen. Der Typ hatte nie wieder geklingelt.

Fritzsche blickte auf die Endmoränenlandschaft aus Kartoffeln und Fisch, die sich auf dem Teller ausgedehnt hatte. »Kommt wieder direkt von der Frontküche, was?«

Er drehte sich angewidert weg. Anne Liebert musterte ihn feindselig, dann legte sie den Plastikdeckel auf das Tablett und lief damit in die Küche. Sie kam jetzt seit einer Woche regelmäßig, aber jede Minute, die sie in seiner Wohnung verbrachte, war seiner Meinung nach eine Minute zu viel. Während sie Generalfeldmarschall Hindenburgs Fischfilet in den Mülleimer kippte, sah er auf die Uhr. Es war jetzt Zeit für das Anlegebier nach der Mittagspause. Er schlug den Bademantel über die Knie, kratzte sich mit einer Hand an der Brust, die andere stellte eine der Bierflaschen, die unter dem Sofa lagerten, auf den Couchtisch. Er nahm den Öffner. Es zischte.

Kurz darauf hörte er ihre Schritte in seinem Rücken, hinter der Sofalehne blieb sie stehen. Langsam beugte er sich vor zu dem Couchtisch und nahm wahllos einen der Klebestreifen, die dort zerknüllt neben den leeren Joghurtbechern lagen. Er glättete ihn, indem er mit der Kante seiner Hand kurz darüberfuhr, hielt ihn an das Etikett der Flasche, feuchtete seinen Daumen an und strich ein-, zweimal darüber. Dann hob er die Flasche so hoch, dass sie es sehen musste. Direkt unter dem goldglänzenden »Starkbier« klebte jetzt der verknitterte Streifen: »Für Diabetiker geeignet.«

Er lächelte, sie drehte sich wortlos um, in der Tür blieb sie noch einmal stehen: »Ich komme morgen wieder.« Es klang wie eine Drohung.

Ali vs. Frazier

Matthias lächelte. Er dachte daran, wie Muhammad Ali das erste Mal gegen Joe Frazier im Ring angetreten war, 1971 in New York, Madison Square Garden. Menschen auf der ganzen Welt hatten sich den Wecker gestellt, um diesen Kampf zu sehen. Er hatte immer nur davon gehört, bis er vor ein paar Jahren zufällig in Ellas Wohnung darauf gestoßen war. Es war eine alte VHS-Kassette, sie stammte noch von ihrem Ex, *Ali vs. Frazier* stand darauf, und er hatte sie sofort in den Videorekorder geschoben. Es war ein Abnutzungskampf über fünfzehn Runden. Am Ende lag Ali auf den Brettern, und Frazier hockte auf den Schultern seiner Betreuer, aber er war zu fertig, um die Jubelpose hinzukriegen, er hatte sich verbraucht.

Als Hans plötzlich an der Tür gestanden hatte, war er überrascht gewesen. Und er war es auch noch, als er ihn hereingebeten, als er dessen Schritte im Flur hinter sich gehört hatte, als Hans interessiert durch die Wohnung gegangen war, in der er einst selbst gewohnt hatte, aber irgendwann war der Überraschungsmoment aufgebraucht, und da hatte Matthias sich für einen Moment vorgestellt, dass es so werden könnte: Ein legendärer Kampf zweier ebenbürtiger Gegner, bei dem der Verlierer so groß sein muss, dass der Sieger an ihm wachsen kann, bei dem der eine sich darauf verlassen können muss, dass der andere nie aufgibt. Matthias' Blick fuhr an Hans' Stoffhose hinab bis zu den Velourslederschuhen. Aber jetzt, da Hans selbstgefällig vor ihm saß, wusste er, dass die Wirklichkeit viel prosaischer werden würde.

»Schöne Schuhe.«

»Danke.« Hans wippte mit dem Fuß.

»Für Empfänge?«

»Ja.«

»Festliche Anlässe?«

Hans zuckte mit den Schultern. »Die eine oder andere Cocktailparty.«

Matthias nickte, ein leicht ironisches Lächeln umspielte seine Lippen. »Das sichere Auftreten.«

Hans lächelte zurück, herzlich, ohne Ironie. Er schien sich immer noch aufrichtig zu freuen, Matthias zu sehen, auch wenn er ihn nicht in Hannas Wohnung erwartet hatte. »Ich kann mir gut vorstellen, dass das nicht deine Welt ist, mein Lieber.«

»Doch, ich fange langsam an, einen Sinn dafür zu entwickeln.« Matthias hob seinen Blick von den Schuhen. »Frauen?«

»Hier und da. Nichts von Bedeutung.«

»Reisen?«

»Manchmal.« Er sah Matthias an. »Ich frage mich gerade, was das hier wird: ein Verhör?« Hans lachte.

Matthias stellte seine Kaffeetasse auf dem Tisch ab. »Na ja, nach all den Jahren bist du plötzlich wieder hier, da fragt man sich doch …«

»Eine Reise in die Vergangenheit, ja …«, Hans senkte kurz den Kopf, »aber jetzt zu dir. Wie geht es dir?«

»Kann nicht klagen.«

»Frauen?« Er imitierte Matthias' Tonfall.

Matthias räusperte sich und dachte an Ella. »Eine Affäre. Sie ist noch Studentin.« Ella war schon lange keine Studentin mehr, und sie war schon lange keine Affäre mehr, es war eine Lüge, ein kleine, aber es hörte sich einfach gut an. Und es hatte Wirkung.

Hans zog eine Augenbraue hoch. »Sieh an.« Er beugte sich nach vorne und spielte Matthias' Spiel weiter. »Reisen?«

Matthias zeigte auf eine Reihe Fotos, die gleich auf der Kommode neben Hans standen. Sie waren beim letzten Urlaub mit Ella in Italien entstanden. Zu sehen waren vor allem Ella und ihre Freunde. Die wenigsten davon kannte er wirklich, aber es war ein schöner Urlaub gewesen. Man sah es den Gesichtern an. Hans hatte einen der Rahmen in die Hand genommen und das Foto betrachtet.

»Das ist Ella.«

Kurz schien Hans überrascht zu sein. »Sie ist sehr hübsch, aber …«, er stellte den Rahmen zurück, »wieso bist du auf keinem der Fotos zu sehen?«

Matthias folgte seiner Bewegung, und für einen Moment blieb sein Blick auf dem Foto liegen, auf Ellas Gesicht. »Ich habe sie gemacht.«

Hans lachte arglos. »Ja, stimmt. Es muss ja immer einen geben, der auf den Auslöser drückt.«

Wie recht du hast, dachte Matthias, aber er nickte nur.

Hans räusperte sich. »Der eigentliche Grund, warum ich hier bin …«, er hielt inne, ließ seinen Blick langsam durch das Wohnzimmer kreisen, bis er wieder bei Matthias angekommen war, »… ist eigentlich Hanna.«

»Nach all der Zeit noch nicht vergessen, was?«

Hans zuckte mit den Schultern und sah nachdenklich aus dem Fenster. Schweigend betrachtete Matthias sein Gegenüber. Hans war immer noch ausgesprochen attraktiv. Er trug seine Haare etwas länger als früher, und der Bartschatten bremste die nach wie vor jungenhaften Züge seines Gesichts und ließ ihn männlicher wirken.

Hans wandte den Kopf vom Fenster ab und sah Matthias fragend an.

»Hanna wohnt hier nicht mehr, auch wenn ihr Name noch am Klingelschild steht.«

Hans verzog leicht den Mund, als amüsiere er sich darüber, dass Matthias seine Kombinationsgabe so unterschätzen konnte. »Das ist mir mittlerweile auch klar geworden. Weißt du, wo sie jetzt ist?«

Matthias schlug ruhig ein Bein über das andere, dann atmete er tief ein und lächelte vielsagend.

Hans wartete noch einen Moment auf eine Antwort, dann verdrehte er die Augen. »Ich will ihre Adresse, Matthias, mehr nicht, mach es nicht so spannend.«

Matthias lehnte sich zurück. »Weißt du, was ich mich die ganze Zeit frage? Warum jetzt? Warum nach all den Jahren?«

Hans zuckte mit den Schultern. »Mir war eben danach.«

Ali und Frazier hatten sich noch zweimal im Ring getroffen, ein weiteres Mal in New York, schließlich auf den Philippinen. Nach ihrem letzten Kampf lagen beide Boxer im Hospital, und es war nicht klar, ob sie Blut im Urin hatten oder Urin im Blut. Matthias lächelte Hans an. Es war Zeit, in den Ring zu steigen.

»Man kann viel austauschen, nicht wahr? Die Menschen, die Umgebung, nur das eigene miese Ich eben nicht.«

»Wie bitte?«

»Ich stelle mir vor, dass es irgendwann den Punkt gibt, an dem man sich erleichtern will, an dem man auf so etwas Altmodisches hofft wie Erlösung, Vergebung.«

»Was soll das, Matthias?«

»Man trägt es all die Jahre mit sich herum, bei Cocktailempfängen, Reden, in den Armen anderer Frauen, vielleicht denkt man nicht daran, aber dennoch ist es immer da, es lauert. Also hofft man, es würde sich auflösen und irgendwann nicht mehr Teil der eigenen Geschichte sein. Man macht das Geschehene klein, als sei nichts passiert, aber je mehr man es versucht, desto stärker wird es. Es dehnt sich immer mehr in die Gegenwart aus, es nimmt einem die Luft zum Atmen, bis man nur noch einen Ausweg sieht, es zu sagen, und zwar dem einzigen Menschen, von dem man hofft, dass er einen verstehen könnte, von dem man hofft, dass er einem verzeihen könnte.«

Hans starrte ihn jetzt an, aber Matthias fuhr ungerührt fort. »Die meisten Menschen denken immer, es geht ums Verzeihen, aber darum geht es gar nicht. Das Verzeihen ist nur eine sehr schöne Vorstellung, dahinter steckt eigentlich der zutiefst egoistische Wunsch nach Verständnis.«

»Sag mal, was redest du denn da? Bist du jetzt hauptberuflich Prediger geworden?« Hans rutschte auf der Sitzfläche des Stuhls nach hinten.

Man merkte ihm an, dass er sich unwohl fühlte. Und für einen kurzen Moment war Matthias enttäuscht. Er hatte geglaubt, der Gegner habe seine Körpersprache besser im Griff. So wie Ali 1971, im ersten Kampf. Er hatte sich brillant verteidigt gegen Frazier, er war nie chancenlos gewesen, auch wenn es zum Schluss einfach nicht gereicht hatte.

Matthias nahm die angebrochene Flasche Wein, die neben ihm auf dem Tisch stand, und das alte, benutzte Glas und goss sich ohne Eile ein. »Ich denke nicht, dass du dir einen Gefallen tust, wenn du Hanna wiedertriffst.«

Ungläubiges Staunen, Wut, Arroganz – über Hans' Gesicht flogen die Schatten, als würde man sie jagen.

Matthias fuhr fort. »Ich habe dich immer bewundert, Hans, deine Selbstsicherheit, dein Vertrauen in die Zukunft, deine Fähigkeit, die Momente des Glücks zu ergreifen«, er lächelte, »aber ein Mensch kann einem plötzlich sehr widerlich werden.«

Hans blickte ihm direkt in die Augen, dann atmete er tief ein.

»Was willst du von mir? Was soll dieses erbärmliche Gequatsche?«

Matthias drehte das Glas am Rand hin und her. »Die Menschen spielen die Rollen, die du für sie vorgesehen hast, nicht mehr gut, was?«

Hans' Augen verengten sich jetzt. »Um was geht es hier? Um Gerechtigkeit?« Er zog das Wort in die Länge und lächelte spöttisch.

»Vielleicht, ja, vielleicht geht es genau darum.«

»Mutig, Matthias, das muss ich sagen. Hätte ich dir nicht zugetraut.« Er beugte sich blitzschnell vor und nahm Matthias das Glas Wein aus der Hand. »Wie du aber sicherlich weißt, neigen Menschen mitunter dazu, Gerechtigkeit mit Rache zu verwechseln.« Hans setzte das Glas an und trank es in einem Zug aus. Als er es abstellte, gab es einen dumpfen Laut.

Matthias dachte noch einmal an den letzten Kampf zwischen Frazier und Ali, den »Thrilla in Manila«. Ali schlug mit voller Wucht auf Frazier ein – ein Treffer nach dem anderen –, und Frazier nahm jeden hin. Hans zog die Beine heran und stand auf. »Ich werde jetzt gehen, ich denke, das ist das Beste für uns beide.«

»Nein!« Matthias erschrak über die Schärfe, die plötzlich in seiner eigenen Stimme lag. »Du setzt dich wieder hin.«

Er stand auf, ging zu dem Schreibtisch, zog die oberste Schublade auf, nahm die Mappe, dann drehte er sich um und lief langsam zurück. Während er an Hans vorbeiging, der sich tatsächlich gehorsam wieder gesetzt und Matthias' Bewegungen mit jedem Blick verfolgt hatte, warf er ihm wie nebenbei die Mappe in den Schoß.

Hans schlug sie auf. Er begann zu lesen, und langsam, Sekunde für Sekunde, verlor sein Gesicht an Farbe.

»Wo hast du das her?«

»Sagen wir mal so, der Zufall hat eine nicht zu unterschätzende Rolle gespielt.« Matthias lächelte jetzt. »Wusstest du eigentlich, dass man seit Anfang der Neunzigerjahre Stasiakten rekonstruiert, die einst im Schredder gelandet sind?«

Hans schwieg und starrte immer noch auf die dünnen, maschinengeschriebenen Seiten, die, ehemals zerrissen, wieder zusammengeklebt worden waren.

»Du kannst dich ja sicherlich noch an Sedlitz erinnern, oder?«

Hans erwiderte nichts.

»Er war dein Doktorvater.«

Hans klappte die Akte zu und warf sie vor Matthias auf den Tisch. »Danke für die Information, ich hatte es schon vergessen. Du bist mir immer einen Schritt voraus.«

Matthias ließ sich seine Überraschung nicht anmerken, Hans schien weniger getroffen zu sein, als er gehofft oder erwartet hatte.

»Ich habe weder über dich noch über Hanna berichtet, und ich habe nie jemandem ernsthaft Schaden zugefügt, zumindest habe ich das nie beabsichtigt.«

Matthias lachte auf. »Was ist das jetzt? Der Rückzug auf die Opferrolle?«

»Wenn du es so sehen willst.«

»Nein, mein Lieber, das wäre ein Geschenk für dich.«

Hans nickte mit dem Kopf in Richtung der Mappe, die neben Matthias auf dem Tisch lag. »Hat Sedlitz dir die Akte gegeben?«

Matthias zuckte mit den Schultern. »Schon möglich.«

Damals in Manila wollte Joe Frazier noch die letzte Runde antreten, obwohl seine Augen so geschwollen waren, dass er nichts mehr sehen konnte.

»Das, wovon du träumst, gibt es nicht, Matthias.«

»Wovon träume ich denn?«

»Von einer gerechteren Welt. Ist es nicht das?«

Matthias stand auf und ging zu dem Regal, in dem eine zweite Weinflasche stand. »Nein, daran glaube ich schon lange nicht mehr.«

Während Matthias die Flasche entkorkte, sah sich Hans im Wohnzimmer um, und dann begann er zu lachen, lange, laut, aus vollem Herzen.

Matthias blickte ihn irritiert an.

»Jetzt verstehe ich dieses ganze Theater hier.« Hans verschluckte sich beinahe vor Lachen. »Der große Rächer, die ganz private Birthler-Behörde. Der kleine Kommissar vom Nöldnerplatz, der auf der richtigen Seite steht. Du machst das alles wegen ihr.«

Sein Lachen ebbte langsam ab, dann nickte er und prostete Matthias mit dem leeren Glas zu.

Matthias spürte, dass er eine Pause in der Ecke brauchte, doch die Runde im Ring war noch nicht zu Ende.

»Vielleicht. Vielleicht auch nicht.«

»Schläfst du mit ihr?«

»Vielleicht. Vielleicht auch nicht.«

»Du liebst sie?« Hans lächelte spöttisch.

»Das hat dich doch früher nie gestört.«

»Nein«, Hans schüttelte den Kopf, »weil ich wusste, dass du keine Konkurrenz warst, zumindest keine ernstzunehmende.«

Matthias schenkte sich ein, Hans stand auf, nahm die Flasche und tat dasselbe. Er setzte sich wieder, trank einen Schluck, es wirkte, als begänne er, sich sogar langsam wohlzufühlen, doch dann sah er Matthias an, und sein Blick war so kalt und hasserfüllt, dass Matthias erschrak. »Man sollte sich immer nur das wünschen, was man kriegen kann, mein Lieber.«

Matthias räusperte sich. Ali und Frazier waren voneinander abhängig, auch wenn sie es vielleicht nie zugegeben hätten. Wer bereit ist, an die Grenze zu gehen, braucht einen, der ihn an diese Grenze treibt.

Matthias stand auf. »Ich denke, wir werden uns nicht mehr wiedersehen, Hans.« Er nahm ihm das Glas aus der Hand, es war noch halbvoll. »Und jetzt habe ich, wie man in deinen Kreisen so schön sagt, noch *geschäftlich* zu tun.«

Hans stand auf und blickte an ihm vorbei auf die Akte. »Damit kommst du nicht weit.«

»O doch, und du weißt das.«

»Selbst wenn du das öffentlich machen würdest, es interessiert heute keinen mehr.«

»Wer weiß? Das werden wir sehen, wenn es so weit ist, nicht wahr? Auf Wiedersehen.«

»Du bist ein mieser kleiner Verräter, Matthias, nicht mehr und nicht weniger.«

»Sagte Judas und ging«, antwortete Matthias.

»Das wirst du noch bereuen.«

»Das glaube ich nicht.«

Hans versuchte zu lachen, aber es misslang. Dann schüttelte er den Kopf, ungläubig, staunend über die Wendung, die der Nachmittag genommen hatte. »Wahrscheinlich habe ich dich immer unterschätzt.«

»Wahrscheinlich …«

In der Wohnungstür drehte sich Hans noch einmal um. »Aber weißt du, was trotzdem traurig ist?«

»Du wirst es mir gleich sagen.«

»Dass du selbst jetzt kein ebenbürtiger Gegner bist.«

»Wenn dich das besser schlafen lässt, bitte …«

»Und soll ich dir mal sagen, was es ist, das das Ganze so langweilig macht …«

Matthias umfasste die Türklinke und schob die Tür langsam zu. »Ich wünsche dir alles Gute, Hans.«

Hans drückte von außen dagegen und sah an Matthias vorbei in die Diele.

»Sie lebt schon lange nicht mehr hier, nicht wahr …«

Matthias lächelte ein sybillinisches Lächeln.

Hans sah ihn an, er wurde ruhig. »Du hast nichts mehr zu verlieren …«

Matthias antwortete nicht, sondern blickte nur auf Hans' Hand, die immer noch gegen die Tür drückte. Als gehorche er einem stummen Befehl, ließ dieser seine Hand langsam hinabgleiten.

»Wenn du Kontakt zu ihr aufnimmst, wird sie die Erste sein, die von dem Dokument erfahren wird«, sagte Matthias und machte eine Pause. Es war die letzte Karte. Das Ass. Hans konnte sein Staunen nicht verbergen. Und jetzt wurde Matthias bewusst, dass er wohl die ganze Zeit über geglaubt hatte, sie wisse es bereits.

Leise, fast flüsternd fügte Matthias noch hinzu: »Und sie wird nicht die Letzte sein.«

»Du lässt mir keine Wahl, nicht wahr?«

Matthias schenkte Hans ein letztes Lächeln, bevor er die Tür zudrückte. »Man hat immer eine Wahl, oder?«

Blitzkrieg

Fritzsche hörte es aus der Küche klirren. Und es waren weniger die Geräusche, die ihn schmerzten, als das Wissen darum, dass Anne Liebert gerade den letzten Tropfen aus der letzten Bierflasche in den Ausguss beförderte.

Wenig später stand sie mit der Blutdruckmanschette in der Hand vor ihm. »Machen Sie bitte Ihren Arm frei, ich muss noch Ihren Blutdruck messen.« Es klang beinahe fröhlich.

Er blätterte weiter in der Fernsehzeitung, in seiner Stirnhöhle pulsierte etwas.

»Herr Fritzsche?«

Kurz hielt er inne, »Frau Müller«, er blickte sie an, als sähe er sie zum ersten Mal, dann hob er seine Hand und wischte damit durch die Luft, in der Hoffnung, die Bewegung gliche der eines Firmenchefs, der seine Putzfrau hinauskomplimentierte. »Sie können heut früher Schluss machen. Gehnse doch einfach ’nen Kaffee trinken.«

Anne Liebert bewegte sich nicht. Er ließ drei Sekunden verstreichen, dann zog er eine Augenbraue nach oben: »War noch was? Oder wollen Sie etwa warten, bis die Russen wiederkommen?«

Er hatte sich geschworen, sich nichts anmerken zu lassen, aber ihr Anblick war grandios. »Die Fähigkeit, die Fassung zu bewahren, ist was Schönes, weil es so selten gelingt, wenn es drauf ankommt«, dachte er und spürte das Lächeln auf seinen

Lippen. Doch plötzlich war sie mit einem Schritt bei ihm, beugte sich zu ihm herunter, ihre Hände stützten sich rechts und links von seinen Schultern an der Sofalehne ab. Von irgendwoher wehte ihn jetzt das Gefühl echter Bedrohung an, aber an Flucht war nicht mehr zu denken. Er blickte starr an ihr vorbei, doch sie war nicht zu ignorieren – ihr Haar hatte den Geruch von gebratenen Zwiebeln.

»Wissen Sie was?« In ihren Augen blitzte etwas auf, was er kurz zuvor in den Nachrichten genau so bei einem Palästinenser gesehen hatte, dessen Haus die Israelis aus Versehen bombardiert hatten. Er legte seinen Kopf in den Nacken und versuchte, nicht durch die Nase zu atmen. »Sie fangen langsam an, mir gehörig auf den Sack zu gehen.«

»Gehören Sie auch zu denen, die beim Pinkeln die Vorhaut zurückziehen«, wollte er fragen, aber der Zwiebelgeruch hatte ihm jegliche Kraft zum Sprechen geraubt.

Nicht mehr lange, dachte er, nachdem sie abgehauen war, dann würde er übergehen zu Phase vier. Wenn er eines begriffen hatte, dann das: Die meisten dieser Gutmenschen, dieser Flakhelfer waren sich ihrer Sache aus einem sehr einfachen Grund sicher: weil sie um die Abhängigkeit des anderen wussten. Und bereits nach wenigen Handgriffen begannen sie, einen mit dieser Großzügigkeit zu behandeln. Als wäre man ein Hund. Ein Hund, den man aus dem Heim geholt und in Pflege genommen hat, den man füttert und pflegt und liebt – damit er bleibt. Er würde ihre Erwartungen erfüllen, sogar mehr als das, Fritzsche lächelte und strich beinahe zärtlich über den Fleck auf dem Sofa, der fast nicht mehr roch, was er ein wenig bedauerte. Er dachte an Thorsten, die Tucke, jetzt würde er den Spieß umdrehen – und damit wäre er auch die Neue los.

Arktis

Anne schob den Einkaufswagen in den Mittelgang und blieb stehen. Dann öffnete sie die Kühltruhe einen Spalt, nur so weit, dass sie gerade ihre Hand durchschieben konnte. Langsam begann die Kälte, die Finger zu umarmen, die Knorpel, den Handwurzelknochen, sanft und unerbittlich. Sie schob ihre Schulter noch etwas nach vorn, ihre Hand glitt tiefer. Sie begann, von zehn abwärts zu zählen. Der Schmerz wurde bösartiger. Das half.

Typen wie Fritzsche, so hatte sie bis heute Morgen noch geglaubt, konnten sie nun wirklich nicht mehr vom Hocker reißen. Es gab sie so oft, dass ihre Existenz bereits klischeebehaftet und TV-kompatibel war. In jedem drittklassigen Drehbuch tauchte das »starrköpfige, verwitwete, herzkranke Ekelpaket« kurz vorm Höhepunkt auf, und irgendeine übereifrige Regieassistentin vermerkte noch mit Bleistift neben der Rollenbeschreibung: hält keinerlei Diät ein, stopft alles in sich hinein, was der Arzt ihm verboten hat – zu viel Fett, zu viele Kohlenhydrate, zu viel Schnaps –, lehnt seine Tabletten ab, spielt mit den bunten Pillen lieber *Scrabble*, die blauen sind Vokale, die grünen Konsonanten. Das war nun alles nicht wirklich neu, und statistisch gesehen hatte wahrscheinlich jeder fünfte Bundesbürger so was zu Hause sitzen und nannte es »Vater«.

Anne senkte den Kopf und blickte durch die Plastikscheibe

des Schiebedeckels. Langsam begann sich ihr Puls zu normalisieren.

Es war in ihnen, den Alten, nicht in allen, aber in einigen: das große Bedürfnis nach der Freiheit von den anderen, das kontinuierliche Wegarbeiten von Nähe. Vielleicht war es schon immer da gewesen, vielleicht erst später dazugekommen wie ein guter Freund auf eine Party, dessen S-Bahn Verspätung hatte. Und nur in sehr raren Momenten, wenn sie sehr müde waren vielleicht, spürten sie das tiefe Verlangen, friedlich zu werden, unbelastet, unbesorgt – nicht mehr sie selbst zu sein. Und vielleicht waren sie dann sogar froh darüber, dass es jemanden gab, der das immer fortdauernde, fieberhafte Pochen in ihrer Brust erkannte und verstand. Und egal wie tief die schlimmsten Schlampsäcke in sich vergraben waren, irgendwann hatten sie sich an ihre Gegenwart gewöhnt wie an Blut-, Lungen- und Stuhluntersuchungen. Sie wurden verletzlich und wund, und etwas ließ sie unter der Haut leuchten, sobald sie in ihrer Bude stand, sich mit ihnen unterhielt, und sei es nur über die verschiedenen Ausprägungen von Wetter, sobald sie ihnen den Fernseher einschaltete und die alten Bekannten – Schlagersänger, Starköche, Wahrsager – hinter der Mattscheibe auftauchten und winkten, sobald also das simple Gefühl, umsorgt zu werden, ihr Zimmer erfüllte. Einer von der Sorte. Hatte sie gedacht.

Ein Mann beugte sich plötzlich neben ihr über die Tiefkühltruhe und schob die Abdeckung auf. »Darf ich mal?« Anne blickte nach unten. Die Spitzen ihrer Finger lagen beinahe zärtlich auf dem verkümmerten Flügel eines Suppenhuhns und ließen sich nicht mehr heben.

Er nahm eine Packung *Chicken Wings*, dann schob er zögerlich die Abdeckung wieder zurück – bis kurz vor ihr Handgelenk. Er wartete noch einen Moment, bis sie die Hand heben würde. Aber sie bewegte sich nicht. Sie lächelte. Gerade so viel wie notwendig. Er lächelte unsicher zurück, drehte sich dann aber hastig um und ging. Sie sah ihm hinterher. Sie war jetzt immun. Gegen Kälte und Freundlichkeit.

Sie war bereits kurz davor, zu gehen. Sie hatte ihre Tasche in der Hand und auf die Frage »Brauchen Sie noch etwas?« verzichtet, als sie sah, wie er seelenruhig einen vollen Flachmann ansetzte. Es war ein gnadenlos kalkulierter Angriff, aber sie hatte nur gelächelt, ein bisschen maliziös. »Lassen Sie sich's schmecken, Herr Fritzsche.«

Er hatte genickt, den Flachmann abgesetzt, »Danke«, und dann hatte er sich zu ihr gedreht, als wäre sie ein guter Freund oder Saufkumpan. »Wissen Sie, *Diabetes*, Frau Liebert«, er schob den halbleeren Flachmann in die Ritze des Sofas zurück und setzte ein zerschlissenes Zierkissen hinterher, »is kein Zuckerschlecken.«

Sie hatte genickt, wie man einem kleinen, dummen Kind zunickt, sehr, sehr freundlich. »Sie müssen's ja wissen, Herr Fritzsche«, hatte sie noch gesagt und sich schon halb umgedreht, als er plötzlich die Arme vor der Brust verschränkte und sich zurücklehnte. Irgendetwas an dieser Bewegung war übertrieben, als ob es jetzt noch einmal darum ging, ihre Aufmerksamkeit auf sich zu lenken, und dann konnte sie den Fleck sehen, auf dem Sofapolster, dort, wo er saß, wie er immer größer wurde, sich schnell ausbreitete, nach links und nach rechts, weg von den grauen Streifen seines Bademantels. Sie sah ihm ins Gesicht, und als habe er nur darauf gewartet, nahm er ihren Blick auf, und dann lächelte er, das Lächeln eines Mannes, der nichts mehr zu verlieren hat.

Die Kälte zog jetzt an den Zähnen hoch. Anne lehnte sich gegen die Kühltruhe, und während die Finger ihrer rechten Hand taub wurden, betrachtete sie die defekte Leuchtstoffröhre, die am Ende des Mittelgangs flackerte, kurze Schattenblitze.

»Glaubst du an Wunder?«, hatte Mehdi sie damals auf dem Flachdach von Haus B gefragt, während die Sonne ihnen direkt ins Gesicht schien.

»Nee«, sie hatte den Kopf geschüttelt, »die gibt's in unserem Viertel nich.«

Dann hatte sie gegrinst, und dann hatte Mehdi gegrinst, und dann hatten sie in die Weite über der Plattenbausiedlung geblickt, über die weißen Flachdächer, die sich in den Horizont falteten wie die Brandung am Meer, und an diesem Tag sahen sogar die scheißverdreckten Assi-Tauben ein bisschen aus wie Möwen.

Irgendwann stieß er mit seiner Schulter an ihre, »Pass auf…«, und blickte weiter starr geradeaus zu dem Streifen Autobahn am Horizont, als würde dort bald ein Flugzeug abheben, »… eines Tages winke ich dir aus dem Stadion direkt ins Nachrichtenstudio, und all die Flachzangen, die hier noch wohnen, weil sie es nicht geschafft haben, staunen sich den letzten Rest Hirn auch noch weg.«

Sie hatte ihn ausgelacht, aber insgeheim hatte sie gehofft, dass es genau so kommen würde, der Fußballstar und die Nachrichtensprecherin, und weil ihr Bier alle war und sie noch ein bisschen Zeit hatten, bis das Flugzeug abheben würde, hatte Mehdi vom Rande des Flachdachs gepinkelt, direkt auf den Balkon darunter, in einen Blumenkasten mit Geranien, und auch sie hatte sich in die Hocke begeben, während Mehdi sie festhielt, und sie rief »Aber nich kucken!«, und er antwortete: »Pfff! Da is ja in der Wüste mehr Wachstum!« Sie waren dreizehn, und es war ein großer, weiter Himmel in und über ihnen, auch wenn sie damals den Blumenkasten nicht so richtig getroffen hatte, sondern nur den Kopf des süßen Kampfhundes, der, auf dem Campingstuhl liegend, gerade in der Sonne döste.

Anne betrachtete die Regalreihe mit den Konservendosen.

Sie hatte nie darum gebeten. Um den Job nicht und diesen Alten nicht, der offensichtlich das Drehbuch nicht gelesen hatte, denn spätestens nach der dritten mit ihm gedrehten Szene hätte er diesen Hundeblick aufsetzen müssen, und die anfängliche Antipathie des Zuschauers hätte sich in Sympathie verwandelt, und alle, alle hätten sich gewünscht, dass es ewig so weitergehen würde, dass die Altenpflegerin ihn wie ihren eigenen Mann füttert und pflegt und liebt, damit er bleibt, der geläuterte Heimhund, der stubenreine Straßenköter.

Stattdessen hatte er heute morgen wissentlich und willentlich sein eigenes Sofa vollgepisst, hatte sich mit Vorsatz vor ihr vergessen, als sei es sein gutes Recht, als sei er der Einzige, dessen Bewusstsein tagtäglich mit feinen Nadeln gereizt wurde, von Anfang an hatte er ihr seinen Selbstzerstörungstrieb provokativ und unaufhörlich zwischen die Knochen gerieben, und wieder spürte sie die stille Wut in sich hochsteigen, die stille Wut eines Kampfhundes, dem gerade jemand auf den Kopf gepisst hatte.

Eine junge Frau bog jetzt mit ihrem Einkaufswagen von der anderen Seite in den Mittelgang ein, aber Anne merkte es nicht. Sie könnte Fritzsche mehr Insulin spritzen, als seine Dosis es vorsah, sie könnte ihm das spitze Ende eines Bleistifts direkt ins Ohr jagen, und tatsächlich könnte sie Mehdi dann endlich zuwinken, direkt aus dem Gerichtssaal, im Bericht der Tagesschau, noch ohne Handschellen, aber mit dem Lächeln einer Frau, die alles gegeben und nichts mehr zu verlieren hatte.

»Hallo, Frau Liebert. Na? Auch noch ein paar Besorgungen machen für's Wochenende?«

Anne erschrak.

»Ich bin's. Nina. Nina Hellmann.« Sommersprossen schoben sich jetzt vor Fritzsches hängende Mundwinkel. Lachfalten. Ein freundliches Gesicht. Lebendig. Sie hatte es noch nie gesehen.

Ihr Blick fiel auf die ausgestreckte Hand der Frau. Aber selbst wenn das hier ihre eigene Mutter gewesen wäre – im Grunde hätte sie jetzt lieber noch eine nicht unerhebliche Weile mit sich selbst verbracht, wäre gerne weiter hängengeblieben in diesem Zwischenraum, mit Schmerzen und ohne Hoffnung, aber da, im Mittelgang, vor den Tiefkühltruhen, eine lebende Kältebrücke.

»Ich arbeite im Hort der Willy-Brandt-Schule.«

Annes Mund fühlte sich trocken an.

»Marie, so heißt doch deine Tochter, nicht wahr? Marie Liebert.«

Mit einem Ruck zog Anne ihre Hand aus der Arktis, Blut rauschte in ihren Ohren, sie schob ihren Unterarm hinter den Rücken, ohne einen Blick darauf zu werfen. Es ging jetzt vor allem darum, den Eindruck zu vermeiden, man sei vom Weg abgekommen.

»Erinnerst du dich? Das Sommerfest der Schule …«

»Ah, ja, Tina …«, zögerlich hob sie ihre linke Hand, »… hallo«, und während sich ihr Blick in den springenden Locken verfing, die das Gesicht der Frau einrahmten, tauchten schemenhaft Bilder vor ihr auf. Lampions. Selbstgebackene Kuchen. Mütter, die sich über Pizza-Rezepte unterhielten. Kinder, die artig »Blinde Kuh« spielten oder Fangen.

Sie hatte damals den einfachsten Kuchen gemacht, den es

gab: Sandkuchen. Und genauso schmeckte er leider auch. Als die ersten Eltern gingen, »Leider, wir müssen noch mit Jutta zum Schwimmtraining«, da hatte sie Marie blitzschnell in die Seite gekniffen: »Los, wir hauen auch ab.« Und während sie hastig den Sandkuchen zusammenpackte, hörte sie noch, wie das Kind ihr in den Rücken flüsterte, »aber ich hab doch meinen Badeanzug nich dabei«.

»Na?« Ninas Augen blitzen fröhlich. »Wie geht's Marie?«

Anne nickte, ein wenig zu heftig. »Sehr gut.« Nicken. »Wir waren gestern baden.«

Nina lachte. »Ach, Mensch, toll, wo wart ihr denn?«

Anne lächelte.

Nina wartete.

Anne senkte den Kopf.

»Hinten bei …« Anne räusperte sich. »Da hinten, bei …«

Nina sah aus, als blicke sie gerade in das Gesicht einer Schülerin, die im Hort an der Mathehausaufgabe knobelte und weit davon entfernt war, die Lösung zu finden.

»Meinst du etwa das Freibad hinten bei der Kleingartensiedlung?«

»Genau.« Anne atmete hörbar aus. Genau das. Bei der Kleingartensiedlung. Wo auch immer die war.

»Das ist schön dort. Sind ja immer viele Familien da, aber man kann ja auch so seinen Spaß da haben.« Nina senkte lächelnd den Blick. »Auch wenn man noch keine Kinder hat.«

Anne wollte gerade »Na ja« sagen und einen Witz machen, aber dann kam sie sich plötzlich schäbig vor, und kurz dachte sie daran, dass sie mal wieder was unternehmen müssten, dass sie überhaupt mal was unternehmen müssten, Marie und sie. Was mit Zuckerwatte. Oder Ponyreiten vielleicht. So was eben.

»Die grillen da ja wie verrückt, das duftet immer so gut.«

Anne nickte, »ja, stimmt, is wirklich schön da«, sie wartete, »so …«, sie überlegte, »… idyllisch.«

Sie spürte, wie sie rot wurde, dann senkte sie den Kopf. Irgendetwas war mit der Betriebstemperatur passiert, inner- und außerhalb ihres Körpers. Sie konnte es sich nicht erklären, vielleicht lag es daran, dass ihre Hand fast vollständig aufgetaut war und der fehlende Schmerz sie ein bisschen übermütig hatte werden lassen, vielleicht lag es aber auch an diesem Duft, der so leicht und vorurteilsfrei in der Luft lag, seit Nina vor ihr stand.

»Neulich habe ich im *Brigitte*-Sommerheft ein tolles Rezept gefunden …«

Nina begann die Zutaten aufzuzählen, die Zubereitung zu erklären, und bald würde sie vom Ergebnis schwärmen, aber Anne hörte nicht mehr zu. Sie betrachtete Ninas Gesicht, die Natürlichkeit in ihren Bewegungen, das Lächeln, die Selbstverständlichkeit, mit der sie vom Rezept einer Frauenzeitschrift erzählte, als ob sie davon ausginge, dass Anne sich auch ab und zu gerne Bastel-Tipps aus dem Kreativteil holte.

Vorsichtig fuhr sich Anne durchs Haar. Sie hatte sich immer Mühe gegeben, sich jeden Morgen ein Gesicht geschminkt, dem man den sozialen Wohnungsbau nicht ansah, sie hatte Ärsche abgewischt und Insulinspritzen gesetzt und gelernt, ihre Wünsche nicht mehr zu groß werden zu lassen. Und sie hatte sich daran gewöhnt, dass sie immer eine daumendicke Glasscheibe trennen würde von denen, die an lauen Sommerabenden in kleinen Gruppen auf Wiesen lagen, die in charmanten Bars Bier tranken, sich Dinge zuriefen und wirkten, als läge das ganze Leben noch vor ihnen. Neue Jobs. Neue Ideen. Neue Freundschaften. Doch jetzt, hier, war plötzlich etwas anders. Etwas hatte gerade ihren Arm gestreift, hauchdünn nur, aber dennoch. Anne blickte auf Ninas Strickjacke. Weil heute schon alles schiefgelaufen war, konnte nichts, was sie jetzt noch tat, ins Gewicht fallen, sie konnte es einfach tun, weil ihr danach war. Sie könnte einfach einen Schritt auf Nina zugehen, sich von ihr in den Arm nehmen lassen, ihre Nase in den schönen Wollstoff der Strickjacke tauchen, sie könnte sich von ihrem Vanilleduft so lange einhüllen lassen, bis nichts anderes mehr zählte als diese Leichtigkeit.

Ein junger Mann trat plötzlich hinzu, er legte den Arm um Nina, streckte Anne die Hand entgegen. »Hi«, er lächelte, »ich bin Tom.«

Seine Haare waren ein bisschen verstrubbelt, er hatte ein T-Shirt an, auf dem *Commodore 64* stand, seine Jeans war *used* und die Sneakers von *New Balance*. Grafiker war er vielleicht oder Assistent an der Uni, aber auch einer, der zu Hause mal mit anpackte, Nina half, hier und da, und gerne auch mal ein Bier trinken ging mit den Kumpels, in die Kneipe um die Ecke, während Nina sich zu Hause einen schönen Fernsehabend machte mit einem Glas Rotwein und Ang Lees *Sinn und Sinnlichkeit*.

»Heute im Angebot: Tiefkühlware – 20 % auf alle Gemüsesorten«, hallte es durch die Gänge.

Sie hätte jetzt gerne gehasst, sie hätte dieses Schöner-Wohnen-Paar jetzt einfach gerne gehasst, aber es ging nicht, es ging einfach nicht, im Gegenteil. Menschen, das war es, was sie dringend brauchte. Menschen ihres Alters, Menschen wie diese, mit denen man sich nicht schmuddelig fühlte, belästigt, klaustrophobisch. Die mit ihr redeten, als würden sie sie gut kennen, als wären sie befreundet, die gerne spazieren gingen und die vor allem gut von sich selbst und ihren Mitmenschen dachten. Anne beschloss, sich noch heute eine *Nivea*-Creme zu kaufen.

Nina streifte sich eine Strähne hinters Ohr, eine Locke sprang wieder zurück und kräuselte sich schräg vor ihrem Ohr. Anne widerstand dem Impuls, die Locke anzufassen. Sie hätte Ninas Haare gerne berührt, aber es war nicht notwendig. Es war jetzt in ihr, sie konnte sie sehen, die Helligkeit, und spüren. Sie könnten endlich anfangen, ihr entgegenzugehen, Marie und sie, langsam, in kleinen Schritten, natürlich. Man musste nur irgendwo anfangen. Vielleicht morgen. Morgen früh. Mit Weißbrotstreifen und einem flüssigweichen Ei. Und dann würde sie auch endlich ihr Versprechen einlösen und mit der Kleinen in den Zoo gehen.

»Na, dann«, sagte Nina, »ein schönes Wochenende noch.«

Anne nickte und griff jetzt in das Regal, nahm den Eimer Schokopudding aus dem Biofach und zwang sich, nicht auf den Preis zu sehen.

»Für Marie«, sagte sie.

Nina hatte sich schon halb umgedreht, doch dann zögerte sie. »Schade, dass deine Tochter nicht mehr im Hort ist.«

Anne lächelte wieder, weil sie den Modus noch nicht ganz verlassen hatte, aber noch bevor sie sich überlegen konnte, was sie antworten sollte, sprach Nina weiter. »Das Mittagessen lässt sie sich noch schmecken, und bei den Hausaufgaben darf ich ihr auch noch helfen, aber dann kann sie's immer kaum erwarten, wegzukommen.« Nina lachte fröhlich. »Aber es scheint ihr ja gut zu gehen bei ihrem Großvater. Kann man ja gar nicht mehr an einer Hand abzählen, wie oft die schon im Zoo zusammen waren.« Sie beugte sich ein Stück nach vorn und senkte ihre Stimme. Vanilleduft. »Ich glaube, die anderen Kinder sind fast ein wenig neidisch.«

Die Geräusche um sie herum waren plötzlich verstummt, sie betrachtete ein Stück Raum knapp rechts über Ninas Kopf.

Sie hatte ihren Vater das letzte Mal vor sechzehn Jahren an einer Ampel gesehen, zumindest hatte sie das geglaubt. Seitdem war er spurlos verschwunden. Martins Vater hingegen war bereits vor zwanzig Jahren seelenruhig eingeschlafen und, soweit sie wusste, seitdem nicht wieder aufgewacht. Bei dieser Rechnung stand unterm Strich seit Jahren eine Null, und bis eben hatte sie geglaubt, dass das Kind im Hort sei, während sie Hausbesuche bei den Alten machte oder putzen ging.

Und da begriff Anne, langsam, es dauerte, aber dann zerriss etwas die Luft. Es war kein Geräusch, sondern ein Zittern unter den Füßen, in den Lungen, in den Muskeln, ein Wunsch zu schreien, solange es niemand hörte.

Die Tiere Afrikas

Anne öffnete das Fenster und verkreuzte die Arme vor der Brust. Über dem Westteil der Stadt schwebte ein Heißluftballon, und hinter die Antennen auf dem Dach gegenüber hatten sich hellrote und goldene Sonnenstreifen gelegt. Oktoberlicht, obwohl noch Sommer war. Eigentlich mochte sie das.

Den ganzen Vormittag über hatte sie Hintern gewaschen, Zähne geputzt, Windeln angelegt und Urinbeutel geleert, so routiniert wie immer, dann hatte sie sich die Liste vorgenommen und ihre Häkchen gesetzt, so routiniert wie immer, Waschen Oberkörper, Waschen Unterkörper im Bett, am Waschbecken, Rasieren, Gesichtspflege, Kämmen, Zahnpflege, Inkontinenzmaterial wechseln nach Wasserlassen, nach Stuhlgang, Aufstehen, Ankleiden, in den Rollstuhl setzen. Den Nachmittag aber hatte sie sich freigenommen, und da, am Straßenrand im Auto bei laufendem Motor, begann das Zittern, nur wenig, nur ein bisschen, aber sie konnte es nicht abstellen.

Der Heißluftballon verschwand jetzt hinter der Silhouette eines Hochhauses.

Sie hatte gewartet, ein paar Minuten, und endlich durchschritt Marie den Torbogen der Schule und betrat den Gehweg. Ihr Schulranzen war zu schwer, jedenfalls drückte etwas ihre Schultern nach unten. Sie hatte ihren Bauch vorgeschoben, ihre Arme hingen teilnahmslos herab. Als sie an den parkenden Autos vorbeilief, konnte Anne sehen, dass ihre Schnürsenkel offen waren. Ihr Blick hinter der Brille fokussierte nichts Bestimmtes, aber etwas lag in ihrem Gang, eine Freude, ein Hasten, eine Energie, wie sie Anne noch nie an ihr gesehen hatte.

Sie hatte das Gaspedal gedrückt und war losgefahren. Im Schritttempo, hinter ihr hupte es, ein Radfahrer tippte sich an die Stirn, aber sie sah nur die Sportjacke aus Ballonseide, die im Mittagslicht glänzte, *adidas*, die vorbeizog an Imbissbuden, Handyläden, Drogeriemärkten – ein blauer Luftballon, den der Wind durch die Straße trieb. Die Jacke hatte Martin gehört, es war eines der wenigen Kleidungsstücke, die er nicht geklaut hatte, er hatte immer behauptet, er habe sie lange vor der Wende gehabt, aber sie wusste, dass das nicht stimmte, dass sie aus dem Secondhand in Hellersdorf stammte. Sie hatte sie irgendwann im Wäschesack gefunden und in den Müll geworfen. Da musste Marie sie wieder rausgefischt haben, sie war ihr viel zu groß, manchmal hatte sie sogar darin geschlafen, obwohl Anne es ihr verboten hatte.

»Schade, dass Marie nicht mehr im Hort ist.«

Es waren nur zwei Tage vergangen, seit sie Nina im Supermarkt getroffen hatte, aber bis vor ein, zwei Stunden war es ihr vorgekommen wie eine Ewigkeit.

Sie hatte einfach Nina und den Einkaufswagen stehen lassen und war sofort nach Hause gefahren. In der Wohnung war sie an den Schreibtisch gerannt, zu dem Stapel Papier, der dort seit Monaten lag und den sie eigentlich schon vor langer Zeit abarbeiten und ausmisten wollte. Zum Glück dauerte es nicht lange, und sie fand den Hortvertrag. Sie las ihn sich durch, immer und immer wieder, die Kleine hatte ohne ihre Erlaubnis doch gar keine Möglichkeit, einfach so aus dem Hort abzuhauen, doch dann stutzte sie. *Sollte ihr Kind eher gehen müssen und nicht an den Freizeitangeboten teilnehmen können, füllen Sie bitte den beiliegenden Vordruck aus.* Es stand kleingedruckt am Ende des Vertrages, hastig blätterte Anne den Vertrag noch einmal durch, aber da war kein Vordruck, nur ein kleiner Riss an der rechten oberen Ecke der letzten Seite und eine lose Metallklammer.

Und als Marie zwei Tage später hinter einer Dönerbude abbog, während sie im Auto saß und sie beobachtete, da hatte sie sich plötzlich gefragt, was da sein würde, wenn das Kind stehen geblieben war, was dann übrig bleiben würde von ihrer beider Leben.

Vor der großen Einkaufsstraße hatte sie angehalten und das Auto im Halteverbot geparkt. Sie war ausgestiegen, aber dann war sie stehen geblieben, für einen Moment, still, hatte auf den Menschenstrom geblickt, ein langes Band, zwischen Glasfassaden und haushohen Plakatwänden, der Anorak war verschwunden, nur manchmal noch tauchte ein blauer Lichtfetzen auf, immer kleiner werdend, wurde er weitergetrieben, und da war sie losgerannt, *Mango*, *ZARA*, *Burger King*, Glas, Stahl, Chrom, an Schultern, Handtaschen und Sonnenbrillen vorbei, *Ey, kannste nich aufpassen, du Schlampe*, bis vor den Technikdiscounter, und während sie Luft holte und die plötzlichen Geräusche um sie herum die Stille im Kanal zerrissen, spuckte der gläserne Aufzug in der dritten Etage einen blauen Fleck aus.

Der Teppichboden hatte jeden Schritt verschluckt, aber sie war dennoch so vorsichtig den Gang entlanggelaufen, als wollte sie einen Schlafenden nicht wecken. In der Abteilung war es ruhig gewesen, es waren nur wenige Kunden da, und die Mitarbeiter in ihren blauen Hemden waren so unaufgeregt zwischen den Gängen hin- und hergelaufen, zwischen Waschmaschinen, Staubsaugern und Kühlschränken, als seien sie hier ganzjährig zu Hause.

Die Längsseite der Etage bestand nur aus Fernsehern, die Bildschirme schienen riesig zu sein, aber wahrscheinlich lag das nur daran, dass die Decke so niedrig hing. Anne hatte ihren Schritt verlangsamt. Überall lief das Gleiche, »Die Tiere Afrikas« stand in weißen Buchstaben am rechten unteren Bildrand, die Farben waren gestochen scharf, und aus tausend Fenstern brannte sich jetzt das Licht der Serengeti, das sich im samtigen Fell des Leoparden brach, hinter die Stirn derer, die zusahen.

Wie angewurzelt war Anne stehen geblieben, ihr Magen krampfte sich zusammen. Der Schulranzen lag umgekippt neben der Bank und ragte wie eine fremdartige Eisscholle aus dem Teppichboden. Marie hatte den Kopf in den Nacken gelegt, starrte auf den riesigen Bildschirm über ihr, und die zerfisselten Spitzen ihrer kurzen blonden Haare flirrten in dem Luftzug der Klimaanlage, als wären es Federn.

»Die kommt immer nach der Schule.«

Anne drehte den Kopf. Das Logo des Elektroriesen auf blauem Hemdstoff. Er lächelte. »Manchmal, wenn wenig los ist, dann stellen wir ihr sogar den Ton an.« Er nickte in Maries Richtung. »Tierfilme.« Er machte eine Pause. »Die hat sie am liebsten.« Er lächelte freundlich. »Aber nun zu Ihnen. Wie kann ich Ihnen …«

Anne blickte in zwei Augen und einen Mund, der sich lautlos öffnete und schloss.

»Ich hab Hunger.«

»Wie bitte?«

Marie senkte den Kopf. »Ich hab Hunger.«

Anne schloss das Fenster und drehte sich zu ihr. Maries

Augen waren immer noch verheult. Sie hatte sie vor einer halben Stunde ins Bett geschickt – ohne Abendessen, Strafe musste sein. Anne atmete tief ein. »Mach das nie wieder, hörst du.«

Marie zog die Nase hoch, aber der Schleim blieb an den Nasenlöchern kleben. Sie hätte die Kleine jetzt gerne in den Arm genommen, aber dann hätte sie selbst losgeheult, sie spürte bereits den Klumpen im Magen. Im Grunde war es ihre eigene Schuld, wenn sie mehr Zeit hätte, sich um das Kind zu kümmern, dann wäre das alles wahrscheinlich nicht passiert.

»Wie hast du das eigentlich mit der Unterschrift gemacht?«

Marie blickte zu Boden. »Lina hat mir geholfen.«

»Lina?«

Sie nickte.

Lina war eine sympathische vierzehnjährige Punkerin, die im ersten Stock wohnte und die sich wahrscheinlich sogar darüber gefreut hatte, dass Marie schon so früh auf alles pfiff, was auch nur im Entferntesten mit der Schule, in diesem Fall dem Hort, zu tun hatte.

»Und die hat den Vordruck in meiner Schrift einfach so unterschrieben?«

Marie nickte. »Die mag auch Tiersendungen.«

»Aha.«

Anne erinnerte sich, dass Lina im Haus mal Anmeldeformulare für einen Tierschutzbund verteilt hatte. Vielleicht war es tatsächlich so einfach, vielleicht hatte Marie ihr aber auch noch das Taschengeld des letzten halben Jahres zusammengespart für die Aktion. Anne atmete tief ein. Irgendeine Lösung für Maries Unterbringung am Nachmittag musste sie finden, aber jetzt gab es erst mal Wichtigeres.

Sie bückte sich, öffnete den Kühlschrank, warf einen Blick hinein und schloss ihn wieder.

»McDonald's?«

Die Kleine nickte. Anne strich ihr über den Kopf, schnell und hastig, als würde sie sich schämen.

»Na los, dann zieh deine Schuhe an, du Ausreißer.«

Speisecafé Süd

»Hinten links«. Resolut wies Gerda an ihrem Gesicht vorbei, Anne drehte sich um, und für einen Moment blickten beide in die Ecke des Gastraums wie auf einen Tatort.

Auf dem Einzeltisch stand ein Salz-und-Pfeffer-Gedeck, unter den Kunstblumen lag eine Plastikserviette mit Scherenschnitt. Der einzige Stuhl zeigte zur Wand, an der eine Fotografie in verblichenen Farben Reklame machen wollte für einen Urlaub an der See.

»Er hat nicht viel gesagt, keine Gäste belästigt oder Mist erzählt. Hat sein Bier getrunken, das war's.«

Anne nickte. Nach mehr sah es in der Ecke auch nicht aus. Von der rechten oberen Kante des Bildes hatte sich eine Reißzwecke gelöst, das Papier war fast bis zur Hälfte eingerollt und hing müde herunter. Das, was noch zu sehen war, bestand aus ein paar Bäumen, einem behaarten Männerbein und einem Stück Pfütze, das das Meer sein sollte. Auf einem Schriftzug links unten stand in veralteter Grafik: die Ostsee. Anne stellte sich vor, dass sich unter dem Rest des Plakats lachende FKKler versteckten, die sich an der lässigen Prerow-Connection »Wald, Wiese und Wasser« erfreuten, vielleicht ein Typ zwischen zwei Frauen, der fragte: »Und ihr habt wirklich zwei Kondome dabei?« Es würde jedenfalls zu Fritzsche passen, dass der Spaß gleich zwei Straßenecken weiter war, aber er nur den Asphalt sehen konnte.

Anne drehte sich zurück zum Tresen und zog ihre Lederjacke aus. Die Schulterpartie war noch nass vom Regen. Sie legte sie auf einen der Barhocker, die am Tresen standen. Die roten Lederbezüge waren an den Seiten aufgerissen, Schaumstoff quoll hervor.

»Wollnse 'n Wein?«

»Nee, danke, mir reicht 'n Wasser.«

»Mit oder ohne Sprudel?«

Anne stützte sich an der Theke ab.

»Ohne.«

Die Gaststätte lag an einer der großen Ausfallstraßen am Rande der Stadt, dort, wo die Fassaden der Wohnblocks von den Abgasen grau geworden waren. Neben der Eingangstür stand eine Tafel mit dem Schriftzug »Speisecafé Süd HO-Gaststätte«, krakelige, mit Kreide geschriebene Buchstaben warben für »Saure Eier« und »Schnitzel mit Beilage« zu je vier Euro.

Gerda legte einen Bierdeckel auf den Tresen und stellte das Glas Wasser darauf. »Der Fritzsche.« Sie lächelte, dann stellte sie zwei leere Pilsflaschen in den Bierkasten, der in einem breiten Regal schräg neben dem Zapfhahn stand. »Mein Mann Albert und er, na ja, die kannten sich von der Arbeit, draußen bei der RAW. Und manchmal trafen wir uns alle zum Stammtisch an der Almstadtstraße.«

Sie bückte sich und wuchtete scheinbar mühelos einen vollen Limonadenkasten in das Regal. Anne nickte. Die Frau war klein und zierlich, aber nicht zerbrechlich, und ihre Haut hatte etwas von jener kräftigen Rosigkeit, die sich in diesem Alter und mit diesem Kneipenjob nur mit viel frischer Luft und einer ordentlichen Portion Bodenständigkeit erklären ließ.

Sie zog das Glas Wasser heran. Im Gastraum hinter ihr

wurde es lauter. Jemand begann aus einer Zeitung vorzulesen. Offensichtlich ging es um alte und neue Häuser in der Stadt, und jedes Gebäude, das abgerissen oder umgebaut wurde, gab das Stichwort. Ein Chor aus Stimmen erhob sich, und jeder glaubte zu wissen, was früher dort gestanden und wer mit wem zu DDR-Zeiten damals am Bau oder bei der Einrichtung der Sanitäranlagen gearbeitet hatte.

»Und jetzt? Jetzt kaufen sie Häuser auf ohne Ende, die Scheißschwaben.«

»Kann sich doch keiner mehr leisten, diese Parfüm-Mieten.«

»Ich sag's euch: Bald wohnt hier kein Ostberliner mehr.«

»Eines schönen Tages kommt 'n Bus und karrt uns alle nach Hellersdorf!«

Gerda, die gerade die Gläser im Regal sortiert hatte, lehnte sich jetzt über die Theke. »Bevor ihr morgen nach Hellersdorf müsst, esst ihr euch hier aber noch mal richtig satt!« Gelächter. Dann wandte sie sich wieder Anne zu.

»Wollnse was essen? Heute gibt's Gulasch im Angebot.«

»Nee, danke.«

Gerda öffnete eine Dose Erdnüsse, kippte den Inhalt in ein Glasschälchen und schob es über den Tresen.

»Bin gleich wieder da. Dann können wir uns in Ruhe unterhalten.«

Sie verschwand durch eine Schwingtür, die Klappergeräusche aus der Küche wurden lauter, wenig später hing der Geruch von Bratkartoffeln in der Luft. Anne griff in die Schüssel mit den Erdnüssen.

»Alles Gute zum Hochzeitstag. Eure Gerda.« Das und ein paar Zahlen, mehr hatte sie nicht gefunden. Sie hatte zwar nicht viel Zeit zum Suchen gehabt, weil der Alte argwöhnisch jede ihrer Bewegungen verfolgte, aber sie wusste, dass sie, selbst wenn sie mehr Zeit gehabt hätte, nicht mehr gefunden hätte. Die Glückwunschkarte hatte an dem Topf mit den Plastiktulpen gelehnt, und auf der schmalen oberen Holzleiste des Schlüsselbretts hatte die Visitenkarte gestanden. Sie hatte ausgesehen wie aus einem dieser Automaten, die an Bahnhöfen stehen und in denen man sich für fünf Euro innerhalb von fünfzehn Minuten eine gedruckte Identität in schlechter Word-Art-Grafik erstellen konnte. »Speisecafé Süd. Mittags- und Abendtisch. Inhaberin: Gerda Schimanski«. Die Information war im wahrsten Sinne des Wortes übersichtlich, aber es war besser als nichts.

Lassen Sie den Alltag hinter sich und genießen Sie den Feierabend hier auf Radio Spree!

Aus den dunkelbraunen, holzfurnierten Boxen, die über dem Windfang hingen, schallte Schlagermusik. Anne sah auf die Uhr. Halb sieben. Wahrscheinlich saß Marie gerade vor dem dritten Leberwurstbrot und heulte immer noch. Sie blickte auf die Erdnüsse.

Sechs Jahre. Sechs Jahre hatte sie gebraucht, bis sie sich an Marie gewöhnt hatte, und, ja, mittlerweile war es ein schöner Gedanke, dass es jemanden gab, der abends auf sie wartete. Na ja, Anne wischte sich mit dem Handrücken das Erdnusssalz vom Mund, *warten musste* traf es wohl eher. Seit dem Vorfall waren ein paar Wochen vergangen, aber solange keine befriedigende Lösung gefunden worden war, würde sie Marie weiterhin einsperren müssen. So könnte sie beide in Schach halten: das Kind und die Angst.

Sie warf ihren Kopf in den Nacken und ließ die nächste Portion Erdnüsse in den Mund gleiten. Angst konnte lähmen oder mit Adrenalin antreiben. Sie strich das Salz von den Fingern an der Jeans ab. Oder beides. In jedem Fall war man hellwach. Und zwar vierundzwanzig Stunden täglich.

Sie drehte sich zum Fenster. Es hatte wieder angefangen zu regnen, winzige Tropfen an den Scheiben. Dabei wusste sie nur zu gut, wie das war, wenn die Wände näherkommen, obwohl sie sich keinen Millimeter bewegen. Wie damals im Aufnahmelager, als der besoffene Russe aus Versehen die Türen abgeschlossen hatte, als ihr kleiner Bruder aus dem Doppelstockbett gefallen war und selbst Tick, Trick und Track nicht helfen konnten.

Vor dem Fenster flackerten Scheinwerfer auf, kurz zuckten hektische Schatten über die verstaubten Lampenschirme und holzgedrechselten Raumteiler.

Sie könnte Martin anrufen, aber sie hatte seit Monaten nichts mehr von ihm gehört. Hastig wischte sie Erdnusskrümel vom Tresen. Eher fror die Hölle zu, als dass sie ihn um Hilfe bitten würde.

Natürlich, sie könnte das Kind zurück in den Hort schicken. Das war die einfachste Lösung. Und die gefährlichste. Sie müsste die Erzieherinnen, allen voran Nina, ins Vertrauen ziehen, zumindest müsste sie ihnen erklären, warum sie ein halbes Jahr nicht darüber im Bilde gewesen war, wo ihre Tochter ihre Nachmittage verbracht hatte. Sie würde sich fragen lassen müssen, wie das Verhältnis zu ihrer Tochter beschaffen sei, wie oft und worüber man miteinander rede und wie es dazu habe kommen können, dass eine Sechsjährige eine Vierzehnjährige dazu gebracht hatte, die Unterschrift ihrer eigenen Mutter zu fälschen, und vielleicht würde am Ende des Tages ein Kinderpsychologe auftauchen, sie beide höflich um ein vertrauliches Gespräch bitten. Er würde kein Arschloch sein, nicht wie damals bei ihr, als sie vor das Auto gerannt war, nein, er würde freundlich, aber distanziert sein und irgendwann Marie bunte Stifte in die Hand drücken und sagen: »Mal uns mal was Schönes.«

Anne stützte ihren Kopf auf dem Tresen ab und blickte durch die Glasfassade unter verblichenen Kurzgardinen hindurch auf die Straße.

Auf der gegenüberliegenden Straßenseite warf die Leuchtreklame einer Videothek rote und lilafarbene Lichtstreifen auf den Asphalt, *24h tgl. geöffnet, Horror Fun Porn.* Die Ampel schaltete auf Grün, Autos fuhren über die Farben. Martin hatte mal eine Lavalampe gehabt, sie hatte immer neben seinem Bett gestanden. Sie hatte sich oft darüber lustig gemacht, Du Mädchen!, aber manchmal hatte sie minutenlang zugesehen, wie die Farben darin verschwebten, rot und lila und blau, niemals grün, und noch bevor Marie den Stift aus der Hand des Psychologen genommen hätte, hätte Anne gewusst, dass es nichts zu malen gab, und dennoch nicht daran geglaubt, denn Grün ist die Hoffnung, und die stirbt zuletzt. Aber dann hätte sie zusehen müssen, wie die Wahrheit die Wirklichkeit zerstörte, weil Strafe sein musste, weil das Leben so war, *Horror Fun Porn*, weil es ihr Kind war, das da saß, den Stift auf das Papier setzte, zögerte, überlegte, spürte, dass ihr Gegenüber offensichtlich etwas von ihr erwartete, das sich Mühe geben wollte und dann doch ganz langsam die Hand sinken ließ.

Anne zog ihre Handtasche heran. Sie hätte jetzt gerne eine geraucht, doch auf dem Tresen stand ein altmodisches Messingschild mit der Gravur »Rauchen ab 20 Uhr«. Zwischen der Geldbörse und der Schachtel Zigaretten bekam sie die Packung Kaugummi zu greifen. Als sie das Stanniolpapier löste, wehte ihr ein schwacher Minzegeruch entgegen. Langsam begann sie zu kauen.

Eigentlich hätte alles sehr einfach sein können, wenn sich

die Kravelik nicht innerhalb von zwei Wochen zu einer tickenden Zeitbombe entwickelt hätte.

Dabei wäre sie ideal gewesen. Sie war noch fit genug und bekam Behandlungspflege. Anne musste ihr dreimal täglich Medikamente verabreichen, also konnte sie Marie mittags absetzen und abends wieder mitnehmen. Anne verkreuzte die Arme und legte sie auf dem Tresen ab. Und was hatte sie sich nicht für eine Mühe gegeben, um die Sache so glaubwürdig wie möglich zu gestalten? Lang und breit hatte sie Madame erklärt, dass Maries Vater für ein halbes Jahr auf Montage sei, dass die Großeltern schon vor langer Zeit gestorben seien und der Hort wegen Umbauarbeiten geschlossen worden war. »Es ist ja nur so lange, bis wir einen neuen Hortplatz gefunden haben.« Sie hatte sich bedankt, nicht übermäßig, auch das war wichtig, zu viel Unterwerfung machte misstrauisch, und am Ende dieser mitleiderregenden Geschichte, die sich ja nun dank der hilfsbereiten Frau Kravelik zum Guten wendete, hatte sie wie nebenbei den Satz eingeschoben, dass es auch mit dem Pflegedienst abgesprochen sei. Und weil Lügen immer glaubwürdiger werden, wenn man sie auch anfassen kann, hatte sie gleich bei ihrem Antrittsbesuch mit Marie eine schöne und leider auch teure Jumbo-Packung »Mon Chérie« mitgebracht.

»Aber Frau Liebert, das wäre doch nicht nötig gewesen«, hatte die Alte geantwortet, dabei war ihr schmaler Mund noch schmaler geworden, ein kleiner gemeiner Schlitz, hinter dem die Sehnsucht moderte, und es war klar, dass die Kirschschnapsbomben das Mindeste waren, was sie erwartete.

Wenig später dann hatte sie großzügig die Packung geöffnet, auf den Tisch gelegt, neben die Kaffeekanne, sie hatte eine zerbrechlich aussehende Spieldose von Neunzehnhundertnochwas aus einem Kirschholzschränkchen hervorgeholt, auf den

Tisch gestellt und dreimal empört gerufen: »Ich liebe Kinder!« Und dann saß sie so perfekt drapiert und liebevoll ausgeglichen auf dem Biedermeiersofa wie die Hochglanz-Alten in den Werbeprospekten für Pflegeheime gehobener Klasse.

Am Abend hatte Anne sich eine Flasche Rotwein aufgemacht, versucht, Maries wütenden Blick zu ignorieren, und mit einer Fröhlichkeit in der Stimme, die sie von sich selbst gar nicht kannte, gesagt: »Das wird schon. Wirst schon sehen.«

Ein paar Tage ging sogar alles gut, bis die Alte eines Abends im Flur plötzlich über Annes Hände strich, neugierig und ängstlich wie über das Fell eines fremden Tieres. »Das kommt aber nicht vom Einkaufen«, hörte Anne die Alte sagen, während sie ihre Hände wegzog und in die Taschen ihrer Jeans steckte. Dann war sie rot geworden und hatte sich gefragt, ob man ihren Händen die illegalen Putzschichten nach Feierabend so offensichtlich ansah. Vielleicht hatte die Kravelik nur ihre Reaktion testen wollen, vielleicht pokerte sie nur, vielleicht hatte sie auch versucht, Marie auszufragen, wie auch immer: Seit dem Vorfall fühlte Anne sich sonderbar erpressbar.

Sie nahm einen Schluck Wasser und setzte das Glas wieder ab. Und gestern Abend war es dann so weit. Anne atmete tief ein. Es war das erste Mal, dass sie das Kind fünfzehn Minuten später abgeholt hatte als ausgemacht, weil sich Röhrich vehement gewehrt hatte, als sie ihm die Windel für die Nacht hatte anlegen wollen.

Fünfzehn Minuten. Sie hatte die Wohnung der Alten noch nicht einmal richtig betreten, da schossen die ursprünglich vereinbarten Minuten und Stunden schon wie spitze Pfeile auf den Zierteppich. »Achtzehndreißig, achtzehndreißig!« Sogar ihre räudige Perserkatze flüchtete vor dem Pfeilhagel hinter das Sofa, während Marie zusammengesunken im Sessel saß und irgendwie beschädigt aussah. Anne hatte versucht, Leichtigkeit in die Sache zu bringen, aber sie hörte bereits, wie der Versuch abschmierte, während sie noch sprach, »Na ihr zwei Hübschen, habt ihr's krachen lassen?«.

Im Flur band sich Marie die Schuhe so schnell zu, als wäre sie auf der Flucht. Da zog die Alte Anne plötzlich zur Seite. »Frau Liebert … ich …«, sie zögerte, »ich …«, der Geruch ihres altmodischen Parfums lag in der Luft und vermengte sich mit einem unausgesprochenen Satz, und dann schob sie sich hinter Anne, während ihr Kopf auf Marie deutete, als handle es sich um ein gefährliches Tier, und Anne wusste, dass das der Anfang vom Ende war.

An diesem Abend hatte sie sich wieder eine Flasche Rotwein aufgemacht, Marie ins Bett geschickt und eine Liste angefertigt. Als die Flasche leer war, war klar, dass kein anderer Patient, den sie zu betreuen hatte, als Aufpasser in Frage kommen konnte, weil die Pflegefälle entweder zu gebrechlich oder selbst bereits wieder zu Kindern geworden waren. Sie hatte einen Namen nach dem anderen von der Liste gestrichen. Bis auf einen.

Anne stützte ihren Kopf ab und sah aus dem Fenster. Es war völlig abwegig, aber seit ihr die Ausweglosigkeit ihrer Lage bewusst geworden war, hatte sie versucht, sich einzureden, dass sein zerfurchtes Seemannsgesicht, wenn man es einmal genauer betrachtete, doch durchaus etwas Beruhigendes hatte. Es wäre ihm mit Sicherheit zu mühsam, das Kind den ganzen Nachmittag über rumzuschubsen, obwohl – und das war wirklich verrückt – er nur zwei Stockwerke über der Kravelik wohnte.

Aber im Gegensatz zu der Alten würde er das Kind wahrscheinlich einfach ignorieren, und das war doch mehr, als man von einer absoluten Notlösung erwarten konnte.

Anne blickte zu den Schwingtüren, Gerda blieb vor der Biegung der Theke stehen und drehte ihren Kopf zu dem Stammtisch, an dem einige Skatbrüder saßen. »'ne Runde Schnaps?« Einer hob sein Glas. »Nee, nur Bier, keinen Alkohol.« Gelächter.

»Wo waren wir stehengeblieben?« Gerda nahm ein leeres Glas und hielt es schräg unter den Zapfhahn.

»Bei Fritzsche.«

Über den Zapfhahn blickte sie an Anne vorbei in die Ecke des Gastraums, in der der Einzeltisch stand. »Nach 'ner Nachtschicht hat er oft einfach dort gesessen, mit Blick auf Prerow, das hat ihm gereicht.«

»Nach 'ner Nachtschicht?«

Gerda hielt plötzlich inne und sah sie aufmerksam an. »Er ist doch Taxi gefahren.«

Gerda setzte das Glas ab, und bevor Anne antworten konnte, sprach sie weiter: »Wie war noch mal Ihr Name?«

Anne hatte ihr am Telefon nicht mehr erklärt, als dass sie Fritzsches Altenpflegerin sei und sich gerne einfach einmal mit ihr unterhalten würde. Und weil ihr das Misstrauen in Gerdas Stimme zeigte, dass das nicht reichte, hatte sie ihr erklärt, dass Fritzsche oft von ihr gesprochen hätte, und sie solle herzliche Grüße von ihm ausrichten. Es war kühn, keine Frage, aber offensichtlich hatte sie am Telefon den richtigen Ton getroffen, Gerdas Stimme war weicher geworden, es schien, als habe sie sich geschmeichelt gefühlt. Bis jetzt.

Anne holte eine Visitenkarte des Pflegedienstes heraus, die völlig zerknittert war.

Gerda las, dann hob sie den Kopf. In ihrem Blick immer noch Skepsis. »Macht er Schwierigkeiten?«

»Nein, Schwierigkeiten, das nicht gerade …« Anne versuchte zu lächeln, »ich würde ihn eher …«, sie biss sich auf die Lippen, »als *eigen* beschreiben.«

»*Eigen*, ja, das kann ich mir vorstellen, das trifft es ganz gut.« Über Gerdas Gesicht huschte ein Lächeln, als freue sie sich über Annes gute Menschenkenntnis. Sie blickte Anne noch einmal aufmerksam an, dann ließ sie die Schultern sinken. »Na ja, er hat es die letzten Jahre nicht ganz leicht gehabt.«

Das Eis war gebrochen.

»Inwiefern?«

»Fritzsche ist früh pensioniert worden. Wie so viele damals. Kurz nach der Wende hamse ihn entlassen. Der Betrieb sollte umstrukturiert werden, na ja, und eines Tages stand dann einer, den sie noch nie zuvor gesehen hatten, vor der versammelten Belegschaft und sagte: *Ich weiß nicht, wie wir all die Jahre ohne Sie ausgekommen wären. Aber von morgen an versuchen wir es.* Er wurde dann noch in einige Umschulungen gesteckt, Arbeitsbeschaffungsmaßnahmen, das Übliche.« Energisch fuhr sie mit dem Lappen über die Metallfläche unter dem Zapfhahn. »'ne Zeitlang hat er sich noch mit Taxifahren über Wasser gehalten, und dann …«, sie zuckte mit den Schultern, »haben sie ihn dort rausgeschmissen.«

»Rausgeschmissen?«

»War wohl zu alt.«

»Aber Freunde? Er hatte doch sicherlich Freunde?«

Gerda hielt inne und verdrehte die Augen, als sei Anne die letzte naive Kartoffel auf dem Feld. »Ach Gottchen, Mädchen, Freunde.« Sie sah sie belustigt an. »Die haste vielleicht, wenn de jung bist. Später haste noch 'n paar Bekannte, und dann werden auch die ruckzuck weniger.«

Anne atmete hörbar aus. Dass Fritzsche vorm Fernseher saß, sich ab und zu am Sack kratzte und auf den Programmschluss wartete, war nun wirklich nichts Neues. *Ich weiß nicht, wie ich all die Jahre mit mir ausgekommen bin. Aber von morgen an versuche ich es ohne mich.*

»Fritzsche ist speziell, ich weiß, aber es gibt immer Seiten an einem Menschen, wie soll ich sagen, gelingt eben nur wenigen, die zu entdecken«, sagte Gerda irgendwo neben ihr.

Anne zog ihre Handtasche heran, nahm ihre Lederjacke von dem Hocker, doch plötzlich fiel ihr die Fotografie ein. Sie ließ die Arme sinken.

»Aber er war doch verheiratet?« Etwas in ihrer Stimme hörte sich verzweifelt an.

Gerda senkte den Kopf. »Die Betonung liegt auf *war*. Seine Frau lebt nicht mehr. Das hamse ja sicherlich mitbekommen.« Sie begann, hastig Gläser zu polieren, die neben der Spüle standen. Offensichtlich schien ihr der Tod von Fritzsches Frau nahezugehen, und etwas in ihren Bewegungen sagte Anne, dass es keine gute Idee wäre, in dieser Richtung weiterzufragen.

»Hat er schon immer in Lichtenberg gewohnt?«

»Die haben Jahrzehnte am Nöldnerplatz gewohnt. Aber dann hat der neue Eigentümer das Haus saniert, und nach Klaras Tod ist er in die Platte gezogen.« Gerda setzte das Bierglas ab und sah an Anne vorbei in den Gastraum. »Is schon verrückt, oder? Früher wollten alle unbedingt 'ne Bude da draußen, haben sich 'n Bein ausgerissen wegen 'ner Fernheizung, und jetzt?«

»Kommt Fritzsche hier ab und zu noch rum?«

»Nee, das ist vorbei ...«

»Na ja, er kann ja auch fast nicht mehr laufen.«

»Das konnte er früher schon nich mehr gut, das war's nich ...«

Anne blickte sie fragend an.

Gerda nickte in Richtung des Stammtischs. »Fragense mal da drüben. Die jammern über die Mieten, aber denen geht's jetzt besser als vorher. Die denken, dass sie's aus eigener Kraft geschafft haben, dabei hatten manche einfach nur Glück. Irgendwann hat ihn mal einer der Alten gefragt: *Na, Fritzsche, wie läuft's im Ghetto?* War nur 'n Witz, 'n ziemlich beschissener, hatte eben nich nachgedacht, aber, na ja«, sie zuckte mit den Schultern, »Fritzsche hat noch gelacht und den anderen Alten gefragt, ob's beim Pinkeln schon brennt, aber ich glaube, er konnte das nich abschütteln, es war, als hätte ihm einer ins Leben gespuckt. Dieses eine Mal zu viel.«

Aus der Küche ertönte ein kurzer Klingelton, Gerda brach ab und warf sich das Wischtuch über die Schulter. »Bin gleich wieder da.«

Anne senkte den Kopf, die seifige Stimme der jungen Moderatorin aus dem Radio versprach jetzt »sanfte Klänge« und bat: »Lassen Sie sich berühren.«

In der Skatgruppe wurde laut gelacht.

Anne drehte ihren Kopf und blickte zu dem Einzeltisch, an dem Fritzsche immer gesessen haben sollte.

Und es geht mit wunderbaren Melodien weiter hier im Programm. Hier kommt ein zauberhaftes Lied, das die Älteren unter Ihnen sicherlich noch kennen werden. Unsere Hörerin Luise Wegner aus Spandau hat es sich gewünscht.

Wenn sie, Anne Liebert, sich was hätte wünschen können, dann, dass der Fernseher in Fritzsches Bude den ganzen Nachmittag über laufen würde, solange die Kleine bei ihm wäre, dass Wahrheit und Wirklichkeit für einen Moment von Tierdokumentationen ausgehebelt werden würden, dass er nett zu der Kleinen wäre, wenigstens ein bisschen.

»Wollen Sie wirklich nichts essen?«

»Wie bitte?«

Gerda lächelte jetzt, beinahe mütterlich. »Ich habe gefragt, ob Sie wirklich nichts essen wollen?«

»Nee, danke«, Anne sah auf die Uhr, »ich muss los.« Sie nahm ihre Lederjacke, dann hielt sie inne.

»Noch eine Frage?«

»Ja?«

»Mag er eigentlich Kinder?«

»Kinder …« Gerda drehte nachdenklich den Kopf und blickte aus dem Fenster. »Ehrlich gesagt«, sie zögerte, »wäre jetzt nicht das Erste, was mir einfallen würde, wenn man ihm eine Freude machen will, aber …«, sie warf Anne einen irritierten Blick zu, »… wie soll denn einer wie Fritzsche mit Kindern in Kontakt kommen?«

»Da haben Sie recht«, Anne zuckte mit den Schultern, »war mir nur grade so in den Sinn gekommen.«

Vor der Tür blieb sie stehen. Die Straße war wie leergefegt, die Luft schneidend kalt und so klar, dass sie auch den Kummer klarer vor Augen treten ließ. Anne atmete tief ein. Die Frage war nicht, *wie* einer wie Fritzsche mit einem Kind in Kontakt kommen sollte – sondern nur noch, *wann*. Die Leuchtreklame der Videothek blinkte in ihrem Rücken. Rot, lila, blau. Niemals grün.

Des Lebens Faden

»Die Parzen, meine Damen und Herren, wer sind sie? Grausame Göttinnen, die mit dem Menschen ihr dämonisches Spiel treiben? Furchtbare Wesen, die still des Lebens Faden spinnen? Die Sekretärinnen Jupiters? So wie diese Göttinnen das Schicksal weben, so webt sich das Motiv durch die Kunstgeschichte, ungeachtet der trennenden Jahrhunderte und gegensätzlicher künstlerischer Ansätze. Die drei mysteriösen Damen und ihr Auftrag, das Schicksal, werden Gegenstand der heutigen Vorlesung sein, und wir beginnen mit einer Abbildung von Hans Baldung Grien aus dem Jahre 1513.«

Hans fuhr mit dem Finger über das Touchpad seines Laptops und wählte die Bilddatei. Der Beamer begann leise zu rauschen und projizierte Griens Holzschnitt auf die große Leinwand, die sich direkt über ihm befand. Mit der rechten Seite wandte er sich dem Kunstwerk halb zu, während er sich mit dem linken Arm lässig auf dem Pult abstützte, auf dem das Skript für die Vorlesung lag. »Das sind sie: Die drei Parzen. Der Begriff entstammt der römischen Mythologie, die griechische Mythologie hingegen kennt sie als *Moiren*.« Hans nahm den Laserpointer, nach und nach richtete sich der flirrend rote Punkt auf jede einzelne Figur. »*Nona*, die Neunte, *Decima*, die Zehnte, und *Parca*, die Geburtshelferin. Die lateinischen Namen beziehen sich auf die ursprüngliche Bedeutung als Geburtsgöttinnen, *Nona* und *Decima* auf die letzten Monate einer Schwangerschaft. Die *Interpretatio Romana* schließlich deutete die *Parzen* zu den griechischen *Moiren Klotho*, *Lachesis* und *Atropos* um und machte sie so zu Schicksalsgöttinnen.« Das nächste Bild erschien auf der Leinwand.

»Wen haben wir hier?«

In der ersten Reihe meldete sich sofort jemand zu Wort: »Jupiter!«

»Richtig, der altrömische Lenker in einem Deckenfresko von Giulio Romano aus dem Jahre 1534. Wie Sie ja sicherlich alle wissen, sind die griechischen Götter dem Schicksal unterworfen, die römischen hingegen unterstehen dem Willen Jupiters. Nach Vergil ist das *Fatum*, lateinisch für *Spruch*, der in Worten festgesetzte Wille der Götter. Und es sind die Parzen, die – befähigt, diesen Willen zu erkunden – das Schicksal neugeborener Kinder niederschreiben, man nennt sie daher auch *fata scribunda*.«

Ein neues Bild war zu sehen.

»William Blake, 1795. *Hekate* oder auch *Drei Parzen* genannt. Nach alter Sage war ihr Handwerk das Knüpfen verborgener Schicksalsfäden, auch über Raum- und Zeitabstände hinweg.«

Langsam lief er die Bühne des Vorlesungssaales entlang, sie war erhöht, über ihm hing die Leinwand. »Die ihr den Nervenfaden unsers Lebens durch weiche Finger sorgsam treibt, bis unterm Klang der Schere sich vergebens die zarte Spinnewebe sträubt.«

Als er am Ende der Bühne angekommen war, blieb er stehen und warf einen kurzen Blick in die Reihen. Der Saal war auch heute wieder beinahe bis auf den letzten Platz besetzt. »Schiller. *An die Parzen*.« Er hielt inne und hob den Kopf, jetzt kam eines seiner Lieblingsgemälde, er verkreuzte die

Arme hinter dem Rücken und schritt langsam los. »*Las Hilanderas*, meine Damen und Herren, die Spinnerinnen. Und es stammt von wem?« Am Pult angekommen, blieb er stehen, in den Sitzreihen wurde geflüstert, man beriet sich. »Richtig, Velázquez«, sagte Hans und stützte sich auf dem Pult ab. »Es ist das letzte große Gemälde, das Velázquez zusammen mit den *Meninas* vollendete. Die Herkunft des Gemäldes ist unbekannt, auch ein Auftraggeber wurde nie bezeugt.« Er blickte in den Hörsaal. »Generationen von Kunsthistorikern sind bei dem Versuch, dieses Gemälde zu interpretieren, verzweifelt. Also versuchen Sie es gar nicht erst.« Gelächter. Hans nahm den Laserpointer in die Hand. »Es gibt zahlreiche Deutungen, man glaubte unter anderem, in den Spinnerinnen seien die *Moiren* abgebildet. Links *Klotho*, die den Lebensfaden spinnt, rechts *Lachesis*, die ihn verwebt, während *Atropos* im roten Rock sich gerade nach einer Schere bückt, um ihn zu kappen.«

Hans warf einen Blick auf sein Manuskript. *De Goya* stand dort, *Die Parzen*. Kurz drehte er sich um, um zu überprüfen, ob das Bild angezeigt wurde, doch dann hielt er inne. Für einen kurzen Moment schien es ihm, als blickten ihn die grausamen Nornen direkt an – und nur ihn. Er räusperte sich. »Aber was, was ist das, was wir Schicksal nennen? Ist es nicht das, was wir meinen, wenn etwas anscheinend Unabänderliches, Zwingendes und zugleich Wichtiges geschieht, ohne dass wir es wesentlich beeinflussen können?«

Hans hielt inne. Es war nur ein Satzfetzen, er wusste nicht einmal, wer ihn gesagt oder wann er ihn gehört hatte, aber während er eben gesprochen hatte, hatte er sich mit aller Macht in den routinierten Ablauf seiner Gedanken geschoben. *Man hat immer eine Wahl.* Hans wischte sich mit dem Handrücken über die Stirn, dann fuhr er fort.

»Aber ist im Grunde nicht alles *Zufall*, was empfindsamere Gemüter *Schicksal* nennen? Goethe hat die Begriffe *Zufall* und *Schicksal* klar unterschieden. So schreibt er in *Wilhelm Meisters Lehrjahre*: *Das Schicksal, für dessen Weisheit ich alle Ehrfurcht trage, mag an dem Zufall, durch den es wirkt, ein sehr ungelenkes Organ haben. Denn selten scheint dieser genau und rein auszuführen, was jenes beschlossen hatte.*« Hans machte eine Pause und hörte seinen eigenen Worten nach, abwesend blickte er in die erste Reihe. *Man hat immer eine Wahl.* Warum ließ ihn der Satz nicht los? Wer hatte ihn gesagt? Einer der Studenten in der ersten Reihe, der bis eben noch gekaut hatte, wischte sich hastig mit dem Handrücken einen Senffleck von der Oberlippe. Plötzlich musste er an Voigts denken. *Mensch, Hofmann, das is ja 'n Zufall.*

Hans nahm einen Schluck Wasser aus der kleinen Plastikflasche, die er bei Vorlesungen immer bei sich hatte, und versuchte sich auf sein Manuskript zu konzentrieren.

»Blicken wir einmal zu Hesiod. In seiner *Theogonie*, in der der altgriechische Dichter die Geburt der Götter beschreibt, heißt es: *Wahrlich, zuerst entstand das Chaos und später die Erde …* Das Chaos also ist der Zustand vor dem Kosmos – totale Finsternis, Leere, keine Grenzen, keine Strukturen. Und in dieser Wüstenei sieht er den Urgrund des Schicksals und gleichzeitig den Geburtsort von Nachtgebilden wie Schlaf, Traum, Schmerz und Tod, aber auch Liebe, Vergessen und Verblendung.«

Hans blickte auf. Die meisten Studenten schrieben jetzt mit. Er atmete tief ein, dann nahm er das Manuskript in die Hand, als wolle er sich daran festhalten. »Auch Schuld, meine Damen und Herren, kann Schicksal sein. Ein Unheil, das der Mensch willentlich verursacht, kann ihn ebenso zermürben wie ein Geschehen, in das er absichtslos verstrickt wird. Die *Anti-*

gone des Ödipus«, Gelächter, er wischte sich über die Stirn, »die *Antigone* des ... des *Sophokles*«, er machte eine Pause und fuhr sich durchs Haar, es war nass, er atmete tief ein, »hier wird jenes schuldhaft und unverschuldet herbeigeführte Verderben in beinahe unheimlicher Vollkommenheit sichtbar gemacht.«

Hans blickte auf die Uhr. Eigentlich ging die Vorlesung noch eine halbe Stunde. In den ersten Sitzreihen wurde bereits getuschelt. Er beeilte sich, weiterzulesen, nur seine eigene Stimme, er wollte nur seine eigene Stimme hören.

»Herder schreibt 1795 einen Aufsatz mit dem Titel *Das eigene Schicksal.* Darin nennt er das Schicksal *den Schatten, der unsre geistige und moralische Existenz begleitet.* Schon Heraklit wusste das, allerdings 2300 Jahre früher: *Der Charakter eines Menschen ist sein Schicksal.*«

Hans hielt inne, sein Puls raste. »Kommen wir zum Schluss.« Er blätterte die Seiten vor. *Heidegger* stand über dem letzten Absatz. »In seinem Buch *Sein und Zeit* erklärt Heidegger das Schicksal des Menschen unter anderem mit den Begriffen *Entschlossenheit* und *Geworfenheit. Schicksal* bezeichnet nach Heidegger die *ursprüngliche Geschichtlichkeit des Daseins*. Schutz- und machtlos wird der Mensch in ein radikal vereinzeltes Dasein hineingeboren und muss dieses dann *entschlossen* übernehmen. Die unerbittlich zeitliche Reise, die er antritt, führt zum eigenen Selbst und – unvermeidlich – zum *je eigenen Tod.* Vielen Dank für Ihre Aufmerksamkeit.«

Er klappte die Mappe zu, Erstaunen in den Gesichtern der Studenten, einige schauten irritiert auf die Uhr. Hans drehte ihnen den Rücken zu – und zuckte zusammen. Goyas drei Parzen waren immer noch auf die Leinwand projiziert, obwohl schon längst andere Bilder hätten angezeigt werden müssen. Offensichtlich hatte sich sein Laptop aufgehängt.

Ihre Münder waren aufgerissen, grausam, böse. Hastig drehte er sich zu dem Computer, er wollte das Programm schließen, doch es tat sich nichts. Sie blickten in seinem Rücken von der Leinwand auf ihn herunter, starrten ihn vom Bildschirm des Laptops aus an.

»Du lässt mir keine Wahl, nicht wahr?«, hatte er ihn gefragt.

»Man hat immer eine Wahl«, hatte Matthias geantwortet.

Tom und Jerry

Sie hatte es einfach mitgebracht, ohne zu fragen. Hatte ihm das Kind vor die Nase gesetzt, als wäre es der Supermarkteinkauf fürs Wochenende. »Nur für zwei Stunden. Danke, Herr Fritzsche.« Sie hatte was gefaselt von *letzte Rettung*, *Hort geschlossen*, *nur vorübergehend*, dann war die Tür hinter ihr ins Schloss gefallen. Er saß auf dem Sofa und bewegte sich nicht.

Die Front des ICEs kam ihm jetzt wieder in den Sinn, und im Vergleich mit der aktuellen Lage, so stellte er es sich zumindest vor, war der freiwillige Zusammenprall mit einem Zug bei 220 km/h geradezu entspannend. Er atmete tief durch, dann hob er langsam seinen Blick. Sie stand immer noch dort, wo sie vor fünf Minuten, die ihm bereits jetzt wie eine halbe Ewigkeit vorkamen, abgestellt worden war. Die Hände hatte sie hinter dem Rücken verschränkt, und es waren zweifelsohne ihre rissigen, dreckigen Fingernägel, die da am Holz des Türrahmens kratzten. Sie sah ihrer Mutter nicht ähnlich. So viel hatte er in dem kurzen Moment, in dem sein nervöser Blick ihr Gesicht gestreift hatte, erkennen können. Ihre Mutter war zierlich, fast mager, hatte weißblond gefärbte Strähnen und mitunter Schatten unter den Augen. Das Etwas, von dem ihn nur der Couchtisch trennte, war klein, dicklich, hatte abstehende Ohren, einen unansehnlichen Haarschnitt und erinnerte ihn alles in allem an die trostlosen Plüschtiere auf Jahrmarktsständen oder ein herrenloses Pony an einer Tankstelle im Sommer.

Sie hatte ihre Stirn krausgezogen, sie war wütend, so viel stand fest, und man konnte nicht sagen, dass sie ihn beobachtete. Nein. Er räusperte sich. Sie sah ihn an wie eine Mensch gewordene Kriegserklärung.

Die Uhr schlug jetzt Mittag, er hatte die Wohnungstür im Blick. Waren da Schritte? Natürlich, es würde jeden Moment so weit sein. Die Tür würde aufspringen, diese beknackte Altenpflegerin wieder hereinkommen, lautes Lachen, vielleicht ein bisschen hysterisch: »Haha, war alles nur ein Witz.« Und dann: einsacken. Den Balg wieder einsacken.

Er versuchte zu rekapitulieren, wie es so weit hatte kommen können. Auf dem Couchtisch vor ihm lag die aufgeschlagene Fernsehzeitschrift, er starrte auf die Programmlisten, ohne etwas zu sehen. Bis vor fünf Minuten hatte er geglaubt, sich erfolgreich gewehrt zu haben, gezeigt zu haben, was dabei rauskommt, wenn man jemanden wie ihn – so lachhaft offensichtlich und mit den simpelsten Mitteln – zum Wohlfühlen zwingen will, und er hatte seine letzte stille Reserve im Kampf gegen ihre Sorgfaltsdiktatur in das Sofapolster sickern lassen.

Er hatte gedacht, das war's, eine Neue würden sie ihm nicht schicken, aber dann war Anne Liebert doch wiedergekommen, und das hatte ihm Respekt abgenötigt: diese Leidensfähigkeit.

Seit dem Vorfall schien sie sogar jegliches Helfersyndrom verloren zu haben. Sie beschränkte sich auf das Nötigste, sie wandte keine Energie mehr auf, kam ihm nicht mit ihren dämlichen Diätvorschriften, redete wenig und versuchte, ihn nicht unnötig aufzumuntern. Sie tat das, für das sie bezahlt wurde, und war im Hinblick auf ihn von den Schlacken der Menschenfreundlichkeit befreit, das hieß: Sie gab ihm die Insulinspritzen, und auch den Rest, medizinische Kosmetik, ließ er ohne zu murren über sich ergehen. Im Gegenzug unterschrieb er den

Leistungsnachweis, ließ sie in dem Glauben, er nähme die Tabletten regelmäßig, und trank den Schnaps nicht vor ihrer Nase. Das war der Deal.

Aber jetzt wurde ihm buchstäblich vor Augen geführt, dass nichts davon wahr gewesen war. Anne Liebert hatte ihm etwas vorgemacht, ihn verarscht, abgezogen, ganz link beschissen. Und diese Erkenntnis half nichts. Rein gar nichts. Sein Blick fiel auf das gerahmte Bild über dem kleinen Holzschränkchen. Sommer 1972. Prerow. Klara. Braungebrannt mit weizenblonden Haaren. Sie lächelte. Und er wusste genau, wann er das letzte Mal dieses Gefühl der Hilflosigkeit empfunden hatte. An einem leichten Sommertag, in einem Krankenzimmer der Charité, als die Sonne auf das leere Bett schien und auf den Abdruck im Kopfkissen.

Aber für Sentimentalitäten war keine Zeit. Aus der Richtung der Wohnzimmertür kamen jetzt befremdliche Geräusche. Kratzte das Ding etwa immer noch am Türrahmen?

Irgendwo im Haus klingelte ein Telefon. Fünf, dachte er, vielleicht sechs. Vor ihm stand eine sechsjährige – er überlegte und betrachtete ihre blonden, strohigen Haare – dicke Miniaturausgabe einer Vogelscheuche, anderthalb Meter von ihm entfernt. Ein Kind! Das war perfide. Dagegen konnte man sich nicht wehren. Da war jeder Einsatz von Waffen verboten. Das hieß schachmatt.

»Schachmatt«, sagte er laut. Er fand das als Eröffnung passend. Es war immer hilfreich, vom Gegner eher unterschätzt als überschätzt zu werden.

Aber der Gegner reagierte nicht, er nickte nicht, er sah ihn immer noch an wie das erste hässliche Leben auf dem Kontinent. Irgendwas war mit ihren Augen, sie wischte sich den Rotz von der Nase. Hatte sie etwa geheult?

Er erhob sich vom Sofa, langsam, dann nahm er die Krücke, die er wie immer neben die Sofalehne gestellt hatte, ging zum Fernseher und schaltete ihn ein.

Sie folgte seinen Bewegungen mit jedem Blick. Er drehte sich zu ihr um: »Der Ton funktioniert nicht mehr, das …«, er pochte mit dem Knauf der Krücke an den Kasten, »… hat aber zwanzig Programme.« Sie wich einen Schritt zurück. Was? War das Angst? Hatte er zu laut gesprochen? Kurz lehnte er sich an den schwarzen Kasten: Innehalten, Kraft tanken, Ruhe, aber es half nichts. Wenn diese verrückte Altenpflegerin wiederkäme, vorausgesetzt, er wäre dann noch am Leben, würde er ihr Geld geben, einen Hunderter, damit sie nicht noch einmal auf die Idee käme, etwas mitzubringen, das kein Supermarktprodukt war. So viel Kapitalismus musste sein.

»Hör zu …«

Die Augen der Kleinen wurden groß. Er richtete sich auf. Sie versteckte sich halb hinter dem Türrahmen. Ein Auge klebte jetzt neben dem Holzfurnier und sah ihn trotzig an.

»Geh mir nicht auf 'n Zeiger, und stell bloß keine Fragen.«

Er fand, das war eindeutig und verständlich, ohne grob zu sein, doch um deutlich zu machen, wie ernst es ihm war, schob er noch hinterher: »Ich bin Rentner.«

Er wandte sich wieder dem Gerät zu, er drückte den Programmknopf tief nach unten, der Fernseher war alt, es klickte laut in die Stille. Bilder flimmerten, Talkshows, Werbesendungen, ein Schwarzweißfilm. Er mochte das. Die Bilder. Ohne Ton. Fast wie Gemälde. Bei einer Zeichentrickserie hielt er inne. Es raschelte hinter ihm. Aha. Sie hatte sich also aus der Deckung gewagt. Er sah auf die Mattscheibe. Eine Maus jagte eine Katze, vielleicht war es auch umgekehrt, so genau war das nicht zu eruieren. Gerade zündete die Maus die Zündschnur einer Bombe, die Zündschnur brannte – bis zum Schwanz der Katze. Die Schnur war daran befestigt, doch die Katze wusste offensichtlich nichts davon. Ihm kam das bekannt vor. Er drehte sich um, humpelte zurück zum Sofa und ließ sich in das weiche Polster fallen. Sie stand jetzt neben dem Fernsehsessel, knabberte an den Fingernägeln und verfolgte gespannt die Flucht der Katze vor der bevorstehenden Explosion. Er befand sich nicht mehr in ihrem Blickfeld. Das war gut. Er sah zum Fernseher. Die Katze rannte immer noch. Er hätte ihr erklären können, dass die Katze dumm war, weil sie glaubte, noch eine Chance zu haben trotz der Bombe am Schwanz. Aber eigentlich konnte man der Katze keinen Vorwurf machen. Die Maus hatte sie in die Scheiße geritten, und die Katze hatte es erst gemerkt, als sie schon drinsaß.

Die Göre lächelte die Katze an. Offensichtlich merkte sie nicht, dass sie gerade verarscht werden sollte. Jemand musste es ihr sagen. Je früher, desto besser.

»Die Katze hat keine Chance.«

Sie drehte sich zu ihm um. »Ich weiß.« Er erschrak. Sie lächelte schief: »Is aber trotzdem lustig.« Sein Mund musste offen gestanden haben, das merkte er erst, als er ihn wieder zumachte. »Ach so«, er beugte sich betont gelangweilt über den Couchtisch, zog missmutig die Fernsehzeitschrift heran und äffte unauffällig ihr Gesicht nach. »Ich weiß.« Diese Klugscheißertrine. Er blätterte wahllos durch die Seiten und überlegte. Das Beben hatte nachgelassen. Er konnte Kraft tanken. Es musste weitergehen. Er blickte auf. Sie stand immer noch neben dem Fernsehsessel. Er dachte nach. Vielleicht: »Setz dich doch in den Fernsehsessel.« Nein, das war zu persönlich, so etwas sagen Familienmitglieder, das war er nicht, das musste gleich klar sein. Vielleicht: »Wenn du möchtest, kannst du dich gerne in den Sess…« Nein, er schüttelte sofort den Kopf, das kam gar nicht in Frage. Das war zu freundlich. Sie könnte denken, sie hätte ihn in der Hand, und würde ihm die nächsten zwei Stunden auf dem Kopf rumtanzen. Man sollte nie zu freundlich sein. Manche verwechseln Freundlichkeit mit Schwäche, und ehe man sich versieht, wird man fremdbestimmt. Er zog die Zeitung jetzt vor sein Gesicht, ohne der Versuchung nachzugeben, über den Rand des Papiers zu spähen. Kurz schloss er die Augen, dann stand es deutlich vor ihm. In glänzenden Buchstaben wie bei einer Leuchtreklame. Das war die Lösung. »Neben dir ist der Fernsehsessel.« Das war einfach, klar, nicht freundlich und keine Aufforderung, sich wohlzufühlen. Es war eine Feststellung, eine Tatsache, er mochte das. Er fühlte sich wieder sicher, halbwegs sicher. Er schob die Wand aus Papier nach unten, »Neben dir …«, er brach ab. Ihre Füße berührten den Boden nicht mehr, er sah im Profil einen Teil ihrer Stirnpartie und das Stroh von ihrem Kopf, den Rest verschluckte der Sessel – in dem sie wahrscheinlich schon seit fünf Minuten saß. Es ging ihm alles zu schnell.

Er wartete. Sie schien ihn nicht gehört zu haben. Die Katze, völlig verkohlt von der Explosion und rabenschwarz, ein Ohr glühte noch rot, wurde gerade von der Maus mit der Pfanne erschlagen. Er gab sich einen Ruck. »Willste 'ne Limo?« Er hatte nicht lange überlegen müssen. Der Satz ging gut über die Lippen. Völlig unverfänglich. Er freute sich etwas. Es klarte auf. Er wartete, sie reagierte nicht. Er hob erneut an. »Ähm …« Jetzt fiel es ihm ein. Er wusste ihren Namen nicht. Hatte ihre kleinkriminelle Mutter ihn überhaupt genannt? Lag er noch irgendwo rum, oder war er während seines inneren Erdbebens verloren gegangen? Hatte es Sinn, in den heraushängenden Schubladen seines Geistes zu suchen? Sollte er ihr einfach einen Namen geben? *Prinz Eisenherz* vielleicht? Wegen der Frisur? Sein Hemd war völlig durchgeschwitzt.

Er hob an, und plötzlich, als säße er wie die Katze mitten in einer Explosion, spürte er, wie die Worte unkontrolliert und ungehemmt herausdonnerten, er spürte die Kraft im Brustkorb, die Stärke im Hals, durch den sich die ganze Anspannung nun druckwellenartig entlud, »He, Du!«, er sah, wie die Geschwader ungebremst auf ihr Ziel zurasten, auf das dicke, »Willst!«, aber immerhin kleine, »Du!«, das vor Schreck jetzt, »Ne Limo?!«, komplett im Sessel versank.

Er spürte, wie er augenblicklich rot wurde, das Stroh wippte nach oben, ihre Augen rollten jetzt über die Sofalehne und sahen ihn ängstlich an, und für einen kurzen Moment fürchtete Fritzsche, sie könnte anfangen zu heulen. Aber sie bewegte sich nicht, er bewegte sich nicht. Nur die Katze bewegte sich, sie steckte die Maus in den Backofen und drehte auf 280 Grad Umluft.

Er atmete tief ein, wischte sich mit dem Handrücken über die Stirn, dann zuckte er mit den Schultern und stand auf. Das musste als Entschuldigung reichen. In der Küche öffnete er den Kühlschrank. Auf der Flasche stand »Orangenlimonade«. Ihre Mutter hatte sie ihm erst letzte Woche mitgebracht, »als Ersatz für den Schnaps«.

Die Kleine saß jetzt wieder aufrecht in dem Sessel, er vermied es, ihrem Blick zu begegnen, und hielt ihr zögerlich die Limoflasche hin. Dann schluckte er und räusperte sich ähnlich einem berufskranken Opernsänger, der kontrollieren muss, wie sich der Ton anfühlt, bevor er spricht.

»Die is ohne Zucker.«

Sie nahm die Flasche in die Hand.

»Die Limo«, fügte er hinzu, als handelte es sich um eine

wichtige Information. Er wartete. Sie betrachtete das Etikett der Flasche, las und zog die Stirn kraus. Er nickte. Sie hatte verstanden. Das Beschissenste, was man sich vorstellen konnte, war Limonade ohne Zucker. »Für Diabetiker geeignet« hieß übersetzt so viel wie »Der Urin einer Beutelratte schmeckt besser«. Das wussten also sogar Kinder.

Er griff in die Ritze seines Sofas und holte den Flachmann raus. Sie warf ihm einen fragenden Blick zu.

»Zauberwasser.« Etwas Besseres fiel ihm nicht ein.

Der Hauch eines wissenden Lächelns flog über ihr Gesicht, und irgendwie hatte er plötzlich das Gefühl, dass sie cleverer sein könnte, als er vermutet hatte. Er spürte jetzt die Wärme des Alkohols in seinem Magen. Draußen schmiss jemand einen Rasenmäher an. Er verschloss den Flachmann, schob ihn in die Ritze des Sofas zurück und setzte das Zierkissen hinterher. Zehn Minuten hatten sie geschafft, und irgendwie würden sie die nächsten zwei Stunden auch noch rumkriegen.

»Willst 'n Stück Kuchen?« Sie nickte zögerlich. Er zog seinen Gehstock heran und erhob sich langsam. »Is mit echtem Zucker.« Er ging in die Küche, sein Puls hatte sich beruhigt. Er nahm einen Teller, auf dem Thunfisch gelegen hatte, kurz zögerte er, dann spülte er ihn ab und nahm sogar einen sauberen Löffel aus der Besteckschublade.

Nach dem ersten Bissen hellte sich ihr Gesicht auf.

»Schmeckt's?«

Sie nickte.

»Wie im Westen, was?«

Im Fernseher lief jetzt der Abspann der Zeichentrickserie. Er lehnte sich im Sofa zurück. Wahrscheinlich hatte die Katze aufgegeben.

Ödeme

Vor dem Fenster türmte sich ein fröhlicher Tag, kein Grund, sich anstecken zu lassen, dachte er, aber dann humpelte er doch zum Balkon und setzte sich in den weißen Plastikstuhl. Eine fette gelbe Möwe schob sich schwerfällig durch die Bildmitte, am Himmel vorbei, der sich entschieden hatte, heute ein einziges blausattes Rechteck zu sein.

Fritzsche beugte sich zu dem roten Metalleimer, der umgestülpt in der Ecke stand. Dieses Versteck hatte Anne Liebert noch nicht entdeckt, was vielleicht an den Löchern lag, die am Boden des Eimers vor sich hin rosteten. Er lächelte, während er den Eimer anhob und die Flasche Wodka darunter hervorzog. Es war noch Zeit, aber sollte sie überraschend eher kommen, hätte er ihr erklären können, dass die letzte Orangenlimonade mal wieder für ihren Prinz Eisenherz draufgegangen war.

Er hörte es hinter sich rascheln, wahrscheinlich war die x-te Zeichentrickserie zu Ende, aber er machte keine Anstalten, sich umzudrehen. Zögerlich setzte sie sich auf den Plastikhocker, der neben seinem Stuhl stand.

Eine Weile saßen sie schweigend nebeneinander, zwischen schmutziggrauen Lamellen, die als Blickschutz am Balkon angebracht waren, und unter einem aufgespannten Sonnenschirm. Der Plastikbezug des Schirms war mit Booten verziert, man konnte das gut sehen, weil die PVC-Streifen hier und da schon in Fetzen von den weißen Speichen herabhingen. Ein breiter, glühender Sonnenstrahl fiel auf seine rechte Schulter. Das Geländer des Balkons war nicht allzu hoch, von hier oben konnte man sogar den Parkplatz sehen und eine lebensmüde, verrostete Wiese, am Horizont lag die Autobahn.

Fritzsche schraubte den Deckel der Flasche ab. Die Sonne schien ihm jetzt ins Gesicht, er kniff die Augen zusammen. Irgendwo versuchte jemand, einen Rasenmäher anzuwerfen. Auf den Mülleimern neben den Altglascontainern saßen Krähen.

Anne Liebert und er hatten sich geeinigt, aber er wusste noch nicht, ob er sich darüber freuen sollte oder nicht. Er hatte ihr erklärt, dass seine Bude kein Kindergarten sei, sie hatte geantwortet, dass statt vier Nachmittagen auch drei in Ordnung wären.

»Dreimal die Woche!«, hatte er gesagt und versucht, die Kleine, die sie perfiderweise an der Hand hielt, zu ignorieren, »Auf keinen Fall!«

Sie hatte damit gedroht, seinen Alkoholkonsum dem Arzt zu melden, er hatte damit gedroht, dass seine Angehörigen den Pflegeservice verklagen würden, falls sie ihn weiterhin seiner Rolle als Pflegebedürftigen entfremden und als Hortopa missbrauchen würde. Da hatte sie gelächelt und geantwortet, dass er dazu erst einmal Angehörige auftreiben müsse. Auch der Hinweis auf seine Freunde im Park – jene mit Plastiktüten und Pitbulls »und dem ganz besonderen Geruch von urbanem Leben, Frau Liebert« – hatte nichts gebracht, weil Anne Liebert wohl keinen Moment daran zweifelte, dass er die Wohnung die letzten drei Jahre nicht weiter als zum Spätverkauf an der Ecke verlassen hatte. Es ging noch eine Weile hin und her, aber dann hatten sie sich geeinigt. Und er musste zugeben, der Fernseher, den sie gekauft hatte, war zwar gebraucht, aber der

Ton lief jetzt einwandfrei, und auch die Bilder waren gestochen scharf.

Es schlürfte neben ihm, offensichtlich zog die Göre mit dem Strohhalm gerade den letzten Rest Limonade aus der Flasche.

Umständlich drehte er seinen Oberkörper nach rechts, die Plastiklehne des Stuhls ließ nicht viel Spielraum zu. Sie blickte über die Balkonbrüstung.

»Schön hier, was?«

Der Rasenmäher stotterte laut vor sich hin. Sie reagierte nicht.

Er beugte sich etwas weiter zu ihr. »Schön hier, was?«

Sie sah ihn erschrocken an und antwortete nicht, aber er glaubte, ein leichtes Schulterzucken wahrgenommen zu haben.

Missmutig fuhr er sich durchs Haar und stützte sich mit angewinkeltem Arm auf der Plastiklehne des Stuhls ab. Eine Weile saßen sie schweigend nebeneinander, dann drehte er ihr wieder den Kopf zu.

»Und?« Er nickte.

Sie zog die Stirn kraus.

»Gefällt dir die Schule?«

Sie senkte den Kopf und betrachtete das Etikett der Limoflasche. Am Himmel löste sich der Kondensstreifen eines Flugzeugs nach und nach auf.

»Lernen ist wichtig.«

Sie drehte die Limoflasche in ihren Händen, ohne den Kopf zu heben.

»Für deinen Beruf später mal.«

Er setzte die Flasche an, warf den Kopf in den Nacken, nahm einen Schluck und setzte sie wieder auf dem Oberschenkel ab. Dann atmete er tief ein.

»Naja, also um ehrlich zu sein«, er beugte sich zu ihr, »vergiss den ganzen Scheiß. Es bringt nichts. Ich zum Beispiel …«, er tippte mit dem Finger an seine Brust, »… hab das ganze Leben gearbeitet, verstehste, und dann«, sie sah ihn mit großen Augen an, »hamse mich entsorgt wie ’ne leere Glasflasche«, er tippte an die Limoflasche, »auf mich gibt’s nich mal Pfand!« Sie blickte ihn verwirrt an.

Er machte eine abwehrende Handbewegung. »Ach, vergiss es …« Dann verkreuzte er die Arme vor der Brust. »Was willste denn später mal werden?«

Sie zuckte mit den Schultern. Eine Weile war es still. Dann sagte sie so leise, dass er es beinahe nicht verstanden hätte: »Meerforscherin.«

»Meerforscherin, aha«, er nickte, »dann gibt’s jeden Sonntag fangfrischen Fisch, was?« Er lachte, bis aus dem Lachen das heisere Husten wurde, von dem Herbert immer gesagt hatte, es erinnere an einen alten, verschwitzten Sack, der an der Rennbahn seine Rente verwettete. Aber als er ihren erschrockenen Blick sah, brach er ab.

Verlegen fuhr er mit der Hand über die Lehne des Plastikstuhls. Das Problem an der ganzen Geschichte war nicht, dass er aus der Übung war, was das Gespräch mit Kindern betraf, sondern, dass er nie Übung gehabt hatte. Er atmete tief ein.

»Bauste wenigstens ab und zu Scheiße mit deinen Kumpels, ja?«

Sie schüttelte verlegen den Kopf, aber wenigstens lächelte sie zum ersten Mal. Die Richtung stimmte also.

»Zieht ihr manchmal um die Häuser? Du und deine Freunde?«

»Na klar …« Nervös rutschte sie auf dem Sitz hin und her. Er wusste sofort, dass es eine Lüge war. Langsam wurde sie ihm sympathisch.

»Was macht ihr dann?«

Sie fuhr sich mit der Hand unter der Nase lang und versuchte, die leere Limoflasche auf den Kopf zu stellen. »Fußball.«

Er beugte sich vor. »Fußball?«

Die Limoflasche stand jetzt auf dem Flaschenhals, sie nickte.

Er beugte sich noch weiter vor, sein Atem roch wahrscheinlich nach Alkohol, aber das war ihm egal. »Was, ehrlich, ihr spielt als Mädchen Fußball?«

Die Flasche fiel auf den Boden des Balkons, es hallte dumpf. Sie rollte die Augen, zögerte kurz, dann sah sie ihn direkt an und schickte ein gelangweiltes »Jaaahaaaaa…« hinterher.

»Is ja 'n Ding.«

Sie war zu dick. Man sah es sofort. Für Fußball und für jegliche Sportarten, in welchen es um Kraft, Schnelligkeit und Beweglichkeit ging. Also für fast alle. Er konnte sie sich noch nicht einmal im Tor vorstellen.

»Mittelfeld. Du spielst auf der 10er Position, stimmt's?«

»Hm.« Sie starrte auf die Limo und riss das Papier des Etiketts langsam ab.

»Is 'ne gute Position, bist oft am Ball, kannst das Spiel führen.«

Er schob ein bekräftigendes Nicken hinterher, als würde er sich auskennen, und im Grunde stimmte das auch, er befand sich seit Jahren in der Nachspielzeit und wartete eigentlich jeden Augenblick darauf, dass der Abpfiff ertönte.

Sie warf ihm einen prüfenden Blick von der Seite zu, dann biss sie sich auf die Unterlippe. Wahrscheinlich fragte sie sich, ob er die Lüge durchschaut hatte, aber er ließ sich nichts anmerken und blickte über die Balkonbrüstung auf das Nichts der Brache wie auf einen stillen Gebirgssee.

»Is ’n schönes Gefühl, wenn man den Ball reinschlenzt, was?« Sie reagierte nicht.

Zwei Glatzen, die ihren Kampfhunden ziemlich ähnlich sahen, liefen über den Parkplatz. »Die anderen klatschen, freuen sich.«

»Is ’n bißchen wie fliegen«, fügte er noch hinzu. Er dachte an den felsigen Abgrund im Wald, den ICE, seine Angst vor dem letzten Schritt. »Im Grunde ist Fallen wie Fliegen, verstehst du?« Er fuhr sich durchs Haar. »Nur mit dem Unterschied, dass man ein verbindliches Ziel hat.« Er blickte sie erwartungsvoll an.

Sie zog die Nase hoch. »Ich geh manchmal in den Zoo.«

Er starrte sie an, einen Moment zu lang, dann ließ er sich zurück in den Plastikstuhl fallen. Seit Herberts Tod hatte er kein längeres Gespräch mehr geführt, aber jetzt musste er sich eingestehen, dass er tatsächlich Erwartungen gehegt hatte im Hinblick auf den gedanklichen Austausch mit einem Menschen. In diesem Fall handelte es sich allerdings um eine Sechsjährige, die noch dazu eine Prinz-Eisenherz-Frisur trug.

Sie zögerte, dann sah sie ihn schief und misstrauisch von unten an. »Warst du schon mal im Zoo?«

»Ja, früher mal«, er hob die Flasche erneut an, trank aber nicht. »Is schon ’ne Weile her, kann mich nich mehr erinnern …«

Eine Weile war es ruhig. Es schien, als überlegte sie. »Wenn du willst, dann können wir ja mal zusammen gehen …«

»Was? Nee, kommt gar nich in Frage …«

»Is nich weit, is da hinten …« Sie zeigte über die Balkonbrüstung. »Ich kenn mich da aus, kann dir alles zeigen …«

Bei *alles* breitete sie die Arme ungelenk aus, zwei weiße Würmer schwenkten zwischen Balkongeländer und Brachlandschaft, als würden sie das Paradies präsentieren, die übertriebene Bewegung entlarvte die Lüge, und im nächsten Moment verschränkte sie die Arme wieder vor der Brust, als schäme sie sich ihres Gefühlsausbruchs.

Er schob sie zur Seite, um wieder freie Sicht auf die Brache zu haben.

»Auf keinen Fall, ich bin zu alt für so 'n Blödsinn …«

Sie senkte den Kopf, dann setzte sie sich zurück auf den Hocker, stützte die Ellenbogen auf den Knien ab, legte den Kopf in die Hände und starrte zwischen ihren Beinen hindurch auf den Betonboden.

»Willste noch was trinken?«

Sie schüttelte den Kopf.

Er sah über die Balkonbrüstung. Er wusste nicht, was es war, aber wahrscheinlich lag es an dieser furchtbaren Frisur. Er drehte ihr den Kopf zu, seine Stimme nahm den Onkelton an.

»Du warst mal im Zoo. Gut. Und in der Schule haste dann was drüber geschrieben: *Mein schönstes Erlebnis im Zoo* oder so. Und das reicht doch für 'ne Weile, oder?« Sie hörte ihm aufmerksam zu, aber auf ihrer Stirn formte sich langsam ein Fragezeichen. Er atmete tief ein. »Also, was ich meine, ist: Man sollte schöne Erlebnisse nicht so oft wiederholen, sie verlieren sonst ihren Reiz.« Sein Blick fiel auf die Schnapsflasche in seiner Hand. Oder auch nicht. Das Fragezeichen auf ihrer Stirn war verschwunden, sie sah ihn jetzt an, als habe er nicht mehr alle Tassen im Schrank.

Von den Mülltonnen flogen zwei Krähen auf und ließen sich laut krächzend auf einem Balkongeländer schräg gegenüber nieder. Er kratzte sich am Kinn, Bartstoppeln knisterten. Verlegen stieß sie jetzt mit ihrem Schuh gegen die Balkonverkleidung. Wieder und immer wieder. Er drehte sich zu ihr.

»Aber, also, du warst doch schon mal da …«

Sie reagierte nicht.

»Aha, verstehe …« Er verkreuzte die Arme vor der Brust. »Na, was bitte willst du mir denn dann zeigen, wenn du noch nie da warst.«

Sie schnellte hoch, als hätte irgendwo einer für sie das Stichwort »Action« gerufen, und hielt sich an der Plastiklehne seines Stuhls fest: »Na, alles da, was da ist, die Elefanten und Göraffen und so, die können wir uns doch, doch …«, vor Aufregung begann sie zu stottern.

»Göraffen?«

»Hm«, sie nickte, und er konnte an ihrem Gesichtsausdruck erkennen, dass sie sich fragte, ob er noch nie was von Göraffen gehört hatte. »Na die mit dem langen Hals …«

»Ach so, die …«

Und er wiederum fragte sich, ob irgendeine Rechtschreibreform an ihm vorbeigegangen war und wie er aus der Nummer mit dem Zoo wieder rauskommen sollte, aber für das geistige Formulieren von Lösungen in diese oder jene Richtung war jetzt keine Zeit.

Sie sah ihn erwartungsvoll an. Fritzsche drehte sich demonstrativ zur linken Wandseite des Balkons, an der ein vom Regen blind gewordenes Thermometer hing. Kurz war es still, und vielleicht wäre ihr fragender Blick noch zu ignorieren gewesen, von dem er spürte, dass er am äußersten Rand seiner rechten Wange klebte, aber das nervöse Hin- und Herwackeln an der Lehne seines Stuhls, das konnte man nicht ignorieren. Die würde jetzt nicht mehr lockerlassen …

Er atmete tief ein, drehte den Kopf, dann sah er sie ernst und vorwurfsvoll zugleich an. »Ich kann fast nicht mehr laufen.«

Für eine Minute war es still. Ihre Hände lagen jetzt ruhig

auf der Lehne des Stuhls, ihre Schultern senkten sich langsam. Beinahe schämte er sich, dabei war es doch die Wahrheit, nun ja, vielleicht nicht ganz, aber beinahe.

Sie sah ihn direkt an, ihre blauen Augen waren hell und klar. Ihm wurde unwohl. Offensichtlich war es nicht das erste Mal, dass die gute Fee an dem kleinen Prinz Eisenherz hier vorbeigeflogen war.

»Na ja«, sagte er und zuckte entschuldigend mit den Schultern. Etwas Besseres fiel ihm nicht ein. Aber sie blickte ihn immer noch an, blickte durch ihn hindurch, als warte sie auf etwas, und ihm wurde klar, dass es noch lange dauern würde, bis sie aufhören würde zu glauben, die Fee würde schon irgendwann bei ihr landen. Und bis es so weit war, würde sie warten und den anderen von weit weg zusehen, wie sie Drachen steigen ließen.

Fritzsche fuhr sich verlegen durchs Haar.

Sie hatte sich wieder auf den Hocker gesetzt und beobachtete schweigend einen Käfer, der rücklings auf dem Balkongeländer lag und hilflos mit den Beinen zappelte.

»So ist das eben.« Er nickte, sie reagierte nicht.

Er zeigte auf den Plastikhocker, auf dem sie saß. »Da leg ich immer meine Füße hoch.«

Sie half dem Käfer auf die Beine.

»Ödeme«, sagte er.

Der Käfer spreizte seine Flügel, flog aber nicht davon. Sie hatte ihren Oberkörper auf die Balkonbrüstung gelegt, ihr Gesicht war jetzt dicht am Körper des Insekts.

Fritzsche warf ihr einen Blick zu. »Hängt mit der Diabetes zusammen«, sagte er. Sie reagierte nicht. Natürlich, er hätte ihr erklären können, was 'ne Diabetes ist, dass es mit Zucker zu tun hat, und vielleicht hätte sie sich gewundert, weil sie Zucker bestimmt recht gerne hatte, zumindest ihrem Äußeren nach zu urteilen, aber es würde so oder so kompliziert werden, weil es ihm im Grunde völlig egal war, wie viele Ödeme sich auf seinem Bein breitmachten und wie hoch sein Blutzuckerspiegel war, und das Letzte, was er wollte, war, einem Kind Krankheiten zu erklären.

Er räusperte sich, aber sie reagierte nicht, sah nur zu, wie der Käfer auf der Geländerstange tippelte.

Da zog er seine Jogginghose ein Stück nach oben und zeigte auf seine geschwollenen Fußgelenke. »Hier.«

Langsam drehte sie den Kopf. Unbemerkt krabbelte der Käfer jetzt über ihren Zeigefinger.

»Wassereinlagerungen.« Er nickte. »Schwere Beine, und du bist alleine.« Sein verkümmertes Rennbahnlachen, dem jegliche Hoffnung auf den Sieg seines Favoriten abhandengekommen war, bahnte sich den Weg durch sein tribünenverschwitztes Unterhemd. Doch dann beugte er sich vor und drückte in die Haut, und das Loch, das der Abdruck des Fingers im Gewebe hinterlassen hatte, war deutlich zu sehen. Sie starrte auf das Bein.

»Da baden im Sommer die Käfer drin.«

Er lächelte, dann zuckte er mit den Schultern.

»Zucker zu haben is scheiße, aber was soll's, ich hab mich eben an die Scheiße gewöhnt.«

Er ließ den Stoff der Jogginghose los, dann lehnte er sich zurück und blickte gen Horizont. Sie blickte ihn ernst an und zog die Nase hoch.

»Ich kenn das.«

»Was?« Fritzsche runzelte die Stirn. »Ödeme?« Irgendwo durchbrach ein Flugzeug die Schallmauer, der Lärm verschluckte seine Frage.

Sie reagierte nicht. Er fuhr sich mit dem Handrücken über

die Stirn, dann sah er über die Balkonbrüstung und dachte nach. Er war kein Arzt, und es klang doch sehr unwahrscheinlich, aber, kurz fiel sein Blick auf die Speckröllchen, die sich über ihrem Hosenbund wölbten, »du meinst, du kennst dich da aus?«

Sie rutschte nervös auf dem Plastikhocker nach hinten und sah zu Boden.

»Hm, die ärgern mich manchmal …«

»Ärgern dich …?« Er verstand überhaupt nichts mehr.

»Manchmal nach der Schule …«

»Soso, die sind aber nett …«

»Wieso?« Sie sah ihn misstrauisch an. Die Göre meinte das wirklich ernst.

»Na, dass die Ödeme warten bis nach der Schule …«

Sie richtete sich auf. »Na aber, in der Pause würde es doch die Lehrerin sehen. Nur deshalb warten die doch!« Sie drehte sich um, offensichtlich verärgert darüber, dass er nichts kapierte, aber auch rein gar nichts, und dass es hier nicht um seine blöden Ödeme ging, sondern um etwas ganz anderes. Er dachte an seinen weinerlichen Pfandflaschenvergleich und an einen von Herberts schlauen Sprüchen: Jeder lebt in seiner Welt.

»Wie viele sind es?«

»Zwei Mädchen, manchmal drei.«

»Was machen sie?«

Sie schüttelte den Kopf und blickte starr über die Balkonbrüstung. Er atmete tief ein. Wahrscheinlich übte sie schon eine ganze Weile, keine Angriffsfläche zu bieten, aber der Pony, den ihr ihre Mutter offenbar aus Kostengründen selbst verpasst hatte, war da nicht unbedingt hilfreich. Es gab also nicht viele Möglichkeiten, eigentlich keine, außer: warten. Und zwar so lange, bis es vorbei war.

»Weißt du, was meine Lieblingstiere sind?«

Sie schüttelte den Kopf.

Fritzsche beugte sich nach vorn und sah über die Balkonbrüstung zu den Mülltonnen. Manchmal ist nach unten der einzige Weg vorwärts. Er hob seinen Arm.

»Krähen?«, fragte sie.

Er nickte. »Die meisten mögen die nicht, denken, es seien Pechvögel, aber den Krähen ist das ziemlich egal, die gehen locker damit um.«

Sie sah ihn aufmerksam an, dann senkte sie ihren Kopf und spielte mit den Klettverschlüssen ihrer schmutzigweißen Sportschuhe. »Meine Lieblingstiere sind Wale.«

»Wale. Warum Wale?« Er versuchte sich das Bild der schwerfälligen Meeressäuger vor Augen zu führen.

»Sind die stärksten Tiere im Wasser.«

»Hm.«

»Aber sie tun niemandem was. Sie essen meistens Pflanzen.«

»Hm.«

»Und sie können lange Strecken schwimmen.« Fast trotzig fügte sie hinzu: »Auch alleine.«

Fritzsche nickte, ohne sie anzusehen. Für einen Augenblick war es still.

»Ich weiß«, sagte er tonlos, »ich seh sie ja manchmal.«

Die Kleine hob den Kopf: »Was?«

»Ja«, Fritzsche ließ seinen Arm wie beiläufig über den leeren Platz vor dem Balkon gleiten. »Die kommen hier manchmal vorbei.«

Sie tippte sich an die Stirn. »Quatsch! Die leben im Meer, die können hier doch gar nich vorbeikommen!«

»Siehst du da?« Fritzsche zeigte nach rechts zu einem der unzähligen Wohnkomplexe der Plattenbausiedlung, ein langer grauer Schlauch, ein Plattenbauschlauch, der sich von der

Siedlung weg bis weit nach Norden erstreckte. Ihr Blick folgte seinem Finger, der eine unsichtbare Linie zeichnete. »Sie kommen von dort, gleich hinter der Robbenkolonie«, sein Finger verharrte bei den Dächern, auf welchen Antennen und Handymasten in der Abendsonne glänzten, »schweben dort entlang, wo die Steilküste abfällt«, sein Arm glitt aus der Höhe herab, vorbei an unzähligen vergilbten Satellitenschüsseln, weiter über die dreispurige Autobahn am Horizont entlang, »bis auf ein Plateau, kurz über Meereshöhe«, sein Finger stoppte über dem Rechteck, in dem verbeulte Container standen, »vorbei an der Stelle, an der der Seetang mit der Brandung tanzt.« Seine Hand wanderte weiter über den Asphalt des Parkplatzes, auf dem zerbrochene Bierflaschen lagen. »Sie sind groß und langsam, es sind unzählige, sie kommen abends, wenn es dämmert und sich rote und blaue Lichtstreifen am Horizont bilden, dann tauchen sie auf wie aus dem Nichts und schweben so schwerelos durch die Farben der anbrechenden Nacht, als bestünde die Luft aus blauem durchscheinenden Wasser.«

Er ließ seine Hand in den Schoß fallen, blickte aber noch wie in eine weite Ferne über die Balkonbrüstung, als sähe er noch dem Rest der Wale nach, die irgendwo mit ruhiger Eleganz zwischen den gelbstichigen Schluchten der Plattenbauten verschwanden, während über ihren silbernen Rücken die letzten Möwen ihre Pirouetten drehten. Die Kleine hatte die Augen zusammengekniffen und war der Landschaft, die sein Finger beschrieb, bis zum Ende gefolgt.

»Sind sie sehr groß?«

»Na, was denkst du denn?« Fritzsche breitete die Arme aus, seine Fingerspitzen zeigten vom Flachdach Haus C bis zum Flachdach Haus A, dazwischen lagen gefühlte fünfhundert Meter.

»Aha. Und wie sind die so?« Ein Lächeln flog über ihr Gesicht.

Fritzsche räusperte sich.

»Also, na ja, die sind groß und stark …« Sie sah ihn prüfend an. »… und durch nichts zu beirren …« Er kratzte sich am Kinn. »… und niemand kann ihnen etwas anhaben.«

»Hm.« Sie verkreuzte ihre Arme über dem Balkongeländer, legte ihren Kopf darauf und sah nachdenklich in die Ferne.

Am Himmel über der Autobahn begann es zu dämmern. Hier und da hatten sich bereits rote und blaue Lichtstreifen gebildet. Es war ruhig, nur ein leichter Wind wehte. Ihr Rücken hob und senkte sich langsam, während sie atmete. Fritzsche lehnte sich zurück. Und dann blickten sie in die Weite vor dem Balkon bis zum Horizont, als wäre es eine Leinwand, auf der gleich der Film starten würde.

Zuhause

Leonhard hatte einfach vor der Tür gestanden, mit einem Picknickkorb und einem Lächeln, und gesagt: »Los, wir machen einen Ausflug.« Es sollte wohl wie eine Feststellung klingen, eine Aufforderung, doch am Ende des Satzes wurde seine Stimme unsicher – als würde ihn plötzlich der Mut verlassen. Hanna war immer noch überrascht von seinem Besuch, aber dann nickte sie schnell und sagte: »Gute Idee.«

Sie waren aus der Stadt herausgefahren, an Feldern und Heuballen vorbei, bis an einen kleinen See, und dort saßen sie und redeten, wie alte Freunde es tun, seltsam vertraut, während das Licht durch die Bäume fiel und sich zitternd auf das Wasser legte.

Leonhard hatte sie nicht gefragt, sie hatte von sich aus angefangen, hatte von Berlin erzählt, von Hans und Matthias, aber bereits während sie sprach, spürte sie, dass all das nur noch eine Geschichte war, eine von vielen.

Er hatte ihr ruhig zugehört, manchmal nachgefragt, und als sie geendet hatte, hatte er sie nur angesehen und geschwiegen, als habe er verstanden, dass die Wahrheit nur dann erzählt werden kann, wenn etwas abgeschlossen ist, wenn die Vergangenheit endgültig zur Erinnerung geworden ist, die Schatten verschwunden sind.

Als die Sonne langsam unterging, packten sie die Sachen zusammen und fuhren zurück in die Stadt, und während der

Fahrt fragte er sie, ob sie nicht Lust habe, noch mit auf eine Vernissage zu kommen. Sie zögerte einen Moment, sah den alten Affen Angst plötzlich auf ihrem Schoß sitzen, in seinem Blick die Frage, ob das nicht alles zu schnell gehen könnte, doch dann strich sie sich über die Jeans und nickte Leonhard zu.

Ein ehemaliger Arbeitskollege von ihm hatte es sich zur Aufgabe gemacht, junge Künstler aus der Region zu unterstützen. Er besaß eine Bar, dort stellten sie ihre Bilder aus, und einige davon seien sogar interessant oder zumindest schön anzusehen, erklärte Leonhard. Für heute Abend aber habe sich der Arbeitskollege etwas Besonderes einfallen lassen, »eine Performance«, sagte er und sah sie mit gespielter Besorgnis an.

Sie lachte. »Und da hast du es mit der Angst bekommen.«

Er nickte. »Aber ich bin ja Gott sei Dank nicht allein.«

Sie lächelte. »Egoist.«

Sie fuhren jetzt durch die Stadt, und während die Häuser an der Scheibe vorbeizogen, überlegte sie, in welchem Zusammenhang sie das Wort »Performance« zum ersten Mal bewusst wahrgenommen hatte.

Es war einer der letzten Tage gewesen, die sie mit Matthias in Berlin verbracht hatte. Sie waren zu einer Vernissage eingeladen, ein Bekannter hatte eine Galerie eröffnet. Es war die Zeit in Berlin, in der jeder plötzlich ein Künstler war. Auf seiner Einladungskarte, die eines Tages in ihrem Briefkasten lag, nannte sich der Bekannte Galerist. Schon das hatte Matthias und sie damals sehr amüsiert, denn als sie ihn kennengelernt hatten, hatte er auf die Frage, was er beruflich mache, geantwortet, er sei Diplom-Ingenieur. Dieser Diplom-Ingenieur hatte also plötzlich raspelkurz geschnittene Haare und eine Goldrandbrille, und seit sich Berlin im kreativen Chaos befand, antwortete er bei einem Besuch auf jede noch so banale Frage wie »Willst du einen Kaffee?« mit einem Exkurs über die Verfertigung der Gedanken.

Und erst gestern hatte sich kein Geringerer als Walter lautstark über einen Vertreter dieser Spezies aufgeregt. Sie hatte gerade lesend in der Ecke der Buchhandlung gesessen und nur die Satzfetzen gehört, die aus dem ersten Stock zu ihr herunterpolterten. Aber es dauerte nicht lange, da kam Walter die Treppe herunter – »dieses neoliberale Gewäsch«, »dieser geistige Dünnschiss« – und ging direkt auf sie zu. In der Hand hielt er eine angesehene Kunstzeitschrift, die er vor sie auf den Tisch legte. Hanna beugte sich nach vorn. Neben einem Interview war das Hochglanzfoto eines Mannes mittleren Alters zu sehen. Seine leicht ergrauten Haare waren nach hinten gegelt, er trug einen schwarzen, asymmetrisch geschnittenen Anzug, der sehr teuer aussah, und lehnte sich an ein riesiges phallusartiges Gebilde. Sie kannte ihn nicht, und auf den ersten Blick sah er sogar sympathisch aus.

»Sieh dir das an!« Walters Atem ging jetzt schnell.

Laut begann Hanna die Bildunterschrift zu lesen. »Einer der bekanntesten Performance-Künstler Deutschlands in der Galerie *Arte*: der 42-jährige …«

»Nein«, unterbrach Walter sie, »das ist das bestangezogene Stück Seife im Kunstbetrieb! Luft, der verkauft der Welt nichts als Luft, und keiner dieser Lemuren von der Journaille traut sich, dem Galeristen zu sagen, dass er so nackt rumläuft wie der Kaiser im Märchen.«

»Aber Walter …«, versuchte Hanna ihn zu beruhigen, doch der stand bereits wieder auf der Treppe, die nach oben zu seiner Einsiedlerklause führte. »Hör mal, ab jetzt keine Anrufe mehr durchstellen.«

Hanna sah ihn amüsiert an. »Ist jetzt die Zeit für die ernsthafte Lektüre gekommen?«

Walter nickte erschöpft und blickte ein letztes Mal auf die aufgeschlagene Kunstzeitung, die er auf dem Tisch hatte liegen lassen, dann stieg er mit schwerem Schritt die Treppen nach oben. Er murmelte vor sich hin, »alle wahnsinning«, wehmütig fiel der Name *Thomas Bernhard*, und wenig später war Walter in seinem Lesesalon verschwunden.

Leonhard hielt jetzt vor der Bar an, es standen bereits zahlreiche Menschen auf dem Gehweg. Ein großes Schild mit der Aufschrift »Vernissage« zeigte in den Hinterhof.

Das Gebäude bestand nur aus einem Raum und erinnerte eher an eine Baracke. Sie holten sich ein Glas Wein, an dem offensichtlich rasch zusammengezimmerten Tresen zitierte jemand aus Roland Barthes' *Die helle Kammer* und sprach vom »Einbruch des Privaten in den öffentlichen Raum«, dann begann die Aufführung.

In der Mitte des Raumes lag eine Holzpalette, und darauf wiederum lag ein junger Mann mit nacktem Oberkörper. Sein Bart und seine Frisur sahen aus, als würde ihn sein Frisör inständig hassen. Neben dem jungen Mann saß eine halbnackte Frau, die sehr traurig aussah und eine Kerze in der Hand hielt. Musik setzte ein, laut und gewalttätig. Der Mann begann sich ekstatisch zu bewegen, sein blasser Oberkörper, aus dessen Brust vereinzelt lila gefärbte Haare sprossen, bäumte sich auf, ähnlich einem Wurm, der in den Händen des Anglers ahnte, dass sein Schicksal beschlossen war. In der Baracke herrschte jetzt eine beinahe sakrale Stille. Nach zehn Minuten stand die junge Frau langsam auf und rief laut »Anarchie«. Jemand aus dem Publikum flüsterte »großartig«.

Hanna schwankte noch zwischen Irritation und Unglauben und dachte, dass sie das Walter unbedingt erzählen müsse, als Leonhard sich plötzlich zu ihr umdrehte und ihr ins Ohr flüsterte: »O Gott, Anarchie. Wahrscheinlich gibt's danach noch Rudelbumsen. Komm, wir hauen ab.« Und dann mussten sie beide lachen, so laut, dass der sterbende Wurm für einen Moment aufhörte zu zucken. Einige Anwesende warfen ihnen böse Blicke zu, der Barbesitzer räusperte sich hörbar, hastig nahm Leonhard ihre Hand, sie verließen den Raum, und als sie auf der Straße standen und sich die Lachtränen aus dem Gesicht wischten und der Himmel ganz ohne Performance einfach nur groß und weit über ihnen stand, fühlte sie sich zum ersten Mal seit langer Zeit zuhause.

Mütze

Gerade war die Tür hinter den beiden ins Schloss gefallen, sie hatte die Kleine eben abgeholt. Fritzsche atmete tief ein. Sie kamen jetzt miteinander klar, alle drei, irgendwie, so richtig erklären konnte er sich das nicht. Bis vor einem Vierteljahr hatte er noch geglaubt, Anne Liebert sei eine durchgeknallte Dreißigjährige, die jeden Morgen beim Zähneputzen zu der Überzeugung kam, dass dies der Tag wäre, an dem sie noch einmal von vorne anfangen könnte, die mit wildfremden Menschen um die Häuser zog, weil sie das karmamäßig für eine *absolut* gute Idee hielt, und die dann irgendwann im Morgengrauen an einer Bushaltestelle stand, ziemlich abgerissen und mit einem Gesichtsausdruck, der dem einer obdachlosen Bettlerin glich, die ein Schild um den Hals trug mit der Aufschrift »Ich habe Hunger«.

Er musste zugeben, dass das nicht der Wahrheit entsprach, dass Anne Liebert zwar eine überforderte, aber dennoch irgendwie besorgte Mutter war, der er von Herzen einen Lottogewinn gewünscht hätte, aber deren beruflich geregelte und zeitlich begrenzte Aufenthaltsgenehmigung für sein Wohnzimmer er dennoch als sinnvoll erachtete.

Die Kleine hingegen erinnerte ihn immer noch irgendwie an ein herrenloses Pony an einer Tankstelle im Sommer. In einem Moment wollte sie alles wissen, war neugierig und malträtierte ihn mit Fragen über Gott und die Welt, als hätte ihr noch nie irgendeiner mal was übers Leben erklärt, und im nächsten Moment brachte man nichts aus ihr heraus. Er hatte mal versucht, 'n bißchen tiefer zu bohren, wer ihr Vater ist, was der arbeitet, und warum der nich auf sie aufpasst, wenn Not am Manne ist, aber da machte sie zu. Von einem Moment zum anderen fiel sie in so 'ne Art Schlaf, also im übertragenen Sinne, hatte zwar die Augen noch auf, atmete auch noch, aber das war's dann auch. Kein einziges Wort bekam man mehr aus der raus, sie sah einen nur an, mit so einem Blick, so was zwischen 'ner Riesenwut und 'ner Heidenangst, und dann traute er sich nicht, noch eine einzige Frage zu stellen. Er hatte sich an Lungen-, Stuhl- und Blutuntersuchungen gewöhnt, seine Fettleber, sogar an den Nachkriegsfraß des Lieferservice, aber er hasste Kinder, die heulten.

Hatten meistens sowieso nur einfache Wehwehchen, mal hier 'n Aua, mal dort 'n kleines Ziepen, waren doch nicht anders als kleine Hunde, die unnötig in der Gegend rumkläfften, ging doch nur drum, Aufmerksamkeit zu bekommen. Aber die Kleine war da anders, das konnte er in ihrem Gesicht sehen, ihrem Blick. Da lag was Erwachsenes drin, beinahe was Trauriges, aber nichts Depressives, wie man vielleicht denken könnte, sondern eher so 'ne bindfadendünne Hilflosigkeit.

Einmal waren sie spazieren gegangen, sie waren sogar ein Stück Straßenbahn gefahren, in das Viertel, in dem er mal gewohnt hatte, lange her, und im Gegensatz zu ihm waren die Häuser saniert und die Straßen sauber. Er hatte sich auf 'ne Parkbank gesetzt und sie sich daneben. Aber dann war es ihm doch komisch vorgekommen, dass sie keine Anstalten machte, auf den Spielplatz zu gehen, der direkt vor ihnen lag. Wahrscheinlich sahen sie sowieso aus wie ein seltsames Gespann, sie mit ihrer löchrigen Bommelmütze und dem zu großen Anorak aus Ballonseide und er mit seiner an den Ellenbogen schon aufgerissenen Freizeitjacke, die für die Jahreszeit zu dünn und für seine Körperfülle zu eng war. Seine Füße steckten in klobigen Schuhen, die aussahen wie tote Ratten, und ihre in bunten Gummistiefeln mit asymmetrischem Würfelmuster, für die sich sogar Dreijährige geschämt hätten. Er stellte sich vor, wie die Leute bei ihrem Anblick dachten, sie seien auf der Flucht, lebten aus ihren Koffern, darin nur das Wichtigste. Und eine warme, pochende Verzweiflung.

»Willste nich mal spielen gehen? Da so«, er zeigte auf den Spielplatz, »klettern, rutschen und den ganzen …«, beinahe hätte er »Scheiß« gesagt, biss sich dann aber doch auf die Lippen.

Sie ließ ihre Beine, die den Boden nicht berührten, hin und her schaukeln.

»Und du?«

»Nee«, er klopfte mit dem Gehstock gegen die modisch eckige Armlehne der Sitzbank, es hallte metallisch, »ich pass auf, dass keiner unseren Platz wegnimmt.«

Sie sah nach rechts in den Park, er sah nach rechts in den Park, sie sah nach links in den Park, er sah nach links in den Park. Sie sahen sich an. Acht Parkbänke, alle frei.

Er räusperte sich, dann hob er seine Hand. »Na los, geh schon. Sind doch auch andere da.«

Eigentlich wollte er sie sanft von der Bank schieben, aber kurz vor ihrem Rücken hielt er in der Bewegung inne. Ein Streifen Luft zwischen seiner Haut und der Ballonseide. Sein Arm wurde schwer, endlich schob sie sich von der Bank, er ließ die Hand sinken und atmete erlöst aus. Auf halbem Weg drehte sie sich noch einmal zu ihm um, aber er winkte nur, »los, weiter, weiter«. Sie nickte und schlurfte zu dem Spielplatz. Es sah nicht so aus, als ob sie die Idee für einen Riesenknaller hielte, sondern eher so, als wolle sie ihm einen Gefallen tun.

»Wir kommen ja jeden Tag hierher, mein Enkel und ich.«

Fritzsche hatte die Alte, die, in einen eleganten Pelzmantel gehüllt, plötzlich neben der Bank stand, gar nicht bemerkt. Sie blickte der kleinen Liebert hinterher, die mit gesenkten Schultern vor sich hintrottete, und fuhr fort.

»Jonathan ist so ein aufgeweckter Junge, wissen Sie, so vergnügt!«

Am liebsten hätte er das Mädchen wieder zurückgerufen. Ihm war siedendheiß eingefallen, warum ein Altersheim für ihn niemals in Frage kommen würde. Wegen der Weihnachtsfeier. Mit hundert Millionen alten Schachteln, die dort saßen, Crèmetorte fraßen und nicht sterben wollten.

»Wie ist ihre Enkelin denn so?« Sie lächelte gütig.

Er atmete tief ein, sah ihr fest in die Augen, dann ließ er seinen Zeigefinger um seine Schläfe kreisen. Und nach einer Kunstpause fügte er hinzu: »Liegt bei uns in der Familie«.

Kurz glaubte er, sie würde in ihrem Pelzmantel leicht wanken, aber dann hatte sie sich wieder gefangen. Sie räusperte sich. »Interessant.« Und dann kam endlich Bewegung in den verkleideten Braunbären. Sie drehte sich zur Seite, wohl im Begriff, zu gehen, »Ja, dann«, ihr Blick verriet einen Hauch von Angst, »alles Gute für Sie.«

»Danke«, er lächelte sie an, legte aber zur Sicherheit noch einmal nach, indem er seine linke Gesichtshälfte zucken ließ wie dieser Jack Nicholson nach der Elektroschockbehandlung in *Einer flog über das Kuckucksnest*.

Nachdem der Braunbär sich verzogen hatte, atmete Fritzsche tief ein, blickte suchend über den Spielplatz, auf dem unzählige Kinder schrien und plärrten, und beinahe hätte er sie übersehen. Sie stand ein paar Meter von dem Klettergerüst entfernt im Kies und wirkte wie ein Fremdkörper, der den anderen beim Leben zusah. Er hatte sich geärgert, obwohl oder gerade weil ihm das irgendwie bekannt vorkam, und jetzt im Nachhinein schien es ihm, als wäre das der Moment gewesen, in dem er sich entschieden hatte, sie wegen ihrer Frisur nicht mehr »Prinz Eisenherz« zu nennen, sondern eben »Mütze«.

Dabei war sie weder autistisch noch bekloppt. Mütze war bodenlos. Er musste keine langen Gespräche mit ihr führen, um zu wissen, dass sie schon mehr erlebt hatte, als jedem normalen Kind lieb sein konnte. Und noch etwas hatte er verstanden: Wenn Mütze heulte, dann alleine, ohne Publikum, in irgendeinem Schulklo, in dem es nach Klostein roch, an die abgesperrte Tür gelehnt, stumm, mit rotem Kopf und zusammengepressten Lippen, während sich einen Meter entfernt, auf der anderen Seite der Tür, ihre Klassenkameradinnen lachend und ahnungslos die Hände wuschen. Und vielleicht gerade weil sie nicht so ein beknackt glückliches Kind war, weder »vergnügt« noch »kontaktfreudig«, hatte er auch nichts mehr dagegen, dass sie vor seiner Nase Orangenlimonade trank, mit echtem Zucker, »Na, schmeckt's, Mütze?« – »Wie im Westen!«, und viermal in der Woche so eine alte, schreckliche amerikanische Fernsehserie lief, mit einer unansehnlichen Kanalratte namens *ALF*.

K. o.

»Tut das weh?«

»Nein.« Fritzsche fuhr sich durchs Haar. »Der Tod lächelt uns alle an.«

Ungläubig starrte Mütze auf den Beutel Mehl.

Vor zehn Minuten war sie in seine Bude gestürmt, hatte ihm aufgeregt die Geschichte eines Kinderbuchs erzählt, von dem er nur den Titel verstanden hatte, *Leb wohl, lieber Dachs*, und dass die Lehrerin ganz oft die Farbe gewechselt habe, während sie gesprochen hatte – von grün zu rot und gelb und lila. Dann hatte Mütze tief Luft geholt, als sei sie gerade schnell gerannt. »Hm, verstehe«, hatte er geantwortet. Wenig später zog sie ein Blatt Papier aus ihrem Schulranzen, auf dem in kleinen Buchstaben am oberen rechten Rand stand: *Sterben, Tod und Trauer in der Schule: Eine Orientierungshilfe mit Kopiervorlagen.*

Offensichtlich war das Sterben gerade Thema im Unterricht. Dem Informationsblatt nach zu urteilen hatte die Lehrerin weise erkannt, dass der Tod zum Leben dazugehöre, dass man ihm mit jedem Lebensjahr näherrücke, und als Hausaufgaben sollten die Kinder ihre Großeltern befragen, denn die seien dem Ereignis schon sehr nah. Daneben war eine lächelnde Oma als Strichzeichnung abgebildet, die eine gebogene Stricknadel in der Hand hielt, die die Form einer Sense hatte. Er fand, das sprach für die Lehrerin und einen ausgezeichneten Sinn für Humor.

Also hatte er einen haushaltsüblichen blauen Müllbeutel genommen, etwas Mehl hineingekippt und Mütze den Sack hingehalten.

Sie hatte ihn fragend angeblickt.

»Was'n das?«

Er zeigte mit dem Daumen auf seine Brust. »Fritzsche in tot.«

Sie hatte ungläubig auf den Beutel in seiner Hand geblickt, dann auf den Bauch, der dahinterlag und sich bedrohlich unter Bademantel und Rippunterhemd wölbte, dann wieder auf den Beutel.

»So wenig bist du dann?«

»Immer noch ein alter Sack, aber eben leichter.« Er grinste.

Sie nahm den Beutel in die Hand, hob ihn ein Stück, senkte ihn wieder – als würde sie ihn wiegen.

»Und ein Boxer?«

»Naja, ein paar Ascheteilchen mehr, aber nich viel …«

»Wladimir Klischooo?«

»Ja, der Klischooo auch.« Er musste lachen, das war gut. Für Klitschko, diesen Pudding, der in der siebten Runde nur wegen dem bisschen Platzwunde über Byrds linkem Auge gewonnen hatte, war *Klischooo* genau die richtige Bezeichnung.

»Und Henry Maske?«

»Kannste wissen.«

Sie staunte, sie schwieg, sie dachte nach.

»Sind da dann die Knochen auch drin?«

»Mhm, alle, jeder einzelne.«

»Ich glaube, wenn ich mal groß bin, will ich nich verbrannt werden.«

»Was, warum denn? Is doch nichts dabei, wird kurz warm, dann isses rum.«

»Warm?«

»Na ja, gut, nee«, er zögerte, »wird schon auch heiß, denke ich, kitzelt vielleicht 'n bisschen an den Fußsohlen, aber das merkste dann ja nich mehr. Außerdem is es besser, als jahrelang in der Erde vor sich hin zu verwesen. Hör zu, das hier«, er tippte an den Beutel und hob seine Stimme, als ginge es jetzt darum, seinem Gegenüber ein Bankkonto mit günstigem Zinssatz anzudrehen, »das hier is richtig, wie heißt das noch gleich? Ah ja«, er betonte jeden einzelnen Buchstaben, »Ö-K-O-L-O-G-I-S-C-H. Genau! Sag das deiner Lehrerin: Nur ein ökologisch vollwertiger Toter ist auch ein wertvoller Toter!« Es war eine großartige Feststellung, wie er fand, aber sie schien sich nicht dafür zu interessieren.

»Und warum willst du nich in die Erde?«

Gute Frage. Er dachte nach.

»Wegen der Würmer.«

Sie verzog ihr Gesicht. »Würmer? Die … die …«, sie stockte, »… die knabbern dann an dir rum?«

»Ja, kann man so sagen.«

Sie riss ihre Augen auf. »Und du kannst dich nich bewegen!«

»Nee, keinen Millimeter.«

Sie schluckte.

»Dann will ich nich sterben.«

»Kannste knicken.«

»Warum?«

»Weil jeder Mensch irgendwann ins Gras beißt.«

Sie verzog angewidert den Mund. »Ins Gras beißt?«

»Na, das sagt man eben so, is wie *den Löffel abgeben* oder *den Holzpyjama anziehen*, verstehste?«

Mütze schüttelte den Kopf, dann fing sie an zu popeln. »Weißt du, was noch besser wäre?«

»Wirste mir ja gleich sagen …«

»Wenn sie dich ausstopfen!«

»Ausstopfen?«

»Ja, wie im Naturkundemuseum! Wie die Stinktiere!«

Er zog eine Augenbraue hoch, senkte seinen Kopf leicht Richtung eigene Achsel und atmete durch die Nase tief ein.

Sie fuhr ungerührt fort. »Dann könnt ich dich jeden Tag sehen und dir was zu essen bringen.«

Missmutig zog er seinen Bademantel über seine Knie, sah sie an und überlegte, was sie als Letztes gesagt hatte. Ausstopfen.

»Ja, aber ich könnte nicht reden.«

Er war zurück im Spiel.

»Das ist nicht so schlimm …« Sie lächelte in sich gekehrt mit Blick auf den Mehlbeutel.

Das wurde ja immer besser.

»Gehen wir morgen mal ins Naturkundemuseum?«

»Was, warum denn?«, brummte er.

»Na«, sie sah ihn entschlossen an, »dann könnten wir dich gleich anmelden.«

Er dachte, dass es jetzt Zeit wäre für einen Klaren. Er räusperte sich. »Hör zu, das mit dem Ausstopfen werde ich mir überlegen.« Er zögerte. »Aber vorher holst du dem Fritzsche mal die Flasche Wasser vom Balkon.«

»Die unterm Eimer?«

»Hm …« Er versuchte, so zu lächeln wie der Opa in der Weihnachtswerbung, der mit einem geschmackvollen Pullunder in einem roten Ohrensessel saß und von seinem Enkel gleich ein selbstgemaltes Bild geschenkt bekommen würde. Aber der liebe Enkel bewegte sich keinen Millimeter, sondern sah ihn herausfordernd an.

»Das ist kein Wasser, das ist Schnaps.«

Er lehnte sich zurück und seufzte.

»Nein, das würde ich so jetzt nicht sagen.«

»Was ist es dann?«

Ein vierzigprozentiges feines Getreidedestillat vom großen ehemaligen Ostblockbruder. Alles andere, also polnischen oder schwedischen Wodka, konnte man vergessen, das war Parfüm. Er sah sie an. »Hab ich dir doch schon mal erklärt. So 'ne Art Zauberwasser.«

Sie hob langsam ihren Zeigefinger und tippte sich mehrmals an die Stirn. »Pfff, Zauberwasser.«

Wenn er irgendwann mal gedacht hatte, Sechsjährige seien schon aufgrund ihres Alters nicht die hellsten Kerzen im Leuchter, dann wurde er jetzt eines Besseren belehrt.

»Hör mal: Alkohol konserviert. Alles, was man darin einlegt, bleibt länger haltbar.«

Sie zuckte mit den Schultern. »Na und?«

»Das ist quasi schon die Vorbereitung fürs Ausstopfen. Ich muss das trinken, dann«, er überlegte, »halte ich mich im Naturkundemuseum besser.«

Sie kräuselte die Lippen und schüttelte leicht den Kopf, was ziemlich erwachsen aussah und so wirkte, als würde er ihr irgendwie sehr leidtun. Wahrscheinlich stellte sie sich gerade vor, er sei einmal aus Versehen als kleines Kind aus großer Höhe fallen gelassen worden, aber dann lächelte sie und schlug den Weg Richtung Balkon ein.

Sie stellte die Flasche vor ihn auf den Couchtisch, hielt sie aber noch mit einer Hand fest. Die andere legte ein viereckiges, flaches Etwas vor seine Nase.

»Was'n das?«, fragte er, während er auf das Heft blickte und zur Flasche griff. Doch er griff ins Leere. Mutig und ängstlich zugleich sah sie ihn jetzt an, die Flasche fest in der Hand.

Er schlug das Heft auf.

»Aha, aber hör mal, Mütze, das«, er warf einen Blick auf die Flasche, die sie immer noch in der Hand hielt, »bleibt unter uns.«

Sie stellte die Flasche auf den Tisch, ließ sie los und warf einen zögerlichen Blick auf das Heft vor ihm. Er nickte. Das natürlich auch.

Und während sie den Mehlsack vom Tisch nahm, schraubte er die Flasche auf und fing an zu lesen. *Rechne im Kopf!* stand über den Zahlenreihen. Er nahm einen kräftigen Schluck, dann setzte er die Flasche ab, feuchtete einen Kuli mit der Lippe an und begann: 9 = 7 + ?

Das letzte Geheimnis

Er hatte vor ein paar Tagen angerufen, von einer Telefonzelle aus. Sie hatte gelächelt, als sie das typische Geräusch der in den Metallkasten fallenden Münze gehört hatte und ihr bewusst geworden war, wo Matthias sich gerade befand. Es gab der ganzen Situation etwas Verbotenes, und auch jetzt war ihr noch nicht klar, warum er nicht von zuhause aus angerufen hatte. Als sie miteinander sprachen, erklärte er es nicht, und sie fragte nicht danach. Es war fast wie früher.

Hanna legte den rechten Arm hinter ihren Kopf und blickte auf das Bild, das an der Wand dem Sofa gegenüber hing, auf dem sie lag. *Mädchen am Klavier* von Cézanne, Leonhard hatte ihr den Kunstdruck geschenkt.

Das Gespräch mit Matthias hatte nicht lange gedauert, sie hatte gefragt, wie es ihm gehe, doch er sagte nur, dass sie in den nächsten Tagen Post von ihm bekäme, ein Paket, und während sie lachend und nicht ohne liebevollen Spott in der Stimme fragte, was er ihr denn Besonderes schicken werde, fiel eine weitere Münze in den Metallkasten, doch diese letzten Sekunden, die ihnen die Verbindung noch schenkte, ließ Matthias mit einem eigenartigen Schweigen verstreichen.

Hannas Blick wanderte über das Gemälde. Bei der Anlieferung vor einem halben Jahr hatte die Galerie dem gerahmten Bild eine edle Postkarte mit einem Zitat von Oscar Wilde beigelegt: Leonhard hatte sich darüber lustig gemacht, sie geküsst und gesagt, dass er das jetzt auswendig lerne für das Tischgespräch bei dem nächsten Essen in großer Runde, »ein Oscar-Wilde-Spruch auf den Lippen kann ja nie schaden«.

Die Musik ist der vollkommenste Typus der Kunst, hatte auf der Karte gestanden, *sie verrät nie ihr letztes Geheimnis.*

Als Matthias' Paket ein paar Tage später vor ihr auf dem Tisch lag, war sie sich sicher. Briefe, hatte sie gedacht, Briefe, Fotos, vielleicht Eintrittskarten für das Kino, alte Erinnerungen, die so flüchtig waren wie ein paar melancholische Takte auf dem Klavier. Aber es lag nur eine CD darin und eine Aktenmappe. Hanna suchte mit der Hand nach der Stereoanlage neben dem Sofa und drückte auf *Play.* Matthias hatte dem Paket keine einzige Zeile beigelegt, nur das Musikstück auf der Rückseite des CD-Covers mit Kuli gekennzeichnet. *Wir setzen uns mit Tränen nieder.*

Es war eines von Hans' Lieblingsstücken, über das er einst einen Sommer lang ausführlich doziert hatte, obwohl es seine Aufgabe gewesen wäre, für Abkühlung zu sorgen. »C-Moll ist die Tonart von Schlaf und Tod«, hatte er ihnen erklärt, und dass Bach bei der Uraufführung die Musiker auf die zwei Emporen der Thomaskirche verteilt hatte, um die Wirkung der Musik durch den steten Dialog zwischen diesen beiden Gruppen noch zu steigern, und Matthias hatte ihn gefragt, ob seiner Meinung nach auch Erdbeer- und Vanilleeis in diesen Dialog treten könnten.

Sie waren damals zu dritt an die Ostsee gefahren zum Zelten, Hans, Matthias und sie, und schon am Morgen begann die Hitze, die Stunden träge vor sich herzuschieben. Sie taten nichts, außer am Strand zu liegen und auszulosen, wer aufstehen und sich anstellen musste für Rostbratwurst, Eis oder Bier.

Es musste an einem dieser trägen Tage gewesen sein, als

Hans auf die Idee kam, ein Wettschwimmen zu veranstalten. Sie hatten schon viel zu lange in der Hitze gelegen, als er plötzlich aufstand, sein Handtuch über die Schulter warf und rief: »Na los, zeigt, was ihr draufhabt, *Kinder der Sonne*.«

Das Telefon klingelte jetzt, wahrscheinlich wollte Leonhard wissen, ob er für das Wochenende noch etwas einkaufen sollte, aber Hanna blieb auf dem Sofa liegen.

»Nach dir benennen sie bestimmt mal 'n Schwimmbad.« Matthias war der Erste gewesen, der damals zu Atem gekommen war, nachdem sie den Strand wieder erreicht hatten, der die Leichtigkeit wiedergewonnen hatte, trotz der Schmach über den verlorenen Kampf, und sie hatte lachend den Kopf geschüttelt, so dass noch der Rest des Ostseewassers aus ihren Haaren gewirbelt wurde, dann hatte sie sich das Haar im Nacken zu einem Knoten gedreht und gesagt: »Ach, kommt, Jungs, guckt nicht so, es ist doch keiner gestorben. Nächstes Mal lass ich euch gewinnen. Versprochen.«

Als sie damals nach dem Wettschwimmen die Dünen entlang zu ihrem Zelt gegangen waren, hatte Hans sie zur Seite gezogen und angeherrscht. Was sie sich dabei gedacht habe, so weit hinauszuschwimmen, es sei nicht verabredet gewesen, »aber es war doch nur ein Spiel«, hatte sie gesagt und ihren Arm aus seiner Umklammerung gezogen, und für einen Moment hatte sie geglaubt, Angst in seinen Augen zu sehen, und sie hatte angenommen, diese Angst gelte ihr und der Vorwurf in seiner Stimme ihrem vermeintlichen Leichtsinn.

Hanna atmete tief ein. Vielleicht war es tatsächlich so gewesen, vielleicht aber hatte Hans auch einfach nur befürchtet, aufzufallen, selbst ins Visier seiner Spitzel-Freunde zu geraten. Langsam ließ sie die Hand, in der sie die ganze Zeit das Blatt gehalten hatte, zu Boden gleiten. Sie hatte es schon so oft gelesen, dass sie es auswendig konnte. »... Auf Grund des konspirativen Charakters der Zusammenarbeit werde ich schriftliche Hinweise und Berichte ...«

Sie stellte sich vor, Matthias säße ihr jetzt schräg gegenüber. Wahrscheinlich würde er mit den Achseln zucken, entschuldigend, als könne auch er noch nicht glauben, dass sie beide so schwer von Begriff gewesen waren. All die Jahre.

Der Schlusschor entfaltete jetzt seine ganze Kraft, und die Stimmen erhoben sich mit dunkler Macht.

»Trauer, versteht ihr, Trauer und Reue, das sind die zentralen Motive der Matthäuspassion«, hatte ihnen Hans bei einem ihrer Strandspaziergänge damals erklärt. »Jawoll, Herr Musikdirektor«, hatte sie geantwortet, und dann hatten Matthias und sie sich gebogen vor Lachen, und da musste sogar Hans selbst lächeln, »ihr Banausen«.

Cézannes Mädchen saß immer noch aufrecht vor dem Klavier, ihre kastanienbraunen Haare waren im Nacken geknotet, das Kleid strahlend weiß.

Wahrscheinlich hatte Matthias nicht gewusst, was er mit der Akte tun sollte, mit diesem letzten Geheimnis, wahrscheinlich hatte er hin und her überlegt, aber er war zu keiner Lösung gekommen. Also hatte er sie ihr geschickt.

Wir setzen uns mit Tränen nieder. Das Stück verband sie, alle drei, und nun würde sie entscheiden müssen, wie viel Trauer noch über Hans kommen würde. Hanna legte die Hand in den Nacken und drehte den Lautstärkeregler des Radios nach oben. Sie würde abwägen, ruhig und mit Bedacht, Für und Wider, sie würde sich Zeit lassen, aber nichts von ihrer kalten Wut verschenken. Sie atmete tief ein, warf einen letzten Blick auf Cézannes Mädchen am Klavier und schloss die Augen, während der Abgesang des Chors den Raum erfüllte.

Nebelkrähen

Sie musste es ihm unbedingt erzählen. Die hatten sie doch tatsächlich in die Sportmannschaft gewählt. Die coole Franzi, die durchgefallen war und sogar schon mal geklaut hatte, diese Franzi hatte mit dem Finger auf sie gezeigt, als es darum ging, die Mitspieler für die Basketballgruppen auszuwählen.

Seit einiger Zeit sahen sie ihre Mitschüler mit anderen Augen an, sie konnte es sich nicht richtig erklären, aber sie war sich sicher, dass es mit der Unterrichtsstunde zu tun hatte, in der es um den Tod gegangen war. Alle hatten irgendwas erzählt. Die, die schon mal bei Beerdigungen gewesen waren, erklärten den anderen stolz, wie das abgelaufen war. Johannes, der Streber, behauptete, er habe sogar schon mal einen Toten gesehen, aber das glaubte ihm keiner, und die Lehrerin sagte, dass man nicht traurig sein darf, wenn jemand stirbt, weil die Seele unsterblich ist und der Mensch mehr als nur ein Häufchen Asche. Gerade in diesem Moment war sie an der Reihe mit ihrem Beitrag, und als wäre »Asche« ihr Stichwort, hielt sie einfach den kleinen blauen Müllsack in die Höhe, ließ ihn dann auf den Tisch zwischen die anderen fallen und sagte tonlos: »Opa.«

Alle rückten erschrocken ein Stück auf ihren Stühlen zurück und starrten ungläubig auf den Sack – zweiundzwanzig Augenpaare inklusive dem der Lehrerin, aber sie ließ sich nicht beirren und fügte nach einer kurzen Pause noch hinzu: »Sind die Knochen auch drin. Jeder einzelne.«

Natürlich hatte die Lehrerin dann, nachdem sich alle von dem Schreck erholt hatten, den Beutel aufgemacht und gesehen, dass es nur Mehl war, aber in der Pause hatten sie dennoch alle angesehen mit so 'ner Bewunderung – als habe sie tatsächlich ihren Opa mit in die Schule gebracht. Das hatten sich diese Dumpfbacken einfach nicht vorstellen können, dass die kleine, pummelige Brillenschlange tatsächlich den Mumm hatte, 'nen Toten durch die Gegend zu schleppen. Hatte sie ja auch nicht, aber das Ergebnis war fast ein bisschen so, als hätte sie es doch getan. Es war so, wie Fritzsche oft sagte: »Nicht alles ist immer ganz die Wahrheit, aber beinahe.«

Sie nahm zwei Stufen auf einmal. Der würde Augen machen. Und er würde stolz sein auf sie, vielleicht sowas sagen wie: »Die haben wir aber schön in die Wüste geschickt«, oder vielleicht einfach: »Mütze, das müssen wir feiern. Hol das Zauberwasser.« Eigentlich feierte Fritzsche alles. Nicht nur Feiertage oder Sonntage, sondern auch Montage, Dienstage, das temporäre Hoch über Südeuropa oder die Existenz des Couchtischs.

Marie drückte den Klingelknopf, dann begann sie zu zählen. Spätestens bei acht würde sie seinen schleppenden Gang hören, der klang wie eine Anklage gegen alles, was schnell war auf dieser Welt, und die gelblichen Wände des Treppenhauses würden mit jedem näherkommenden Schritt dunkler werden, bis er kurz davor war, die Wohnungstür zu öffnen, spätestens da waren sie kohlrabenschwarz, denn das war seine Farbe.

Und wenn er dann die Tür geöffnet hatte, würde er lange in die leere Luft über ihrem Kopf blicken, irgendwann würde er den Blick nach unten richten und sagen: »Ach, du schon wieder«, und dann würde er sich umdrehen, die Tür weit hinter sich auflassen, was so viel bedeutete wie: »Komm rein, aber schnell, es zieht.«

Sie wartete kurz, aber es tat sich nichts, also Sturm, dachte sie und drückte den Daumen noch fester in den Klingelknopf. Das Sturmklingeln war deshalb so wichtig, weil sich die Kravelik im dritten Stock dann stark aufregte, und die konnten sie beide nicht leiden, aber davon wusste Mutter nichts. »Die hat Nüstern wie ein Pferd«, hatte Fritzsche ihr einmal zugeflüstert, während Mutter in der Küche geputzt hatte. Marie hatte genickt, gelächelt und geschwiegen. Und manchmal, wenn Mutter das Auto noch einparken musste, stieg sie aus, rannte los, die Treppen hoch, in Vorfreude, drückte den Klingelknopf an seiner Tür, und das war vielleicht einer der wenigen Momente, wo sie froh war über ihre dicken Finger, weil so viel Kraft darin war, und sie leckte sich mit der Zunge den Schweiß von den Lippen, und manchmal schmeckte sie noch Erdbeereis, und sie stellte sich vor, wie der Kravelik das Trommelfell platzte.

Mutter hatte sie zweimal am Wochenende bei der Alten abgesetzt, während sie putzen gegangen war, aber dann hatte die Alte gesagt, sie wünsche das nicht mehr, und dabei hatte sie Marie angesehen, als sei sie was Lautes, was Großes oder ein ganz schlimmer Verkehrsunfall. Und nur ein einziges Mal hatte die Alte, deren Kopf wie bei einem Wackeldackel beständig rauf und runter torkelte, ihr einen Bonbon angeboten. Sie hatte ihn aus einer Schatulle geholt, in der auch verschrumpelt aussehende Kekse lagen und aus der ein Schwall alter Luft strömte. Der Bonbon war in grünes Papier eingewickelt gewesen, sie kannte die Sorte, Mutter gab sie ihr manchmal, wenn sie Husten hatte, und gerade als Marie zugreifen wollte, weil auch Eukalyptus manchmal besser war als nichts, zog die dünne

Tante ihre Hand wieder zurück. Sie hielt ihren ausgestreckten Finger ähnlich einem Insektenfühler und zeigte auf Marie wie auf ein Ereignis, dann lächelte sie, als würde sie gleich ein Ass servieren. »Aber nur ausnahmsweise bekommst du heute einen Bonbon. Als Frau muss man stets auf seine Figur achten.« Marie ließ ihre Hand sinken und dachte, ich scheiß auf den Kackbonbon, aber dann kam Mutter herein und sah, wie freundlich die Kravelik ihr den Bonbon hinhielt, und Marie wusste, was jetzt kam. »Na los, nimm schon, is doch nett gemeint.« Und Marie sah immer noch zu Boden, ja, ihr Blick wollte sich in dem hässlichen Muster des Teppichs verhaken, und sie guckte auch nicht hoch, als Mutter ihre Hand ergriff und sie wie einen Teller vor die Kravelik hielt, bis der Bonbon dort lag, wo er ihrer Meinung nach liegen sollte. Aber Marie sah nicht hoch, sie hoffte nur, Mutter würde nicht sagen: »Sag *danke*, na los?«

Sie begann, in ihren Hosentaschen zu kramen. Die Kravelik war gelb von oben bis unten, mit grün verschimmelten Einsprengseln. Und das war sie immer. Wenn sie Menschen sah, dann sah sie zuallererst Farben, viele verschiedene Farben, das war oft anstrengend, und sie bekam Kopfweh, aber so war es eben, und so, wie es war, musste es keiner wissen.

Mutter zum Beispiel war oft rot, und dann war es gut, denn wenn sie rot war, war sie glücklich, aber manchmal ging es ganz schnell, dann wurde aus dem Rot ein Dunkelblau. Und dann stand sie stundenlang am Fenster, blickte hinaus, und es sah aus, als warte sie auf etwas oder jemanden. Vielleicht hing es irgendwie mit Papa zusammen und mit früher, aber so genau wusste Marie es nicht. Manchmal blieb das Dunkelblau lange, und dann hielt sie ganz still und stellte keine Fragen, dann ging sie in ihr Zimmer und am nächsten Tag in die Schule und auch am übernächsten, und dann wartete sie, bis sich die Geräusche von Mutters Bewegungen in der Wohnung wieder nach Rot anhörten.

Fritzsche war schwarz, hatte aber kleine, dunkle lilafarbene Striche an den Ohren, die abstanden wie kleine Federn. Sie kramte immer noch in den Taschen. Die Hose war neu, Mutter hatte sie erst gekauft, trotzdem spannte sie schon an den Oberschenkeln, jetzt zum Beispiel, wenn ihre Hand in der Tasche steckte und sich durch die Enge bis zu dem Schlüssel durchkämpfte.

»Du darfst nich so viel auf das Gequatsche der anderen geben«, hatte Fritzsche mal gesagt. »Kiek dich doch mal an. Is doch alles dran an dir. Arme, Beine, was willste mehr? Das bisschen Speck verwächst sich noch, und später, wennde alt bist, kommts wieder, oder willste etwa aussehen wie die Kravelik?«

Marie hatte heftig den Kopf geschüttelt.

»Na siehste.« Er fuhr fort. »Als ich so alt war wie du, hatte ich ’ne Brille, und alle haben mich ›Brillenschlange‹ genannt oder ›Der-mit-der-Gesichtskrücke‹. Dabei ist die Brillenschlange ziemlich gefährlich, ’ne echte Kobra, kannste sterben von jedem Biss. Und jetzt habe ich wieder eine, siehste.« Er zeigte auf das Brillengestell, dessen Gläser schaufenstergroß waren, »Honecker hatte och so eens.«

»Wer war Honecker?«, hatte Marie gefragt.

»Der Chef der DDR. ’ne ziemliche Pappnase, aber wir mussten alle seine Brille tragen.«

Endlich hatte sie den Schlüssel aus ihrer Tasche gefischt, Mutter hatte mal wieder vergessen, ihn zum Pflegedienst mitzunehmen, und einfach zu Hause liegenlassen.

Sie ließ die Tür hinter sich ins Schloss fallen, rannte durch die Diele, stürzte ins Wohnzimmer, und da lag er, friedlich. Er hatte die Hände über der Brust gefaltet, die Sonne fiel auf das Würfelmuster des Sofas, und die goldenen Fäden, von welchen es durchzogen war, glänzten im Licht wie Glas. Sie sah zu Boden und wurde rot, ja sie schämte sich sogar etwas, weil sie so lange geklingelt hatte, und dann lächelte sie ihn an und flüsterte: »Ey, du Penner«, aber Fritzsche reagierte nicht. Für einen Moment fühlte sie sich hilflos, dann ging sie in die Küche, setzte sich an den Küchentisch und wartete. Man konnte den Wasserhahn tropfen hören, auf dem Tisch stand eine geöffnete Thunfischdose, sie war noch voll, und eine Gabel steckte darin. Sie hatte auf die Uhr gesehen, und als der Zeiger nach dreißig Minuten endlich auf die Zwei sprang, stand sie auf. Sie begann, die Schränke und Türen zu öffnen, die sie erreichen konnte, und sie bemühte sich, die gleichen energischen Bewegungen zu machen, wie sie sie bei Mutter gesehen hatte. Sie zog sich einen Hocker zum Herd und kniete sich darauf. Zwei Töpfe standen dort, in beiden war Milch am Boden angebrannt. Sie setzte den Dosenöffner an und drehte langsam, so wie es Mutter ihr gezeigt hatte, an dem Hebelgriff. Die Schneideräder frästen sich am Dosenrand entlang, und die braune Soße quoll aus dem kleinen Spalt. Sie kippte die Rouladen in den einen Topf, die goldgelben Klöße, die sie im Kühlschrank gefunden hatte, mit etwas Wasser in den anderen. Dann drehte sie den schwarzen Schalter neben beiden Herdplatten auf vier und legte die Deckel auf die Töpfe. Sie wartete, bis es dampfte, dann stellte sie einen tiefen Teller neben den Herd und kippte den ersten Topf so lange, bis die Klöße auf den Teller plumpsten. Die Rouladen fielen auf die Klöße, es spritzte, ein Kloß ging verloren und segelte bis unters Küchenbüffet.

Sie steckte sich Messer und Gabel in die Hosentasche und nahm den Teller vom Tisch, der randvoll war mit Soße, unter welcher die Klöße und die Rouladen wie unterirdische Gebirgslandschaften wirkten. Sie ging sehr langsam, um nichts zu verschütten, aber als sie die Schwelle zum Wohnzimmer überschritten hatte, tropfte trotzdem was auf den alten Teppich. Sie stellte den dampfenden Teller auf dem Couchtisch ab, es schwappte über den Rand, und ein brauner dickflüssiger Brei lief über die Glasplatte. Sie legte das Besteck daneben, rechts die Gabel, links das Messer. Sie setzte sich auf den Sessel, der neben dem Sofa stand, dort, wo sein Kopf lag, sie lächelte und sagte laut: »Dein Mittagessen ist fertig.« Dann wartete sie. Sie sah zu, wie der Dampf von dem Teller aufstieg, sie spielte mit der Troddel, die an dem Sessel angebracht war. Sie hörte, wie eine Tür im Haus ins Schloss fiel, dann war es wieder ruhig. Sie legte ihren Kopf in den Nacken und verdrehte die Augen, wie sie das bei Frauen gesehen hatte, die sehr schön waren und sehr dünn und wahrscheinlich sehr gut rochen und immer Absatzschuhe trugen. Als das nichts half, stand sie auf und ging zum Bücherregal und nahm ein Buch heraus. *Die Vögel unserer Breiten* stand darauf. Sie nahm es, setzte sich, verschränkte die Beine, legte das Buch auf ihren Knien ab, suchte das N wie Nordpol, und als sie gefunden hatte, wonach sie suchte, begann sie laut zu lesen. »Die Nebelkrähe gehört zur Familie der Rabenvögel.« Es klang ein bisschen holprig, und es war ein ganz schön schwieriger Text, aber sie ließ sich nicht abbringen. Sie las ihm die Worte vor, die sie verstand, und den ganzen letzten Satz: »Für die Indianer war der Rabe ein Schlitzohr.«

Sie stockte.

»Fritzsche?«

Sie biss sich auf die Unterlippe. »Was ist das? Ein Schlitzohr?«

Seine Augen waren immer noch geschlossen.

Sie atmete tief ein, dann lächelte sie. »Stell dir vor: Ich habe heute im Supermarkt zwei Frauen gesehen. Die hatten beide den gleichen Mantel an. Aber sie kannten sich nicht.«

Winterschlussverkauf I

Die Luft war mild, und es war so warm, dass man noch draußen sitzen konnte. Sie hatte zwei Eisbecher gekauft, und auf Maries fragenden Blick an der Eistheke hatte sie geantwortet: »So viele Kugeln, wie du willst.«

Anne atmete tief ein. Schon von weitem hatte sie die zierliche Frau erkannt, die an dem frisch ausgehobenen Grab stand. Als Marie und sie sich neben sie stellten, lächelte sie ihnen zu, für einen Moment glaubte Anne so etwas wie Dankbarkeit in ihrem Blick zu sehen. Die Beerdigung war schnell vonstattengegangen, der Trauerredner leierte einen Text runter, den er wahrscheinlich schon bei hundert anderen Toten abgespult hatte, »ein besonderer Mensch«, »Hochs und Tiefs des Lebens mit Würde gemeistert«, »nun hat seine Seele Ruhe gefunden«. Nachdem die Urne in das Erdgrab gesetzt worden war, gab Gerda ihr die Hand. Sie versuchte, sich nichts anmerken zu lassen, und schob hastig das Taschentuch in den Ärmel ihres Mantels, aber die zerlaufene Wimperntusche warf immer noch einen lichtgrauen Schatten an den unteren Rand ihrer Augenlider. Anne sah sie an. Alles Zupackende, alles Bodenständige schien plötzlich aus Gerda gewichen zu sein. Gerda blickte auf das Loch in der Erde. »Jetzt ist er endlich da, wo er immer hinwollte, der alte Kauz, allein in schlechter Gesellschaft.« Sie versuchte zu lächeln, aber es misslang. Kurz nahm sie Maries Hand in die ihre, dann drehte sie sich hastig um und ging wortlos davon. Anne sah ihr hinterher, wie sie zwischen grünen Sträuchern und Grabsteinen zum Ausgang des Friedhofs ging, eine zierliche Frau, der man plötzlich die Zerbrechlichkeit ansah, und der einzige Mensch, der dafür gesorgt hatte, dass Fritzsche mehr bekommen hatte als einen »Stillen Abtrag«.

Anne leckte an der Kugel Erdbeereis und blickte zu Marie.

Vielleicht würde es noch kommen, aber im Moment sah es nicht so aus, als ob die Kleine es schon begriffen hätte. Sie ließ das Eis auf der Zunge zergehen.

Ein halbes Jahr, nachdem sie das Kind zum ersten Mal bei Fritzsche abgesetzt hatte, hatte sie am Schwarzen Brett eines Jugendvereins von einer kostenlosen Nachmittagsbetreuung gelesen. Der Jugendverein lag unweit ihrer Wohnung und war in einem Flachbau untergebracht. Es wurden Ferienreisen angeboten, für die für Kinder aus einkommensschwachen Verhältnissen Familien-Zuschüsse beantragt werden konnten, es gab Sport- und Bastelnachmittage, und der Sozialpädagoge, mit dem sie kurz gesprochen hatte, machte einen sympathischen und entspannten Eindruck. Als sie Marie von ihrem Entschluss erzählt hatte, sie in Zukunft dorthin zu schicken, hatten sich die Hände des Mädchens plötzlich zu Fäusten geballt.

»Ich bleib bei Fritzsche.« Ihre Stimme war laut und klar gewesen.

Anne hatte versucht, sich ihre Überraschung nicht anmerken zu lassen, und tief eingeatmet.

»Aber früher fandste den doch scheiße«.

Marie hatte die Arme vor der Brust verschränkt und trotzig geantwortet: »Ich hab mich eben an die Scheiße gewöhnt.« Es klang viel zu abgeklärt für eine Sechsjährige, und Anne hatte sich gefragt, wo sie das aufgeschnappt haben könnte.

Und dann hatte sie noch etwas gesagt, was Anne bis heute nicht verstanden und aus irgendeinem Grund auch nicht vergessen hatte. Es hörte sich an wie aus einem Lehrbuch. »Manchmal kommt der Wal an die Oberfläche des Meeres, um auszuruhen. Darauf warten Walfänger. Sie stechen ihn und fangen ihn mit Harpunen.«

Abgesehen davon, dass sie manchmal immer noch von Sachen sprach, die keinen Sinn ergaben, von Holzpyjamas erzählte und imaginäre Fußballspiele kommentierte, abgesehen davon hatte sich die Kleine verändert, seit sie bei dem Alten ihre Nachmittage verbrachte. Sie war, Anne blickte auf Maries baumelnde Beine, irgendwie fröhlicher geworden.

Und sie war die Einzige, die Fritzsche mitgenommen hatte, letzte Woche, als hätte er schon gewusst, was die anderen nicht wussten, und Marie hätte es nie erzählt, wenn sie nicht nachgefragt hätte.

»Na, wie war's in der Schule?«

»Ich durfte heute die Spieler für die Basketball-Mannschaft wählen.«

»Mensch, toll!«

»Und bei Fritzsche?«

»Wir waren spazieren.«

»Was? Aber Fritzsche kann doch fast nich mehr laufen?«

»'n bißchen schon noch.«

»Und wo wart ihr?«

»Unter den Linden.«

»Wie bitte? Unter den Linden? Du, also du und Fritzsche, ihr wart … habt ihr etwa Geld ausgegeben?«

»Nee, wir waren auf dem Friedhof, auf dem, wo die vielen Linden sind.«

»Ach so, und was, also, was habt ihr da gemacht?«

»Na, Fritzsches Frau besucht, die Klara.«

Anne überlegte. Vielleicht heute Abend. Sie würde sich zu ihr ans Bett setzen, kurz vorm Schlafengehen, und ihr erklären, dass der Alte nicht einfach verschwunden war, dass er da war, obwohl man ihn nicht sehen konnte, so was vielleicht. Sie wusste, sie hatte nicht viel Übung darin, sie glaubte ja nicht einmal selbst daran, unsterbliche Seele und der ganze Quatsch, aber sie würde sich Mühe geben. Im Moment jedenfalls schien Marie glücklich zu sein mit ihrem Schokoeis, sie lächelte sogar, und Anne folgte ihrem Blick zu einer kleinen Gruppe Krähen, die so hastig Brotkrumen vom Asphalt pickten, als befänden die sich gerade im Winterschlussverkauf.

Winterschlussverkauf II

Die Krähen stritten sich wie blöde um die Brotkrumen. Bis auf eine. Sie war nicht unbedingt größer als die anderen, aber dicker, und ihr Gefieder hatte schon einige graue Federn. Über den Augen des Vogels waren sogar zwei ganz dünne Federn, die in der Sonne lila glänzten. Offensichtlich war es ihm egal, dass die anderen nach dem Zeug am Boden hackten. Beinahe behäbig lief er an den anderen vorbei. Manchmal knickte das linke Bein weg, was einem Torkeln gleichkam. Sie tippte auf Diabetes. Zwei Krähen zerrten jetzt an den Enden des alten Brötchens, das auf dem Boden lag. Die kleine, dunkelbraune Flasche, die nicht weit davon entfernt stand und deren »Kräuter«-Etikett ihr irgendwie bekannt vorkam, ignorierten sie. Der alte Vogel aber zuckelte plötzlich auf die Flasche zu – unterbrochen nur von kleinen Pausen, in denen er minutenlang völlig reglos dastand. Vor der Flasche angekommen, blieb er stehen und senkte den Kopf. Der schmale Flaschenhals war abgeschlagen, der zackige Rand verdreckt, aber am Boden schimmerte etwas hell und grün wie ein Wunder. Es sah aus, als überlege er, aber dann ging es ganz schnell. Ruckzuck versenkte er seinen Schnabel in der Öffnung und kippte seinen Körper leicht nach hinten. Nachdem er das Wunder verinnerlicht hatte, ließ er den Kopf nach vorne fallen und blieb regungslos stehen.

Natürlich war er tot. Sie blickte zu ihrer Mutter, aber die leckte nur gedankenverloren an ihrem Erdbeereis und sah der gerade vorbeifahrenden Straßenbahn hinterher. Wahrscheinlich überlegte sie gerade, wie sie es ihr erklären könnte. Dabei wusste sie selbst es ja am besten, sie war ja dabei gewesen. Er war eingepennt. So einfach war das. Und die Geschichte, dass der Hausmeister eines Tages bei ihm vorbeikommen und ihn enthaupten würde, weil Fritzsche die Heizung immer so lange entlüftet hatte, bis kein Wasser mehr in der Säule im Heizungskeller war – »geht alles ganz schnell«, Fritzsche zog mit der Handkante scharf an seinem Hals vorbei, »zack, und Marie Antoinette« –, die hatte sie ihm sowieso nicht geglaubt. Außerdem hätte ihre Mutter dann wahrscheinlich ganz schön Ärger bekommen. Hatte sie aber nicht. Sie saßen ja hier. Marie hob den Blick.

So richtig verstehen würde ihre Mutter sie wahrscheinlich nie, aber sie schien kapiert zu haben, dass Marie kein kleines Pony mehr war, das man stundenweise unterbringen musste, damit es beschäftigt war. Sie kam jetzt gut mit sich allein klar. Und sollte sie mal wieder Tiersendungen im *Saturn* angucken wollen, dann würde sie das auf keinen Fall durchblicken lassen, denn ihre Mutter neigte, was das betraf, zu Nervenkrisen.

Heute Morgen hatte sie ihr sogar ein Nutella-Brot gemacht, und sie selbst war sich auch jetzt noch nicht im Klaren darüber, ob das ein gutes oder ein schlechtes Zeichen war, aber es fühlte sich zumindest gut an – sie biss ein Stück Waffel ab, die Krähe hatte den Kopf schräg zur Seite geneigt, sie lächelte sie an –, und es schmeckte.

Was Fritzsche betraf, war klar, dass er keinen Körper mehr hatte, denn der lag zu Asche zerkleinert leider nicht in ihrer Mülltüte, sondern in einer kitschigen Blumenvase, die man bei der Beerdigung ins Grab gelassen hatte, aber das hieß noch lange nicht, dass er damit weg vom Fenster war. Im Gegenteil.

Fritzsche würde nie weg sein, aus einem einfachen Grund. Er hatte ihr gezeigt, wie man die blöde Angst dazu bringen konnte, stillzuhalten und nett zu sein. Irgendwo, irgendwie würde er immer da sein.

»Schmeckt's?«

Ihre Mutter lächelte sie an.

Marie nickte: »Wie im Westen!«

Ihre Mutter runzelte die Stirn: »Wo haste denn das her? Aus der Schule?«

Marie lächelte, zuckte mit den Schultern und drehte ihren Kopf zu der Krähe.

Der letzte Mieter

Sie alle hatten ihre Geschichte gehabt, Siege und Niederlagen. Matthias blickte an der eingerüsteten Fassade des Hauses herab. Über Hans' Schicksal konnte er nur spekulieren, wahrscheinlich hatte er ihn bei seinem Besuch zum letzten Mal in seinem Leben gesehen. Hanna schien bei sich angekommen zu sein, bei einem der wenigen Telefonate, die er mit ihr geführt hatte, es war schon eine Weile her, hatte sie sich glücklich angehört. Und er? Er hatte in der Wohnung nichts verändert, er hatte alles stehen lassen, die Möbel, das Bett, sogar das Bücherregal. Sie würden es ausräumen müssen.

An dem Stahlgerüst waren Planen befestigt, welche die Fassade verhüllten, eine Ecke hatte sich von einer Querstange gelöst und flatterte im Wind. Über die Planen hatte man ein Werbeplakat gehängt, das die Hälfte des Hauses bedeckte, es war neu. Die Fotografien waren dezent ausgeleuchtet, man sah Teile einer stahlgebürsteten Küche, eine freistehende Badewanne aus Terrazzo, Stuckdecken und die verschwommene Silhouette einer Frau in einem dunkelblauen klassischen Etuikleid, die über Parkett lief. Darunter stand in geschwungenen Buchstaben *SWS-Immobilien – Ihr Partner für Wohnen mit Stil*. Es hieß, elf von zwölf Wohneinheiten seien schon verkauft.

Matthias senkte den Kopf und blickte auf das Informationsblatt in seiner Hand. Die Immobilienfirma hatte die Flyer vor anderthalb Jahren in ihre Briefkästen geworfen, einen letzten hatte er eben auf dem Treppenabsatz gefunden. Kurz überflog er die Zeilen. *Instandsetzung historischer Bausubstanz, Geschichte, Gegenwart und Zukunft jederzeit präsent, zeitgemäße Realisierungen, Raum für Individualität, üblicher Innenausbaustandard mit Personenaufzug, Fußbodenheizung und moderner Kommunikations- und Beleuchtungstechnik, Objekt ab Juli bezugsfertig, weitere Informationen, bei Fragen und Interesse, auch Besichtigung, Frau Siebert.*

Raum für Individualität, er lächelte und dachte an den tropfenden Wasserhahn in seiner Küche. Seit Monaten hatten sie versucht, die Mieter rauszubekommen. Sie begannen morgens um sieben, den Putz abzuschlagen, unterm Dach verschwand die Isolierung. Arbeiten, die Dreck und Lärm machten, wurden in die Länge gezogen. Sogar Ella war es irgendwann zu viel geworden. Nur er war bis zuletzt geblieben, und er konnte sich nicht beschweren, es hatte sich gelohnt. Die Abfindung war ordentlich.

Matthias zerknüllte den Zettel und warf ihn auf den Haufen Bauschutt, der neben dem Dixi-Klo auf dem Gehweg lag. Dann nahm er seine Tasche und lief die Straße ein paar Meter hinunter. Vor dem Kiosk blieb er stehen. Das kleine Fenster, aus dem Köpke heraus das ganze Viertel mit Zigaretten und Bier versorgt hatte, war mit Holzbrettern verschalt. Der Gehweg davor schimmerte nach dem Regen noch dunkelviolett, auf dem Asphalt, der an einigen Stellen aufgerissen war, lagen eine zerbrochene Bierflasche und ein durchweichtes Blatt Papier. Matthias drehte es mit der Spitze seines Schuhs um. Das einst strahlende Weiß war verdreckt, und die Nässe hatte die vormals grüne Farbe der Buchstaben in hellgraue Schlieren verwandelt, aber man konnte ihre Formen noch erkennen. Er bückte sich, hob es auf und versuchte vorsichtig, mit dem Handrücken das Papier sauber zu wischen, doch es war nur der Dreck, der sich besser verteilte. Er klemmte den Zettel unter eine der Holzplanken, einige Buchstaben waren unleserlich, das »g« war zerlaufen, das »l« hatte sich aufgelöst. Er musste lächeln. Ein flüchtiger Leser hätte annehmen können, Köpkes Kiosk sei »vorübergehend verschossen«.

»Hauste ab?«

Matthias drehte sich um. Köpke stand vor ihm.

»Aber ich dachte …«

Köpke grinste. »War im Urlaub.«

Matthias nickte.

»Hast ja lange durchgehalten.« Köpke blickte zu der eingerüsteten Fassade.

Matthias lächelte.

»Und wie viel Abfindung haben sie dir gezahlt?«

»Wird 'ne Weile reichen.«

»Und jetzt?«

Hinter Köpkes Kopf leuchtete die Reklame eines Reiseunternehmens. Ella hatte ihm letzte Woche vorgeschlagen, zusammen zu verreisen. Er hatte abgewehrt und vorgeschlagen, lieber ins Kino zu gehen. »Is doch auch 'ne Art Reise, und es ist günstiger.« Er hatte sie spöttisch angelächelt, und sie hatte übertrieben gegähnt.

Sie hatten sich *Casino* angesehen, das Kino um die Ecke zeigte bereits seit einer Woche eine Scorsese-Reihe. Er kannte den Film schon, aber es war einer jener Filme, die man wieder und immer wieder sehen konnte. Man hatte Robert de Niro gleich in der ersten Einstellung in einen bonbonfarbenen Alptraum gesteckt, aber er trug es mit Gelassenheit, und er war wohl einer der wenigen Männer, deren Männlichkeit selbst ein rosafarbenes Hemd, eine gleichfarbige Krawatte und ein pinkes Sakko nichts anhaben konnten. »Wenn du jemanden liebst, musst du ihm vertrauen – anders geht's nicht«, erklärte Sam »Ace« Rothstein mit ungerührter Stimme aus dem Off, während man sah, wie er zu seinem Wagen ging. »Du musst ihm den Schlüssel geben zu allem, was dir gehört. Alles andere ist sinnlos. Und eine Zeitlang glaubte ich, ich hätte so jemanden gefunden.« Lässig und melancholisch zugleich setzte sich Rothstein in den Wagen, und in dem Moment, in dem er den Zündschlüssel drehte, explodierte der Sprengsatz der Autobombe. Kurz zuckte Ella neben ihm zusammen, er legte den Arm um sie, und dann sah er zu, wie der Körper des Mannes durch eine infernalische Feuerhölle katapultiert wurde, während himmlische Stimmen den Schlusschor aus Bachs *Matthäuspassion* in dunkler, gewaltiger Schönheit auf die Welt brachten.

Er dachte an Hans, in dessen Wohnung er das erste Mal die *Matthäuspassion* gehört hatte. *Wir setzen uns mit Tränen nieder …* Das Paket musste Hanna schon erhalten haben. Er hatte es vor ein paar Tagen mit allen Unterlagen darin abgesendet. Es war jetzt an ihr, zu entscheiden, ob Hans durch eine vielleicht nicht so imposante, aber deshalb nicht weniger heiße Hölle fallen würde. *… und rufen dir im Grabe zu: Ruhe sanfte, sanfte ruh*! Die Schallplatte zur stilvollen Untermalung des Untergangs hatte Hans ja bereits.

Ella hingegen, die von alldem nur wenig wusste, schienen der Film und der Ort, an dem er spielte, nachhaltig beeindruckt zu haben. Leider.

»*Las Vegas*, Matthias, direkt rein in den Wahnsinn. Ich trage so ein goldenes Kleid wie Sharon Stone am Pokertisch, und wir könnten doch dort gleich heiraten? In so einer kleinen Kapelle, die innen aussieht wie ein glasierter Donut, wo alles pink ist und glitzert? Und der Pfarrer ist im richtigen Leben Elvis-Imitator, und nach der Trauung singt er dann für uns schmalzig, aber sehr anrührend, *Love me tender*!«

Er hatte gelacht, und sie hatte sich gefreut, dass er für einen Moment überlegt hatte, ob sie das tatsächlich ernst meinte.

»Wenn mich nich der Langstreckenflug umbringt, dann bringt mich spätestens die Gesangseinlage von deinem Elvis-Opa um, möchtest du das?«

Sie hatte mit den Schultern gezuckt. »Wenn du mir vorher irgendwie dein Geld noch überschreiben könntest, dann denke ich, komme ich damit klar.« Noch bevor sie den Satz zu Ende gesprochen hatte, hatte er sie an sich herangezogen und angefangen, sie zu kitzeln.

Matthias blickte auf die Plakatwand, die hinter Köpke auf der anderen Straßenseite stand. Er wusste, wie sehr sie sich eine gemeinsame Reise wünschte, und, ja, warum eigentlich nicht, er könnte es versuchen. Irgendwann hatte er begonnen, sich auf dieses lebensfrohe, quirlige Mädchen einzulassen, sie tat ihm gut, und irgendwie war er ja gerade auch so etwas wie »vorübergehend verschossen«.

»Vielleicht verreisen, mal sehen«, antwortete er Köpke.

»Und, wo machste hin?«

Der Geschmack von Freiheit stand als Werbespruch auf dem Plakat. Ein alter Mann in einem abgewetzten Tweedjackett mit einem vom Wetter gegerbten Gesicht lehnte sich an einen Zaun. Im Hintergrund das Gebäude einer Brennerei, eine weiße Wand, auf der in großen schwarzen Buchstaben »Laphroaig« stand. In der rechten Hand hielt der Mann den Knauf eines Stockes, in der linken ein Glas. Der Whisky leuchtete honigfarben, als wohne die Wärme direkt darin, jahrelang gereift im Eichenfass, ein goldenes Versprechen. Matthias blickte Köpke an. »Wird kurz nach der Destillation gefärbt«, hatte der ihm mal erklärt, »mit Karamell«.

»Na, wo machste denn jetzt hin?«

»Schottland«, sagte Matthias.

Köpke hob die Augenbrauen.

»Aha, der feine Herr …«

»Warste schon mal da?«

»Hab mal 'ne Doku drüber gesehen …« Köpke zuckte mit den Schultern. »Mir reicht die Ostsee.«

Matthias lächelte. »Ich schreib dir 'ne Karte.«

»Bring mir lieber 'ne Pulle Whisky mit.«

»Den mit Karamell?«

»Ach weeste«, Köpke grinste, »nich jede Illusion schmeckt schlecht.«

»Mach ich.«

»Na dann, mach's gut.« Köpke gab ihm die Hand. Wahrscheinlich würden sie sich so bald nicht wiedersehen, das wusste er, und das wusste Köpke.

Matthias drehte sich zu dem Plakat. Schottland. Ella hatte ihm angeboten, bei ihr einzuziehen, doch er hatte noch keine Entscheidung getroffen. Aber eine gemeinsame Reise, er fuhr sich durchs Haar, warum eigentlich nicht?

Ein junges Paar ging an ihm vorbei, Hand in Hand. Er blickte ihnen nach und weiter in die Flucht der Straße, sah die Häuser, den Himmel, die Straßenbahn. Sie alle hatten ihre Geschichte gehabt, Siege und Niederlagen. Er bückte sich und nahm die Tasche. Jetzt begann seine.

Die Autorin dankt ihrer Familie, Albert Meisl und Diana Lubrich sowie Hans Henrik Wöhler, Kristin Wolter und dem Schriftsteller Michael Wildenhain.

Inhalt

1989/1990

Cola 11 Anna selbdritt 13 Nachbarschaftliches Verhältnis 15 Räuber und Gendarm 17 Letzte Gelegenheit zum Glück 20 Schmiels Spinnerei 25 Weiße Wäsche 30 Abschied 36 Tick, Trick und Track 41 Freiheit 43 Primavera 46 Sieben Meter überm Asphalt 53 Das Telefon 58

1994

Die Signatur 67 Gleich hinterm Haus 71 Das sind doch alles kleine Schlampen 87 Istanbul 101 Sedlitz 115 Come rain or come shine 121 Tizian 133

2001

Das Buch 149 Offene Rechnung 160 Gin Tonic 171 Paradies 188

2006

Wale 197 Teneriffa 201 Porzellan 208 Plastiktulpen 216 Der Geist 232 Hindenburgs Fischfilet 234 Ali vs. Frazier 236 Blitzkrieg 247 Arktis 249 Die Tiere Afrikas 260 Speisecafé Süd 266 Des Lebens Faden 280 Tom und Jerry 286 Ödeme 294 Zuhause 308 Mütze 313 K.o. 318 Das letzte Geheimnis 324 Nebelkrähen 328 Winterschlussverkauf I 336 Winterschlussverkauf II 340 Der letzte Mieter 343